KB262523

제7회 세계문학상 수상작

유령

강희진 장편소설

은행나무

차 례

2010년 2월 ○일 ○요일

백석공원 엽기적 사체 훼손

　어제, 서울 강북에 위치한 백석공원에서 사람의 안구가 발견되는 엽기적 사건이 발생하였습니다. 현장을 처음 발견한 사람은 인근 식당에서 주방 일을 하는 서 모 씨로, 그의 진술에 따르면 사체에서 적출한 것으로 보이는 안구가 백석의 〈모닥불〉 시비 앞에 촛불, 마른 명태 등과 함께, 마치 제사상 차림처럼 놓여 있었다고 합니다. 경찰은 최근 유기된 사체들을 확인하는 한편, 각 병원을 대상으로 조사를 벌이고 있으나 아직까지 안구의 신원을 확인하지 못한 상태입니다. 경찰은 안구의 혈액을 통해 신원을 파악하는 데 주력하는 것과 동시에 공원 주변의 노점상이나 노숙자들을 대상으로 목격자를 찾고 있습니다. 또한 경찰은 사건이 발생한 백석공원 주변은 탈북자들이 많이 살고 있는 지역임을 감안하여, 그들 사이에 원한이나 그로 인한 분쟁 때문에 일어난 사건일 가능성도 함께 추적하고 있습니다.

1

PC방, 승천

주위가 온통 파열음이다.

흡연석 칸막이를 빠져나가지 못한 담배 연기가 안개처럼 자욱하다. 눈이 따갑다. 담배 연기 때문이 아니라 모니터를 너무 쳐다봐서 생긴 현상일 것이다. 그렇다고 고도리를 그만둘 순 없다. 지금 하고 있는 것이 고도리가 아닌지도 모른다. 그것은 중요하지 않다. 뭐든 간에 여기서 중지할 수 없다. 그럼, 절대로 그만둘 순 없는 일이다. 벌써 얼마나 땄는지 모른다. 이게 모두 돈이다. 현금, 현찰이다.

나는 눈을 깜빡거린다. 바늘이 눈을 찌르는 것 같다. 눈을 감았다 다시 뜨니 조금 낫다. 컴퓨터 게임이나 도박을 밤새워 하다가 과로로 죽었다는 얘기는 들었다. 그러나 눈이 피로해 장님이 되었다는 소리는 듣질 못했다. 그러니까 괜찮을 것이다. 걱정을 너무 하면 걱정이 걱정을 불러 마음속에 근심의 만리장성이 쌓인다. 할머니의 말이다. 나이를 먹을수록 그 말이 진리라는 생각이 든다. 할머니는 세상일에 통달한 사람이었다. 당신은, 누구도 내일을 알 수 없는 법이니 그냥 매순간 자신이 앉은자리가 천국이라 믿으라고 했다. 미래는 우리의 영역이 아니라는 것이다. 중요한 것은 오늘이다. 오늘은 운이 좋은 날이다. 패를 펼칠 때마다 그런 생각이 든다. 그러니까, 운에 충실하면 될 일이다. 행운이 찾아온 것이다. 놈은 항상 방문을 두드리는 손님이 아니다. 왔을 때, 극진히 대접해야 한다. 그래야 그동안 퍼부은 돈을 돌려받을 수 있다. 절호의 기회다.

갑자기 눈물이 울컥 솟아올랐다. 울면 안 돼. 울면 안 된다. 그럼, 정신이 산만해져 집중할 수가 없다. 전에도 한순간의 산만함 때문에 아끼고 아낀 돈을 모두, 그 많은 돈을 몽땅 날려 버렸다. 한꺼번에. 그 돈은 동생을 만날 때까지 꼭 움켜쥐고 있을 생각이었는데, 다 날리고 말았다. 그뿐이 아니었다. 임대 보증금도 날렸다. 그래서 지금 남의 방에 얹혀살고 있다. 돈은 새처럼 날아갔고, 바람처럼 사라졌다. 오늘 운이 조금만 더 머물러 준다면 대학 후배가 부탁한 돈은 물론 고향으로 보낼 돈도 두둑하게 마련할 수 있을 것이다. 닌자 '쿠사나기'라는 아바타로 활을 쏘고 칼을 휘두르면서 사이버 공간을 휘젓고 다닐 때도 쉽게 이런 쾌감을 맛보지 못했다. 비록 도박으로 얻은 환희지만 이런 날도 있어야 살맛이 난다. 후배 마리가 전화에 대고 목돈이 필요하다고 울먹였다. 그녀는 내가 사랑하는, 내 전부인 여자다. 마리가 없으면 내 삶은 아무런 의미가 없다. 나는 자신의 무능을 잊기 위해 온라인 게임을 하다 말고 고도리 판에 끼어들었다. 그런데…… 중간에 다른 노름으로 바꾼 것도 같다.

─야, 씨이팔 빨리 안 해?!

화면 위에 글자가 박힌다.

— 야, 조오또 뭐 해!!

— 돈 땄다고 배짱이야, 뭐야!!

아예 시비조다.

— 주철이 이놈, 잠수 타는 거야?

주철이 누군가? 또 다른 내 닉네임이다. 하지만 정확하지 않다. 자신이 없다.

조롱하는 글자들이 모니터 위로 떠오른다. 큰 웃음소리가 들렸다. 이것들이 검객 쿠사나기를 뭘로 보고! 칼을 뽑아야 하나? 소곤거리는 소리도 있다. 나는 주위를 둘러보았다. 모두 모니터에서 눈을 떼지 않고 있다. 환청인가? 한동안 전화벨 환청이 사람을 괴롭히더니. 환청이 아닌지도 모른다. 누구에게 전화를 받은 것도 같다. 하지만 이 역시 자신할 수 없다.

나도 욕을 퍼부으려다가 그만두었다. 그럴 힘이 없다. 지쳤다. 이번 판은 빠지겠다고 썼다. 다시 욕지거리가 비수처럼 날아들었다. 허공으로 떠오른 비수는 쇳조각으로 변해 머리 위로 쏟아진다. 그 중 하나가 눈동자 속에 박힌다. 눈알이 빠질 것 같다. 놈들은 제풀에 꺾여 자기들끼리 화투장을 돌린다. 아직도 고도리인 모양이다. 아니면, 다른 도박을 하다가 다시 고도리 판에 끼어들었는지도 모른다. 이번엔 그만하고 도망가라는 소리가 들린다. 아주 탁한 음성이다. 누구지? 내 몸속에서 들리는 것 같다. 귀에 익은 목소린데……. 앞이 잘 보이지 않는다. 지금까지 하고 있었던 것이 고도리가 아니라 다른 게임이었나?

정신이 없다. 통증 때문에 눈알이 구르지 않는다. 눈이 뻑뻑하다. 진짜 장님이 되는 것은 아닐까? 배가 고프다. 점심을 먹은 것 같지 않다. 하루 종일 굶었다. 뱃속에서 소리가 들린다. 온라인 게임을 정신없이 하다가 영양실조로 죽은 사람도 있다. 먹어야 한다. 빨리…….

나는 나도 모르게 코를 실룩거린다. 여기는 며칠씩 씻지도 않아 땀 냄새, 입 냄새, 고린내가 진동하는 얼간이들이 부지기수다. 리니지 게임에서 또다시 해방전쟁이라도 터졌나? 그런 일이 있다면 일주일이 아니라 한 달이라도 씻지 않고 버텨야지. 하지만 그런 얘기는 듣지 못했다. 냄새의 진원지를 찾아 고개를 돌렸다. 이제 막 고등학교를 졸업했을 것 같은 고삐리도 있다. 그보다 더 어린놈도 있다. 불행하게도 그들은 모두 내 고향 후배다. 한 놈은 이름이 뭔지도 희미한 옛날 게임을 한다. 세상에 내가 모르는 게임은 없다. 근데 창에 박히는 글자가 죄다 영어다. 어깃장이라고 불리는 고향 후배다. 저놈 이름이 뭐더라. 경태…… 분명하지 않다. 고향 후배들을 피해 여기로 온 것 같은데……. 아닌가? 옆의 놈은 리니지를 하고 있다.

그사이 옆자리에 앉은 사람이 바뀌었다. 그것도 몰랐다. 그만큼 끗발이 올랐다. 내가 자리에 앉을 때는 옆자리에 아줌마가 있었다. 그녀도 리니지를 하고 있었다. 여자는 주인을 불러 사이버 상의 돈인 '아덴'을 살 수 있는지 물었다. 그녀는 현금으로 무기를 구입하려는 것이다. 주인은 구석으로 가서 열댓 살쯤 되어 보이는 사내를 불러 왔다. 놈도 후배다. 나는 모르는 척 고개를 돌리고, 앞에 놓인 모니터만 응시했다. 아는 인간들을 피해 동네 후미진 게임방을 찾았건만, 알고 보니 후배들 아지트다. 후배뿐만이 아니다. 음식점 아줌마의 소개로 알게 된 전도사도 옆에 앉아 있었던 것 같다. 그였다면 인사라도 나누었어야 했는데. 그는 여느 크리스천과는 달리 사고가 유연하고 화통하다. 그래서 우리는 나이 차이에도 불구하고 친구처럼 지냈다. 나는 전도사가 마음에 들었다. 아줌마가 후배에게서 아덴을 샀다. 나 역시 한때 푼돈을 벌기 위해 리니지 게임으로 모은 아덴이나 다른 놈에게서 빼앗은 투구, 갑옷, 검 등을 파는 장사를 했다. 육이오 전쟁 이후, 온라인과 오프라인을 통틀어 한반도에서 일어난 가장 위대한 혁명이었던 바츠 해방전쟁에 참여한 전사였지만 어쩔 수가 없었다. 영웅에게도 현실은 냉혹한 법이다.

얼마가 지났을까? 아줌마가 모니터를 보고 울먹였다. 골고루 한다. 몬스터가 따로 없다. 게임을 하다가 상대방에게 무참히 깨진 모양이었다. 저렇게 정신 나간 인간이 한둘이 아니다. 자세히 보니 울먹이는 사람은 여자가 아니라 남자다. 젊은 놈이다. 젊은 남자가 오기 전에 한 사람이 더 있었다. 아니다. 한 사람이 아니다. 가족이다. 기억이 난다. 아이가 옆에 앉아 리니지를 하고 있었다. 엄마가 아이를 데리러 왔다. 아이가 잠시만 기다려 달라고 하자, 엄마가 다른 자리에 앉아 게임을 시작했다. 한참 뒤에 남편이 손에 커피를 들고 나타났다. 그는 마시던 커피를 여자 머리에 부었다. 간이 배 밖에 나온 것이 아니라 간을 머리에 이고 다니는 인간이다. 그러나 오랜만에 만나는 호쾌한 남자의 장쾌한 액션이다. 영화배우 장동건도 저런 역동적인 신을 보여 준 적이 없다. 남자는 저 정도의 배짱은 있어야 고난을 뚫고 갈 수 있다. 하지만 배짱은 배짱이고, 현실은 현실이다. 남자는 곧 이혼당할 것이다. 요즘 세상에 저런 모욕을 당하고 살 머저리는 없다. 우리 혈맹에서 저런 일이 일어났다면 척살이다. 척살은 사형보다 무서운 벌이다. 어쩌면 영원히 봉인해 버렸을지도……. 다시 고개를 돌렸다. 다른 놈이 눈을 뜨고 게임을 하는 것이 아니라 자고 있었다. 별놈 다 있다. 눈을 뜨고 잔다. 저놈은 꿈에서도 게임을 하고 있을 것이다.

"아저씨!"

배를 채우고 정신을 차려 고도리를 해야 한다. 잘못하면 힘들게 딴 돈을 모두 잃을 수 있다. 아무런 대답이 없다.

"여기 짬뽕 하나 시켜 줘요!"

나는 소리를 질렀다. 서울말인데도 반응이 없다. 사투리 억양 때문인가? 억양은 쉽게 고쳐지지 않는다. 의자를 뒤로 밀었다. 왜 대답을 않는 것인가? 피시방에 죽치고 앉았다고, 사람 무시하는 건가? 몬스터들. 돈이나 밝히는 주인 놈은 내가 바츠 해방전쟁 당시 내복 하나 달랑 걸친 오합지졸의 군대를 진두지휘한 혁명군 전사인 줄은 모를 것이다. 나는 고개를 돌린다. 건너편에 앉은 사람이 게임을 하다 말고 잠이 들었다. 그는 머리를 모니터 앞에 박고 있다. 놈은 여전히 오른손으로 마우스를 쥐고 있다. 입에서 침이 흘러내린다. 자세히 보니 역시 고향 후배다. 불쌍하다. 폐인이다. 저렇게 살려고 서울로 왔나? 놈은 한때 우리 혈맹의 혈원이었다.

"아저씨!"

나는 고함을 쳤다. 머리를 박고 자던 후배가 놀라 마우스를 쥔 손가락을 움직인다. 그뿐이었다. 일어나진 않는다. 사람들이 투덜대는 소리가 들린다. 주인이 달려와 하품을 하면서 다가선다.

"뭐라고 하셨습니까?"

주인이 아니다. 고삐리 알바다. 아직 잠이 덜 깬 표정이다.

"짬뽕 시켜 달라고! 인마!"

나는 짜증을 냈다. 그런데도 어투에 신경을 썼다. 사투리를 버리고 싶다. 표준 억양의 깔끔한 서울말이 좋다.

"아저씨, 지금 새벽 4신데요."

고삐리는 다시 하품을 하면서 중얼거렸다. 나는 벽시계를 보았다. 분명 4시다. 오후가 아니라 새벽이다. 벌써 몇 시간을 한 것인가?

"그럼, 컵라면이라도……."

이 시간에 배달을 하는 중국집은 없을 것이다.

"아저씨한텐 물건 팔지 말라고 했는데……."

그는 머리를 긁적였다.

"누가 그랬어? 이 쌍 간나아!"

입 속에서 욕이 불쑥 튀어나왔다. 왜 욕은 표준어로 안 되는 것일까. 나는 재빨리 입을 닫았다.

"아저씨 그만하세요. 벌써 며칠쨋지 아세요?"

그는 모니터 앞에 놓인 재떨이를 집어 들면서 말했다. 재떨이는 담배 꽁초로 가득했다. 구석에 담뱃갑이 쌓여 있다. 담뱃갑 맨 위엔 신용카드가 올려져 있다. 하나가 아니다. '서하림'이란 사인이 보인다. 글자가 흐릿해진다. 내 이름이다. 아니다. 본명이다. 가짜다. 진짜다. 하림이 내 이름인가? 아니다. 놈은 내 몸속에 사는 인간이다. 몸속이 아니라 콩팥이다. 놈은 내 콩팥 속으로 기어 들어갔다. 주인의 허락도 없이……. 정신이 없다. 발밑에는 빈 자장면 그릇이 수두룩하다. 며칠이나 지난 것일까?

"사 오 일 지난 것 같은데……."

그것보다는 조금 더……. 정지된 신용카드를 버리고 새로 신용카드를 발급받은 기억이 났다. 그것은 분명하다. 설마 신용 불량 위기에 처한 사람에게 다시 카드를 만들어 줄까? 혹시 모른다. 그들은 카드를 내주었다. 하지만 그 일이 언제인지 분명하지 않다. 1년 전의 일인 것 같기도 하고, 아니면 그보다 훨씬 앞인지도 모른다. 바츠 해방전쟁 당시인지도…….

"아저씨, 지금 농담하는 거예요?"

그는 재떨이와 자장면 그릇을 들고 나갔다. 나는 자리에 주저앉았다. 다리가 휘청거리고 머리가 몽롱하다. 얼마 동안이나 있었는지 모르겠다. 그것은 문제가 아니다. 지금 돈을 땄다는 그 사실이 중요하다. 카드 빚을 해결할 수 있다. 마리가 부탁한 돈, 고향으로 보낼 돈도 마련할 수 있다. 아버지의 건강이 좋지 않다고 했다. 아무리 싫어도 그는 내 아버지다.

"한 달이 훨씬 넘었어요."

그는 빗자루를 들고 와서 투덜거렸다. 그 말을 들으니 정신이 더 몽롱해진다.

"밤샘도 벌써 며칠쨌지 몰라요."

그는 자리 밑에 흩어진 담배꽁초를 쓸면서 말했다. 오랫동안 잠을 자지 않은 것 같다. 하지만 세상에 쉬운 일은 없다. 힘들이지 않고 얻을 순 없다. 그것은 내가 몸으로 익힌 철칙이다. 다시 누군가가 그만하라고 속삭인다. 도대체 어떤 놈일까? 귀에 익은 음성인데……. 귀에서 노래 소리가 들린다. 콩팥에서 들리는 소리 같기도 하다. 환청인가? 나는 의자를 다시 당겼다. 고도리를 해야 한다. 돈을 따야 한다. 그런데 모니터 불빛을 쳐다볼 수 없다. 눈을 뜰 수가 없다. 너무 아프다. 뒷골도 당긴다. 눈을 떠야 한다. 꼭, 반드시……. 어디서 벌레들이 윙윙거린다. 날카로운 송곳이 눈동자를 찌른다. 몸이 하늘로 솟아오른다.

2

You are Dead

나는 눈을 뜨고 벌떡 일어났다. 여기가 어딘가? 창밖으로 보이는 하늘이 우중충하다. 환자복을 입은 내 손목에 링거 주사 바늘이 꽂혀 있다. 나는 주위를 둘러보았다. 양쪽 벽면으로 똑같은 모양의 철제 침대가 네 개. 그 위에는 똑같은 표정의 중늙은이들이 주르르 누워 있다. 한 사람은 일어나 앉아 바깥을 쳐다본다. 풀린 눈동자나 표정 없는 얼굴이 살아 있는 사람 같지 않다. 인형이다. '고스트가 없는 인형'. 영화 〈공각기동대〉의 한 장면이 스쳐 지나간다. 몽롱하다. 귓가로 의사의 목소리가 희미하게 들린다.

"컴퓨터 사용 시간을 줄여야 해요. 특히 게임을……."

"……."

"이런 식으로 살다간 위험한 일이 벌어질 수도 있습니다."

"위험한 일이라뇨?"

그는 웃기만 할 뿐 말이 없다.

"그것은 기억이 지워져 버리는 끔직한 사태예요."

옆에 누운 어린 환자의 목소리다. 놈은 말을 하고 웃는다. 사태라니, 산사태를 말하는 것인가? 눈사태를 말하는 것인가?

나는 자리에서 일어나 팔뚝에 꽂힌 바늘을 뽑았다. 손목으로 피가 흘러내린다. 나는 잠시 멍해졌다. 정신을 차려야 한다. 병원복을 벗어 던지고 옷을 입었다. 이대로 물러설 순 없다. 여기서 '고스트가 없는 인형'으로 살 순 없다. 화장실로 달려가 허리띠를 풀자 물줄기가 쏟아진다. 변기 속에서 소용돌이가 일어났다. 물이 이렇게 많이 차 있었나? 잘못하면 홍수가 나서 화장실이 물속에 잠길지 모른다. 덜컥 겁이 났다. 아래를 손으로 움켜쥐었다. 심한 통증이 느껴진다. 그것이 방광에서 허리로 전해진다. 손을 놓아 버렸다. 물줄기가 바지를 적신다. 쓰나미가 밀려와 화장실이 아니라 병원이 물에 잠긴다고 해도 어쩔 수 없는 일이다. 시원하게 물줄기가 아래로 흘러내린다. 물줄기가 차츰 약해진다. 의사는 물사태, 홍수를 걱정한 모양이다. 멍청한 놈.

"누구냐? 넌……."

나는 거울을 향해 내뱉었다. 영화의 한 장면에서 나온 대사다. 근데, 정말 놈이 누군지 궁금하다. 얼굴을 유심히 살핀다. 내 얼굴이 아니다. 정말, 넌 누구냐? 자세히 보니 영 모르는 얼굴은 아니다. 하림인가? 그놈과 닮은 것도 같다. 누구면 어떤가? 빨리 여기를 나가야 한다. 얼굴을 씻으려다가 말고 병실로 달려갔다. 내가 남의 얼굴을 왜 씻냐? 나, 그렇게 한가한 사람이 아니다. 내가 누웠던 침대 옆에 놓인 윗도리를 걸치고 밖으로 나갔다.

나는 병실을 나가면서 머릿속이 깡통으로 변해 버렸는지 모른다는 생각이 들었다. 정말 그런 일이 일어났다면 어떻게 하지? 하지만 뭐가 문제인가? 기억은 지워지면 다시 만들 수 있다. 프로그램만 있으면 얼마든지 가능하다. 리셋(reset)은 식은 죽 먹기보다 쉽다. 주사액을 들고 복도를 걸어오던 간호사가 놀란 표정을 지었다. 나는 아랑곳하지 않고 뛰었다. 병원 문으로 다가서자 수위가 연락을 받았는지 막고 섰다. 늙은이를 밀어 넘어뜨리고 밖으로 나갔다. 간이 부은 영감이다. 끗발이 하늘을 뚫고 끝도 없이 올라가는 용머리를 움켜쥔 전사의 가는 길을 방해하다니. 나는 편의점으로 달려가 카드를 긁었다. 우선 돈이 있어야 한다. 그래야 다시 게임을 시작할 수 있을 것이다. 물이 올랐다. 찬물이 아니다. 사우나, 아니 온천, 아니 용광로다. 모든 것을 녹여 버릴 수 있는 부글부글 끓는 용암이다. 용암을 뿌려 대면서 하늘로 날아오르는 용이다. 승천하는 용에 몸을 실었다. 그런데 카드는 먹통이다. 아무리 긁어도 마찬가지다.

나는 소주 한 병을 단숨에 들이켜고 밤거리를 돌아다녔다. 멀리서 빨간 십자가 하나가 어둠을 밝히고 있다. 혹시 시골에 갔다던 전도사가 돌아왔는지 궁금하다. 피시방에서 정말 그를 봤었나? 그가 보고 싶다. 맞은편 골목 입구, 24시 편의점 불빛 아래 모자를 눌러쓴 룸살롱 삐끼 바퀴벌레가 나타났다. 놈은 가게에서 햄버거를 물고 바깥으로 나와 주변을 두리번거린다. 한때, 저 친구랑 같이 어둠이 드리워진 도심을 어슬렁거리는 술꾼들을 찾아다녔다. 돈 몇 푼 때문에……. 인생을 그렇게 살 필요가 없다. 난, 이제 프리랜서다. 가끔 돈이 궁할 때만 호객 행위로 손님을 물고 가서 머리당 얼마씩 받는다. 실은…… 쫓겨났다. 게임방에 처박혀 산다고 지배인이 기본급을 줄 수 없다고 했다. 치사한 놈. 돈 밖에 모르는 인간이다. 편의점 문이 열리고 똘아이가 나온다. 역시 삐끼인 그는 뽕꾼이다. 히로뽕을 할 땐 정말로 똘아이가 된다. 룸메이트에게 바퀴벌레란 별명을 달아 준 것도 놈이다. 뽕을 하면 옆에 누운 사람이 바퀴벌레로 변한다고 했다. 그는 영화배우 원빈을 닮았다. 삐끼로 돌아다니기엔 아까운 얼굴이다.

편의점 유리창 너머에 룸살롱 여급 인희가 길거리를 쳐다보면서 컵라면을 먹고 있다. 언제나 보라색 옷만 입고 다니는 그녀는 평양에서 배우로 활동하다가 두만강을 건너 남으로 온 탈북자지만 다른 북쪽 사람처럼 촌티가 나지 않는다. 말도 완전히 서울말이다. 쭈뼛거리지도 않는다. 얼굴은 영화배우 마리를 닮았다. 그녀는 말을 하지 않으면 북한 출신인지 알 수 없을 정도다.

편의점 유리창 앞으로 손오공이 지나간다. 나와 룸메이트인 놈의 관심은 오직 인희다. 하지만 손오공이 그녀를 통해 얻고 싶은 것은 영화배우 마리의 이미지다. 인희는 항상 손오공에게 시큰둥하지만 그래도 놈은 어떻게 해보겠다고 점퍼까지 인희가 좋아하는 보라색으로 사 입었다. 그녀는 보랏빛이라면 깜빡 죽는다. 보라색 점퍼라니! 요즘 유행하는 말로 패션에 대한 테러다. 그 꼴로 인희에게 몸까지 흔들어 대며 나 여기 있다고 외친다. 패션이 아니라 몸으로 테러를 한다. 인희는 묵묵부답이다. 저런 테러에 반응할 여자가 아니다. 그는 머리를 긁적이며 그냥 걸어간다. 손오공이 아니라 원숭이 같다. 나는 한 집에 사는 바퀴와 똘아이를 마주치기 싫어 길을 건너지 않고 걸었다. 둘 다 잡아 봐야 아무 가치도 없는 잡템, 몬스터들이다. 저들도 역시 바츠 해방전쟁에 참전한 용사였는데, 어쩌다가 저렇게 됐는지 모르겠다. 순간 눈물이 쏟아진다. 나는 흘러내리는 눈물을 훔치면서 걸었다. 걷고, 또 걸었다. 찬바람이 얼굴을 할퀴고 지나가자 술기운이 달아나고 몽롱하던 정신이 맑아졌다.

"여긴 웬일로……"

나는 저절로 말이 튀어나왔다. 정주 아줌마다. 그녀는 말이 없었다. 말을 하지 않는 것이 아니었다. 나를 알아보지 못하는 눈치였다. 평소와는 다른 모습이다. 그녀는 멍하니 앉아 있다. 훌쩍거리는 것도 같다. 나도 우두커니 서서 정주 아줌마를 쳐다보았다. 그녀가 아닌 것도 같다. 정주 아줌마라면 나를 몰라볼 리가 없는데 좀 이상하다. 아니다. 분명히 그녀다. 정주 아줌마가 틀림없다. 한참 만에 여자는 일어나서 길거리로 나갔다. 그녀는 어두운 횡단보도를 조심스럽게 건넜다. 정주 아줌마가 아니라 밤에 가끔 돌아다니는 주인 여자 같다. 지난번에 백석공원 옆에서 본 사람도 그녀일지 모른다. 그때도 누군지 헷갈렸다. 주인 여자는 한동안 밤 나들이를 다니지 않았다. 그런데 주인 여자의 덩치가 아니다. 그녀는 훨씬 뚱뚱하다. 역시 정주 아줌마인 모양이다.

그녀가 어둠 속으로 사라져 보이지 않는다. 나는 자리에 앉았다. 백석공원의 벤치다. 어둠 속에 엄지의 스티커 사진이 웃고 있다. 한 집에 사는 미성년자다. 그녀는 자기 사진을 아무 데나 마구 갖다 붙인다. 나는 벤치에 눕다가 주머니에서 지갑을 떨어뜨렸다. 손으로 그것을 집어 드는데 가족사진이 흘러내렸다. 그 속에는 젊은 시절의 부모님과 아직 고운 자태를 가진 할머니와 이제 막 걸음마를 시작한 동생과 그보다 훨씬 큰 내가 있다. 가족에게 돈을 보낸 지 오래되었다. 마리도 눈이 빠지게 돈을 기다리고 있을 것이다. 잘나가는 영화배우라고 돈이 넘쳐나는 것은 아닌 모양이었다. 그녀는 목돈을 좀 해달라면서 울먹였다. 좀처럼 울지 않는 그녀인데, 정말로 돈이 필요한 것이다. 답답하다.

의자 밑에 누가 먹다 만 소주병이 놓여 있다. 그놈을 주워 단숨에 입 속으로 털어 넣었다. 소주가 아니라 싸구려 양주다. 옆에 포장도 뜯지 않은 쥐포가 두 마리나 놓여 있다. 독한 기운이 목구멍에 불꽃을 튀기면서 아래로 내려간다. 의사가 말한 위험한 일이 벌어졌으면 좋겠다. 산사태든지 눈사태든지 홍수든지 쓰나미든지…….

눈이 절로 감긴다. 빨리 그런 사태가 일어나 세상이 끝났으면 소원이 없겠다. 새로 시작하고 싶다. 뭐든지……. 그것은 얼마든지 가능한 일이다. '유 아 데드(You are Dead).' 한때 친숙하다 못해 정겨운 메시지였다.

프로그램만 다시 돌리면 전혀 다른 세상이 펼쳐질 수 있다. 영화 〈공각기동대〉의 '인형사'는 네트의 바다를 떠돌다가 쿠사나기를 만나 새로운 인간으로 태어났다. 몸뚱어리가 강물 속으로 밀려들어 간다. 영화 속에서 바다 밑으로 끝도 없이 내려가는 쿠사나기처럼……. 왜 그 장면이 몽롱한 의식 속으로 떠올랐다가 사라지는 것일까? 따뜻한 기운이 온몸으로 퍼진다. 갑자기 주변이 나를 감싼다. 따뜻하다. 아늑하다. 낯선 곳이다. 아니다. 낯선 땅이 아니라 친숙한 동네다. 어린 시절 내가 놀던 강변이다. 보랏빛이다. 그 아름다운 강이 왜, 항상 보라색일까? 보랏빛 여인, 인희 때문인가? 그녀는 혈관을 돌아다니는 피도 분명히 보랏빛일 것이다. 인희는 고구마도 속살이 보라색인 것을 사다가 방에 두고 날것으로 먹었다. 멀리서 고양이 소리가 들린다. 영락없이 아이 울음소리다. 짐승이 아니라 누가 공원에다 아이를 버렸나 보다.

야옹.

　고양이가 앙칼지게 소리를 지른다. 한 놈이 아니다. 두 놈이 싸우는 모양이다. 또 다른 놈이 내지르는 소리가 가슴을 마구 할퀴고 지나간다. 여긴 고양이 소굴이다. 밤이면 동네 고양이는 죄다 공원으로 모여든다. 어쩔 때, 번득거리는 놈들의 눈빛 때문에 소름이 돋는다. 몽롱함도 눈앞에 펼쳐졌던 세상도 한꺼번에 무너져 내렸다. 눈을 번쩍 떴다. 짙은 어둠이다. 머리가 가벼워진 걸 보니 그사이 잠을 좀 잔 모양이다. 따뜻한 방에 가서 눕고 싶다. 눈을 크게 뜨고 몸뚱어리를 일으켜 세웠다. 공원에 드리워진 어둠 속으로 불빛이 비집고 들어와 있다. 근처 가게를 지키고 있는 간판들에서 흘러나온 것이다. 나는 공원을 가로지른 불빛을 따라 고개를 돌렸다가 흠칫 놀라 침을 삼켰다.

　웬 놈이 아름드리 플라타너스 나무에 기대서서 이쪽을 노려보고 있었다. 내 머리카락이 꼿꼿이 일어섰다. 플라타너스를 가르고 지나가는 불빛에 커다란 칼 하나가 걸려 있는 것이 보였다. 놈은 오른손으로 칼을 움켜쥐었다. 놈의 손에 들린 칼 끄트머리로 선연한 핏방울이 흘러내린다. 분명히 피, 붉은 핏물이다. 놈은 플라타너스 옆에 제법 폼 나게 세워진 시비를 내려다보고 있다. 백석의 시 〈모닥불〉을 새긴 비석이다. 놈은 천천히 고개를 들어올린다. 숨이 멎는 것 같다. 불빛 사이로 놈의 얼굴이 언뜻 드러났다 사라진다. 하림이다. 내 콩팥 속에 숨어 사는…… 그럼, 나는 누구인가? 내 이름은 하림인데…… 놈은 나란 말인가? 아니다. 하림은 내 친구다. 그는 칼을 움켜쥐고 벤치 쪽으로 걸어온다.

　"주철아, 나 몰라?"

놈의 입에서 말이 튀어나온다.

"……."

나는 아무런 대꾸도 하지 못하고 가쁘게 숨을 몰아쉰다. 나도 모르게 손가락을 움직인다. 눈앞에 나타난 것은 몬스터다. 괴물을 물리쳐야 한다. 그렇지 않으면 내 모가지가 달아날지 모른다. 하림이라고? 내가 그 따위 구라에 속아 넘어갈 줄 알았나. 서둘러야 한다. 내 검은, 쿠사나기의 투구는 어디로 갔나? 갑옷은……. 빨리 몸을 쿠사나기로 바꿔야 한다. 내 아바타로 놈의 목을 따야 한다. 한 칼에……. 바츠 해방전쟁 당시의 그 날렵한 솜씨로……. 그러지 않으면 내가 죽는다. 그것이 게임의 법칙이다. 나는 마우스를 클릭하려고 손가락에 힘을 주었다. 해방전쟁의 동지 피멍이 나타나 좀 도와주었으면 좋겠다. 하지만 그는 없다. 혼자서 해결해야 한다. 그런데 마우스가 꼼짝하지 않는다. 온 힘을 손가락에 쏟아 부었다. 왜 움직이지 않는 것일까? 고장인가? 하필 이 때……. 나는 자리에서 벌떡 일어났다. 놈은 다크엘프, 암살자다. 분명하다. 그의 칼을 내 몸속에 박아 넣을지 모른다. 나는 목이 달아나 피를 쏟고 공원 바닥에 꼬꾸라질 것 같다. 그런데, 놈은 몬스터가 아니다. 하림이다. 뭐 저런 놈이 다 있어. 은혜도 모르는 배은망덕한 놈……. 그가 나를 잡기 위해 달려온다. 그의 한쪽 눈알이 땅바닥에 떨어진다. 사과만 한 눈알이 공처럼 구른다. 그는 개의치 않고 나를 향해 뛰어왔다. 나는 정신이 번쩍 들었다. 나도 뛰기 시작했다. 하림의 가면을 둘러쓴 적일지 모른다. 전설의 전사 쿠사나기의 모가지엔 현상금이 걸려 있다. 나는 이동할 때마다 손을 움찔대면서 마우스를 클릭하고 있다. 가면을 쓴 몬스터가 따라온다. 놈의 걸음이 빨라진다. 나는 서둘러 마우스를 움직인다. 속도를 높이기 위해 손가락을 빠르게 누른다. 클릭 속도를 높여야 한다. 그래도 놈은 자꾸 따라온다. 꿈도 게임도 아니다. 어둠 저쪽에 낡고 허름한 양옥 한 채가 덩그러니 서 있다. 집이다.

3

용의자, 엑스트라, 몬스터

온 세상 온 하늘 아버지래요.

우리를 키워 주신 분

어디서 노랫소리가 들린다. 정주 아줌마 목소리다. 그녀가 만든 찬송가다. 다행히 아침이면 해대는 용서하라는 기도 소리는 들리지 않는다. 무슨 죄를 지었기에 허구한 날 용서 타령일까? 아침이 아닌가? 아침이 맞다. 어떻게 집으로 돌아온 모양이다. 찬송가 소리 때문인지 속이 울렁거리고, 토할 것 같다. 눈꺼풀이 절로 벌어진다. 방 안이다. 하림이 그 놈이 나랑 무슨 원수가 졌기에 친구를 이렇게 괴롭히는가? 아무리 달려도 걸음이 옮겨지지 않았다. 다리가 풀려 걸어갈 수도 없었다. 마우스를 클릭하지 않고 이동하는 게 너무 낯설고 힘들었는데……. 투구를 쓰고 갑옷을 입고, 칼을 차야 나는 제대로 걸을 수 있다. 쿠사나기는 내 아바타가 아니다. 바로 나다. 그리고 암살자는 하림이다. 개 같은 자식!

세상에 믿을 놈 없다더니……. 허락도 없이 콩팥 있던 자리로 들어온 것도 모르는 척 눈감아 주었는데……. 그러나 새벽에 만난 사람은 하림이 아닐 수도 있다.

플라타너스. 백석의 시비 옆에 있는 커다란 플라타너스……. 그 나무에서 누군가가 목을 매달아 죽었다. 자살이다. 자살을……. 그 끔직한 몸뚱어리를 두 눈 뜨고 지켜보았다. 옆에 서 있던 대딸방의 핸플녀 엄지는 놀라 땅바닥에 주저앉았다. 그 일을 떠올리면 지금도 오금이 저린다. 엄지는 아직도 그날의 공포에서 헤어나질 못했는지 플라타너스 근처에 가면 헛것을 본다. 정주 아줌마도 심하게 충격을 받았는지 공원이 무섭다고 했다. 그럼, 새벽에 그곳에서 본 여자는 누구인가? 정주 아줌마가 아니라 주인 여자인 모양이다. 2층에 앉아 하루 종일 설교 방송만 보는 그녀는 가끔 술에 취하면 지팡이도 짚지 않고 '장백산 줄기줄기 피어린 자욱, 압록강 굽이굽이 피어린 자욱' 어쩌고 하는 노래를 부르면서 어두운 백석공원 주변을 돌아다녔다. 상체가 풍선 같아 낮엔 지팡이 없이 제대로 서 있지도 못하는 여자가 뒤뚱뒤뚱 잘도 걷는다. 그런데 공원 플라타너스 나무에 누가 목을 매단 이후로 주인 여자는 밤에 밖으로 나오지 않았다. 자살 사건 때문에 한동안 말들이 많았고, 동네가 시끄러웠다. 특히 공원 주변의 상가 사람들이 죽은 사람을 위해 위령제까지 지내 주었다. 제발 자기들 장사 방해하지 말라고……. 그럼, 하림이 아니라 자살한 그 사람이 나타난 것인가? 죽은 자가 몬스터가 되어……?

머리가 어지럽다. 정주 아줌마를 불러야 하나? 원래 간호사였다는 아줌마의 손길이 닿으면 아픈 것이 사라진다. 어쩔 땐 아스피린 한 알로, 어쩔 땐 침 한 방으로 두통도 체증도 치료한다. 북한에서 간호사는 거의 의사처럼 환자를 치료한다. 정주 아줌마는 웬만한 수술도 거뜬히 해낼 것이다. 내가 칼로 배를 찌르는 자해를 해 마당에 쓰러졌을 적에도 응급치료로 내 목숨을 구해 주었다. 달수 놈이 집으로 쳐들어 와서 소란을 피웠을 때 일이다. 찬송가가 귓가를 맴돈다. 환청인지, 아줌마의 음성인지, 분명하지 않다. 환청이라면 여기는 병원인가? 병원에 갇혀 방 안을 꿈꾸는 것일까? 진통제 주사를 맞고 몽롱한 상태에서……? 확인해야 한다. 옆에 누워 있어야 할 손오공이 보이지 않는다. 그는 내 룸메이트이며, 내가 군주로 있는 혈맹 '뫼비우스의 띠' 혈원이다. 여기가 병원인가? 지붕이 흔들린다. 천장은 분명히 방인데……. 방이다. 내가 힘들게 고개를 옆으로 돌리자 깨끗하게 정돈된 주변이 눈에 들어왔다. 정주 아줌마가 깔끔하게 치운 모양이다. 청소는 방세에 포함돼 있었다. 병원을 도망쳐 나와 집으로 돌아온 모양이다. 아직 손오공이 들어올 시간이 아닐 수도 있다. 아니면, 어디 룸살롱 구석에서 자고 있는지, 혹은 어느 년이랑 어디서 뒹구는지, 그것도 아니면 피시방에 처박혀 온라인 음란 사이트에서 나신을 훔쳐다가 여배우 얼굴이랑 합성하는 장난을 하고 있는지도……. 참, 내가 부탁한 일을 하기 위해 해킹을 하고 있는지도 모른다. 놈은 소년원 출신답게 남의 물건이나 정보를 훔쳐보거나 가져오는 데 도사다.

갑자기 위가 울렁거린다. 똥까지 마렵다. 너무 오랫동안 인터넷 도박에 몰입해 있었다. 이제 인터넷은 쳐다보기도 싫다. 나와 같이 바츠 해방전쟁에 참여한 피멍이 온라인 게임은 가상현실이 아니라 현실이라고 말한 적이 있다. 헛소리다. 이제는 새사람이 되고 싶다. 그놈의 게이

머, 지겹다. 머릿속이 몽롱하다. 도대체 몇 날 며칠을 그곳에 머물렀단 말인가? 머리를 굴린다. 얼마 동안인지도 모르겠다. 또, 알면 뭣하겠는가? 다시 눈을 감자 머리가 흔들리고, 뱃속에서 요란한 소리가 나고, 속이 뒤틀린다. 나는 자리에서 벌떡 일어나 방문을 열어젖힌다. 고개를 바깥으로 내밀고 헉헉거린다. 똘아이가 뽕을 하고 가끔 이런 짓을 한다. 나도 약을 맞은 것일까? 그러나 위에서는 아무것도 올라오지 않는다. 나는 잠시 망설이다가 손가락을 주둥이 속으로 집어넣었다.

"헉 헉."

구역질이 올라온다.

"하림 씨?"

굵은 남자의 목소리다.

환청인가? 환청처럼 들리던 찬송가는 들리지 않는다.

"서하림 씨, 맞죠?"

환청이 아니다. 나는 아랑곳하지 않고 웩웩거리면서 뱃속에 찬 토사물을 끌어올리려고 용을 쓴다. 하지만 입가로 흘러나오는 것은 침뿐이다. 혀뿌리를 누르고 있다가 끄집어낸 손가락에 타액이 묻어 나왔다. 그러고 보니 먹은 게 없다. 아무것도……. 위가 텅 비었다. 마당에 흩어져 있는 종이 쪼가리 하나가 눈에 들어온다. 흐릿하게 글씨가 보인다. 낡고 구겨진 모양이 오늘 신문은 아니다. '백석공원, 적출된 안구…….' 뒷부분은 어디로 달아나 버렸다. 뭔 소린지 모르겠다. 뽑힌 눈알이라니……. 어디서 비슷한 얘기를 들은 것도 같다. 하림인가? 그놈이 한 말인가? 한 말이 아니라 그의 눈알이 땅바닥에 떨어져 굴러 다녔던 것 같다. 아니다. 인터넷에서 본 것 같기도 하다. 게임을 하다가 신문을 봤나? 근데, 무슨 뚱딴지같은 소린가? 공원에서 눈알이라니?

나는 손등으로 눈물을 훔친다. 마당에 떨어진 신문을 읽고 싶다. 그런데 빈속이 계속해 울렁거린다. 입에서 흘러내리는 것은 침이다. 갑자기 돌덩이가 등짝을 내려친다.

"엊저녁에 술을 많이 드신 모양이군요?"

묵직한 손바닥이 등을 두드린다. 아프다. 돌덩이가 아니라 송곳이다. 등짝에 굵은 대침이 박히는 것 같다. 나는 고개를 들었다. 누군가? 내 이름까지 다 알고, 눈매가 예사롭지 않다.

"누, 누구……?"

나는 말을 더듬거린다. 경찰인가?

"우린 자네가 죽은 줄 알았어. 하도 연락이 안 돼서 말이야."

그는 말을 하고 주위를 두리번거린다. 근데, 어디서 듣던 말이다.

"죽다뇨?"

"그럴 일이 좀 있어. 근데 말이야, 물어볼 게 좀 있어."

그는 다가서며 내가 살아 있어 안심이라는 표정이었다.

"뭘요?"

내가 눈에 고인 눈물을 훔치고 말한다.

"회령 아저씬?"

웬 뜬금없는 소린가? 눈 속에서 물기가 사라지자 또 다른 사내 하나가 눈에 들어온다. 그는 수돗가에 앉아 물을 받고 있는 정주 아줌마에게 뭔가를 묻고 있다. 그녀는 방에서 찬송가를 부르다가 마당으로 나왔나? 찬송가를 마당에서 흥얼거렸을 수도 있다. 어쩌면, 내 귀에만 들린 환청이었는지도 모른다. 아줌마가 대꾸를 하지 않자 남자는 약간 머쓱

한 표정을 짓는다. 그녀는 물을 받다 말고 주머니에서 무엇을 꺼낸다. 다마고치다. 저놈은 일을 못 하게 하는 게임인데…….

무산 아저씨의 트럭이 천천히 마당으로 들어와 수돗가 앞에서 정지한다. 청과물 시장으로 나가 행상할 과일을 떼어 온 모양이었다. 무산 아저씨의 아들, 무진이 자동차에서 내려 수돗가에 앉아 있는 사내의 주변을 서성거린다. 약간 모자라는 놈은 집 안으로 들어온 낯선 사람을 보면 그냥 지나치는 일이 없다. 이어 무산 아저씨가 트럭에서 뛰어내려 자기 방 쪽으로 금방 사라졌다. 사내가 무진의 손에 들려 있는 사과를 빼앗아 씻지도 않고 우적우적 씹어 먹는다. 무진은 짜증을 내지도 않고 트럭 바퀴를 타고 올라가 또 다른 사과 하나를 집어 들고 내려왔다. 저놈은 누구인가? 사과를 씹는 폼이 인간은 아니다. 몬스터가 아닐까? 겁부터 난다.

달수인가? 놈이 내 장기를 가져가겠다고 다시 나타났나? 아니다. 달수는 아니다. 혹시 달수 놈이 보낸 이들이 아닐까? 맞다. 어디서 들었던 소리다. "우린 자네가 죽은 줄 알았어." 그럼, 몬스터다. 달수는 인간이 아니다. 놈은 달수의 똘마니다. 사과를 씹어 먹는 폼이 영락없는 뉴비(풋내기)다. 내 옆에 서 있는 놈의 신참이다. 필요하면 죽을 각오로 몸을 던지는 일종의 몸빵이다. 바츠 해방전쟁의 내복단이다. 그런데 뉴비치곤 너무 늙었다. 하지만 울티마(온라인 롤플레잉 게임의 하나)의 세계는 냉정하다. 그곳은 현실과 닮아 나이보다 능력이다. 노인이라도 능력이 없으면 뉴비다. 별수 없다. '유 아 데드'라는 메시지를 두려워하지 않는 뉴비. 그것이 몸빵의 운명이다. 내복단의 길이다. 놈은 엉뚱하게 회령 아저씨 얘기로 나를 안심시키려 든다. 술수가 많이 늘었다. 세상일은 컴퓨터 게임과 같아 하면 할수록 실력이 좋아지게 마련이다. 예전처럼 무식하게 바로 달려들어 협박하지 않는다.

"회령 아저씬 왜요?"

꼼수인 줄 알지만 일단은 공손하게 받아 주는 것이 고수의 매너다.

"그 사람이 도통 보이지 않아. 자네처럼."

나는 놈의 말을 듣는 척하며 주변을 살핀다. 어디로 도망가야 하나?

"저도 그분 못 뵌 지 오래됐는데요."

"근데, 저긴 뭐 하는 곳이야?"

그가 한쪽 구석으로 걸어간다. 지금이다. 지금을 놓치면 안 된다. 저놈들에게 끌려가면 한쪽 눈알을 뽑아야 할지 모른다. 놈들은 콩팥 하나에 만족하지 못한 모양이다. 지난번에는 간을 달라고 나타났다. 이번엔 눈이다. 콩팥은 하나만 있어도 별탈이 없다. 간은 좀 잘라 줘도 된다. 표시도 나질 않는다. 허나 눈알은 다르다. 외눈박이로 살 수는 없다. 나는 잽싸게 신발을 신고 달렸다. 수돗가를 서성이던 다른 놈도 어디로 갔는지 보이지 않는다. 대문을 향해 달렸다. 무진이 뒤따라온다.

"잡아! 저놈!"

한쪽 구석으로 들어갔던 고참이 소리를 지르고 뒤따라온다.

"뭐 해!"

그는 고함을 질렀다. 두 놈이 다 와도 날 잡을 순 없다. 대문 앞에서 마주친 엄지가 "오빠, 어딜 가?" 하고 소리를 지른다. 나는 차도를 가로질러 달렸다. 상황이 상황인지라 새벽과 다른 세계가 눈앞에 펼쳐진다. 불쑥 기력 게이지가 엄청나게 올라간다. 놈들은 내 주먹 한 방에 피를 토하고 죽을 것이다. 나는 사이보그 닌자 쿠사나기다. 몸뚱어리가 붕 붕 떠오른다. 체력 게이지가 하늘로 올라간다. 이번엔 좀 다른 게임이다. 나는 가랑이를 길게 벌려 앞쪽 다리를 성큼 내딛는다. 순간이동, 텔레포트다. 암, 여기서 내복단처럼 피케이(PK, player kill) 당할 수는 없다. 바츠 해방전쟁에서의 죽음은 거창한 명분이라도 있었다. 한쪽 다리로 허공을 밟았다. 버프(buff. 공격과 방어력의 일시적 증강)가 없다. 그런데도 몸이 떠오른다. 게임 속의 캐릭터가 아니라 〈매트릭스〉 속의 네오다. 네오처럼 두 다리로 허공을 짚고 위로 올라서다가 아스팔트 위로 고꾸라진다. 자동차 소리가 요란하다. 또 다른 차가 아스팔트를 요란하게 긁어 대면서 멈춘다.

"이 새끼가 미쳤냐!"

자동차에서 고개를 내민 운전사다.

"저, 저…… 저놈 잡아!"

늙은 뉴비가 달려와 숨을 몰아쉬면서 말한다. 그가 엉겨 붙는다. 울티마 게임의 뉴비와는 좀 다르다. 신참이 이렇게 잽싸게 움직일 리가 없다. 숙련된 뉴비다. 똘마니로 살긴 아깝다.

"박 형사, 수갑 채워!"

그는 뉴비를 향해 외친다. 박 형사, 경찰인가? 뉴비가 정말 수갑을 꺼내 내 손목에 팔찌처럼 매단다. 게임에는 없는 설정이다. 하긴 바츠 해방전쟁도 게임 설계자가 전혀 예상하지 못한 일이었다. 앞에 섰던 자동차 하나가 핸들을 돌려 떠난다. 미쳤냐고 소리를 지른 운전사는 자동차를 한쪽에 세운다. 그러더니 불구경 만난 아이 표정으로 자동차에서 내린다. 그 옆엔 진짜 아이 무진이 눈을 휘둥그레 뜨고 있다. 금방이라도 울음을 터뜨릴 표정이다. 엄지가 내 쪽으로 달려오려는 무진을 잡는다.

"이 새끼가 범인 아냐!"

수갑을 채운 늙은 뉴비가 내 뒤통수를 갈긴다. 불똥이 눈앞에서 번쩍거리다가 사라진다. 엄청난 데미지다. 주먹 게이지가 많이 닳았을 것이다. 분명 신참은 아니다.

"일단 데려가자고."

그가 말을 하고 담배를 꺼내 물었다. 나는 뒤돌아 엄지와 무진을 쳐다보고 경찰차에 올랐다. 벌써 적잖은 사람들이 주변으로 몰려들었다.

"너, 지난 달 24일 밤에 어디 있었어?"

처음 보는 얼굴이다. 지난 달 24일 밤이라……. 모르겠다. 그나저나 오늘은 며칠인가? 나는 대답을 하지 않는다.

"회령 아저씨 알지? 니가 죽여 눈알 뽑은 사람 말이야."

무슨 말인지? 뜬금없다.

"눈알요?"

"그래, 눈알."

그는 말을 하고 나를 쳐다보았다. 놈은 상대방의 동요를 읽고 싶은 모양이었다.

"그걸 어떻게 뽑아요?"

나는 짜증스럽게 물었다.

"잘 알 거잖아. 니가 한 일이니!"

"제가 무슨 마법산가요? 사람 눈알을 뽑게."

"……."

그가 내 눈알을 뚫어지게 노려본다. 놈이 내 눈알을 뽑으려나? 나는 아무런 미동도 보이지 않았다. 그러자 형사는 고개를 돌렸다. 그가 원하는 것은 나의 대답이 아닌 모양이다. 겨우 눈알을 가지고 아침부터 이 난리를 피웠나? 기가 막힌다. 나는 속으로 중얼거렸다. 죽는 것도 한칼인데. 도망가다가도 죽는데, 눈알이 없으면 마법사한테 치료해 달라면 되지. 아니면 물약을 먹든지, 씨발. 형사의 눈동자가 사라지자 방문 앞에 떨어져 있던 신문에서 보았던 기사가 떠올랐다. 봤나? 아닌가? 하림의 모습, 놈의 눈이 길바닥에 떨어져……. 그러나 분명한 것은 아니다.

형사는 무표정하게 키보드를 두드렸다. 컴퓨터란 놈은 꼭 게임만 하는 물건이 아니다. 무진에게서 사과를 빼앗아 씹어 먹던 형사가 안으로 들어온다. 늙은 뉴비다. 그래도 달수 똘마니가 아니라 천만다행이다. 저놈이 달수의 뉴비였다면 내 눈알을 뽑았을 것이다. 그들은 진짜 몬스터다.

"그럼, 왜 도망갔어?"

그는 건성으로 물었다. 내가 눈알이란 말에 미동조차 없자 약간 김이 빠진 모양이다.

"먼저 경찰이라고 말했으면……."

나는 약간 짜증스럽게 중얼거렸다. 수갑을 차고 경찰서로 끌려오는 바람에 매스껍던 속이 뚫렸다. 마법사도, 힐(heal)도, 물약도 없이. 막혔던 콧구멍에 소금물을 들이부은 것처럼 시원하다. 숨을 들이켜니 살 것 같다. 그 때문에 배가 고프다. 체력 게이지를 올리려면 먹어야 한다.

"주민등록번호 불러."

형사가 소리를 질렀다.

"근데, 경찰 아저씨 냉면 한 그릇만 시켜 주면 안 돼요?"

"냉면?"

그는 어이가 없다는 표정이다.

"네, 백석공원 앞에 아바이 면옥, 육수 죽이는데……."

나는 갑자기 그 집 회냉면이 먹고 싶었다. 고춧가루를 듬뿍 버무린 냉면에 찬육수를 부으면 침이 절로 넘어간다. 허기 때문인지 하품이 나온다. 게임을 하면 먹는 게 귀찮은데…….

"냉면에 하품까지……."

그가 잠시 나를 쳐다본다.

"여기가 니 집 안방이야? 좀 맞아야 정신을 차리겠어! 이 새끼 딱 보니까 눈깔 뽑은 범인이네!"

늙은 뉴비다.

"박 형사님."

뉴비가 입을 다물었다. 앞쪽에 앉은 경찰이 늙은 뉴비보다 고참인 모양이다.

"근데, 아까부터 이게 무슨 냄새야?"

그는 키보드를 치다가 코로 냄새 맡는 시늉을 했다. 뉴비가 불쑥 다가온다.

"이 새끼야, 좀 씻고 다녀라!"

뉴비가 내 몸에 코를 갖다 대더니 인상을 찡그리고 소리를 지른다.

"일단 주민등록번호부터 불러 봐!"

앞에 앉은 형사도 코를 막으며 중얼거린다. 나는 좀 미안한 생각이 들어 주민번호를 떠올린다. 피시방의 고약한 냄새도 내 몸에서 났던 것이다. 근데, 먹통이다. 숫자가 기억나질 않는다.

"아저씨, 근데 주민번호가 생각나질 않는데……."

그는 황당한 표정을 짓는다.

"너, 대한민국 국민 맞아?"

박 형사란 놈이 들고 있던 서류로 내 뒤통수를 후려친다. 서류철이 터져 종이들이 바닥으로 뒹군다. 그가 쪼그리고 앉아 종이를 줍는다. 뒤통수가 얼얼하다.

"정 형사, 여기 있어."

저쪽에서 다른 형사가 서류 한 장을 들고 와서 건넸다.

"반장님, 이걸 어디서?"

서류를 들고 온 사람이 반장인 모양이었다. 방 앞에서 구역질을 하던 내 등짝에 대침을 놓아 주면서 회령 아저씨를 찾던 형사다.

"휴대폰 번호로 알아냈지. 박 형사, 자장면 시켜. 이 친구 거까지 네 그릇."

그는 종이 뭉치를 쥐고 일어나는 늙은 뉴비에게 말했다.

"전, 냉면이 먹고 싶은데요."

"반장님, 저 자식이 말하는 거 보세요."

그는 다시 칠 폼이었다. 나이는 반장이란 사람보다 한참 먹은 것 같은데, 높임말이다. 반장은 이들 중에서 가장 앳된 얼굴이다.

"서하림……."

컴퓨터 앞에 앉은 형사가 모니터를 쳐다보고 중얼거렸다. 그는 더 이상 묻지 않고 컴퓨터 키보드를 두드린다.

"주민등록이 말소됐잖아. 이 자식 진짜 주민등록번호 잃어버렸네."

"이놈 봐라. 절도 경력이……."

옆에서 수화기를 들고 중국집에 전화를 누르던 박 형사가 모니터를 언뜻 쳐다보고 중얼거린다. 그는 강력 2팀으로 자장면 넷이라고 소리를 지르고, 모니터 앞으로 얼굴을 들이밀었다.

"저, 하림이 아니에요."

나는 무심코 말을 뱉었다. 하지만 그것은 사실이었다.

"뭐라?"

"정 형사, 사진 크게 띄워 봐!"

반장은 모니터와 나를 번갈아 가면서 쳐다본다.

"이 개새끼가 거짓말하고 있어."

박 형사가 사정없이 뺨을 갈겼다. 워낙 게이지가 높은 타격이라 나는 몸을 지탱할 수 없어 옆으로 넘어진다. 숙달된 뉴비는 고참보다 무섭다.

"여기가 어디라고 엄살을 떨고 있어!"

그는 소리를 지르면서 다가와 내 멱살을 쥐었다. 나는 놈이 계속 공격을 할 것 같아 고개를 숙였다. 게임에서 적이 쓰러지면 곧바로 달려들어 밟아 버려야 한다. 칼을 뽑을 시간을 주면 안 된다. 그런데 놈은 더이상 타격을 하지 않는다. 체력 게이지가 모두 닳았는지 모른다. 약간 실망스럽다. 놈을 파워풀한 전사로 알았는데……. 좀 전의 손바닥 파워는 그만큼 위력적이었다. 치는 놈이나 맞는 놈이나 서로 상당한 데미지를 받을 만한 펀치였다. 바츠 해방전쟁 당시 시저 황제의 친위대가 생각날 정도였다. 내가 몸을 추스르고 앉는데도 정 형사와 반장은 모니터에서 얼굴을 떼지 않고 있다.

"게임 머니를 훔쳤네."

반장이 혼잣말로 중얼거렸다.

"게임 머니라니요?"

"인터넷 게임에서 쓰는 돈 있잖아요."

"그걸 훔쳐도 절도인가?"

박 형사는 말을 하고 반장의 얼굴을 쳐다보았다. 나는 고개를 숙였다. 그때 나는 좀 더 신중했어야 했다. 손오공이 위험하니까 절대로 손대지 말고 그냥 나오라고 소리까지 질렀다. 하지만 아덴이, 정확히 말해 현실 세계에서 사용할 수 있는 돈이 절박했다.

"그게 절도가 되는 모양이더라고. 근데, 너 하림이 아니라니 무슨 말이야?"

반장이 내 얼굴을 쳐다보고 물었다.

"뭐, 다른 뜻은 아니고……."

나는 쭈뼛거리면서 대답했다.

"이 자식이 또 거짓말을!"

박 형사가 고개를 돌려 나를 뚫어지게 쳐다보았다. 당장 주먹을 날려 가슴에 꽂을 기세다. 나는 몸이 절로 쪼그라든다. 도저히 상대할 수 없는 적을 만났을 때는 피하는 것이 상책이다. 이제는 무슨 게임이었는지 기억도 나지 않지만 거기에 등장하는 캐릭터 중에 엄청나게 빠르고 공격력도 강한, 그야말로 신출귀몰한 몬스터가 있었다. 그놈에게 걸리면 죽기 십상이 아니라 죽을 수밖에 없었다. 그래서 무조건 달아나야 했다. 나중에는 그놈의 발자국 소리가 멀리서 들려와도 가슴이 울렁거렸다. 영락없는 울렁증이다. 어쩔 때는 머리카락이 삐쭉삐쭉 솟아올랐다. 박 형사라는 놈은 그런 몬스터의 기질이 다분하다. 길바닥에 쓰러진 내게 수갑을 채울 때부터 그랬다. 경찰서에서 썩기 아까운 인물이다. 사이버 공간에 들어가면 자기보다 어린 애송이에게 반장님이란 존칭을 쓰면서 굽실거리지 않아도 될 텐데……. 놈은 그런 좋은 세상이 있는 줄 모르는 모양이다. 영화 〈공각기동대〉의 쿠사나기에게 알리면 바로 네트의 바다로 스카우트될 것이다. 아니면, 〈메트릭스〉의 모피어스에게 새로운 네오가 출현했다고 알려야 할 판이다. 정말 아깝다. 아무튼 저런 파워를 만나면 줄행랑이 최선의 공격이다. 자신의 게이지가 강력해질 때까진……. 현실이나 게임이나 힘이 있어야 한다. 그래야 품위를 지킬 수 있다. 힘이 곧 질서다.

"너 직업이 배우냐?"

정 형사가 모니터를 보면서 물었다.

"네."

"영화배우?"

"……네."

내가 망설이다 대답했다.

"그러고 보니 좀 생겼네. 무슨 영화야?"

박 형사는 나를 아래위로 훑어보며 감탄조로 말한다.

"……."

나는 고개를 숙였다.

"고개 들어 봐!"

"근데, 이 새끼가 꿀을 바가지로 처먹었나? 물어도 대답이 없어! 안 그래도 눈깔 주인을 몰라 열나 죽겠는데……."

박 형사가 손을 들었다. 다시 한 대 칠 폼이다.

"추, 추, 추격자들……."

나는 마지못해 입을 열었다.

"그 영화에서 니 얼굴 못 봤는데……."

"야, 너 그 영화에서 무슨 역 했어?"

"……."

나는 아무 대꾸도 하지 않았다.

"이 자식이!"

그의 손이 금방 올라올 것 같았다.

"에, 에, 엑스트라……."

나는 하는 수 없이 말을 뱉었다. 실은 얼굴이 몇 번 나온 단역이었다.

"박 형사님, 그만해요."

반장이 말을 하고, 의자에 앉는다.

"너, 지난 한 달 동안 어디 있었어? 전화도 안 받고."

그는 차분한 음성으로 물었다.

"게임방에요."

"이 새끼, 또 거짓말하고!"

"박 형사!"

반장이 언성을 높였다.

"죄송합니다."

그는 대답을 하고 머리를 긁적거렸다. 무식한 놈. 그러니까 평생 뉴비다.

"회령 아저씨 어딜 갔는지 몰라? 한 집에 사는 사람들이 너랑 친하게 지냈다던데."

반장이 다시 물었다.

"모르는데요."

반장이 답답한지 주머니에서 담배를 꺼냈다. 그리고 먼저 내게 내밀었다. 나는 담배를 받아 물었다. 반장이 불을 붙여 주고 자신도 담배를 피워 물었다.

"야, 그 집에 사는 사람들은 기록을 안 남겨? 남의 집에 살면서 계약서도 없고."

뉴비가 구시렁거렸다. 계약서를 안 쓴 것이 아니다. 우리 방은 손오공이 주인아줌마와 계약을 했다. 아마 회령 아저씨를 두고 하는 말일 것이다. 그는 쫓기는 신세라 신상 기록을 남기길 두려워한다.

"그 사람 키가 얼마쯤이야?"

정 형사가 물었다.

"저보다 훨씬 작아요. 백육십도 못 될 거예요."

내가 말하자 정 형사가 옆에 놓인 서류를 집어 넘겼다. 반장이 그를 쳐다보았다.

"국과수 추정치랑은 좀 다른데요. 그 사람이 아닌가?"

"덩치는?"

"아주 작은 사람이에요. 동강이죠, 뭐."

"동강이……."

반장이 혼잣말로 중얼거렸다.

"반 토막이란 말이죠. 키 때문에 사람들한테 놀림도 많이 당했어요."

이때 문이 열리고 철가방이 들어섰다. 그가 자장면 그릇 넷을 책상 위에 올려놓자 반장이 지갑에서 돈을 꺼낸다. 나는 침이 절로 넘어간다.

"야, 너도 먹어!"

철가방이 나가자 반장이 젓가락을 들며 말했다. 나는 잽싸게 자장면 그릇에서 랩을 벗겨 내고 젓가락을 뽑아 들었다. 그리고 그릇을 집어 들고, 마파람에 게 눈 감추듯이 후닥닥 해치웠다. 게 눈도 이렇게 빠르진 않을 것이다. 한순간 자장면 그릇이 비어 버린다. 게이지가 하늘 끝에 닿은 느낌이다. 형사들이 놀란 표정으로 젓가락을 들지 않고 있다.

"너, 한 달 넘게 밥도 안 먹고, 씻지도 않고 게임만 했나?"

"……."

나는 약간 민망해졌다.

"게임방에만 있었던 건 아니에요."

"그럼?"

"병원에 있었던 것 같아요. 잘 기억이 나질 않지만……."

"병원은 왜?"

늙은 뉴비다. 처음으로 뱉은 부드러운 말이다.

"게임방에서 쓰러진 것 같았는데, 깨어나 보니……."

나는 말을 하고 머리를 긁적거렸다.

"이 자식 완전히 게임 폐인이구먼. 우리 아들놈같이……. 어떤 놈이 그 게임이란 걸 만들었는지. 애나 어른이나 그것 때문에 망친 인생이 한둘이 아니야. 전교 1등 하던 놈이 이젠 중간도 안 되니……. 니미랄, 그 성적으로 경찰대학을 어떻게 가나? 야, 너 이것도 먹어라."

늙은 뉴비가 말했다.

그는 들고 있던 젓가락을 놓았다. 갑자기 골칫거리 아들이 떠올라 입맛이 달아나 버린 모양이었다. 나는 눈치를 살폈다.

"먹어."

반장도 거들었다.

나는 잠시 망설였다. 그러자 뉴비가 그릇을 내 앞으로 밀친다. 나는 젓가락을 들고 뉴비를 한번 쳐다보았다. 그는 폐인이 된 아들을 생각하는지 우울한 표정이다. 갑자기 늙은 뉴비가 불쌍해졌다. 하지만 그런 아픈 마음은 내 허기를 채워 주지 못한다. 나는 다시 자장면을 후다닥 해치워 버렸다.

"근데, 너 정말 회령 아저씨 어디 갔는지 몰라?"

정 형사가 자장면을 먹으면서 다시 물었다.

"참, 이제 기억났습니다."

음식을 먹으니 뭐가 솟아오른다. 기억력도 스태미나와 매한가지다. 게이지가 있어야 과거도 머릿속에서 되살아나서 현재가 된다.

"만났어?"

반장이 자장면을 먹다 말고 물었다.

"만난 건 아니고, 게임을 하다가 문자 하나를 받은 것 같은데요."

언제인지 분명히 기억나지 않지만 회령 아저씨한테서 문자를 받고, 그러겠다고 답장을 보낸 일이 떠올랐다.

"그 문자 메시지 남아 있어?"

늙은 뉴비가 물었다. 나는 주머니에서 휴대폰을 꺼냈다. 하지만 먹통이다. 뉴비가 휴대폰을 들여다보더니 책상 서랍을 열어 충전기를 찾아 끼워 주었다. 그것을 연결하자 먹통이던 휴대폰의 기력이 되살아난다. 바탕화면은 영화배우 마리다. 게이지가 성큼성큼 차오른다. 게임에서도 기력이 이렇게 빠르게 올라가면 얼마나 좋을까? 휴대폰을 열어 문자

메시지를 뒤진다. 터치폰이다. 내가 언제 휴대폰을 바꾸었나? 바탕화면
이 그대로라 예전 휴대폰인 줄 알았다. 회령 아저씨의 문자가 잘 나타
나지 않는다. 내 휴대폰이 아닌가? 작업을 중단하고 재빨리 메뉴를 열
어 앨범을 펼쳤다. 다행히 대학 후배 마리의 사진들이 그대로 남아 있
었다. 내 휴대폰이다. 새것으로 바꾸면서 사진을 옮겨 놓은 모양이다.
암, 마리의 사진을 잊었을 리가 있나? 옆에 휴대폰을 쳐다보고 있던 늙
은 뉴비가 '너 지금 뭐 하냐?'는 표정이다. 나는 손끝으로 화면을 바꾸
었다.

　예전 휴대폰은 너무 오래 사용해 고물이 되었다. 그래서 터치폰을 장
만한 모양이다. 어디서 공짜로 받았을 것이다. 살짝살짝 느낌이 좋다.
소리도 경쾌하다. 손끝으로 세상이 열린다. 버튼을 누를 필요도 없다.
화면이 물처럼 흘러간다. 완전히 게임의 세계다. 뭔가 손가락 사이로
스친다. 화면을 뒤로 당겨 깊은 터치. 한순간 짜릿한 쾌감이 전신을 엄
습한다. 자장면을 두 그릇이나 먹었으니 밥값은 하고 나가야 한다. 문
자가 뜬다.

　"여기……."

　내 말이 끝나기도 전에 반장이 휴대폰을 낚아챘다.

　"회령 아저씨다. 두 달 방세 좀 부탁한다. 일 다녀와서 돈을 줄 테니."

　그가 소리 내어 문자를 읽었다. 정 형사가 휴대폰에 얼굴을 들이밀
었다.

　"29일에 보낸 문자네요."

　"백석공원에서 눈알이 발견된 날이 25일이잖아. 그럼, 그 친구 눈알
은 아닌 모양이네. 도대체 누구 거야, 씨발! 눈알 주인을 알아야 범인을

잡든 말든 할 거 아냐."

박 형사였다. 늙어도 뉴비는 뉴비다. 양철동이가 따로 없다. 진득한
맛이라곤 없다. 넌, 죽을 때까지 똘마니나 하고 살 팔자다. 쿠사나기도
모피어스도 너 같은 놈을 뉴비로 받아들이진 않을 것이다. 게임 속으로
들어가 영웅을 괴롭히는 몬스터로나 살아라.

"전화 한번 해봐. 어디 있는지 위치 추적 좀 해보게."

반장이 휴대폰을 내밀며 말했다.

"근데 회령 아저씬 전화 안 받아요. 문자만 돼요."

"왜?"

"회령 아저씬 따라다니는 빚쟁이들이 많아 숨어 사는 사람이에요. 돈
이 없어 콩팥을 잘라 내 팔려고 저한테 알아봐 달라고 할 정도였어요.
휴대폰도 저랑 함께 방을 쓰는 손오공이 만들어 준 거예요."

"손오공?"

"네, 제 룸메이트예요. 회령 아저씨는 신용불량자라……. 남한테 전
화번호도 잘 가르쳐 주지 않아요."

"휴대폰 사용료는 누가 내는 거야?"

"손오공이 자기 이름으로 은행 통장을 하나 만들어 주었죠. 아마 그
통장으로 결제할 거예요. 돈 관리도 그 통장으로……. 몇 번, 그 통장에
입금시키는 걸 본 적이 있어요. 많은 액수는 아니지만……."

"그럼, 그 아저씨한테 문자 한번 보내 봐."

나는 휴대폰을 들고 문자를 날렸다. '아저씨, 방세 걱정 말고 돈 많이
벌어 오세요.' 문자를 보내자마자 바로 답이 왔다.

"고마워, 동무."

내가 문자 메시지를 읽었다.

"자네랑 문잘 자주 주고받는 모양이군?"

반장이 물었다.

이때, 문이 열리고 여직원이 서류를 들고 들어왔다.

"국과수에서 온 겁니다."

반장이 서류를 받아 읽고, 얼굴이 어두워진다.

"뭐라고 했습니까?"

박 형사가 물었다. 정 형사는 서류에다 얼굴을 디밀더니 허탈한 듯이
말했다.

"그 방에서 발견된 머리카락이랑 눈알이 같은 사람 게 아니라는데요."

"그럼, 회령 아저씨가 아니잖아요."

박 형사가 말했다.

4

시체, 아바타, 모닥불

모닥불

새끼 오리도 헌신짝도 소똥도 갓신창도 개나빠디도 너울 쪽도 집검불도 가랑잎도 머리카락도 헝겊조각도 막대꼬치도 기왓장도 닭의 깃도 개터럭도 타는 모닥불.

재당도 초시도 문장(門長) 늙은이도 더부살이하는 아이도 새사위도 갓사둔도 나그네도 주인도 할아버지도 손자도 붓장사도 땜쟁이도 큰개도 강아지도 모두 모닥불을 쪼인다.

모닥불은 어려서 우리 할아버지가 어미 아비 없는 서러운 아이로 불쌍하니도 몽둥발이가 된 슬픈 역사가 있다.

— 白石

나는 시비 근처에 한참 동안 앉았다가 일어났다. 목욕탕에 너무 오래 앉아 있어 그런지 기력이 없다. 머리도 멍하다. 온라인 게임이나 노름은 기력이 아니라 혼을 빼낸다. 낯선 여자가 플라타너스 아래를 서성이면서 〈모닥불〉을 꼼꼼히 읽고 있었다. 나도 이 시비를 보기 전까지는 평안북도 서해안 출신의 이런 촌뜨기 시인이 있는 줄도 몰랐다. 중국에 있을 때, 한국 책들을 어지간히 읽었는데 백석을 접하진 못했다. 처음 모닥불을 읽고 한동안 가만히 있었다. 가슴속에서 뭔지 뭉클한 것이 밀려 올라왔지만 그게 무엇인지 정확하게 알 수 없었다.

옆에는 계집아이 하나가 손에 들린 휴대용 게임기에 정신이 팔린 채로 서 있었다. 아이와 같이 온 여자는 휴대폰을 꺼내 들고 사진 찍을 폼을 잡았다. 나는 밑동이 한 아름이 훨씬 넘는 플라타너스를 한번 올려다보고 길을 건너 아바이 면옥으로 걸어갔다. 음식점 문을 열고 들어가다가 뒤돌아 백석공원을 쳐다보았다. 아이는 여전히 휴대용 게임기에서 눈을 떼지 못하고 있었다. 여자는 사진을 찍는 것이 아니라 시비 주변을 동영상으로 담고 있었다. 그녀는 얼마 전 시비 앞에 눈알로 제사상이 차려진 사실을 모르는 모양이었다. 그러니까 저렇게 태연하게 동영상을 찍어 대는 것이다. 나는 가게 안으로 들어서면서 방금 고개를 돌린 이유를 알았다. 아이가 들고 있는 게임기 때문이었다. 그 사실을 깨닫자 자신도 모르게 침을 삼켰다. 내가 정말 게임 중독인가? 의사가 한 말이 떠올랐다.

내가 신발을 벗고 식당 위로 올라서자 종업원이 나를 알아보고 인사를 했다. 정주 아줌마의 소개로 여기서 일하게 된 고향의 여자 후배다. 그녀에게 회냉면이라고 말하고 한쪽 구석으로 가서 자리를 잡았다. 그녀가 육수 주전자를 앞에 놓고 주방으로 갔다. 나는 컵에 육수를 따랐다. 실내가 썰렁하다. 평소에는 제법 사람들이 북적이는 곳이라 냉면을 먹으려면 끼니때가 아니라도 좀 기다려야 할 정도였다. 천천히 육수를 마셨다. 살 것 같다. 벌써 허기가 달아났다. 기력 게이지도 반 이상 상승했다.

경찰서에서 나온 나는 다시 방으로 들어가 잠을 자고 오후에 일어났다. 도망가지 않았다면 집에서 간단히 끝낼 수 있는 일이었다. 자라 보고 놀란 가슴 솥뚜껑 보고 오줌 찔끔거린다고, 달수에게 당한 기억 때문에 괜한 고생을 했다. 사람은 기억을 먹고 사는 존재다. 진짜로 달수 똘마니들이 장기를 달라고 찾아온 줄 알았다. 나는 이부자리에 앉아 휴대폰으로 손오공에게 전화를 걸었다. 그에게 돈을 좀 빌려 허기를 채워야 하는데, 연락이 되지 않았다. 경찰서에서 자장면을 두 그릇이나 해치웠는데도 그사이 게이지가 모두 닳아 버렸다. 자장면에 적정량의 게이지를 넣어 두지 않은 것이다. 중국집 놈들은 껍대가리를 완전히 상실했다. 경찰을 속이다니……. 그것도 강력계 형사들을 말이다. 그렇지 않다면 이렇게 빨리 허기가 찾아올 리가 없다. 나는 밖으로 나가 노숙자들의 점심을 준비하는 정주 아줌마에게 웃어 보이면서 돈을 좀 꾸어 달라고 했다. 그녀는 손에 들고 있던 다마고치를 주머니 속에 집어넣고 돈을 꺼내 주었다.

목사의 아내인 그녀는 인근 기차역 주변을 서성이는 노숙자에게 점심을 제공한다. 탈북자인 그녀는 오래전, 남한에서 탈북자란 말이 생소할 정도로 북에서 온 사람이 얼마 되지 않을 때, 북에서 내려와 정착한 주인 여자의 사촌 동생이다. 상체가 풍선처럼 부풀어 오른 집주인은 남한에서 정착금을 사기 당하는 우여곡절을 겪었다. 하지만 미모 덕분에 돈 많은 영감을 만나 인생이 쉽게 풀렸다고 한다. 자식을 낳지 못한 주인 여자는 남편과 놀러 다니는 재미로 살았다는데, 어느 날 교통사고로 남편을 잃고 자신의 다리마저 다쳤다. 남편이 죽자 전처 자식들에게 재산을 다 빼앗기고 현재 살고 있는 집 하나만 달랑 남았다. 여기에 의지가지없는 탈북자들이 많은 이유는 주인의 이런 이력 때문이었다. 세입자들의 임대료로 사는 그녀지만 이북 출신들에게는 너그러웠다. 그 집은 이런저런 까닭으로 정착금을 날린 탈북자들이 월세로 살아가는 곳이다.

정주 아줌마 역시 언니 덕분에 다른 탈북자들보다 훨씬 쉽게 남한 사회에 적응할 수 있었다. 북한에서 간호대학을 졸업하고 간호사로 일한 그녀는 자식과 남편이 아사하자 두만강인지 압록강인지를 건너 중국으로 갔다가 현재 남편인 목사를 만났다. 그때까지 자신의 언니가 남한에 살고 있는지도 몰랐다고 했다. 그녀는 다른 탈북자들과는 달리 남편과 언니 때문에 순탄하게 남한에 적응한 것을 항상 고맙게 생각해 불쌍하게 된 탈북자뿐만 아니라 남한 노숙자들에게까지 지극정성이었다. 쉽게 말하면 오지랖이 넓은 인간이다.

좀 전에 백석 시를 읽고 있던 여자가 딸의 손을 잡고 냉면집 안으로 들어섰다. 아이는 신발을 벗고 마루로 올라설 때도 게임기에 눈을 고정하고 있었다. 하긴 정주 아줌마도 어디서 구했는지 낡고 오래된 구형 다마고치를 들고 다니면서 그놈을 키우느라 정신이 없다. 다마고치는 주인이 목욕이나 용변 중이라도 배고프다고 울면 먹이를 줘야 하고, 똥을 싸면 치워 줘야 하는 육성 게임이다. 그런 일을 게을리하면 금방 병이 나거나 몸이 약해져, 그동안 정이 들었던 다마고치가 죽어 버린다. 정주 아줌마는 교회에서 초등학생들과 컴퓨터 게임을 하기도 한다. 그녀가 게임을 하는 목적은 아이들과 소통해 그들을 교회에 붙잡아 두려는 속셈 때문이었다.

가끔 나는 여기 와서 '왜' 그토록 게임에 몰두하게 됐는지를 생각해 본다. 실은 병원에서 의사가 물었던 질문이기도 했다. 의사에게 굳이 그 대답이 '왜' 필요하냐고 되물었다. 게임은 내게 현실이니까, 그것은 당신이 '왜' 사냐는 질문과 똑같았다.

"게임과 현실은 다른 거잖아요."

그는 게임이 현실이란 사실이 믿어지지 않는 모양이었다.

"게임은 현실이에요. 똑같은 건데요."

나는 대수롭지 않게 말했다. 의사는 입을 다물었다. 나는 게임을 하면 편안하다. 정말 그렇다. 실은 그곳은 현실보다 더 피가 튀기는 공간이지만. 게임 속에 들어가 있을 때는 따뜻한 방 안의 이불 속 같다. 솔직히 말하면 이불 속이 아니라 자궁 안 같다. 엄마의 자궁. 나는 그 속에서 몸을 벌레처럼 돌돌 말고 있는 작은 생명체다. 그러자 의사는 좀 구체적으로 말해 보라고 했다. 나는 뭐라고 설명해야 할지 몰라 한참을 머뭇거렸다.

나는, 냉면집에 들어와서 자신이 지금 어디에 앉아 있는지조차 모르는 저 아이처럼 어릴 적부터 게임에 몰두하진 않았다. 그때는 세상에 게임이란 게 있는지도 몰랐다. 게임에 빠져든 건 남한에 온 이후부터다. 나는 북조선에서 태어나 두만강을 건너 만주에서 운 좋게 마음이 비단결인 한국인 목사를 만났다. 그의 소개로 중국에 교환 교수로 온 목사의 형 집에 들어가 2년 넘게 살다가 한국으로 왔다.

그러나 의사에게 나의 신상에 관한 얘기는 하지 않았다. 그것을 함부로 떠벌릴 순 없다. 의사는 그런 과거를 듣고 싶은 것이 아니었다. 그가 궁금한 것은 내가 왜 게임에 그토록 혹했냐는 거였다. 정신과 의사라 그런지 짜증도 내지 않고 대답을 기다려 주었다. 내가 말을 못 하고 망설이자 그는 온라인 게임에 처음 접속했을 때의 느낌을 말해 보라고 했다. 그래서 경험 하나를 들려주었다.

킬러와 몬스터들이 득실거리는 공간에서 모처럼 마음이 맞는 친구를 만났다. 레벨이 한참 낮은 놈이었는데 경험치를 쌓도록 도와주고, 내가 힘들게 얻은 아이템을 주었다. 그러다 보니 우리는 마음속에 있는 말까지도 터놓고 지낼 수 있는 사이가 되었다. 얼마 후, 그 친구는 나와 같은 레벨이 되었다. 그런데 그가 갑자기 내 목덜미에 칼을 꽂았다. 놈은 피 흘리면서 죽어 가는 나를 향해 그동안 레벨이 좀 높다고 잘난 척 지껄이는 소리가 정말 역겨웠다면서 발길질을 하고, 욕을 하고, 침을 뱉고, 내 아이템을 전부 훔쳐 도망갔다. 하늘이 노랗게, 파랗게 변하더니 주위가 온통 보랏빛으로 물들었다. 그 일이 있고, 게임은 이제 하지 않겠다고 외치고 일주일 동안 술을 마셨다. 한국에 와서 늘 당하는 배신. 게임 속에서는 그런 일이 없으리라 믿었다. 그래서 게임이 즐거웠는데……. 술에서 깨어나 생각해 보니, 나는 게임 속의 캐릭터나 몬스터에게 당한 것이 아니었다. 사람에게 당한 것이다. 죽일 놈……. 다시 온라인 게임 속으로 들어가 놈을 잡으러 다녔다. 그런데 놈이 어디로 갔는지 보이지 않았다. 그놈을 찾아 한 달을 헤매다가 결국 포기했다. 그리고 다른 놈들을 닥치는 대로 쳐죽였다. 일말의 망설임도 없이 무자비하게…….

하지만 그것이 도저히 게임을 끊을 수 없는 진짜 이유는 아니다. 현실에서 죽었다가 깨어나도 맛볼 수 없는 것이 있다. 게임의 세계에서만 펼쳐지는 낯설고 특별한 체험이다. 활자로 읽은 《삼국지》의 세계가 실제 공간으로 펼쳐지고, 환상적인 풍광과 몬스터들이 사는 거대한 자연, 기사들이 말을 타고 뽀얀 먼지를 일으키며 달려가는 중세가, 그 모습이, 그 판타지가 사람을 환장하게 만들었다. 나는 큰 검을 쥐고 용의 머리에 올라타 대군을 지휘하며 세상을 호령한다.

의사는 그게 항상 지속되는 게 아니지 않느냐고 물었다. 나는 내 아바타가 지쳐 쓰러질 때까지 그곳에 머문다고 대답했다. 그뿐이 아니다. 그곳에서 벌어들인 아덴을 돈으로 바꿔 용돈으로 사용하기도 한다. 현실에서의 삶보다 네트 속에서 사는 시간이 길고 생활 근거지가 그곳이라면 나에게 온라인 속은 가상현실이 아니다.

"전, 군줍니다. 폼 나잖아요. 근데 당신은 뭡니까?"

내가 의사에게 물었다.

"저는 남의 넋두리나 들어주는 비루한 인간이죠. 대신에 당신처럼 현실이 힘들진 않아요. 당신은 리니지에서 군주로 살다가 평범하게 살아야 하는 공간으로 돌아오니 생활이 엉망이 되는 건 아닐까요?"

맞는 말이다. 나는 현실에서 평균보다 못한 삶을 살고 있다. 그래서 게임에만 접속하면 나가고 싶지 않은 건지도 모른다. 정말 오랫동안 그렇게 살았다.

그는 혹시 더 하고 싶은 말은 없냐고 물었다. 나는 게임에서 내 아바타가 사이보그 닌자라고 자랑했다. 닌자? 첩보, 자객, 도둑, 암살 등을 주로 하며 변장과 은신, 교란, 추리의 달인인 일본의 검객이라고 말했다. 그리고 바츠 해방전쟁 얘기를 꺼냈다. 그는 온라인에서 일어난 전쟁 상황을 신문보도를 통해 본 적이 있다고 말했다. 의사는 그때 무슨 일을 했냐고 넌지시 물었다. 나는 오합지졸인 내복단 부대를 이끌고 적의 심장부를 뚫었다고 했다. 그는 믿기지 않는다는 표정을 지었다. 그럴 것이다. 내가 위대한 전쟁, 바츠 혁명의 전사라면 누가 믿겠는가?

"플라타너스에 귀신이 붙었나?"

고향 후배는 냉면을 내려놓으면서 말했다. 그녀는 내 앞에 앉더니 바깥을 쳐다보았다. 내가 여기 오면 그녀는 가끔 공짜 만두를 챙겨 주었다. 오늘도 어김없이 시키지도 않은 만두가 옆에 놓였다. 나는 썰렁한 식당 안을 둘러보았다. 백석공원에서 일어난 황당한 사건 때문일 것이다. 후배가 회냉면에 육수를 부었다. 이렇게 먹으면 세상에서 가장 맛난 음식이 된다. 저쪽 구석에서 다른 여자 종업원들이 둘러앉아 수다를 떨고 있었다. 손님이 없자 한가해진 것이다. 워낙 오래된 음식점이라 케이블 티브이는 물론 공중파에까지 소개된 집이다. 그런 사진들이 음식점 한쪽 벽에 죽 붙어 있었다. 평양에서 피난 온 사람이 육이오가 끝나자마자 문을 연 집이라고도 적혀 있었다.

"나무가 아니라 백석 시비."

내가 말했다.

나는 경찰서를 나오자마자 피시방에 들어가 백석공원 눈알 사건을 검색했다. 인터넷에서 소문이 한여름의 플라타너스 나뭇잎처럼 무성했다. 누군가는 변심한 애인의 눈을 뽑았다고 했고, 다른 누군가는 조직폭력배들이 빚쟁이에게 돈 대신 눈을 받았다고 주장했다. 공중파의 요란한 보도와 네티즌의 반응 때문에 신속하게 경찰 강력팀이 투입되어 동네를 이 잡듯이 뒤진 것이다. 그래서 사라진 회령 아저씨의 방에서 나온 머리카락을 국과수에 보낸 모양인데 수사는 이렇다 할 진척 없이 시들해지고 있었다. 일이 꼬이려고 내가 꿈속 같은 게임판을 헤매고 다니는 사이에 사건이 터져 재수 없이 걸린 것이다.

"지난번에 저 나무에서 누가 목을 맸잖아요."

만두를 갖다 준 고향 후배가 말을 하고 플라타너스를 쳐다보았다.

"맞아, 그런 일이 있었지."

나도 숟가락을 들다 말고 바깥을 쳐다보았다. 실은 엄지와 내가 플라타너스 옆을 지나다가 나무에 매달린 사체를 처음 발견했다. 그때 자살한 사람은 탈북자였다. 눈알 사건이 똑같은 장소에서 일어난 바람에 더 시끄러운 모양이었다. 플라타너스에 목을 맨 자살자 때문에 그때도 한동안 인터넷에 괴담이 떠돌았다. 죽은 사람의 혼령이 아직도 나뭇가지에 걸려 있다는 황당한 소문이 돌아다녔다.

"저 나무를 보고 있으면 무서워요. 오늘 아침에도 나무 밑에서 뭐가 발견된 모양이던데……."

그녀는 정말 무서운지 몸을 가볍게 떨고는 목소리를 낮추었다.

"뭐가?"

"몰라. 뭔지……."

이번엔 나무 밑에서 다른 쪽 눈알이 나왔나? 나는 속으로 중얼거렸다.

"근데 주방장 많이 놀랐겠다."

"초뿐만 아니라 정종 한 병에 마른 명태까지……. 영락없는 제사상이더래요. 조촐한 제사상……. 근데, 왜 그랬을까, 오빠?"

그녀는 신문에서도 언급했던 사실을 굉장한 비밀처럼 털어놓았다.

"그날이 백석 제삿날인가? 아님, 백석 시를 너무 사랑했나 보지 뭐……. 눈알을 바칠 정도로."

"이게 오빠가 하는 리니지 게임인 줄 알아?"

그녀가 핀잔을 주었다. 맞는 말이긴 하다. 그것은 게임 속에서나 가능한 일이다. 그곳에서야 눈알도 귀도 전리품이 될 수 있다.

그런데 다시 머리가 멍해진다. 꿈속에서 휘두르던 칼이 떠오른다. 뭔가 개운하지 않다. 아직까지 모니터 속에서 완전히 빠져 나오지 못한 모양이다.

"근데, 오빠. 저 공원의 시비를 우리 주인아줌마가 세운 거라면서?"

"주인아줌마가 아니라 주인 영감님일 거야."

"돌아가셨다는 이 냉면집 주인 영감님?"

시비뿐이 아니었다. 저 공간 전체가 원래 그 양반 땅이었는데, 공원을 조성해 시청인지 구청인지에 헌납했다고 한다.

"오빠! 오빠!"

엄지였다. 그녀는 냉면집 문을 후닥닥 열어젖히고 소리를 질렀다. 이어 신발을 아무렇게나 벗어던지고 실내로 뛰어 들어왔다. 그녀는 내가 수갑을 차고 잡혀간 현장에서 눈물까지 보였다. 새아버지랑 사는 게 지옥이라고 집을 도망쳐 나와 떠돌이로 사는 엄지는 도무지 십대로 보이지 않는다. 하지만 그녀는 아직 미성년자다.

"오빠, 어떻게 된 거야?"

그녀가 큰 소리로 물었다. 식당 종업원들과 손님의 시선이 우리에게 모였다. 그 때문에 앞에 앉아 있던 고향 후배가 자리에서 일어나 주방으로 갔다. 엄지는 사람들의 시선에 아랑곳하지 않았다.

"오빠, 경찰서에서 언제 나왔어?"

그녀는 쉬지 않고 물었다.

"야, 목소리 좀 낮춰라."

나는 고춧가루를 푼 얼큰한 육수를 마시면서 말했다. 더 이상 기력을
저장할 공간이 없을 정도다.

"오빠가 눈깔을, 회령 아저씨 눈깔을 뽑아다 백석 시비 앞에다 올려
놓았다던데!"

그녀는 목소리를 낮춰 말했다.

"소문 한 번 빠르네."

"정말?"

"그래. 내가 했다. 니 눈알도 하나 뽑아 줘?"

나는 자리에서 일어나 카운터로 가서 돈을 내밀었다. 다른 여자 종업
원이 백석공원을 쳐다보고 앉아 있었다. 그녀는 항상 같은 자리에 나무
처럼 박혀 같은 표정으로 언제나 같은 곳을 바라본다. 여자 종업원은 돈
을 받으면서 웃었다. 무슨 기계의 웃음 같다. 자기 이름도, 어머니도, 고
향도, 어린 시절의 기억도 없는 사이보그의 웃음. '고스트가 없는 인형'.
정말 인형 같은 여자다. 그녀는 엄지를 보고도 미소를 지었다. 똑같이
어색한 웃음이었다. 엄지도 덩달아 웃음을 흘린다. 여자는 냉면집을 차
린 죽은 영감의 먼 친척이란 말이 있었으나, 막상 말투는 조선족과 비슷
했다. 영감의 고향이 북쪽이라고 했으니 만주로 이주한 친척일 수도 있
을 것이다. 다른 종업원들도 여자가 만주에서 살다가 왔다고 했다.

하지만 나는 생각이 좀 다르다. 그녀는 탈북자다. 북조선 인민이었던

사람은 어딜 가든지 표시가 난다. 아무리 변해도 만나 보면 냄새가 다르다. 그것은 인두로 영혼을 지진 상처라 쉽게 지울 수 있는 것이 아니다. 자신을 탈북자가 아니라 조선족이라 속여야 할 만큼 탈북자에 대한 이미지가 나빠졌다. 탈북자가 온라인 게임 속의 영웅처럼 취급받던 시절도 있긴 했지만 그것은 이미 오래전이다.

냉면집 주인 영감은 고자였는지 자식 하나 두지 못하고 세상을 떠났다. 그래서 부인이 혼자 장사하기 적적해 북쪽의 친척을 불러들였는지 모른다. 그녀는 도통 가게에 나타나지 않는다. 가끔 내가 사는 집의 주인 여자를 찾아올 때도 냉면집은 그냥 지나친다고 했다. 여기 오면 죽은 영감이 떠오른다는 것이었다.

나는 문으로 다가서다 백석의 또 다른 시 〈국수〉와 맞닥뜨렸다. 출입구 오른쪽 벽에 붙어 있었다. 공원의 시비에 적힌 〈모닥불〉을 보고, 이곳으로 들어와 〈국수〉를 읽었을 때, 나는 가슴이 뭉클했던 이유를 알았다. 그의 시 속에는 익숙한 사투리들이 튀어나왔다. 얼마나 반가웠던지. 북쪽 방언이 이렇게 아름다운 언어라는 사실을 모르고 있었다. 가슴이 쿵쿵거렸다. 내가 남한에 와서 그토록 버리려고 했고, 이젠 기억에서 지워진 방언들이 봇물처럼 쏟아져 내렸다. 평안도 서해안에서 태어나 무산으로 시집온 어머니가 입에 달고 다닌 말들이었다. 단지 사투리만이 아니다. 시는 내가 어릴 때 경험한 향기롭고 따스한 북방의 산골 정서를 오롯이 담고 있었다. 나중에 안 사실이지만 시에서 노래한 국수는 함흥냉면이라는 것이었다. 그것도 내가 방금 먹은 회냉면처럼 비빔냉면이라고 했다.

나는 바깥에서 음식점 안을 흘깃 돌아보았다. 카운터에 앉은 여자는 여전히 멍하게 공원의 플라타너스를 쳐다보고 있었다.

"오빠, 말해 봐! 어떻게 된 거야?"

엄지가 매달리며 물었다.

"남의 눈을 뽑았으니까, 수갑 차고 경찰서 간 거잖아."

나는 백석공원의 벤치로 걸어가면서 말했다.

"거짓말!"

"정말이라니까!"

"그럼, 회령 아저씬 앞으로 어떻게 다녀?"

나는 한쪽 눈을 감고 외눈박이 흉내를 내면서 걸었다.

"남의 눈깔 빼내는 건 죄가 아닌가? 경찰이 풀어 주게."

"도망 나왔지. 나는 닌자잖아. 혈맹의 보스."

"왜, 바츠 해방전쟁의 영웅 쿠사나기 전사라고 하지. 그런 건 우리끼리나 통하는 말이지. 경찰한테 그런 말을 했다간 뺨이나 맞지."

엄지가 먼저 벤치에 앉으면서 말했다. 그녀도 '뫼비우스의 띠' 혈원이었다. 초등학교 때부터 리니지 게임을 시작한 엄지도 해방전쟁에 참여했다. 아마 혁명에 뛰어든 가장 어린 전사였을 것이다. 그 당시 쓰러져도 일어나고, 쓰러져도 다시 일어나 악착같이 디케이(드래곤 나이트. 리니지 게임 속 최고 권력층) 연합군에게 달려드는 엄지 요정을 보고, 뭔가 맺힌 게 많은 아이라는 걸 알았다. 그 얘기는 피멍의 입에서 나온 말이었다. 피멍은 오프라인 모임에 나오질 않고, 자기 정보도 공개하지도 않아 정확한 나이를 알 수 없었다. 그는 우리 혈원이 아니라 오프라인에 나올 의무는 없어도 항상 '뫼비우스의 띠' 언저리를 맴돌아 한 가족이나 마찬가지였다. 그에게 엄지 요정의 실제 나이를 얘기했더니, 앞으로 리니지를 주름 잡을 위대한 영웅이 되겠다면서 감탄했다. 하지만 집을 나온 그녀는 리니지 게임의 영웅이 아니라 핸플방의 에이스가 되고 싶다고 했다.

"혹시 인희, 리니지 안 하냐?"

"잘 모르겠어. 언니 노트북에 리니지가 깔려 있긴 해. 나도 가끔 그걸로 접속하는걸."

그녀는 인희와 한 방을 쓰는 룸메이트다. 하지만 둘이 서로 얼굴을 마주하는 일은 거의 없었다. 활동 시간이 다른 것이다. 눈알 사건을 검색한 뒤부터 자신의 모습을 도무지 드러내지 않는 피명의 정체가 궁금해졌다.

"경찰서에서 어떻게 나왔냐니까? 딴소리하고 있어."

"회령 아저씨가 살아 있대."

"어디에?"

"아저씬 경상도에 내려가 노가다 뛰고 있는 모양이야."

"그럼, 오빠만 괜히 고생했잖아."

엄지는 엉덩이를 내 허벅지 사이에 올리고 비벼 대면서 말했다. 옆 벤치에 부부로 보이는 늙은이 둘이 앉아 있었다. 하지만 그녀는 별로 신경 쓰지 않는다. 노인들이 눈살을 찌푸리더니 일어나 다른 곳으로 걸어갔다. 도대체 거칠 것이 없는 아이다. 그녀는 여대생 마사지에서 손으로 남자 거시기를 흔들고 빨아 흰 고름, 정액을 짜주는, 일명 핸플녀다. 더 노골적으로 말하면 대딸방에서 남자 자지를 쥐고 딸딸이를 쳐주는 딸녀다. 나는 그녀를 벤치 위에 내려놓았다. 뒤쪽에서 무산 아저씨의 작은 트럭이 〈반갑습니다〉라는 북한 노래와 함께 나타났다. 오려전에 아들 하나를 데리고 남으로 온 그는 이른 새벽 청과물 도매 시장으로 달려가 과일을 받아다가 백석공원 근방을 돌아다니면서 과일 행상을 한다. 나는 소리를 지르면서 손을 흔들었다. 엄지도 덩달아 소리를 질렀다. 그에게 부탁한 일의 진척 상황을 물어볼 생각이었다. 노래 소리 때문에 내 말이 들리지 않았는지 트럭은 휑하니 사라져 버렸다.

"참, 북쪽의 동생은 어떻게 됐어?"

"무산 아저씨한테 그걸 물어보려고 했어. 내가 너무 오래 방을 비워 그사이 혹시 연변에서 연락이라도 왔는지."

"오빠 아직도 멍해?"

그녀가 내 얼굴을 살폈다.

"경찰 놈들한테 얼마나 시달렸는지 몽롱하다."

"경찰한테 시달려 그런 게 아니라 피시방에 죽치고 앉아 있어 그렇지. 내가 모를 줄 알아. 오빠, 피시방에서 한 달 넘게 있었다면서?"

엄지가 담배를 피워 물면서 말했다. 고향 후배들이 대딸방을 찾아갔다가 쿠사나기 형이 제정신이 아니라고 일러바친 모양이었다.

"그런가?"

나도 담배를 피워 물었다.

"능청은……"

그녀가 담배 연기를 길게 뱉으며 말했다.

"그래도 빨리 제정신으로 돌아왔네. 그 정도 죽 때렸으면 아무리 짧아도 일주일은 비몽사몽일 텐데."

"머릿속에 아직도 구름이 잔뜩 껴 있다."

"핸플이라도 한번 해줘? 머릿속이 시원하게."

“핸플?”

“내가 괜히 엄지야?”

그녀는 말을 하고 손바닥을 펴 보였다. 대딸방의 핸플녀는 남자의 거시기를 움켜쥘 수 있는 힘이 다른 무엇보다도 중요하다. 하지만 예쁘게 생긴 엄지의 손은 힘이 있을 것 같지 않았다. 만약 대딸방 게임이 있다면 쥐는 힘, 수압 게이지를 따로 표시해 두어야 할 것이다. 그래야 손님들이 쉽게 선택을 할 수 있을 테니.

“여기서 해줘?”

“너야말로 게임방에서 한 달 있다 나왔냐?”

“그럼, 아바타로 가자!”

아바타는 키스방의 이름이었다. 말이 키스방이지 실은 여대생 다사지, 대딸방이다. 간판은 단속을 피하려고 붙여 둔 아이디다. 대딸방은 유사 성행위로 성매매특별법의 단속 대상이지만 키스방은 아니기 때문이다.

“고맙지만 사양하겠어.”

“그러지 말고 가자니까. 오빠한테 엄지 실력 한번 보여 주고 싶었어. 아랫도리가 얼얼하도록 해줄 테니.”

“됐다니까!”

“내숭 그만 떨고.”

엄지는 엄지와 식지로 내 허벅지 살을 비틀었다.

“아…… 알았어.”

내가 소리를 지르자 엄지는 나를 끌고 벤치에서 일어났다. 나도 뒤따라 자리에서 일어나다가 인상을 찡그렸다. 허벅지가 아려 왔다. 과연 엄지다. 괜히 붙은 닉네임이 아니었다. 나는 허리를 구부리고 얼얼한 허벅지를 만졌다. 그때 갑자기 엄지가 소리를 질렀다.

"오빠, 저, 저기!"

그녀는 플라타너스를 보며 얼어붙은 듯 굳어 버렸다.

"뭐?"

"저게 뭐냐고?"

그녀는 플라타너스 위쪽을 가리켰다. 하지만 그녀가 가리킨 곳엔 아무것도 없었다. 바람이 플라타너스 잎들을 훑고 지나간다. 그뿐이었다. 그런데 플라타너스 나무 아래의 흙이 뒤집혀 있었고, 경찰이란 글자가 찍힌 줄이 처져 있었다. 냉면집 후배의 말이 떠올랐다. 음식을 먹으러 들어갈 때는, 제대로 보지 못하고 그냥 지나쳤었다.

"뭐가 있다고 그래? 야, 너 괜찮아?"

나는 엄지의 얼굴을 툭 건드려 보았다. 엄지는 그제야 굳었던 몸이 풀리는지 한숨을 내쉬었다. 그녀는 몇 달 전 나무에서 목 맨 탈북자를 본 이후로 여기 오면 가끔 헛것을 보았다.

"뭐가 나온 모양이야. 경찰이 줄을 쳤잖아!"

그녀가 말을 하고 앞서 걸었다. 그러다가 뒤돌아 플라타너스 아래를 쳐다보면서 다시 내게 찰싹 들러붙었다. 엄지의 몸이 바르르 떨렸다. 그녀가 자살자를 다 잊은 줄 알았다. 그런데 또다시 공원에서 죽은 사람의 눈알이 나타나자 공포가 되살아난 모양이었다.

앞쪽에 멈춰 선 쓰레기차에서 청소부들이 내려 백석공원 한쪽 구석에 가지런히 놓인 음식 쓰레기통을 뒤집어 담는다. 함께 걷던 엄지는 코를 막고 고개를 돌리며 도망갔다. 그녀는 냄새 때문이 아니라 플라타너스 나무가 무서워 달아난 것이다. 핸플을 해주겠다는 약속은 잊은 모양이었다.

나는 길바닥에 쏟아져 내리는 음식물 찌꺼기를 쳐다본다. 제법 많은 양의 흰 쌀밥이었다. 다른 청소부가 장갑을 낀 손으로 나타나 그것들을 쓸어 담았다. 여기는 흰 쌀밥도 버리는 나라다. 처음 한국에 왔을 때는 쓰레기통으로 쏟아지는 음식물을 보고 한참 동안 멍하니 서 있었다. 중국에서 버려진 음식물 쓰레기를 봤을 때와는 다른 느낌이었다.

나는 음식 쓰레기를 싣고 떠난 차가 사라질 때까지 그 자리에 섰다가 공원 화장실로 들어갔다. 변기 앞으로 다가서다 다시 엄지와 마주쳤다. 그녀의 스티커 사진이 붙어 있었다. 엄지는 동네 어딜 가나 만날 수 있었다. 커피숍, 전봇대, 편의점 유리문, 전철역, 백석의 시비, 노숙자들이 웅크리고 자는 지하도, 남자 화장실에서도 그녀가 웃고 있다. 나는 주머니를 뒤져 담배를 찾았다. 빈 갑이었다.

다행히 이번에는 화장실에 물난리가 나지 않았다. 의사가 말한 사태는 홍수는 아닌 모양이었다. 휴대폰이 울린다. 서둘러 전화를 받았으나 소리가 잘 들리지 않았다. 이어 전화가 끊어져 버렸다. 포르노맨의 전화번호다. 그 인간이 웬일인가? 나는 화장실 밖으로 나갔다. 세 개의 작은 도로가 물려 있는 널따란 로터리, 허나 허름한 집들이 옹기종기 모여 있는 아늑한 시골 같은 동네이다. 어쩔 땐 여기가 서울인가 싶을 정도로 조용하고 누추하다. 고개를 들자 맞은편 빌딩 위의 대형 광고판이 눈에 들어왔다. 마리였다. 그녀가 나를 내려다보고 있었다. 광고판 속에 우아한 자태의 마리가 거리를 굽어보고 있었다. 중요한 부분을 가리긴 했어도 나신에 가까운 사진이었다. "벗으니까 죽이네.", "인터넷으로 보니까 더 꼴리는 것 같아.", "쟤가 저렇게 빨리 뜰 줄은 몰랐어!" 그녀의 나신이 온라인을 통해 공개되자 온라인과 오프라인 모두 시끄러웠다.

손오공도 컴퓨터 앞에 붙어 앉아 넋을 잃고 밤새 마리의 몸을 감상한 적이 한두 번이 아니라고 했다. 그 몸은 내 눈과 내 손, 내 혀와 내 모든 것에 너무나 익숙하다. 그래서 단 한 번도 잊어 본 적이 없는 바로 그 몸이다. 한때는 이 세상에서 오직 나만을 위해 존재하는 것이라고 믿었던 그 몸은 이젠 전광판 안에서 나를 내려다보고 있다. 나는 위를 올려다보다가 손에 쥐고 있던 휴대폰을 열었다. 마리의 몸을 만져 보고 싶었다. 가볍게 터치를 하자 그녀가 환하게 미소를 지으면서 나타났다. 차가운 화면의 감촉이 손가락 끝에 와 닿았다. 마리는 바로 내 안에 있다. 내 손가락 끝에.

나와 마리, 쿠사나기와 인형사는 단 한 번도 떨어져 있어 본 적이 없었다. 마리는 내가 군주로 있었던 혈맹 '뫼비우스의 띠'에서 인형사란 아바타로 활동하다가 봉인돼 버렸다. 갇혀 버렸다. 어딘지도 알 수 없는 곳에. 그러나 나는 그녀를 알아볼 수 있다. 마리가 어떤 옷을 입고, 어떤 대사를 하고, 어떤 이름을 쓴다 해도 나는 마리를 알아볼 수 있다. 마리 역시 내가 자신을 알아본다는 것을 알고 있다. 그녀의 봉인을 풀수 있는 영웅은 전사 쿠사나기인 나뿐이다. 나는 전광판을 올려다보면서 공원 근처에 있는 편의점으로 걸어갔다.

"어제 오전 백석공원……."

종업원이 리모컨을 누르다가 멈추었다. 뉴스 전문 채널이었다. 티브이 화면에 백석공원의 플라타너스 아래가 파헤쳐져 있었다. 좀 전에 엄지와 본 장소였다. 종업원은 편의점 안으로 들어온 손님 따위에는 관심도 없다는 듯 리모컨으로 볼륨을 높였다.

"백석 시비 옆 플라타너스 나무 밑에서 손가락 둘이 잘려 나간 사람의 양 손목이 발견됐습니다. 부패 정도가 심한 두 손목은 철사로 묶인 것으로 보아 동일인의 것이며, 얼마 전 백석 시비 앞에서 발견된 안구와 동일인의 것이 아닌가 경찰은 보고 있습니다. 청소부 말에 의하면, 오늘 새벽에 공원 주변을 몰려다니는 고양이들이 나무 아래를 뒤져 파낸 봉지 안에 사람의 손목이 들어 있었다고 합니다. 경찰은 국립과학수사연구소에 분석을 의뢰하고 손목의 신원 확인에 도움이 될 만한 단서를 확보하는 데 집중하고 있습니다."

나는 입을 벌리고 화면을 쳐다보았다. 문득 하림의 목소리가 들려왔다. '니가 죽였어?' '눈깔을 뽑았잖아. 난 못 속여, 인마!'
"공원에서 눈알 말고, 뭐 또 다른 게 발견된 모양이네."
종업원이 혼잣말로 중얼거렸다. 그는 그제야 고개를 돌리고 손님을 쳐다보았다. 나는 돈을 내밀고 담배를 달라고 했다.
"어떤 놈이 그런 짓을……."
그는 공원을 보려고 창밖으로 고개를 돌리면서 말했다. 그리고 다시 티브이를 올려다보았다. 티브이에선 이미 다른 뉴스가 흘러나왔다.
손가락 둘이 잘려 나갔다. 어디서 들은 얘기 같았다. 아래로 드리워진 손목. 오른손 손가락 둘이 없다. 어떤 이미지가 스쳐 지나갔다. 어디서 봤을까? 기억이 나질 않는다. 기억, 항상 그놈의 기억이 문제다. 하림이 놈은 내가 죽였다고 했다. 정말인가? 내가 죽였단 말인가? 그런데 어떻게? 머릿속으로 안개가 밀려들었다. 담배를 받아 들고 바깥으로 나갔다.

다시 전화벨이 울렸다. 나는 휴대폰을 들고 편의점 앞 파라솔 밑에 앉았다. 포르노맨은 불쑥 영화감독 애기를 꺼냈다. 나더러 그 감독의 영화에 출연할 생각이 없는지 물었다. 웬 뜬금없는 소린가? 아니다. 한 달 전에 영화 출연 제의가 있었다. 동성애를 다룬 영화라고 말했다. 게임방에 처박혀 사느라 깜박 잊어버렸다.

"고맙습니다. 형님!"

나는 말을 하고 고개까지 숙였다. 노상 게임방에 박혀 산다고 고용 삐끼에서도 잘린 폐인에게 영화배우 자리를 추천해 준다는 것은 쉬운 일이 아니다. 포르노맨은 내가 출연한 영화 〈추격자들〉을 보고 관심을 보이더니 이것저것 물었다. 대학 다닐 때 연극을 했으며 단역으로 다른 영화에도 출연한 적이 있다고 하자 자신이 도와주겠다고 너스레를 떨었다. 나는 기대를 하지 않고 포트폴리오를 넘겨주었다. 그런데 정말로 꽤 알려진 영화감독과 연결해 주었다.

나도 한때 유명한 배우가 될 수 있으리라 믿었다. 물론 지금도 그 꿈을 완전히 접은 것은 아니지만 예전보다 열정이 식은 건 사실이다. 나는 티브이나 드라마에 단역으로 여러 번 출연했으나 아직까지 제대로 된 배역을 받지 못했다. 지난번에 포르노맨에게 전달한 포트폴리오의 내용은 그동안 출연한 작품 중에서 내 역할 부분만 녹화해 둔 것이다. 나는 언젠가 티브이 토크쇼에 나가 그 녹화 테이프를 보면서 힘들었던 무명 시절을 이야기하는 꿈을 꾸었다. 하지만 솔직히 지금까지 찍은 작품은 그런 곳에서 보여 줄 수준이 아니었다. 몇 개를 제외하고는 얼굴도 선명하게 잡히지 않은 단역이었다. 세상에 시시한 역할이란 없고, 시시한 배우만 있을 뿐이라고 자신을 위로해도 부족한 것은 어쩔 수 없었다. 그것은 아버지가 항상 입에 달고 다닌 말이었다.

한동안 북쪽의 가족 때문에 마음대로 브라운관에 얼굴을 들이밀 수도 없었다. 처음 한국에 왔을 때, 나는 티브이에 나갈 기회가 여러 번 있었다. 대학을 다닐 때도 마찬가지였다. 당시는 지금처럼 탈북자들이 많지 않았다. 나처럼 한국 사정에 환한 사람도 거의 없었다. 모두가 촌티 날리는 변방의 하층민들이었다. 무엇보다도 나는 다른 탈북자들과 달리 영어와 낯선 용어들이 섞인 남한 말을 쉽게 알아들을 수 있었다. 그것은 내가 중국에서 한국인 교수 가족과 함께 오랫동안 생활한 탓이었다. 그뿐이 아니다. 그때만 해도 중국어도 완벽하게 구사할 수 있었다. 이제는 상황이 달라졌고, 촌티 나는 북쪽 말투도 버렸으나 기회는 오지 않았다. 티브이에 얼굴이 나간다고 해도 그것을 문제 삼아 보위부 놈들이 괴롭힐 가족도 없다. 사실 두고 온 가족이 혹시나 당할 고초 때문에 탈북한 지 오래된 사람들조차도 티브이에 나올 때, 얼굴에 뿌연 안개를 뒤집어쓰는 경우가 허다하다. 나는 북쪽에서 사용하던 이름도 회복하려 한다. 벌써 관계 기관에 공문을 보냈다. 가짜로 사니 뭐가 안 된다는 생각이 자꾸 들었다. 정말 그럴지 모른다.

5

혁명을 위하여

- **혈맹 정보** : 온라인 '리니지' 게임 – 바츠 공화국 소속의 혈맹
- **혈맹 이름** : 뫼비우스의 띠
- **전체 혈맹원 수** : 쿠사나기 외 72명
- **접속한 혈맹원** : 쿠사나기, 인형사, 손오공, 엄지 요정, 바퀴벌레, 똘아이……
  (접속자 수 : 21명)

가을의 석양. 하루 일에 지친 붉은 해가 산릉선을 넘어가고 있었다. 바람은 자고 있었고 황금빛 저녁놀은 거무스레한 머리를 풀어헤치기 시작했다. 조만간 대지 위로 짙은 어둠이 드리워질 것이다. 날씨는 가을 끄트머리에서 겨울로 접어들고 있어, 외투 사이로 찬 기운이 밀려들었다. 사람들이 늪지대에 위치한 마을 어귀에 모여 있었다. 아름드리나무에 포스터가 붙어 있었다.

— 전쟁? 시저의 친위대와 싸운다는 거야?

— 시저의 친위대들은 용도 거느리고 있어. 그건 여기서 백 년, 오프라인에서 2년을 꼬박 투자해야 얻을 수 있는 아이템이라고!

불길한 목소리들이 어두워지는 허공을 향해 퍼져 나갔다. 누군가 앙칼진 목소리로 말했다.

— 하지만 계속 이렇게 쥐나 도마뱀만 먹으며 살 수는 없어! 언제 몬스터를 먹냐고! 시저에게서 사냥터를 돌려받아야 해.

— 그러다 시저의 친위대들에게 척살당하면 그동안 모은 아이템은 물론이고 바로 죽음이야. 나는 지난 3년 동안 경험치를 쌓아 말과 황금 방패를 얻었어. 이걸 포기하라고?

　그러자 모두들 생각에 잠기는 듯 말이 없었다. 바츠 공화국에 전운이 드리워진 것은 세금 때문이었다. 바츠 공화국 최대의 혈맹인 '시저의 군단'은 그 이전에 있었던 전설적인 두 혈맹의 결혼으로 탄생했다. 시저와 그의 아내 데드 얼라이브가 결혼할 당시, 그들의 결혼을 축하하기 위해 혈원들이 선물로 건넨 아덴은 오프라인의 액수로 환산해 수천만 원대에 이른다는 소문이 전설처럼 떠돌았다. 그들의 결혼식은 온라인뿐만 아니라 오프라인에서도 유저들의 대규모 모임으로 동시에 진행되어 주요 일간지에까지 다루어질 정도였다.

　그때까지 바츠 공화국은 평화로웠다. 각자 자신들의 무기를 들고 자유로이 사냥터를 돌아다니며 칼을 휘두르고, 화살을 쏘아 자신의 경험치를 올리고 아이템을 획득했다. 힘과 속도, 대담한 공격과 날렵한 방어만이 바츠 공화국의 유일한 법률이었다. 그러나 그 평화는 타협 속의 평화, 모순 속의 평화였다. 바츠 공화국에서 시저의 동맹에 가입하거나 허락을 받지 않는 한 자신의 레벨을 어느 수준 이상 올리는 것은 불가능했다. 그들이 고급 사냥터를 독점하고 있기 때문이었다. 그러나 사람들은 그 정도 모순은 으레 어느 사회나 있는 것이라 생각하고 받아들였다. 넘볼 수 없는 신분과 계층의 존재는 이미 오프라인에서부터 학습된, 제2의 본능이었다.

　그러나 결혼 이후 그 누구도 넘볼 수 없는 강력한 혈맹이 된 시저와 그의 혈원들은 대부분의 사냥터를 독점했고, 세금을 대폭 인상했다. 그 전에 다른 혈맹의 군주들이 세금을 올려서는 안 된다고 시저에게 강력하게 청원했지만 시저 황제는 모두 거부했다. 시저 황제는 새로 성을 구매했다. 리니지 역사상 그토록 화려한 성을 구입하는 일은 처음이었다. 그것은 아이템 중의 아이템, 과시 중의 과시였다. 다들 분노도 잊고 성을 구경하기 위해 앞다투어 몰려갔다. 황금으로 만든 성의 첨탑 위에는 다른 사람들은 구경조차 별로 해본 적이 없는, 주둥이에서 불을 뿜는 익룡들이 떼를 지어 날아다녔다. 모두들 충격을 받았고, 자신이 그토록 소중하게 아끼던 칼과 방패가 초라하게 여겨지는 것을 어쩔 수 없었다. 그들 모두의 아이템을 다 합한다 해도 익룡 한 마리를 살 수 없다는 것을 그들은 알고 있었다. 그리고 그 어마어마한 사치와 힘의 과시는 모두 공화국 백성들의 세금과 비열한 독점에서 나온 것이라는 원성이 서서히 퍼져 나갔다.

시저 황제는 백성들의 말을 듣지 않는다, 시저 황제는 독재자다, 시저 황제는 우리의 레벨 상승을 원천적으로 봉쇄하고 있다는 비난이 바츠 공화국 전체에 퍼졌다. 모두들 시저 황제와 싸워야 한다고 입을 모았다. 그리고 시저 다음으로 강력한 혈맹의 군주인 에르빈 롬멜이 시저에게 대항할 것을 기대했지만 롬멜은 침묵만 지킴으로써 오히려 시저의 입지를 튼튼하게 해주었다. 여러 혈맹들이 속속 시저 황제의 동맹으로 투항했고, 이제 디케이 연합의 힘은 전지전능한 수준에 이르렀다. 그들의 힘은 전체 맵의 모든 짐승과 나무와 꽃, 흘러가는 구름에까지 퍼져 나갔다. 교활한 황제는 척살령을 발동해 모든 사냥터와 권력을 독점했다. 또한 필요할 때마다 다른 혈맹과 손을 잡고 반란군의 도전을 분쇄해 버렸다.

그사이 반군들도 동맹을 결성했다. 단독으로 디케이 연합군에 맞서다 무참하게 척살당한 혈맹들을 비롯해서 여러 군소 혈맹들이 동맹에 가담했다. 그들은 붉은 혁명 혈맹을 중심으로 디케이 연합군이 방어하고 있던 기란성을 점령하고 세금 없는 공화국을 선포했다. 황제와의 전쟁이 시작된 것이다.

마을 사람들은 포스터를 보며 저마다의 생각으로 얼굴이 어두웠다. 반란군에 동조하는 대부분의 사람들은 경험치가 낮아 제대로 된 갑옷 하나 장만할 수 없는 저레벨들이었다. 그들은 달랑 내복 한 장 걸친 채 가장 저급한 무기인 뼈단검 하나만을 쥐고 있었다. 그들은 사냥할 자유, 세금 없이 레벨을 올릴 권리를 원했다. 온라인에도 자유와 정의가 흘러넘쳐야 하리라. 그것이 그들의 구호였다. 그것은 아름답지만 그만큼 무모했다. 내복을 입고 시저의 친위대와 싸운다는 것은 누가 봐도 빨리 죽기 경쟁에 불과했다.

— 쿠사나기 형님과 인형사 님이 결혼식을 올릴 수 있을까?

손오공이 걱정스러운 듯 말했다. 엄지 요정은 사람들이 둘러싼 포스터를 보느라고 제자리에서 폴짝폴짝 뛰며 손오공에게 물었다.

— 인형사가 마리라는 게 정말이야??

손오공은 대답이 없었다. 그는 쿠사나기 군주로부터 입조심을 하라고 특별히 당부를 받은 터였다.

— 그럼 오프라인에서도 결혼식을 올려야지.

엄지가 말했다. 그러자 옆에 서 있던 바퀴가 놀라서 물었다.

— 정말 유마리를 본다는 거야?!

— 유마리는 무슨! 인형사가 유마리면 나는 원빈이다!!

바퀴와 붙어 다니는 똘아이였다.

— 좌우지간 축의금 내는 거 잊지 마라. 그걸로 아덴을 사서 전쟁 준비해야 된다.

손오공이 말을 마치고 쿠사나기를 찾았다. 쿠사나기는 저만치서 혈맹 '유에프오'의 군주와 이야기 중이었다. 유에프오는 모든 혈원들이 똑같은 검은 갑옷을 입고 있었다. 지나치게 집단을 강조하는 모습이 어딘가 음산해 보였지만 '뫼비우스의 띠'의 든든한 우군이었다. 유에프오는 '뫼비우스의 띠'의 구성원 대부분이 탈북자들로 채워지자 그에 반발한 몇몇이 독립해 혈맹을 만든 것이었다. 하지만 두 혈맹은 여전히 같은 지역에 살면서 우호적으로 지내 왔다.

전날, 시저의 성 앞에 있는 강에서 전투가 벌어졌을 때도 유에프오의 지원이 없었다면 모두 척살당했을지도 모른다. 쿠사나기가 이끄는 혈원들이 강가에서 사냥을 하고 있을 때 시저의 친위대들이 들이닥친 것이다. 그곳은 시저의 혈원들만이 이용할 수 있는 제한된 사냥터였다. 친위대의 말은 바람처럼 빠르고, 그들의 칼은 불꽃보다 뜨겁게 혈원들의 가슴을 갈랐다. 쿠사나기와 손오공, 엄지 요정은 여기저기 뛰어다니며 미친 듯이 칼과 창을 휘둘렀으나 쓰러지는 혈원들을 다 구하지는 못했다.

그때 허공에서 불화살이 날아들어 시저 친위대 장교의 가슴에 꽂혔다. 인형사였다. 인형사는 언제나처럼 나무 위에서 화살을 쏘았다. 이따금 모습을 드러내는 인형사는 그 누구와도, 어떤 말도 하지 않았다. 오직 쿠사나기에게만 귀엣말로 속삭였고, 쿠사나기 옆에만 붙어 다녔다. 누군가 인형사에게 다가올라치면 인형사는 쿠사나기의 등 뒤로 숨었다가 흔적도 없이 사라지곤 했다.

인형사가 불화살로 쓰러뜨린 장교의 아이템을 손오공이 급하게 먹어 치웠다. 순식간에 손오공의 게이지가 올라갔다. 그 힘으로 손오공은 친위대 대원 두 명을 해치웠다.

─ 손오공 오빠, 최고야!

다시 인형사가 불화살을 날렸다. 쿠사나기에게 다가오는 늑대개를 향해서였다. 순간 늑대개는 방향을 바꿔 인형사가 있는 나무 위를 향해 뛰어올랐다. 인형사는 늑대개에게 불의의 습격을 받고 나무에서 떨어졌다.

─ 마리!!

쿠사나기가 외쳤다.

─ 정말 마리가 맞나 봐!!

엄지가 그 와중에 외쳤다. 엄지가 소리를 지를 때, 쿠사나기는 인형사를 옆구리에 안고 친위대의 말을 빼앗아 타고 있었다. 그러나 말의 주변으로 친위대들이 순식간에 에워쌌다. 쿠사나기는 달아날 곳을 찾아 이리저리 말머리를 돌려 보았지만 보이는 것은 친위대 대원들과 죽어 간 혈원들의 붉은 피뿐이었다.

─ 형, 기다려, 내가 갈게!

손오공이 소리쳤다.

─ 안 돼, 오빠! 위험해!

엄지도 소리쳤다. 그때, 저만치서 뽀얗게 먼지가 일었다.

─ 오빠, 저기 동맹군이 와! 이제 됐어!

말을 타고 달려온 그들은 유에프오 동맹의 혈원들이었다. 유에프오 동맹군이 다가오자 전투는 백중지세를 이루었다. 그중 피로 물든 사냥복을 입은 낯익은 전사가 하나 끼어 있었다. 그는 '뫼비우스의 띠'의 혈원도 아니었고, 유에프오의 혈원도 아니었다. 그는 항상 혼자 다니며 닥치는 대로 사냥하고 죽이는 외톨이 전사, '피멍'으로 통했다. 피멍은 몸을 사리거나, 조심하는 법 없이 닥치는 대로 덤벼들고 닥치는 대로 휘둘러 죽였다.

쿠사나기는 피멍과 처음 마주쳤던 때를 기억하고 있다. 쿠사나기와 피멍은 같은 사냥감을 노리고 있었는데 쿠사나기가 양보했다. 만일 쿠사나기가 양보하지 않았다면 피멍은 그를 죽였을 것이다. 쿠사나기는 피멍에게 충고했다.

— 그렇게 혼자서 닥치는 대로 칼을 휘두르고 다니다간 언젠가는 곤욕을 치를 거야.

— 상관없어.

피멍은 간단하게 대답했다.

— 그 아이템들을 다 잃게 되는데? 네가 죽는데도?

— 나는 언제든지 죽을 수 있어.

피멍이 가고 난 후 쿠사나기는 피멍이 강한 이유를 알았다. 죽어도 좋다고 생각하는 자는 몸을 사리지 않는다. 그래서 그는 강한 것이다.

— 정말 시저 황제와 전쟁을 할 거야?

유에프오의 군주 대물소심이 쿠사나기에게 물었다.

— 이제는 그만둘 수도 없어.

— 없는 건 아니지.

쿠사나기가 대물소심을 쳐다본다. 대물소심은 담담하게 말했다.

— 네가 당분간 접속을 안 하면 '뫼비우스의 띠'는 곧 오합지졸이 될 거야. 몇 놈은 죽겠지만 대부분 시저에게 투항할걸. 조금 굴욕이긴 하지만, 굴욕이야 우리의 일상이지. 너는 아바타를 바꾸고 새 인물로 다

시 들어오면 될 거고.

— 싫어.

쿠사나기는 단호하게 말했다.

— 잘 생각해 봐. 여기는 오프라인이 아냐. 오프라인에서는 가끔 의외의 승부가 나기도 하지만 여기서는 절대적으로 힘 있는 놈이 이겨. 네가 싸운다면 너의 혈맹 내부에서 배신자가 나타나 너를 죽일걸. 시저에게서 엄청난 포상금을 받을 테니. 그런 수법을 클래식이라고 하지. 둘러봐. 벌써 혈원들 얼굴이 두려움에 떠는 걸 못 느끼겠어?

쿠사나기는 혈원들을 둘러본다. 그동안 제대로 된 사냥을 하지 못해 다들 체력 게이지가 떨어진 상태다. 어느 곳에서든, 어느 누구든 굶고 살 수는 없다. 대물소심의 아내 얼음궁전이 수레에 부대를 잔뜩 싣고 나타났다.

— 안녕, 쿠사나기. 시저와 맞짱 뜬다며? 내가 선물을 가져왔어.

얼음궁전이 부대를 끄집어 내리자 그 안에서 쥐와 도마뱀들이 쏟아져 나온다. 함성 소리가 터져 나오고 일시에 늪지대는 아수라장이 되었다. 한때는 거들떠보지도 않던, 초보자들의 음식인 쥐와 도마뱀을 보며 잔치를 벌이는 혈원들을 보는 쿠사나기의 마음은 아팠다. 혈원들 사이에서 엄지 요정도 열심히 뛰어 다니며 단검을 휘두르고 있었다. 손오공만이 느긋하게 바위 위에 올라앉아 구경 중이었다.

— 손오공 오빠, 뭐 해? 사냥 안 해?

— 나는 어제 친위대 놈한테서 득템했다. 넌 게이지 많이 썼으니 실컷 먹어라.

그때 마을 어귀에 한 무리의 사람들이 나타났다. 무기는 말할 것도 없고, 갑옷 하나 갖춰 입지 못한 채 뼈단검 하나만 들고 있는 그들이 바로 내복단들이었다. 그들을 보는 마을 사람들의 표정은 그들의 생각을 그대로 드러냈다.

— 도대체 반군들은 생각이 있는 거야? 저런 친구들을 데리고 시저의 친위대와 싸우겠다고?

그때, 내복단 모집 포스터가 붙은 나무 주변에서 사람들의 비명 소리가 들렸다.

— 시저의 친위대다!!

누군가가 소리를 질렀다.

— 모가지가 날아갔다!

또 다른 고함 소리가 들렸다. 쿠사나기와 손오공이 달려갔다. 시저의 친위대 한 무리가 늪지대 사람들에게 둘러싸여 있었다. 이미 두 구의 시체가 길바닥에 널브러져 있었다. 엄청난 위력의 장검으로 한 번에 목을 날려 버린 것이다. 여자 한 명이 목이 없는 사람의 시신을 붙잡고 흐느꼈다. 제일 앞에 선 친위대의 손에 내복단 모집 포스터가 쥐어 있었다. 그는 나무에서 뜯어낸 포스터를 힐긋 보더니 싸늘하게 웃었다.

— 시저 황제의 전언이다. 오늘부터 황제의 칙령을 어기고 불법으로 사냥을 하거나, 세금을 납부하지 않는 자는 그 자리에서 척살한다. 반발은 있을 수 없다. 그것은 너희들의 것이 아니다. 너희들은 복종하거나, 죽거나 중에서 선택할 뿐이다. 다시 한 번 말한다!

친위대는 목소리를 더욱 높였다.

— 반란군뿐만 아니라 동조하는 세력까지 모두 척살한다. 이 칙령은 지금부터 시행된다. 모두들, 돌아가라!

목이 없는 시체를 붙잡고 울던 여자가 친위대에게 단검을 던졌다. 친위대는 간단히 그 단검을 막아 내고 다시 칼을 휘둘러 여자를 내리치려 하였다. 그때 순식간에 날아오른 누군가가 친위대의 칼을 막았다.

— 넌 누구냐?

— 그건 알아서 뭐 하게?

피멍이었다. 피멍은 발을 날려 친위대의 얼굴을 후려갈겼다. 그러자 다른 친위대가 칼을 뽑아 들고 피멍에게로 향했다. 손오공이 덤비려 하자 쿠사나기는 손오공을 밀쳐 내고 친위대를 향해 날아올랐다. 순식간에 다시 싸움이 벌어졌다. 피멍과 쿠사나기가 등을 맞대고 각각의 친위대들과 칼을 겨뤘다. 칼이 한 번 움직일 때마다 바람 소리가 일고, 칼날이 부딪힐 때마다 불꽃이 튀었다. 그 기세에 아무도 그들 곁에 가지 못하고 그 모습을 쳐다보기만 했다.

— 제법이구나!

피멍과 맞붙은 친위대가 말했다.

— 아무짝에도 쓸모없는 잡템들이나 주워 먹고 이런 솜씨를 가지다니 놀랍다. 이봐, 영양가 높은 몬스터를 먹고 싶지 않아?

— 너를 먹으면 되지.

피멍이 대답했다. 친위대는 웃었다.

— 시저의 친위대에 들어와. 혁명이니 해방이니 하는 짓거리에 놀아나지 말고. 지금 피시방에서 죽 때리며 게임에 접속한 주제에 무슨 혁명이냐, 혁명! 착각하지 말고 니 레벨이나 올려.

— 내 맘이야.

피멍은 간단히 대답하고는 칼을 휘둘러 친위대가 탄 말의 다리를 잘랐다. 말이 피를 흘리며 풀썩 쓰러졌다. 의외의 공격을 당한 친위대는 피멍을 노려보았다. 독점 패치(patch) 프로그램으로 24시간 경험치를 올리는 동맹군들은 순식간에 버프 기술을 구사할 수 있었다. 쿠사나기가 피멍을 돕기 위해 옆으로 다가갔다. 피멍은 필요 없다는 듯 바위 위로 점프했다. 피멍을 쫓는 친위대도 같이 뛰어올랐다. 그를 돕기 위해 다른 친위대가 뛰어오르고 쿠사나기가 그를 향해 단검을 던졌다.

그때 어디선가 노랫소리가 들려왔다.

민중의 기 붉은 기는 전사의 시체를 싼다.

시체가 식어 굳기 전에 혈조는 깃발을 물들인다.

높이 들어라, 붉은 깃발을. 그 밑에서 굳게 맹세해.

비겁한 자야 갈 테면 가라. 우리들은 붉은 기를 지키리라.

피멍이 고개를 돌려 노랫소리가 나는 쪽을 쳐다봤다.

―〈적기가〉를 부르는 재들은 누구야?

피멍이 쿠사나기에게 소리쳤다.

―북조선 출신의 내복단 선전대들이라고 합니다.

손오공이 대신 소리를 질렀다. 피멍은 순간 멍해진 듯 노랫소리를 향해 몸을 돌린 채 굳어 있었다. 그 순간을 노려 친위대가 칼을 휘두르며 피멍의 목을 노렸다. 쿠사나기가 동시에 뛰어올라 발을 높이 들어 친위대의 가슴을 걷어차 버렸다. 친위대는 한쪽 구석에 처박히고 쿠사나기가 달려들어 그의 목에 칼을 댄다.

― 쿠사나기, 내가 그놈의 목을 따게 해줘.

대물소심 군주가 칼을 뽑아 들고 달려가 망설임 없이 가슴을 찔러 버렸다. 황제의 친위대는 그 자리에서 죽었다. 피멍은 다른 친위대에게 달려들어 그의 목을 벴다. 좀 전에 그들이 나무에서 뜯어낸 내복단 모집 포스터가 피어 젖어 붉게 물들었다. 소요는 끝났고 마을의 골목은 〈적기가〉를 부르며 행진해 온 내복단들로 가득 찼다. 사람들은 환호하며 그들에게 물약을 던졌다.

— 이거 받아요!

모두가 내복단의 주변으로 몰려간 후 쿠사나기는 피멍에게 다가갔다. 피멍은 친위대의 눈알을 도려내고 있었다.

— 뭘 하는 거야?

— 응, 취미생활.

피멍은 눈알을 도려내 자루에 담았다.

— 너, 북조선 출신이지?

피멍은 쿠사나기를 흘깃 쳐다볼 뿐 아무런 말이 없었다.

— 저 노래를 듣고 〈적기가〉라고 바로 말하는 걸 보고 알았지.

— 그래서?

— 너도 우리 반군에 들어와. 같이 싸우자. 전쟁을 수행할 수 있는 너 같은 고레벨이 꼭 필요해.

— 왜? 혁명을 위해서?

피멍이 싸늘하게 말했다.

— 북조선 내복단까지 생겼는데 같이하고 싶지 않아?

— 난 싫어. 나는 싸움을 하러 여기 왔지 혁명을 하러 들어온 게 아니야.

피멍은 눈알을 넣은 자루를 둘러메고 동굴 쪽으로 걸음을 옮겼다.

6

꿈, 밤거리, 진짜와 가짜

한밤중이다.

희미한 달빛이 마을에 드리워졌다. 나는 사람들의 눈을 피해 마을로 들어갔다. 그것은 일도 아니었다. 꽃제비(거리를 떠도는 북한의 굶주린 아이) 시절, 엎드려 국경 경비 초소 앞을 지나다녔다. 쥐도 새도 모르게 두만강을 넘나들었다. 그때와는 달리 어둠이 드리워진 물결을 밟고 달려갔다. 그 일은 닌자 쿠사나기에게는 식은 죽 먹기다. 그런데 북한에 도착해 물에 젖은 신발을 벗자 양말이 보라색으로 물들어 있다. 그사이 근처에 염색 공장이 생긴 모양이다. 나는 조심해서 마을을 통과해 낡은 대문을 열었다. 좁은 마당에 짙은 어둠이 내려앉아 있었다.

"형 왔다."

나는 조용히 입을 열었다. 옆집에서 들을지 모른다. 대답이 없었다. 이번엔 동생을 부르려는데, 갑자기 이름이 생각나지 않는다. 우리는 너무 오래 떨어져 있었다. 방문을 열었다. 빈방이다.

“아바이, 저 왔습다.”

나는 목소리를 더욱 낮추었다. 큰방 문을 밀었다. 아무도 없다. 부엌에서 인기척이 들렸다. 나는 천천히 문을 열었다. 그런데 부엌 한쪽 구석에서 누가 고개를 숙이고 뭘 퍼내고 있었다.

“할마이!”

무심결에 말이 입에서 튀어나왔다. 그녀가 고개를 돌렸다. 할머니가 아니라 어머니였다.

“어마니요!”

나는 놀라 입을 벌렸다. 전혀 변하지 않은 모습, 가족사진 속의 얼굴 그대로다. 어머니를 찾아 남한으로 내려갔는데, 그녀는 북조선 집에 있었다. 그녀가 나를 하림이라고 불렀다. 아들이 남으로 내려가 이름을 바꾼 줄 아는 모양이었다. 어머니는 밖으로 나오려다가 바닥에 주저앉았다. 부엌 바닥은 온통 쌀이었다. 어머니는 쌀 속에 빠졌다. 나는 안으로 뛰어 들어가 그녀를 붙잡았다. 그러자 나도 덩달아 쌀 속으로 빠져들었다. 이때 대문이 열린다. 아버지와 동생이 쌀자루를 하나씩 들고 마당으로 들어섰다. 두 사람 역시 엄마와 마찬가지로 나이를 먹지 않았다.

“형이다! 여기 어마니도 있다!”

나는 반가워 동생을 불렀다. 놀란 동생이 뒷걸음질 친다. 아버지는 들고 있던 쌀자루를 마당에 떨어뜨렸다. 동생은 쌀자루를 들고 마당을 뛰어나갔다. 아버지도 뒤를 따른다.

“주한아! 형이다!”

나는 소리를 질렀다. 이제야 그의 이름이 떠올랐다. 뒤따라 나가려고 다리를 움직였다. 하지만 꼼짝하지 않았다. 자꾸 밑으로 빠져들었다.

그사이 어머니도 어디로 갔는지 사라졌다. 마당에는 '대한민국'이라고 적힌 쌀자루가 흩어져 있었다. 내가 보낸 쌀이다. 나는 바닥에 박힌 내 몸을 빼려다가 놀랐다. 내가 군인이다. 보위부 군복을 입고 집으로 찾아온 것이다. 닌자 쿠사나기의 갑옷이 아니었다.

"왜 그래?"

손오공의 목소리가 들린다. 나는 숨을 몰아쉰다.

"형! 형!"

나는 벌떡 일어났다.

"하림이 형, 정신 차려. 또 매니저 꿈 꿨어?"

그가 들고 있던 물병을 내밀었다. 나는 다시 놀라 움찔했다. 하림이란 이름 때문이었다. 이러다간 진짜로 하림이 되어 버릴 것 같다. 빨리 이름을 찾아야 한다. 나는 숨을 내쉬고 물병을 받아 병째로 들이켠다.

"이런 데서 자니까 꿈자리가 뒤숭숭하잖아!"

그는 말을 하고 빈 양주병과 통조림 깡통이 널려 있는 주위를 둘러보았다. 놈은 옆에 방을 두고 쓰레기장에서 잔다고 핀잔을 주었다. 룸살롱 지하 창고다. 여기 왜 들어와 있는 것일까? 룸살롱 삐끼를 그만둔 지 오래됐는데…….

맞다. 고향 후배들과 술을 마시고 새벽에 방으로 들어가다 어두운 길거리에서 박 형사를 만났다. 다행히 어둠 속에 숨어 있던 늙은 뉴비는 나를 알아보지 못했지만 분명히 나를 기다리고 있었던 것이다. 낮에 반장에게서 전화가 왔다. 다시 경찰서로 찾아와 수사에 협조해 달라는 내용이었다. 나는 대꾸도 않고 전화를 끊어 버렸다. 그러자 '씨발, 좋은 말로 할 때 경찰서로 기어 들어와라.'라고 엄포성 문자가 날아들었다. 보나마나 늙은 뉴비다.

여기는 법치국가 대한민국이다. 놈의 문자는 국민의 기본권 침해다. 나는 남한에서 대학을 다닌, 나름대로 인텔리다. 중국에서 한국 책도 무지 읽은 사람이다. 교수님이 공부를 해도 괜찮을 머리라고 했다. 무엇보다 난, 비록 북조선 인민이지만 바츠 해방전쟁에서 내복단을 이끌고 싸운 투사다. '씨발'이라니! 좆도, 누구한테! 난, 무서운 게 없는 사람이다. 형사 나부랭이와 전사는 급수가 다르다. 지들이 봉인을 각오하고 압제자와 싸워 본 적이 있나? 놈들은 투구에 갑옷까지 걸친 시저 황제의 친위대가 몰려오면 총을 들고도 방아쇠 한 번 당겨 보지 못한 채 오줌을 질금거리다가 도망칠 것이다. 정말 가소롭다.

강력계 수사팀이 언론에 두들겨 맞은 모양이었다. 저녁을 먹다가 백석공원 사건에 관한 뉴스를 보았다. 주로 경찰에 대한 질타였다. 공원에서 눈알이 발견됐을 때, 주변 수색을 대충했다는 내용과 함께 아직까지 죽은 사람이 누구인지도 밝혀 내지 못했다는 것이었다. 한 기자는 다른 뉴스 보도를 인용해 눈알 주인과 팔목 주인이 동일인이라고 말했다. 그럼, 누군가 사람을 죽이고 사체를 조각내 백석공원 여기저기에 뿌려 둔 것이다. 사건 때문에 손님이 줄어들어 울상인 주변 상가 번영회 회장은 경찰이 도대체 수사를 하는지 마는지 모르겠다며 입에 게거품을 물었다. 이 판국에 경찰서 가면 자장면 두어 그릇 앞에 놓고 또 내 뒤통수를 후려칠 것이다. '씨발, 늙은 뉴비야! 내가 동네북이냐?'라고 문자를 보냈다.

잠시 후, 휴대폰이 울렸다. 전화를 받지 않자, 다시 문자가 날아들었다. '늙은 뉴비가 뭐냐?' 난 잠시 망설이다가 '울티마 게임 해봐라. 그럼 알 거다.'라고 보냈다. '울티마 게임이 뭐냐?' 다시 물었다. '뉴비야, 참 답답하게 사는구나, 우리가 사는 세상이 전부가 아닌데.' 문자를 날렸다. '말해 봐, 뉴비가 뭐냐니까?' 늙은 뉴비는 끈질기게 물었다. 그 정신은 높이 살 만하다. '아들한테 물어봐라.' 나는 마지막 답장을 날리고는 휴대폰을 꺼버렸다. 속이 시원했다. 어디서 귀에 익은 가락이 들린다.

　　좋은 때 좋은 날 맺어진 사랑, 한 쌍의 꽃으로 피었네.

　　환청인가? 찬송가는 아니다. 나는 주위를 둘러보았다. 이런 노래를 부를 사람은 없는데……. 모텔 근처에서 서성이는 인희가 보인다. 보라색 옷이 어둠 속에서 잘 구분되지 않았다. 그녀의 목소리였다. 벌써 남자와 2차를 나온 모양이었다. 가사가 귀청을 두드렸다. 이 노래는 밝고 경쾌해 남한 가요 같은데 왠지 우울하게 들린다.

　　그녀는 여급들 중에 손님이 가장 많았다. 마리를 닮은 얼굴 때문이었다. 요즘 그녀의 관심은 남자 손님이 아니라 누드다. 인희는 두만강을 건너 남으로 내려와 남자들에게 몸이나 대주는 여급으로 삶을 마감할 수 없다고 여긴 모양이었다. 그녀는 북한에서 예술대학을 졸업하고 배우로 활동하다가 남으로 왔다. 하지만 남한에서 그녀는 창녀에 불과하다. 북에서 그녀는 출신 성분이 좋아 크게 될 수 있었다. 그런 자기 삶의 회한 때문에 누드모델이 되고 싶은지 모른다. 그래서 그녀는 술자리 손님들이 내미는 팁보다 훨씬 작은 돈을 받고 대학교 만화 동아리에서 옷을 벗는다. 그러다가 아마추어 만화가 친구들의 소개로 사진작가를 만났다고 했다. 나도 이름을 들어 본 적이 있는, 꽤 유명한 사람이었다. 그 앞에서 옷을 벗은 모델 둘 중 하나는 티브이 드라마에도 나오는 영화배우가 되었다. 인희는 그 작가에게 자신의 몸을 보여 주려고 며칠 동안 팬티도 브래지어도 걸치지 않고 다녔다. 몸에 속옷 자국을 남기지 않으려는 것이다. 세상에 쉬운 일이 없다더니 누드모델도 늘씬하게 빠졌다고 그냥 되는 것이 아니었다. 모델 일 때문인지 얼마 전에 라식 수술도 한 모양이다.

처음 인희를 보았을 때 무척 놀랐다. 어두운 조명 아래서 보니 영락없이 마리였다.

"마리……."

나는 머뭇거렸다. 인희는 담배를 피워 물었다. 마리다. 그녀와 꼭 닮은 얼굴이었다. 그 때문에 예명도 마리인가?

"그래요, 마리 몰라요?"

그녀는 웃으면서 말했다.

"응, 알지 왜 몰라! 그 친구 우리 혈맹 혈원인데……."

나는 엉겁결에 엉뚱하게 중얼거리고 말았다.

"뭔 소리야?"

그녀는 장난스럽게 물었다. 그제야 정신을 차리고, 숨을 돌렸다. 그런데 한나절이 지나자 전혀 다른 얼굴이었다. 얼굴 윤곽과 콧날, 하얀 피부가 닮았으나 눈과 턱이 달랐다. 마리는 짙은 쌍꺼풀에 깊은 눈동자를 가지고 있었다. 사람을 빨아들이는 묘한 그 눈은 하림과 비슷했다. 내가 마리에게 매혹당한 것도 실은 하림을 빼닮은 눈 때문이었다. 그것을 창부의 눈이라고 비꼬는 이도 있었다. 마리와 인희는 무엇보다도 코

밑이 달랐다. 인희는 갸름한 얼굴이 아니었다. 나중에 물어보니 손님들이 좋아해서 마리처럼 꾸몄다고 했다. 그녀는 조만간 턱을 손볼 거라고 했다. 인희를 불러 볼까 하다가 그만두고 돌아서다가 화들짝 놀랐다.

가게 앞에서 보라색 눈동자가 이쪽을 쳐다보고 있었다. 백석 시비 위에 놓여 있던 눈알이었다. 분명히 그것이었다. 나는 뒤돌아 쏜살같이 뛰었다. 보라색 눈동자가 나를 따라오고 있었다. 미친 듯이 달려가다 뭔가와 부딪혔다.

"이 자식 뭐야!"

취객 하나가 대뜸 멱살을 거머쥐었다.

"고삐리도 있는데요."

나는 자신도 모르게 불쑥 내뱉었다. 손님을 찾아 동네를 헤매던 삐끼 시절, 입에 달고 다닌 말이었다.

"고삐리?"

취객이 멱살을 놓았다. 앞쪽으로 한 무리의 취객들이 비틀거리면서 걸어가고 있었다.

"2차도 됩니다."

나는 다른 미끼를 던졌다. 매춘도 가능하단 얘기다. 성매매특별법 때문에 명목상으로 매춘은 불법이다. 하지만 술 먹고 함께 나가는 것은 문제가 되지 않았다. 서로 꼬셔서 접 붙는다면 그것은 사생활이다. 경찰이 간여할 바가 아니다. 대한민국은 민주 공화국이다.

"야, 어딜 가? 여기 좋은 데 있다는데!"

취객은 소리를 질러 앞서 가는 사람들을 불러 세웠다. 제정신을 가진 사람은 보이지 않는다. 저 정도 마셨으면 옆에 할머니를 앉혀 두고 영계라고 해도 믿을 것이다. 실컷 먹여 놓고 신용카드를 빼앗아 마음대로 휘갈기면 된다. 그렇게 해서 택시를 태워 보내면 그만이다. 뒷날 전화를 걸어 항의하는 손님도 가끔 있긴 하나 보통은 그냥 넘어간다. 새벽에 웬 횡재인가? 나는 한 무리의 술꾼들을 꾀어 그들을 몰고 룸살롱으로 들어왔다. 프리랜서 삐끼들이 호객 행위로 손님을 물고 온다고 바로 돈을 주는 것은 아니다. 그들이 술을 마시도록 분위기를 좀 맞춰 주어야 한다.

그러다가 지하 창고에서 잠이 들었다. 나는 룸살롱에서 고정으로 일을 할 때도 삐끼들이 쉬는 작은 방보다 창고가 편하고 좋긴 했다. 그래서인지 일어나면 매번 여기였다.

"형, 그러지 말고 그 매니저를 만나 담판을 지어! 내가 따라가 줄 테니까! 왜 말 못 해! 형의 아이까지 뱄던 여잔데."

정신이 조금 돌아왔다. 손오공이 엉뚱한 소리를 한다. 내가 마리의 매니저에게 쫓기는 꿈을 꾼 줄 알고 있다. 그런 꿈 때문에 힘들었던 적이 있었다.

"너, 그런 얘기 떠들고 다니면 안 된다!"

나는 짐짓 태연하게 말하고 이마를 훔쳤다. 땀이 흥건하다.

"알았어! 나만 알고 있을게!"

그는 자신의 짐작이 맞았구나 하는 표정을 지었다. 언젠가 그와 함께 술을 마시다가 후배 마리 얘기를 꺼냈다. 술에 취해 그녀와 청주에서 동거한 사실을 말해 버렸다. 아차 싶었지만 이미 쏟아진 물이었다. 대신 그 사실을 누구에게도 발설하지 않는다는 다짐을 받았다. 처음에 손오공은 내 말을 믿지 않아 그에게 마리와 찍은 사진을 보여 주었다. 휴대폰에 저장돼 있었던 것이다. 그것을 보자 심장이 멎는다면서 호들갑을 떨었다. 그 후로 손오공은 나를 따랐다.

대학 후배인 그녀는 이제 세상 모든 사내들의 눈요깃감이 되었지만 다른 누구의 여자도 아니다. 바로 나의 애인이다. 사람들은 그녀가 한때 나와 동거를 했으며, 내 아이까지 유산한 적이 있다고 한다면 믿지 않을 것이다. 나 역시, 그녀의 장래를 위해 그런 사실을 밝힐 의사는 추호도 없다. 그녀가 아이를 가졌던 것은 아무도 모르는 비밀이다. 우리 사이를 대충 짐작한 연극과 동기들마저도 임신 사실은 몰랐다. 내가 중도에 대학을 포기하는 바람에 우리의 동거 사실을 눈치 챈 동기도 얼마 되지 않았다. 마리와 같이 잔 것이 언제인지 아득하기만 하다. 그것은 매니저 때문이다. 그녀를 키워 준 놈은 마리의 일거수일투족, 1분 1초까지 모두 관리하고 있다. 그러나 언젠가 마리는 돌아올 것이고, 우리는 만날 것이다. 쿠사나기는 인형사를 만나야 한다. 우리 둘은 만나지 않고 완성될 수 없다. 그런 점에서 마리는 아직도 날개를 달지 못한 천사다. 얼마나 불쌍한가. 천사로 태어나서 비상할 수 없으니. 마리의 영혼은 내 속으로 들어와야 한다. 지금 그녀는 네트의 바다 속을 헤매는 불쌍한 고스트다.

"형, 좀만 기다려. 곧 매니저 놈 신원조회 끝낼 테니."

손오공에게 해킹으로 매니저가 어떤 놈인지 알아 달라고 부탁했었다. 이미 그의 주민번호는 알아낸 상태다. 나는 놈의 정체를 알고 싶었다.

"근데, 새벽에 몇 명이나 낚아 온 거야?"

그가 말을 하면서 주머니를 뒤졌다. 지갑에서 5만 원짜리 여섯 장을 꺼내 내밀었다.

"형한테 전해 주라고 하던데."

"계산이 맞지 않는데."

나는 동창회 모임을 끝내고 돌아가는 사람들을 한꺼번에 꾀어 왔다. 한둘을 데려온 것이 아니다.

"나머진 청소하고 받아 가랬어."

지배인 놈은 프리랜서 삐끼들에게 돈을 그냥 주는 법이 없다. 무슨 일이든지 시키고 남은 돈을 받아 가게 만든다. 나는 돈을 받아 지갑 속에 집어넣다가 가족사진을 유심히 들여다보았다. 꿈속에서 본 얼굴이 이대로였나? 분명하지 않다. 사진 속의 모습 그대로였던 것도 같고, 아니었던 것도 같다. 왜 이렇게 뭐가 불분명한 것일까?

나는 손목시계를 쳐다보았다. 이른 아침이다. 다시 물을 마셨다. 최근 가족의 꿈을 자주 꾸었다. 닌자 쿠사나기 아바타가 봉인돼 버려 바츠 공화국으로 들어갈 수 없어 마음에 빈자리가 생겼다. 그 공간을 북쪽 가족이 차지하고 들어온 것이다.

몇 년 동안 꿈속에서도 아버지를 본 적은 없었다. 아버지가 죽었다는 소식을 들었을 때도, 그는 꿈에 나타나지 않았다. 그만큼 당신이 싫었다. 가족사진을 보지 않으면 그의 얼굴이 머릿속에 떠오르지도 않을 정도였다. 오랫동안 아버지 때문에 동생을 남한으로 데려올 수 없었다. 나는 내심 그가 동생의 등을 떠밀어 남으로 보내 주길 바랐다. 이왕 여기로 오려면 하루라도 빨리 와야 한다. 그래야 적응이 쉬운 법이다. 북한은 아침을 먹으면 점심을 걱정해야 하는 땅이다. 병든 아버지가 죽고 나면 그런 곳에 동생이 혼자 남을 것이다.

나는 아버지의 무책임에 엄청난 분노를 느끼고 있었는데, 뜻밖에 휴대폰 음성 사서함에 메시지 하나가 날아들었다. 아마 2년 전쯤의 일이었을 것이다. 하지만 정확하진 않다. 요즘은 뭐든지 정확한 게 없다. 어쨌든 아버지였다. 첫마디로 당신이 스스로 아버지라고 밝히지 않았으면 누구 목소리인지 어리둥절했을 것이다. 7년 넘게 북쪽의 가족과 전화로만 안부를 주고받았으나 당신과 통화를 한 적은 없었다. 아버지는 의도적으로 전화를 피했다. 그때 얼마나 놀랐던지……. 아버지는 장마당에 나가 중국 상인들에게 휴대폰을 빌려 전화를 한다고 했다. 자신의 죽음을 예감한 목소리였다. 그 전에 북한을 들락거리는 무산 아저씨의 친척인 연변 아주마이에게 전해 들은 얘기가 있어 나는 잠시 눈물을 찔끔거렸다. 그것이 전부였다. 더 이상 그를 위해 흘릴 눈물이 남아 있지 않았다. 당신도 자신이 죽고 난 후 동생의 장래가 걱정되는 모양이었다.

이틀 후, 문자 메시지로 부고장이 날아들었다. 그 소식을 들었을 때, 이왕 갈 길이면 할머니처럼 자식을 위해 좀 빨리 나서지……, 나는 마음속으로 그렇게 중얼거렸다. 할머니는 먹을 것이 떨어지자 옆집 할아버지처럼 몰래 손에 쥐고 있던 아편을 삼켰다. 그 전날 요단강 건너 만나리라는 노래를 목청껏 부르고 요단강을 건너 떠났다. 그러나 마음만 먹으면 쉽게 건널 수 있었던 두만강이 아버지가 돌아가실 때쯤에 막혀버렸다. 국경 경비가 강화된 것이다. 그 때문에 동생의 탈북이 오랫동안 지연되었다. 속이 타들어 갔지만 어쩔 수가 없었다.

그런데 무산 아저씨의 친척이 한국에 왔다. 중국 연변에 사는 그녀는 딸을 여기에 정착한 탈북자에게 시집보내 서울을 자기 집처럼 드나들었다. 나는 그녀를 통해 가족 소식을 듣기도 하고, 돈도 송금할 수 있었다. 그녀는 장삿길이 열리면 자신의 휴대폰을 북쪽으로 가지고 들어가 동생이 받은 돈의 액수까지 확인시켜 주었다. 그녀는 나를 불러 돈을 좀 주면 국경 경비대를 매수해 동생을 안전하게 서울로 데려올 수 있다고 했다. 그동안 섣불리 두만강을 건너지 못한 것은 안전 문제 때문이었다.

그것은 무산 아저씨가 두 딸을 한국으로 데려오길 꺼려하는 이유 중 하나다. 아들과 함께 남한에 정착한 그는 북의 가족을 불렀다. 그런데 아내와 두 딸이 두만강을 건너다 국경 경비대에 잡혔다. 보위부로 이송된 가족 중 두 딸은 석방되고, 아내는 감옥에 갔다. 그곳에서 아내는 병들어 죽었다. 식량 사정이 좋지 않은 북한에서 1년 정도의 형을 선고받으면 죽기 십상이다. 인민에게 줄 양식도 없는 마당에 죄인에게 줄 식량이 있을 리 없었다. 하지만 그가 딸들을 데려오지 않는 진짜 이유는 다른 데 있었다. 그들이 북에서 연변 아주마이의 도움을 받는다고 해도 고아나 별반 다르지 않을 것이다. 이런 사실을 알고 있는 그였지만 아들 무진이 때문에 용기가 나지 않는 모양이었다. 벌써 초등학교 입학할 나이를 넘긴 아이는 탈북 과정에서 겪은 정신적 충격으로 멍청이가 돼 버렸다. 아들의 병을 고쳐 보겠다고 정부로부터 받은 주공 아파트를 불법으로 임대하고, 과일 행상으로 모은 돈까지 몽땅 쏟아 부었지만 결과는 시원찮았다. 아이는 학교도 가지 않고, 행상 하는 아버지를 따라다닌다. 좀 모자라는 아이들이 모여 공부하는 학교에 보내도 적응하지 못하기는 마찬가지였다. 무진이는 여기가 남한이 아니라고 생각하는지 입만 열었다 하면 한국 가자는 타령이다.

이제 동생 문제는 곧 해결될 것이다. 몇 년을 끌어온 줄다리기가 끝났다. 그사이 동생은 성년이 되었다. 남으로 오면 곧바로 대학 입시를 준비해야 할 판이었다. 국경 경비대를 끼고 일을 하면 백 프로 안전하다. 혹시 재수 없게 잡혀 보위부로 끌려가도 다시 빼내 두만강을 넘도록 해준다. 놈들은 돈만 준다면 김일성도 팔아먹을 인간들이다. 그 사실은 진작 알고 있었다. 하지만 여기서는 손써 볼 방법이 없었다.

나는 다시 한숨을 내쉬었다. 이런저런 사정을 모르고 손오공은 매니저 타령이었다. 말하지 않았으니 알 리가 없었다. 그가 알고 있는 나의 사생활은 마리와 관련된 것들이다. 물론 탈북자라는 사실은 알고 있었다. 내가 북에서 왔다고 털어놓자, 그는 자기 할아버지도 육이오 때 남으로 내려온 '삼팔따라지'라며 웃었다. 할아버지와 단둘이 살던 그는 할아버지가 돌아가시자 고아원으로 옮겨졌다. 그래서인지 다른 사람들이 탈북자에 대해 보이는 경계의 눈초리도 그에겐 없었다. 내가 자신처럼 이 사회에서 열외자라 친구가 될 수 있다고 오히려 좋아하는 눈빛이었다. 나는 자리에서 일어났다.

"형, 또 한 놈이 사라졌어."

그가 주위를 둘러보면서 말했다. 피시방에 진을 치고 사는 탈북 후배를 두고 하는 말이었다. 놈들이 사라진다는 것은 누가 들으면 안 되는 비밀이다. 혹시 그들이 중국을 거쳐 다시 북한으로 돌아가면 그들은 감옥행이다. 실제로 그런 탈북자도 있었다. 그뿐이 아니다. 그곳으로 넘어가 살다가 또다시 남쪽으로 내려온 사람도 있다. 그럼 여기서도 감옥행이다.

"누가?"

"청수가 일주일째 안 보여요!"

손오공은 나 때문에 고향 후배들을 알게 되었다. 하지만 이제 그들과
도 친해져 어떤 애는 그를 탈북자로 알고 있었다.

"다른 애들한테 물어봤어?"

"서로 모르는 척하는데, 엊저녁에 누구더라. 영어 잘하는 어깃장이란
놈 있잖아요?"

"경태!"

그는 중학교 중퇴자다. 놈은 자기보다 어린 남한 아이들과 다투고 학
교를 그만두었다. 정규 과정에 입학한 탈북 청소년은 적응이 어렵다.
북한과 다른 교과도 문제지만 남한 아이들보다 나이가 많은 것이 더 문
제였다. 나이는 많은데 신체 조건은 더 열악했다. 문제아가 되어 학교
를 그만두지 않으면 이상할 정도다. 하지만 경태는 학교에서 나오자마
자 고입 검정고시에 합격했다. 그런데도 대입 검정고시를 보고 대학 갈
생각은 않고 자나 깨나 컴퓨터 앞에 앉아 있었다. 그렇다고 다른 아이
들처럼 게임만 하는 것도 아니다. 리니지에 접속해도 양키들이 노는 동
네로 가서 영어로 말을 주고받았다. 인터넷도 영어판으로 본다. 영어밖
에 모른다. 목표는 오직 하나. 여동생을 만나러 미국으로 가는 것이다.
그 외는 뭐든지 어깃장만 부려서 어깃장으로 통한다. 그는 실제로 미국
에 갔을 때를 대비해 아직도 인민학교 신분증을 가지고 있다. 북조선에
서 발행한 증서가 없으면 양키들이 자신을 중국인이나 남조선 사람으
로 오해할지 모른다는 것이다. 그는, 북한은 거지 나라라 그 나라 증명
서만 있으면 세계 어딜 가도 동정을 받을 수 있다고 믿고 있었다.

경태의 가족은 어머니와 여동생, 그리고 자신이었다. 병든 아버지가
죽은 후 북한을 나온 그들은 중국 공안에게 쫓기자 한국행을 위해 베트

남으로 향했다. 다섯 가족과 함께한 중국 횡단이 마무리될 즈음에 여동생이 심하게 앓았다. 도중에 비슷한 증세로 다른 가족의 아이가 셋이나 죽었다. 아무래도 딸이 죽을 것 같다고 판단한 어머니는 선교사의 주선으로 미국인 의사에게 아이를 입양시켰다. 의사에게 맡기면 병들어 죽지 않을 것이라고 믿었던 것이다. 탈북자들은 혈연 의식이 강해 웬만하면 자식을 남에게 주지 않는다. 딸을 입양시킨 죄책감 때문인지 어머니는 시름시름 앓다가 라오스 정글에서 의식을 잃었다. 그녀가 죽으면서 한 말은 꼭 동생을 찾아 함께 살라는 내용이었다고 한다.

어깃장은 가끔 즐기는 게임뿐만 아니라 책도 한글판은 보지 않는다. 알든 모르든 영어다. 검정고시를 준비하거나 학교를 다니는 탈북 청소년들까지도 영어 공부를 하다 모르면 어깃장에게 달려온다. 탈북 관련 인터넷 카페에 어법도 맞지 않는 영어 댓글은 대부분 놈이 갈겨 놓은 것이다. 어깃장은 다른 애들처럼 남한의 대학생이 못 돼 안달 내지도 않았다. 그는 동생을 만난 후, 요리사가 되겠다고 했다. 놈은 남이 뭐라고 하던지 자기 방식대로 삶을 살아가고 있었다.

"걔가 말하더라고. 청수가 떠난다고 자길 찾지 말라고 했다는데."

"……."

"형, 도대체 어디로 잠수 타는 걸까?"

"……."

나도 그것이 궁금하다.

"혹시 리니지 게임 속으로 들어가 버린 거 아닐까요?"

손오공이 웃으면서 말했다.

"그런지도 모르지."

나도 웃으면서 대답했다. 벌써 몇 놈이 없어졌다. 어디로 간 것일까? 진짜로 잠수함을 타지 않으면 한국을 벗어나기도 쉽지 않을 것이다. 손오공의 말처럼 리니지 속으로 들어가 외국으로 이동했는지 모른다. 인터넷을 타고 돌아다니면 어딜 못 가겠는가? 정말로 북경이나 캘리포니아라며 메일을 보내는 이도 있었다. 영국 런던, 일본 나고야도 있다. 사라지는 탈북자는 청소년뿐만이 아니다. 그래도 그들은 자기랑 놀던 동무들에게 메일로 안부라도 전해 준다. 연락이 안 되는 어른이 한둘이 아니다. 도대체 어디로 갔는지 미스터리다. 어머니도 그렇게 없어졌다. 한국 정부가 제공한 영구 임대 아파트엔 다른 사람이 살고 있다. 그녀를 찾기 위해 수도 없이 탈북자를 만났지만 아무도 어머니를 아는 사람은 없었다. 그녀는 주민등록상으로만 존재하는 유령이다.

나는 포르노맨의 편집실로 들어갔다. 그는 룸살롱 지배인의 친구이며, 음란물 제작자다. 손오공이 합성 사진을 만드는 장난을 한 모양이었다. 모니터 위로 요사이 잘나가는 탤런트들의 얼굴 몇 개가 떠 있었다. 한 명을 여러 각도에서 찍은 사진이었다. 소년원에서 컴퓨터를 익힌 그는 그래픽 솜씨가 수준급이다. 특히 합성으로 유명 여배우를 홀랑 벗기는 것은 따라올 사람이 없다. 그는 청소 도구를 가지러 밖으로 나갔다. 한쪽 구석에 놓인 작은 침대에는 엄지가 이불을 걷어찬 채 잠들어 있었다. 나는 자리에서 일어나 이불을 덮어 주었다. 피곤이 묻은 얼굴이다. 밤새도록 남자들이 쏟아 내는 흰 고름에 시달렸을 것이다. 핸플은 생각보다 힘든 일이다. 과로로 쓰러지는 대딸방 딸녀도 있다고 들었다.

나는 컴퓨터 앞에 앉았다. 손오공은 합성에 적합한 얼굴을 찾고 있는 모양이었다. 그는 수많은 여배우들의 사진을 훔쳐 다른 여자의 나신에다 붙였다. 그중 일부는 인터넷에 올려져 사람들의 관심을 불러일으켰다. 그 때문에 사이버 수사대가 범인을 찾는다는 소문까지 나돌았다. 그러나 잡힐 확률은 제로다. 그런 위험이 있었다면 놈은 자신이 만든 사진을 공개하지도 않았을 것이다. 컴퓨터 귀신인 놈은 유달리 몸을 사린다.

합성 사진은 몸과 얼굴을 짜깁기했다는 티가 남지 않아야 된다. 그러기 위해서는 머리와 몸의 연결이 정교해야 한다. 물론 그보다 중요한 것은 두 부위의 표정이 자연스러워야 한다는 점이다. 몸도 말을 하고 있다. 특히 벗은 몸은 절규를 한다. 고수는 그 절규를 알아들을 수 있는 사람이다. 그것은 말로 설명할 수 없는 감각이라고 했다. 얼굴도 마찬가지다. 합성은 둘을 맞추는 작업이다. 놈은 재미로 시작한 일이었으나 전문가가 되었다. 소년원에서 시간을 때우기 위해 익힌 컴퓨터 편집 기술이 이렇게 유용하게 쓰일 줄은 몰랐다고 했다. 인터넷에 올리면 실물 수준이란 댓글이 수도 없이 달렸다. 포르노맨도 그의 합성 사진을 보고 혀를 내둘렀다. 그래서 돈까지 주고 작업을 부탁한 적도 있었다.

손오공과 가까워진 계기도 나신 때문이었다. 내가 바츠 공화국의 혈맹 '뫼비우스의 띠' 혈원을 모집할 때에 내걸었던 전제 조건은 탈북자였다. 그러나 가입하겠다는 이들은 죄다 무늬만 탈북자였다. 피멍은 진짜 탈북자로 여겨졌으나 우리 혈원도 아니고 초대를 해도 오프라인에 나타나지 않으니 정체를 알 수 없었다. 나중에 어깃장처럼 피시방에 죽치고 앉아 있는 탈북 청소년들에게 물었더니 자신들은 벌써 리니지 고레벨의 고수들이라 그런 모집 광고는 쳐다보지도 않는다는 것이었다. 그래서 오프라인 모임이 좀 시큰둥했는데, 손오공은 자신이 연예인들의 나신을 갖고 있다면서 보고 싶지 않냐고 물었다. 처음에는 다들 실사로 알았다. 놈과 오프라인 모임에서 만난 후, 함께 피시방을 들락거리다가 같은 방까지 쓰게 되었다. 그는 적잖은 탈북자들이 모여 사는 동네의 토박이였다.

하나원에서 교육을 받고 나왔을 때, 나도 다른 탈북 청소년들처럼 피시방에서 살았다. 어머니를 찾아 중국에 갔다가 남으로 오게 된 결정적인 계기도 인터넷이었다. 중국에서 탈북자 관련 사이트를 헤매다가 우연히 댓글 하나를 보게 되었다. 아무래도 엄마를 알고 있는 사람 같았다. 몇 날 며칠을 수소문해 댓글을 쓴 사람과 메일을 주고받았다. 가족사진도 컴퓨터 화면에 띄워 보냈다. 그는 엄마를 알고 있었다. 그 때문에 중국에 조금만 더 머물다 함께 미국으로 가자는 교수님의 제의를 뿌리치고 서둘러 남한으로 왔다. 벌써 오래전의 얘기다.

이제 누드를 감상하기 위해 컴퓨터를 켠다. 남한에서 인터넷을 하다가 누드를 접했을 때의 흥분. 그때 충격은 지금도 잊을 수 없다. 그것은 북조선에서는 도저히 볼 수 없는 사진이었기 때문이 아니었다. 나중에는 어머니를 찾기 위해서가 아니라 누드를 보기 위해 두만강을 건넜다는 생각이 들 정도였다. 그만큼 호기심을 자극했다. 그것은 중국 피시방에서 우연히 본 포르노와는 전혀 다른 느낌이었다. 그때는 뱃속에서 심한 구역질이 넘어와 한동안 무엇을 먹지 못했다. 아주 불쾌한 기억이었다. 북조선에서 결혼해 아이까지 낳고도 아내와의 성생활이 지겨워 이혼을 하고, 남으로 와서야 자신이 동성애자란 사실을 안 탈북자가 있다. 그는 한국에서 남자끼리 몸을 만지는 영화 장면을 보고 전율을 느꼈다고 했다. 누드는 나에게 그런 것이었다. 그것은 분명히 성욕과는 다른 쾌감이었다.

　나는 담배를 피워 물고 의자를 앞으로 당긴다. 청소 도구를 챙기려 간 손오공은 오지 않았다. 위층으로 올라간 모양이었다. 컴퓨터 마우스를 움직였다. 탤런트 얼굴들을 화면 한쪽 구석으로 밀어 두고 키보드를 두드렸다. 문득 마리의 나신이 보고 싶어졌다. 손오공은 여기 컴퓨터 깊은 곳에 그녀의 누드를 숨겨 두고 몰래 열어 보았다. 나도 그 비밀 번호를 알고 있었다. 사실 마리가 누드를 찍은 것은 나 때문이었다. 나는 그렇게 믿고 있다. 밤새 마리에게 누드의 아름다움에 대해 말한 적이 여러 번 있었다. 그녀는 넋을 놓고 내 말을 듣다가 잠이 들곤 했다. 모니터 위로 마리의 누드가 펼쳐진다. 그녀가 자살 사건을 터뜨려 인기가 추락하자 소속사에서 사진 공급을 중단했다. 하지만 손오공은 오래 전에 해킹으로 마리의 누드를 다운받아 두었다. 다른 사람들도 마찬가지로 자기 컴퓨터 안에 마리를 저장해 두었을 것이다. 그녀의 몸은 더이상 감출 수 없었다. 인터넷을 뒤지면 쉽게 구할 수 있었다.

　나는 아래를 가리고 카메라를 향해 살짝 미소 짓고 있는 마리를 보았다. 그 미소는 마치 나에게만 모든 것을 보여 준다는 듯이 수줍음과 장난스러움이 뒤섞여 있는 것이었다. 나는 그 미소를 알고 있다. 내가 마리와 함께 잠이 들던 수많은 밤과 낮, 꿈과 악몽, 모든 순간에 마리는 그렇게 웃고 있었다. 나는 그녀의 미소를 통해 그녀의 축축하던 감촉을 다시 느낄 수 있다. 어둡고 습한 그녀의 동굴 안으로 한없이 빨려 들어가던 그 현기증이 다시 밀려들었다. 나는 잠시 숨을 몰아쉬다가 담배를 피워 물었다. 이것은 나만이 아는 감정이다. 그녀와 하룻밤을 잔 사람은 나 같은 감정을 절대로 느낄 수 없을 것이다. 오랫동안 그녀와 살을 맞대고 살아 본 사람만이 알 수 있는 것이다. 오직 나만이.

인터넷에 몸을 공개한 이후 시중에서 팔린 그녀의 누드집은 큰 인기를 끌지 못했다. 그래서 그녀는 사이버 미인으로 통했다. 하지만 그것은 중요하지 않았다. 문제는 그녀의 누드가 남자들의 가슴을 두근거리게 만든다는 사실이다. 손오공은 그녀의 몸이 눈에 가물거려 호객 행위를 하다 말고 피시방을 들락거린 적도 있었다고 했다. 또한 그는 마리의 누드를 보고 나면 어김없이 몽정을 한다고 머리를 긁적거렸다. 보랏빛 여인 인희에 대한 일방적인 관심도 그녀에게서 풍기는 마리의 느낌, 분위기 때문이었다. 나는 마리의 누드를 닫고 자리에서 일어나 밖으로 나갔다. 커피를 마시지 않으면 피곤해서 졸 것 같았다.

"오빠, 포르노맨이 오면 내일 들른다고 전해 줘!"
엄지가 침대에 걸터앉으면서 말했다. 그녀는 여기서 지배인의 친구를 기다린 모양이다. 나는 커피를 들고 컴퓨터 앞에 앉았다. 머리가 몽롱하다. 잠이 온다. 좀 전에 펼친 마리의 누드 때문인지 모른다. 그녀와의 기억은 언제나 밤이고, 잠이다. 손오공이 밀대와 걸레를 들고 바닥에 걸레질을 하고 있었다. 휴대폰이 울렸다. 엄지가 문자를 확인한다.
"좀 있으면 올 거야!"
손오공이 말했다.
"애인이 기다리고 있어."
"변태겠지! 애인 모드 찾아다니는."

"아무튼 급하대!"

그러면서도 엄지는 느긋하다. 남조선에 와서 핸플방이란 것을 보고 누드 못지않게 충격을 받았다. 참, 서울에는 별종이 다 있구나! 손이 없어 자위행위를 할 수 없는 장애자들도 아닌데 돈을 내고 여자에게 그 짓을 시키다니……. 궁금해서 인터넷 핸플 카페에 들어가 보니 더욱 호기심이 일었다. 딸녀와 있었던 낯 뜨거운 일들을 미주알고주알 후기 형식으로 올려놓았다. 어떤 놈은 날을 잡아 여러 업소를 돌아다니는 경우도 있었다. 한두 군데 들르면 뽑아 낼 고름도 없을 것인데……. 더구나 마니아들은 핸플이 목적이 아니라 딸녀들과 애인 모드를 즐긴다는 것이었다. 다시 말해 성교가 아니라 성교 분위기만 즐긴다는 것이다. 또 분위기를 한껏 살리기 위해 딸녀의 조건은 가능한 한 유명 여배우를 닮아야 한다는 것이다. 남한은 뭐든지 진짜일 필요가 없는 나라다.

"급하면 혼자서 하지."

손오공이 다시 비꼰다.

"오빠가 북조선 딸녀의 손맛을 알아?"

"남들이 들으면, 청춘을 북쪽에서 보내고 내려온 탈북자로 알겠다."

그녀를 백석공원 근처로 데려온 사람은 손오공이다. 엄지는 몇 년 전 '뫼비우스의 띠'에 가입하면서, 역시 자신을 탈북자라고 소개한 손오공과 온라인상에서 친해져 여기로 온 것이다. 엄지는 자신도 기억할 수 없는 갓난애 시절 부모의 등에 업혀 두만강을 건너온 탈북자였다. 그녀의 부모는 탈북한 많은 부부와 마찬가지로 이혼을 했고, 엄지는 엄마를 따라가 의붓아버지와 함께 살다가 집이 지겹다고 가출한 소녀다. 새아버지는 남한 사람이라고 했다. 그런데 엄지가 입에 거품을 물고 욕하는 사람은 새아버지가 아니라 북한에서 내려온 친아버지다. "우리 아버지 열나게 웃긴다. 북한이 그립다는 둥, 생활총화가 있는 나라에서 살고 싶다는 둥, 제정신이 아니라니까요!" 조선노동당 당원이었다는 그녀의 아버지는 서로를 비판하고, 감시하고, 자아비판을 통해 자신까지도 감시하는 북한 체제가 싫어 탈출했다고 탈북자 단체 홈페이지에 글을 올린 사람이었다. 그런데 그는 엉뚱하게 북조선의 생활총화를 그리워하고 있었다. "나라도 그런 인간이랑은 안 산다, 안 살아! 술주정뱅이!" 항상 그녀는 이 말로 아버지에 대한 험담을 끝낸다. 엄지의 아버지가 그리워한 것은 생활총화가 아니라 자신의 기구한 사연을 들어줄 남한 사람이었을 것이다. 그런 외로움은 탈북자에게 공통된 것이다.

"아바이가 수령의 자식이면, 딸년도 수령의 새끼야! 걔가 어디에 살든지 간에."

그녀는 말을 하고 웃었다.

"웃기고 있네! 강보에 싸여 두만강을 건넌 주제에……."

"오빠가 조선 노동당 당원의 피를 받은 엄지의 손맛을 알아?"

"손맛?"

"그래, 딸맛."

"젖비린내 나는 애가 쳐주는 딸딸이 맛이 좋기도 하겠다."

"그러니까 맛이지! 영계 맛! 묘한 맛! 외도도 아닌 것이, 오입도 아닌 것이, 매춘이 아닌 것도 아닌 것이……."

그녀의 말이 맞다. 핸플은 엄밀히 말하면 성행위가 아니다. 그러니 매춘이라고 할 수도 없다. 궁여지책으로 갖다 붙인 말이 유사(類似) 성행위다. 하지만 이 말은 그 자체가 모순이다.

"입만 살아 가지고."

다시 휴대폰이 울렸다. 그녀는 주머니에서 휴대폰을 꺼내 든다.

"곧 갈 테니 샤워하고 기다리라고 해. 근처라니까!"

그녀는 언성을 높였다.

"급하긴 급했나 보다. 아침부터."

"에이스가 그냥 되는 줄 알아?"

"니가 에이스야?"

손오공이 물었다.

"조만간 될 거야!"

엄지는 벽에 붙은 거울을 보고 머리를 만졌다. 그리고 자신의 엄지를 세워 보이고 밖으로 나갔다. 그녀는 준 에이스다. 에이스는 아무나 되는 것이 아니다. 손님들이 인터넷에 후기를 쓰면 추천이 주렁주렁 매달릴 정도로 인기가 하늘을 찔러야 한다. 후기를 쓰는 단골이 들른 모양이다.

"형! 이것 봐!"

손오공이 포르노맨의 모니터 앞으로 다가서면서 입을 열었다. 모니터 속의 그림을 밀어내고 신림동의 대딸방 홈페이지에 접속했다.

"여기 딸녀가 새로 들어왔는데……."

손오공은 목소리를 낮춘다.

"초록이라고 완전히 마리 필이래요!"

그가 마우스를 움직이자 마리의 얼굴이 떠올랐다. 초록이의 닉네임 밑에 대학 후배 마리의 누드를 올려놓았다. 이미 대딸 마니아 카페에서 읽은 내용이었다. 어떤 놈이 후기를 통해 마리 분위기가 난다고 하자, 영락없이 마리라는 댓글이 둘이나 달렸다. 남한의 남자들은 연예인이라면 깜빡 넘어간다. 대딸방 후기는 언제나 모델, 탤런트 누구 필이라는 식이다. 엄밀히 말해 딸녀들은 자신으로 존재하는 사람이 아니다. 대용품이다. 실은 나도 기회가 되면 초록이를 보러 갈 마음이었다. 그녀가 정말 마리를 닮았는지 확인하고 싶었다. 대딸방이라고 꼭 핸플을 해야 하는 것은 아니다. 아랫도리를 쓸 수 없는 남자는 마사지와 애인 모드만 즐겨도 괜찮다. 엄지의 말로는 한 번은 까까머리 중이 찾아온 적이 있었는데, 핸플을 해주겠다고 하니 거절하고 마사지만 받고 가더라는 것이었다.

"아래가 얼얼할 때까지 빨아 준다는 말도 있더라고."

"근데 그런 얘긴 어디서 들었냐?"

"지금 막 카페에 후기가 떴어."

그가 마우스를 움직였다. 금방 후기 한 편이 펼쳐졌다.

"……."

"난 오늘 저녁 시간 예약 잡았어. 형도 같이 갈래?"

그는 흥분되는지 침까지 삼킨다.

"씨발, 지배인이 청소 때깔 나게 해야 돈 준다는데."

손오공이 자장면 그릇을 구석으로 밀쳤다. 내가 받을 돈을 두고 하는 말은 아니었다. 오늘은 고용된 삐끼들이 돈을 받는 날인 모양이었다. 룸살롱의 실질적인 주인인 지배인은 맛이 간 놈이다. 가끔 삐끼들의 임금을 사소한 일로 잘라먹는다. 다행히 그런 일은 아주 드물었다. 그렇지만 알고 보면 그 역시 고용인에 불과하다. 똘아이와 바퀴는 돌아간 모양이었다. 먼저 돈을 챙겼나? 하여간 놈들은 방구석에 처박혀 마약을 하고 있을 것이다. 나는 대걸레로 바닥을 닦고, 손오공은 물걸레로 소파를 문질렀다. 여기는 음란물이 제작되는 곳으로 지배인과 포르노맨의 아지트다. 요즘은 포르노맨의 방처럼 되어 버렸다. 둘은 친구다. 지배인은 그의 능력을 인정했는지 얼마 전에 최신형 컴퓨터와 편집 장비를 들여놓았다. 포르노맨은 자신이 운영하는 대딸방 아바타를 아르바이트에게 맡겨 두고, 최근 우후죽순으로 생겨난 인터넷 유료 음란물 사이트에 공급할 포르노를 제작하느라 정신이 없다.

그의 작품을 감상한 적이 있었다. 처음엔 상당히 놀랐다. 혼자서 익혔다는 비디오 촬영과 편집 기술이 보통이 아니었다. 무엇보다도 그는 카메라에 대한 감각이 뛰어났다. 대상과 일정한 거리를 두어 훔쳐보는 느낌이 들도록 찍는 솜씨가 일품이었다. 자신이 직접 출연해 얼굴을 안개로 가려놓은 그의 작품들은 하나같이 피스톤 운동이 제대로 보이지도 않는 포르노였다. 그런데도 그의 투박한 경상도 사투리와 여자들의 신음 소리가 묘하게 엉겨 사람을 흥분시켰다. 한마디로 중독성이 강한 포르노다. 열 번을 봤다는 댓글이 있을 정도였다.

한 번은 아마추어 포르노 코너에 파란색 바탕 화면의 여자 생리 장면을 휴대폰 카메라로 잡아 올린 적도 있었다. 질 속에서 피가 쏟아지는 순간을 포착한 것이다. 충격적인 장면 때문인지 사람들의 반응은 대단했다. 누구의 밑인지 덮치고 싶다는 농담부터 예술 작품을 이런 사이트에 올리면 어떻게 하냐는 찬양, 사용한 생리대는 깨끗이 싸서 휴지통에 버리라는 충고, 그리고 함께 작품을 만들어 보자고 연락처를 남긴 사람까지 있었다. 그 덕분에 포르노맨은 인터넷 음란 사이트에서 예술가로 통했다. 그것을 증명하듯이 그는 유명한 영화감독의 전화번호를 가지고 있었다. 사람들에게 알려진 것과 달리 정식으로 영화 공부를 한 사람인지도 모른다.

내가 구석에 대걸레질을 하려고 몸을 돌리는데, 서랍 하나가 소리를 내면서 저절로 열린다. 뒤를 돌아보았다. 열쇠 꾸러미가 서랍에 매달려 있었다. 지배인의 허리춤에 있어야 할 것이었다. 나는 서랍을 닫으려다가 권총을 발견했다. 전에도 청소를 하다가 만져 본 적이 있었다. 서랍 밑에는 한 움큼의 총알이 깔려 있었다. 권총을 꺼내 들고 방아쇠를 당겨 보았다. 장난감 총처럼 소리가 가벼웠다. 갑자기 벌컥 문이 열렸다. 나는 놀라 총을 떨어뜨렸다. 여기 있는 물건을 만지다가 지배인에게 걸리면 엄청나게 맞는다. 들어온 사람은 무산 출신의 철가방 철우다. 손오공은 놈을 쳐다보고 길게 한숨을 내쉰다. 그는 금방 상황을 눈치 채고 조용히 구석에 놓인 자장면 그릇을 집었다. 그러다가 바닥에 떨어진 총을 잠시 내려다본다. 이어 내가 노크 좀 하고 다니라고 나무랄 틈도 없이 사라져 버렸다. 철우는 한동안 고향으로 돌아가겠다고 구시렁거렸다. 요즘은 컴퓨터 게임에 재미를 붙였는지 프로 게이머가 되겠다고 떠들고 다닌다.

나는 총을 주워 들고 구석에 놓인 거울을 쳐다보면서 옷을 매만졌다. 훤칠한 남자가 서 있다. 그러다가 화들짝 놀란다. 꿈에서 가족이 나를 알아보지 못한 이유를 알았다. 보위부 군인 복장 때문이 아니었다. 나는 북조선에 있을 때의 얼굴이 아니었다. 눈을 똑바로 떴다. 정말 북한에 있을 때와 다른 얼굴인가? 거울을 다시 쳐다보았다. 북쪽의 변방에 살던 하림이 이런 얼굴을 하고 있었다. 나는 하림이 아닌 주철이다. 하림은 내 이름이 아니다. 북쪽의 가족 때문에 본명을 사용할 수 없어 빌려 쓴 이름이다.

나는 허리춤에서 총을 빼 들고 구석에 놓인 거울을 쳐다본다. 곧바로 방아쇠를 당겼다. 경쾌한 소리가 귀청을 울린다. 바츠 해방전쟁 당시 닌자 쿠사나기에게 이런 총 한 자루만 있었다면 시저의 친위대들을 벌집으로 만들어 버렸을 것이다.

"형, 테이프 한번 볼래?"

"좋은 그림 있어?"

나는 권총을 두어 바퀴 돌린 후, 허리춤에 꽂는 시늉을 한다.

"새로 찍은 거야. 포르노맨이 안개도 뒤집어쓰지 않은 작품인데, 완전 예술이야, 예술."

나는 권총을 제자리에 놓았다. 약간 불안하다. 이것을 꺼내 보다가 들키면 맞아 죽을지도 모른다. 손오공이 구석을 뒤져 찾아낸 테이프를 꽂았다. 화면 위로 남녀의 뒹구는 모습이 펼쳐진다. 남자는 포르노맨이고, 여자는 못 보던 얼굴이다. 보나마나 여자를 꾀어 외박을 나갔다가 동의를 구하지도 않고 정사 장면을 찍었을 것이다. 그래서 포르노맨의 작품 밑에는 안개를 뒤집어쓴 놈은 사이버 수사대가 찾고 있는 수배자란 식의 글이 종종 붙어 다닌다. 바깥에서 인기척이 들렸다. 손오공은 재빨리 화면을 끄고 테이프를 원위치에 놓았다. 나는 대걸레로 바닥을 밀었다. 실내로 들어온 포르노맨은 말없이 열쇠 꾸러미를 뽑다가 손오공에게 차연숙의 옷을 다 벗겼냐고 물었다. 손오공은 거의 다 됐으니 조금만 기다려 달라고 한다. 조금 전 모니터에 떠 있던 탤런트의 이름이 차연숙이다. 포르노맨이 돈을 주고 합성 사진을 부탁한 모양이다.

이어 그는 장준영 감독에게 나를 강력히 추천했으니 웬만하면 그 영화에 출현할 수 있을 거라고 했다. 나는 은혜는 잊지 않겠다고 말하고 머리를 조아렸다.

"니들 뭐야?"

위층으로 올라간 손오공이 소리를 질렀다. 나도 대걸레를 들고 계단을 올라갔다. 룸살롱 안으로 여자 두 명이 들어온 것이다. 그들 중 한 명은 껌을 찍찍 씹고 있다. 다른 한 명은 실내를 두리번거린다.

"아저씨가 지배인이에요? 여기 일할 사람 구한다면서요?"

그녀는 이렇게 말하고 껌으로 풍선을 만들었다.

"니들 몇 살이냐?"

내가 물었다.

"핸플방에 갔다가 민증이 없어 쫓겨났지? 귀신을 속여라, 인마!"

손오공이 둘을 아래위로 훑어보며 말했다. 화장 때문에 나이를 가늠하기 어려웠지만 분명 고등학교를 졸업했을 얼굴은 아니다. 미성년자가 대딸방에 취직하려면 엄지처럼 가짜 주민등록증을 만들어 가야 한다. 더구나 둘 중 하나는 딸녀가 되기에는 좀 빠지는 얼굴이다. 딸방은 핸드 플레이만 해주는 곳이 아니다. 이십대의 예쁜 여자가 한 시간 동안 남자의 애인이 되어 주는 곳이다. 실제로 거시기를 쥐고 흔들 때도 딸녀는 상대와 눈동자를 맞추거나 입맞춤으로 분위기를 만든다. 그 정도 성의가 없는 딸녀들은 인터넷 후기를 통해 비추 대상이 된다. 핸플은 단순한 배설이 아니라 애인 모드의 연출이다. 그들은 모드, 가짜로 돈을 버는 것이다.

"나이가 무슨 상관이에요. 이런 덴 어릴수록 좋은 거 아니에요?"

그녀는 풍선을 혓바닥으로 말아 입 속으로 넣었다. 물기 묻은 촉촉한 입술을 핥고 싶은 생각이 불현듯 들었다.

"대가리 피도 안 마른 년들이!"

손오공이 그들을 칠 듯한 자세로 다그쳤다.

"때려요! 이 아저씨 돈 많은 모양이네. 맞아 주지 뭐!"

껌을 씹던 애다. 자기 얼굴을 손오공에게 갖다 대며 앙칼지게 대들었다. 이런 곳을 전전한 말투다. 둘 중 말이 없던 애가 나가자고 눈짓을 했다. 지배인이 나온다.

"민짜들이 여기서 일하겠다잖아요. 조그마한 게 벌써 이런 데나 찾아다니고 앞날이 훤하다, 훤해!"

손오공이 소리 나게 손가락 마디를 꺾었다. 둘은 쭈뼛거리며 나가려고 한다. 지배인이 다가와 이들의 얼굴이며 몸매를 찬찬히 뜯어본다.

"올해 열아홉이에요."

이번엔 말이 없던 애가 묻지도 않은 말을 했다.

"이게 어디서 거짓말하고 있어! 발랑 까져 가지고."

손오공이 진짜로 때릴 것처럼 주먹을 올렸다.

"넌 청소나 해. 인마!"

지배인이 손오공에게 인상을 썼다.

"이리로 들어와 봐."

둘은 얼굴색이 환해졌다. 그들은 지배인의 방으로 들어갔다.

"이제 보니 순전히 따라지잖아."

"누가 아니래. 꼭 원숭이처럼 생겨 가지고……."

둘은 손오공을 보며 한마디씩 던졌다.

"뭐, 원숭이! 이 쌍!"

손오공이 소리를 지르며 달려갔다. 사실 그리 흥분할 일은 아니다. 그의 닉네임은 손오공이 아닌가? 지배인이 문을 열고 고개를 내민다. 손오공이 머리를 긁적이며 뒤로 물러섰다. 그는 분한지 다시 손마디를 소리 나게 꺾는다.

"그래, 성난 원숭이."

"쟨 거울도 안 보나 봐! 지가 누군 줄도 모르는 걸 보니."

여자 둘은 서로를 쳐다보고 깔깔거렸다. 손오공은 말세라고 구시렁거리면서 화장실로 들어갔다.

나는 호스에서 쏟아지는 물로 변기통을 씻고 휴지통을 들었다. 피가 흥건한 생리대 하나가 떨어졌다. 나는 생리대를 펼쳐 보고 싶었다. 그것을 집어 들었다. 사고 이후로 이해할 수 없는 충동에 시달렸다. 그것은 내가 당한 사고가 아니었다. 나와는 무관한 일이다. 왜일까? 나도 답답하다. 사고 이후로 하림의 음성이 들렸다. 느닷없이 나타난 그는 큰 소리로 찬송가를 불렀다.

의사도 딱 부러지는 답을 주지 못했다. 도무지 이유를 알 수 없었다. 모든 게 마리 때문이다. 그녀가 아니었다면 어렵더라도 사채에 손을 대지 않았을 것이다. 그러다가 결국 폭력배들에게 쫓기는 신세가 되었고, 장기까지……. 허나 그녀에게 말하지 않았다. 언젠가 좋은 날이 오면 지나가는 말로 그런 일이 있었다고 할 생각이다. 손에 든 생리대를 펼치려는 순간, 문 밖에서 인기척이 났다. 그것을 재빨리 휴지통에 넣었다. 마담의 목소리가 들리더니 사라졌다. 화장실에 들어왔다가 청소하

는 손오공을 보고 그냥 나간 모양이었다. 생리대를 다시 집으려다 그만
두었다. 휴지통을 들고 밖으로 나갔다. 손오공이 물걸레로 변기를 닦고
있었다.

7

위령제

온 나라 대가정에 아버지래요.

우리를 키워 주신 분

한평생 헌신을 해 꽃피운 사랑

　무진이 흥얼거린다. 그는 노래보다는 백석공원 안쪽을 기웃거리느라 정신이 없었다. 그곳에는 자그마한 포크레인이 땅을 뒤지고 있다. 인부들이 삽을 들고 조심스럽게 움직인다. 등짝에 과학수사라고 적힌 옷을 입은 경찰관들이 뒤집힌 흙 속을 살핀다. 한쪽 구석엔 방송국 이니셜이 붙어 있는 카메라가 돌아가고 있다. 한 방송국에서만 나온 것이 아니었다. 구경꾼으로 보이는 사람들도 주변을 서성거린다. 그들 속에는 정주 아줌마도 보인다. 그녀는 새벽에 통곡처럼 용서 타령의 기도를 한바탕 쏟아내 혼절이라도 한 줄 알았는데, 지금 보니 멀쩡하다.

가슴에 젖어 옵니다.

아버지 장군님 고맙습니다. 고맙습니다.

무진이 노래를 마치고 사람들을 따라 백석공원으로 뛰어간다. 바깥에서 서성이던 몇 명이 공원 안으로 걸어간 것이다. 흙 안에 뭐가 들었는지 궁금했던 모양이었다.

"오빠, 방금 무진이 불렀던 노래, 김일성 찬양가예요?"

엄지가 물었다.

"아마 그럴 거야."

나는 계속해 주위를 두리번거리면서 대답했다. 다행히 늙은 뉴비도, 반장도, 정 형사도 보이지 않았다. 그들을 만나면 또 경찰서로 끌려갈 것이다. 더구나 늙은 뉴비, 박 형사는 내 문자 때문에 잔뜩 독이 올라 있을 것이다.

"난 정주 아줌마가 만든 찬송가인 줄 알았네."

엄지는 어이가 없다는 표정으로 말했다.

"찬송가나 찬양가나 뭐 비슷한 거 아닌가?"

"그런가?"

그녀가 고개를 갸우뚱했다.

북조선 사람들은 선동가 아니면 찬양가밖에 모른다. 그러니까 김일성 찬양가가 하나님 찬송가로 변하는 것은 지극히 자연스러운 일이다. 바츠 해방전쟁 때, 북조선 내복단들은 우렁차게 〈적기가〉를 불렀다. 그들이 얼마나 멋들어지게 노래를 불러 제쳤던지 쓰러져 죽을 일만 남아

비장감만 드리워진 그 공포의 공간을 흥분의 도가니로 몰아넣곤 했다. 어쩔 때는 의식을 잃어 가면서 환청으로 그 소리를 들었다. 그들이 부를 수 있는 노래는 그것뿐이다. 저쪽에서 형사 차림의 남자가 나타났다. 강력팀은 아니었다.

"오빠, 그 뉴스 봤어?"

엄지가 다시 물었다. 공원 안에선 포클레인이 계속 흙을 퍼 올린다.

"무슨?"

"플라타너스 아래에 손목이 나왔단 거 말이야."

"봤지. 그것 때문에 지금 포클레인까지 동원해 땅속에 혹시 뭐 다른 게 묻혀 있는지 확인하려고 저 난리를 피우는 거잖아."

"그 말이 아니라…… 뉴스에 플라타너스 나무 밑에서 발견된 손목의 오른손 손가락이 잘려 있었다고 했잖아."

"그게 왜?"

내가 고개를 돌려 물었다.

"왜라니, 생각 안 나?"

그녀는 나를 쳐다보았다.

"뭐가?"

내가 다그쳤다.

"플라타너스에 목을 맨 탈북자 아저씨 말이야. 그 아저씨 손가락, 정말 기억 안 나?"

"손가락?"

"그래. 오른손 손가락 둘이 잘려 있었잖아."

"그랬나?"

"오빠가 나한테 말했잖아. '저 아저씨 손마디 둘이 없네.'라고. 내가 쳐다보니까, 진짜로 오른손 손가락 둘이 없더구먼. 분명히 새끼손가락이랑 무명지였어. 그걸 보고 내가 놀라 땅바닥에 주저앉았잖아."

"맞아. 그랬어. 오른손 손가락……."

나는 그제야 죽은 탈북자 아저씨의 손가락이 떠올랐다. 아래로 드리워진 손목. 새끼손가락과 무명지가 어디로 갔는지 보이지 않았다. 잘려 나간 모양이었다. 지난번 편의점에서 뉴스를 본 후에 떠오른 이미지는 그것이었다.

"그런데, 이번에 발견된 건 팔목이잖아."

엄지가 주위를 둘러보면서 목소리를 낮췄다.

"거기에도 새끼손가락이랑 무명지가 없대."

"누가 그래?"

내가 물었다. 신문에는 오른손 손가락이 잘려 나갔단 말만 있었다. 그 외 더 구체적인 언급은 없었다.

"오빨 잡으러 왔던 늙은 뉴비가 말했어."

"어디서?"

"늙은 뉴비랑 형사 둘이 아바이 면옥에서 회냉면 먹으면서 떠드는 걸 들었어. 오른손을 펴 새끼손가락이랑 무명지를 가리키면서 얘기하더라고."

"정말?"

"그래, 늙은 뉴비가 하도 떠들어대니까, 오빠 잡으려고 함께 왔던 그 젊은 형사 있잖아. 그 형사가 식당 안의 사람들을 쳐다보면서 좀 조용히 하라고 핀잔까지 주더라고."

그녀는 말을 끝내고 주위를 둘러보았다. 하지만 그것은 주위를 둘러보아야 할 만큼 중요한 수사 기밀이 아니다.

참, 이상하다. 플라타너스 나무 아래에서 발견된 팔목의 오른손 손가락 둘이 없었다. 그것도 새끼손가락과 무명지가. 자살한 탈북자 아저씨처럼…….

나는 아침에 신문을 펼쳐 놓고, 백석공원에서 발견된 사체 조각에 관한 내용을 꼼꼼히 읽어 보았다. 온라인 게임 속으로 들어가 폐인이 되는 데는 이틀이면 충분하지만 폐인을 탈출하는 데는 한 달 이상이 걸린다. 어쩔 땐 두 달 동안을 비몽사몽 가상공간도 현실도 아닌 곳을 헤매고 다닌 적도 있었다. 그보다 더 오랫동안 술에 취한 것처럼 정신을 놓고 살기도 했다. 두 공간의 경계를 밟고 사는 것은 어렵고 고통스러운 일이다. 더구나 나는 차츰 기억을 잃어 가고 있는 마당이라 그 혼란이 더욱 힘들었다. 오래전부터 망각이란 놈이 서서히 내 영혼을 갉아먹고 있었다. 어쨌든 이번엔 경찰서에 끌려갔다 오는 바람에 평소 때보다 빨리 정신을 차릴 수 있었다.

신문기사는 발견된 손이 이미 썩기 시작한 상태라 그것으로부터 얻을 수 있는 정보는 많지 않을 것으로 추측했다. 손바닥이 온전한 상태로 있었다면 비록 지문이 없다고 해도 피해자가 무슨 일을 하던 사람이었는지 정도는 알 수 있는 모양이었다. 다만 손목이 절단된 흔적으로 보아 범인은 해부학에 능통한 사람일 가능성이 높다고도 했다.

"오빠, 뉴비 출현했어."

엄지가 내 앞을 가리면서 말했다. 박 형사뿐이 아니다. 반장과 정 형사까지 나타났다.

"숨어."

그녀는 말을 하고 내 몸을 더 가려 주었다. 숨을 일이 아니다. 게임의
1법칙, 자신의 능력치로 당할 수 없는 상대를 만났을 때는 줄행랑을 놓
아야 한다. 내복단처럼 몸빵으로 나선 길이 아니라면……. 도망가는 것
이 비겁하다고 용기백배로 덤벼 봤자 결과는 보나마나 두들겨 맞고 상
처만 입는다. 그것도 재수 좋을 때 일이다. '유 아 데드.' 그 정겨운 메시
지를 받기 십상이다. 나는 공원 안을 한번 쳐다보고 사람들이 모여 있
는 뒤쪽으로 걸어갔다. 정주 아줌마가 플라타너스 앞에 서서 기도를 하
고 있었다.

아침에 늙은 뉴비가 이제 때리는 일은 없을 테니, 제발 경찰서로 나
와 수사에 협조 좀 해달라는 문자를 보내 왔다. 내가 집에도 들어가지
않고, 연락도 안 되니 답답했던 모양이다. 하지만 웃기는 소리다. 안 때
려? 몬스터는 개과천선해도 몬스터다. 지 버릇 개 못 준다는 속담은 괜
히 생긴 게 아니다. 누굴 바보로 아나? 반장도 비슷한 문자를 보냈다.
이번엔 회냉면 두 그릇 시켜 줄 테니 와서 꼭 먹고 가라고 써놓았다. 지
난번에 아바이 면옥 전화번호를 몰라서 자장면을 시켰다고 변명을 했
다. 자신도 그 회냉면 먹어 봤는데, 정말 죽이더라고 덧붙여 놓았다. '니
미랄, 아주 사람을 가지고 놀아라.' 나는 속으로 중얼거렸다. 남의 절도
이력까지 환히 꿰뚫고 있는 놈들이 냉면집 전화번호를 몰라? 너무 궁
색한 변명이다. 다시 경찰서로 들어가 회냉면을 시켜 달라면 그건 비싸
다고 짬뽕이나 먹으라고 할 것이다. 그것도 적정량의 게이지를 넣지도
않은 근처 중국집 짬뽕으로 말이다. 그리고 무엇보다도 더 이상 협조할
일도 없다. 늙은 뉴비에게 약 올리는 문자를 날리려다가 그만두었다.

휴대폰 발신음으로 내 위치를 알 수 있을지 모른다. 더 약을 올리면 수사 때문이 아니라 감정을 풀겠다고 잡으려 들지 모른다.

어디로 가야 하나? 나는 백석공원이 바라다 보이는 횡단보도 앞에 섰다. 저쪽으로 정주 아줌마가 멍한 표정으로 걸어가고 있었다. 그녀는 백석공원에서 자살자의 위령제를 지내고 나서부터 좀 이상해졌다. 인희의 말로는 북쪽에서 굶어 죽은 가족 때문이라고 했다. 위령제 때문에 우울해진 사람은 정주 아줌마뿐이 아니었다. 가끔 어두운 밤에 백석공원을 돌아다니던 주인 여자도 꽤 오랫동안 방구석에 처박혀 술로 살았고, 무산 아저씨도 한동안 과일 행상을 나가지 않고 방에 틀어박혀 있었다. 정주 아줌마는 집 쪽으로 걸어갔다. 나는 집으로 갈 순 없었다. 게임방으로 갈까? 이번엔 게임방을 뒤지고 다닐 것이다. 아니, 벌써 뒤지고 다녔을 것이다. 나는 주머니에 손을 찔러 넣고 잠시 망설이다가 룸살롱으로 향했다. 손끝에 그곳 열쇠가 잡힌 것이다. 근무 태만으로 고용 삐끼에서 잘렸으나 열쇠는 반납하지 않았다. 지금 룸살롱 지하로 가면 아무도 없다. 혹시 지배인을 만난다고 해도 할 말은 있다. 새벽에 물고 온 손님들의 계산이 아직 끝나지 않았다. 아침에 룸살롱에, 지하실에, 편집실까지 물걸레로 깨끗이 청소했는데도 돈을 받지 못했다. 청소가 끝날 때쯤에 보이던 지배인이 금방 어디로 사라져 버린 것이다.

나는 룸살롱으로 걸어가다가 엊저녁에 맞닥뜨린 바람에 기겁을 하고 도망간 보랏빛 눈알을 다시 만났다. 그것은 눈알이 아니라 가게 앞에 걸린 종이로 만든 등이었다. 탈북자 아줌마 둘이 운영하는 작은 술집이었다.

열쇠를 따고 지하실 문을 열었다. 실내로 들어서다가 어두운 구석에서 다시 이쪽을 지켜보는 눈동자를 발견했다. 나는 화들짝 놀라 벽을 더듬어 불을 밝혔다. 순간 눈동자가 어디로 달아나 버렸다. 자꾸 왜 이러는 것일까? 하림의 말처럼 내가 정말 사람을 죽여 눈알을 뽑았나? 하지만 그것은 너무 황당한 설정이다. 한쪽 귀퉁이에 붙어 있는 작은 방으로 들어가 의자에 앉았다. 비록 낡았지만 리니지 게임을 돌릴 수 있는 컴퓨터까지 놓여 있는 공간이다. 다른 방은 지배인이나 포르노맨이 열쇠를 갖고 다녀 들어갈 수도 없었다.

나는 자리를 잡고 앉자마자 컴퓨터를 켰다. 눈앞에 리니지 세계로 들어갈 수 있는 게이트가 있는데, 그냥 지나칠 순 없는 일이었다. 하지만 문이 열리지 않았다. 나는 그 환상의 세계에 출입이 제한된 사람이다. 절도는 환상과 현실, 두 공간 모두가 인정하는 범죄행위다. 그 돈을 유흥비로 탕진한 것도, 내 생활비로 쓴 것도 아니다. 진짜로 돈이 필요한 사람, 절박한 사람, 그것이 없으면 굶어 죽을 수밖에 없는 가족에게 보냈다. 아덴과 아이템을 도둑맞은 놈도 이제 죽게 생겼다고, 도둑을 처벌해 달라고 바츠 공화국 황제에게 청원하는 상소를 올렸다. 미친 놈! 관리 좀 잘 하지. 자기가 관리 잘 못 해 해킹을 당하고 딴소리야!

나는 엄지의 아이디로 리니지 세계로 들어가 상황을 살폈다. 나는 봉인된 상태라 리니지 공간에서 쿠사나기로 활동할 수 없는 상황이었다. 군주가 없는 혈맹이라……. 잎사귀가 전부 떨어진 나뭇가지처럼 썰렁하기 그지없다. 피멍은 여전히 보이지 않는다. 몇 달 전까지만 해도 간간이 모습을 드러내 우리 혈원들에게 잘 지낸다고 인사도 하고 그랬다. 놈에게 무슨 일이 생긴 것일까? 현실 세계의 연락처가 없으니 전화를 할 수도 없고…….

나는 장비를 점검하고 몬스터 사냥을 시작했다. '뫼비우스의 띠' 혈원들이 쿠사나기 군주의 봉인을 풀기 위해 바츠 공화국의 에르빈 롬멜 황제에게 상소를 올리며 이런저런 노력을 하고 있었다. 그러나 내가 비록 해방전쟁에 참여한 영웅이라고 할지라도 절도는 쉽게 용서될 수 있는 일이 아니다. 더구나 그 사건은 현실 세계의 신문에까지 오르내리는 바람에 사람들에게 리니지 공간이 도적 떼가 득실거리는 정글로 오해하게 만들어 바츠 공화국의 명예를 실추시켰다는 것이다. 오해는 무슨. 사실인데……. 게다가 가상 세계의 권위를 실추시켜 어쩌고저쩌고는 말도 안 되는 헛소리다. 리니지 공간이 가상공간이라면 애초에 그곳엔 권위 같은 것은 있을 수 없다. 실제가 아닌데, 무슨 얼어 죽을 권위인가? 그러나 나는 리니지 공간의 권위와 명예를 묵사발로 만들었다. 그곳은 그들이 말하는 것처럼 가상공간이 아니기 때문이다. 리니지 공간에서 아덴은 언제든지 현실 세계의 돈으로 바꿀 수 있다. 가상이 아니라 진짜 세계다.

리니지에서 전사와 법사는 친밀성이 대단히 높은 최소 규모의 집단이다. '리니지2'의 플레이 동영상은 여자 법사가 죽은 남자 친구인 전사를 부활시키려다가 실패하고, 복수를 위해 연인의 칼을 들고 일어선다는 내용으로, 한마디로 말하면 '그들의 운명적인 사랑'이다. 리니지 속에서 커플은 현실 못지않게 깊은 감정적인 교류를 가지는 경우가 흔히 있다. '뫼비우스의 띠' 혈맹의 쿠사나기와 인형사도 그런 관계였으나 공교롭게 두 사람 모두 봉인되어 버렸다. 둘은 바츠에서 일어난 혁명 때문에 5분 만에 결혼식을 올리고 내전의 소용돌이 속에 휘말려 들어 작별하고 말았다. 한 사람은 바츠 해방전쟁 때 이름 없이 죽은 내복단처럼 돌아오지 못했고, 또 한 사람은 절도범으로 봉인되고……. 비극이다.

　나는 바츠 혁명 당시 봉인된 인형사를 떠올리면서 리니지2 플레이 동영상을 다시 돌렸다. 인형사는 마리다. 마리가 '뫼비우스의 띠' 혈원이 되고 싶다고 해 내가 아이디와 아바타를 만들어 주었다. 그 인형사가 사라졌다. 그녀는 가상의 세계에서만 사라진 것도 아니었다. 길거리, 전철역, 심지어 화장실에서조차 그녀를 만날 수 있었지만 마리는 어디에도 없다. 손오공의 말처럼 매니저 때문일까? 놈이 정말로 마리를 감금하고 있는 것일까? 그런 생각을 하다가 몽롱한 세상 속으로 밀려들어갔다. 어디서 노래 소리가 들려왔다.

　축복하노라 그대들 새 가정 축복하노라, 오늘의 이 행복.

　새벽에 길거리에서 들려온 노래의 뒷부분이다. 마리를 빼닮은 보랏빛 여인 인희가 흥얼거린 것이다. 저 노래에서 행복은 그냥 행복이 아니라 두 남녀가 가정을 꾸리는 날에 느끼는 즐거움이다. 룸살롱 여급으로 전락한 인희와는 아주 먼 나라 이야기다. 새벽에 그녀의 노래가 우울하게 들린 데는 이유가 있었다. 가사가 귓가를 맴돈다.

　저 노래는 내가 예전부터 알고 있던 것이 아니라 남한에 와서 배운 것이다. 탈북자들의 모임에 나가 몇 번 따라 불렀다. 그래서 가사가 정확히 기억난 것이다. 북쪽에서 배웠던 노래였다면 벌써 잊었을지 모른다. 내 머릿속은 어떻게 됐는지 북한이나 중국에서의 기억이 차츰 희미해져 가고 있었다. 실제로 어린 시절을 모두 잊을지 모른다는 두려움에 에피소드들을 하나씩 떠올려 기록한 적이 있었다. 나는 애니메이션 〈공각기동대〉의 인물들처럼 인형으로 살고 싶지 않다. 그들 모두가 나처럼 복제된 인간들이다. 그들은 자신의 이름도, 어머니도, 고향도, 어린 시절의 기억도 가지고 있지 않다. '고스트가 없는 슬픈 존재'들이다. 인형들이다. 난…… 난…… 이름도, 어머니도, 고향도, 어린 시절의 기억도 가지고 있다. 비록 불완전한 것이지만……. 그러므로 나는 인형이 아니다. 그런데 왜 난 자꾸 내가 인형이었다는 생각을 떨쳐 버릴 수가 없을까? 영화 속의 인물들처럼 허구로 산다는 것은 끔찍한 일이다.

나는 기록이 차츰 쌓여 갈수록 자꾸 의문이 생겼다. 내가 나의 과거를 옮겨 놓은 것인지, 아니면 누구에게서 들은 얘기를 나의 과거로 착각하고 있는 것은 아닌지? 허구를 만드는 것이 아닐까? 그런 생각이 들자 더욱 자신이 없어졌다. 그래서 기록을 중단했다. 남의 삶으로 내 인생을 만들고 있는지도 모른다는 공포가 엄습했다. 한동안 그만큼 혼란스러웠고, 그 혼란은 아직도 여전하다. 하지만 동생이 남으로 온다면 그가 기억을 대신해 줄 것이다. 그는 살아 있는 내 유년이다.

"오빠, 뭐 해? 여기서?"

인희의 목소리였다. 나는 놀라 눈을 떴다. 아래위로 보랏빛 옷을 입은 인희가 문 앞에 서 있었다. 내가 들은 노래 소리는 환청이 아닌 모양이다.

"너야말로 여기 웬일이냐? 대낮에."

"짐 좀 정리해 가려고……."

"짐을 정리해 가다니? 룸살롱 그만두게?"

"응."

"누드 찍기로 결정이라도 됐니?"

나는 놀라 물었다. 그녀는 사진작가랑 얘기만 잘 되면 지겨운 룸살롱
일을 그만둘 거라고 노래를 부르고 다녔다.

"응, 보랏빛 누드."

"보. 랏. 빛. 누. 드."

나는 천천히 발음해 보았다. 그럴싸한 표현이었다.

"그래, 콘셉트를 그렇게 가자더라고……. 보라색이란 게 요술, 신비,
내향, 마취, 달콤 뭐 그런 거래. 내가 괜히 보랏빛에 취해 사는 게 아니
라니까."

"근사하네."

그림 한 장이 스쳐 지나갔다. 어디서 봤는지 기억나지 않지만 보랏빛
제비꽃이 지천에 널려 있었다. 중국인지, 북한인지, 하여간 그 속을 나
신의 인희가 뛰어다녔다. 그 주인공은 금방 인형사, 마리로 변한다. 손
오공에게만 인희가 마리의 대용품은 아니었다. 내게도 인희는 늘 마리
를 기억하게 하고, 마리에게로 건너가는 다리다.

"암, 근사하고말고."

그녀가 말을 하고 웃었다.

"부럽다."

"걱정 마, 오빠도 잘될 거야. 이번엔 유명한 영화감독한테 배우 제의
받았다면서?"

포르노맨이 그녀에게 말한 모양이다.

"장준영 감독이라고 들어봤어?"

"〈독극물〉이란 작품으로 국제영화제를 휩쓴 독립영화감독 말이지?
그 사람이 동성애 영화 준비한다는 얘기는 들었어."

그녀는 약간 들뜬 목소리로 말했다. 라식 수술 때문인지 눈이 예전보다 훨씬 커 보였다. 성형수술로 턱까지 깎으면 영락없이 마리가 되겠다는 생각이 들었다.

"맞아, 바로 그 영화야! 하지만 어떻게 될지 몰라."

나는 약간 쭈뼛거렸다. 포르노맨은 캐스팅 문제가 마무리된 것처럼 말했다. 하지만 영화 출연은 다 됐다가도 깨지는 법이다.

"근데, 나 누드 찍으면 북조선 출신이란 것을 분명히 밝힐 거야. 사진작가도 좋다고 했어."

인희는 당차고 당돌한 여자다. 요즘은 남한에서 탈북자들에 대한 이미지가 좋지 않다. 그래서 꼭 필요한 경우가 아니라면 굳이 자신이 북쪽에서 왔단 사실을 밝힐 필요가 없다.

인희는 남한으로 내려와 대학에서 연극을 전공하고, 영화배우가 되는 게 꿈이었다. 북한에서 이루지 못한 꿈을 여기서 펼치고 싶었던 것이다. 그곳에서 대학을 졸업한 그녀는 남한의 연기 스타일을 알고 싶어 다시 학교에 들어갔다. 그런 인희가 룸살롱 여급으로 전락한 것은 스캔들 때문이었다.

그녀는 자신이 짝사랑하던 미술과 강사로부터 누드모델 제의를 받았다. 화가인 강사는 대학 근처에 자신의 아틀리에를 가지고 있었다. 그녀는 수업이 끝나면 그곳에서 옷을 벗었다. 그는 인희가 지금까지 만난 남자 중 최고였고, 많은 예술적인 영감을 주었다고 했다.

한 번은 강사를 졸라 노래방에 간 적이 있었다. 그게 화근이었다. 지하 아틀리에에서 작업을 할 때는 정문을 잠그고 뒷문을 사용해 누구에게 들킬 염려가 없었다. 그런데 강사와 노래방에서 나오는 것을 친구들이 보았다. 처음엔 인희가 화가의 모델이 되었다고 소곤거렸다. 시간이 지나자 두 사람이 아틀리에에서 정을 통한다는 소문이 돌았다. 소문을 들은 화가의 아내가 전문 브로커를 시켜 두 사람의 뒷조사를 한 모양이었다. 파국을 부른 것은 아내였다. 대학에 나타난 그녀는 인희의 머리채를 쥐어뜯고, 탈북했으면 주는 밥이나 처먹고 조용히 살지 대학은 무슨 얼어 죽을 대학이며, 또 대학생이면 공부나 하지 갈보 짓은 왜 하고 다니느냐고 소란을 피웠다. 그 때문에 인희가 탈북자란 사실이 밝혀졌다. 친구들은 화가와의 관계보다 인희가 탈북자라는 사실에 더 놀랐다고 했다. 그 일로 그녀는 심하게 충격을 받았고, 결국 학교를 그만두었다.

"너, 휴대폰 좀 줘봐."

"왜, 오빠 휴대폰 잃어버렸어?"

"경찰이 혹시 발신지 추적을 할지 몰라서."

놈들이 내 휴대폰의 발신지를 쫓아 여기로 올지 모른다. 충분히 그럴 수 있는 일이다. 그들은 언론으로부터 두들겨 맞아 독이 올라 있을 것이다. 인희가 휴대폰을 내밀었다. 그녀도 백석공원에서 일어난 사체 유기 사건 때문에 경찰이 집 주변을 얼쩡거린다는 사실을 알고 있었다. 내가 경찰서에 끌려간 것도 엄지가 호들갑스럽게 떠들어댔을 것이다. 인희의 휴대폰은 내 것과 똑같은 경쾌한 터치폰이다. 나랑 함께 가서 휴대폰을 바꿨나? 모르겠다.

"엄지 번호는?"

"찾아봐. 어디 있을 거야."

그녀는 말을 하고 담배를 꺼내 물었다. 나는 전화번호를 검색한다. 주인 여자, 정주 아줌마, 회령 아저씨. 인희가 아저씨 번호를 갖고 있다는 것은 좀 의외다. 둘은 앙숙이었다. 엄지의 번호가 나왔다. 하지만 먹통이다. 손오공도 마찬가지다.

"여보세요."

나는 망설이다가 정주 아줌마에게 전화를 걸었다.

"쿠사나기 총각."

금방 내 목소리를 알아들었다. 그녀가 내 리니지 아바타를 알고 있었다. 손오공이 말한 모양이었다.

"백석공원에 있던 경찰이랑 포클레인 떠났어요?"

"떠났어!"

"혹시 집 주변에서 경찰 못 봤어요?"

"새벽엔 보였는데, 지금은 없어. 집 주변을 두 번이나 둘러보았는데……."

나는 고맙다는 말을 하고 전화를 끊었다. 경찰들이 포기한 모양이었다. 그럼 그렇지, 나를 끌고 가서 족칠 일이 아니다. 남조선 경찰이 그렇게 멍청할 리가 없다. 나는 휴대폰을 꺼내 회령 아저씨에게 문자를 날렸다. 내게 전화를 걸어 달라는 내용이었다. 그의 방세를 대신 내줘야 하는데 돈이 없다. 노가다는 일당으로 돈을 받는다고 들었다. 그 돈을 내게로 보내 달라고 말할 생각이었다. 아니면, 바로 주인 여자 통장으로 입금하든지.

"백석공원에서 무슨 일이 있었어?"

인희가 물었다.

"몰랐어? 경찰이 공원을 뒤집어 놓았어. 사체 찾느라고……."

"응, 몰랐어. 백석공원이란 데가 참……."

그녀는 돌려받은 휴대폰을 호주머니에 집어넣고 위층으로 올라갔다.

"내가 도와줄까?"

"짐이 많지 않아."

그녀의 목소리가 지하실을 울렸다.

그날, 위령제는 백석공원 주변 상인들이 플라타너스에서 목을 맨 망자의 혼령을 달랜다는 목적이었다. 손가락 둘이 잘려 나간 중년의 탈북자가 목을 매고 죽은 후, 공원 근처에는 사람들의 발길이 줄어들었다. 한 기자가 자신의 블로그에 자살한 탈북자에 관한 글을 올렸다. 탈북자가 죽기 전, 북한에서 내려온 과정과 한국에 정착한 후의 심경을 적은 글을 신문사로 보낸 모양이었다. 기자는 블로그에 탈북자가 목을 맨 플라타너스 나무의 사진을 올려 두었다. 그런데 누군가 그 밑에 자살자가 목을 맨 플라타너스 나무에서 사람의 형상을 봤다는 댓글을 달았다. 그 댓글 밑에는 자기도 그곳을 지나다가 목이 매달려 아래로 축 처진 중년의 남자를 똑똑히 봤다는 글이 또 붙었다. 남한 사람들의 관심은 탈북자의 자살이 아니라 백석공원의 플라타너스 나뭇가지에 나타났다는 혼령이었다. 그러자 소문은 점점 증폭되어 백석공원의 귀신이 사람들의 주목거리가 되어 버렸다. 그 때문에 공원 근처 상인들은 무당을 불러 굿이라도 벌여야 할 판이었다. 그러지 않으면 사건이 사람들의 뇌리 속에서 지워질 때까지 밤 장사를 포기해야 할 상황이었다. 실제로 날이 어두워지면 아예 문을 닫는 상가들도 있었다. 위령제는 아바이 면옥의 주인 여자가 비용을 지불해 제법 근사하게 상을 차려 진행됐다.

한 걸음 한 걸음 주예수와 함께 날마다 날마다 우리는 걷겠네.

여자들의 찬송가 소리가 공원의 백석 시비 주변으로 울려 퍼졌다.

"흑흑……."

먼저 울음보를 터뜨린 사람은 어깃장 경태였다. 무산 아저씨도 울먹였다. 무진도 아버지를 따라 울었다. 한쪽 구석에 서서 사진을 찍던 몇몇 기자들이 그들 주변으로 모여들었다. 그들의 울먹임을 시작으로 한 무리의 탈북 청소년들이 흐느끼기 시작했다. 여기저기에서 플래시 불빛이 터졌다. 한 번 모이라면 들은 척도 하지 않는 이들이 무슨 바람이 불었는지 거의 전부가 공원으로 달려왔다. 나도 참고 있던 울음을 터뜨렸다. 옆에 서 있던 인희는 나를 쳐다보더니 주머니에서 껌을 꺼내 입 속으로 밀어 넣었다.

"흑흑흑……."

엄지도 눈물을 흘렸다. 그녀 뒤쪽에 서 있던 정주 아줌마도 울기 시작했다. 도무지 눈물 같은 것은 보이지 않는 분이셨다. 그녀는 아까부터 성경을 힘껏 움켜쥐고 있었다. 덩달아 다른 사람들의 울음소리가 들렸으나 그녀의 흐느낌을 당할 순 없었다.

"정미야! 정수야!"

정주 아줌마의 입에서 애들의 이름이 튀어나왔다. 북쪽에서 굶어 죽은 아이들일 것이다. 그러자 다른 여자들도 아이의 이름을 불렀다. 울음이 통곡으로 변하고 있었다. 나도 아버지가 떠올라 큰 소리로 울었다. 불쌍한 아버지.

"현미야! 현숙아!"

무산 아저씨가 소리를 질렀다. 북쪽에 사는 자식들의 이름일 것이다. 그는 울먹이면서 공원을 뛰어나갔다.

"아바이!"

무진이 소리를 치면서 뒤를 따랐다.

사람들의 통곡소리를 뚫고 작은 휘파람 소리가 들렸다. 그것은 귀에 익은 음이었다. 그 소리는 차츰 크게 들려왔다. 이어 노래로 이어졌다.

장백산 줄기줄기 피어린 자욱…….

그것은 〈김일성 장군의 노래〉였다. 나는 그 노래가 귀에 거슬렸다. 인희도 비슷한 감정이었는지 껌을 요란하게 씹었다.

압록강 굽이굽이 피어린 자욱…….

노랫소리는 우렁차게 변하고 있었다.

"누구야? 그따위 노래를 부르는 인간이!"

결국 못 참겠는지 인희가 뒤를 돌아보며 소리쳤다.

"씨발, 지금 김일성 노래 부르게 생겼나! 그놈이랑 그 아들놈 때문에 우리 아빠 죽고 동생까지 굶어죽었는데!"

청수였다.

"누가 그래?"

노래를 부르던 목소리의 주인공이 말했다.

"우리 아빠가 죽으면서 그랬소!"

청수가 뒤를 돌아보고 말했다.

"중국에서 우리 엄마도 죽어 가면서 같은 말을 했소!"

어깃장 경태도 소리를 질렀다.

"그걸 누가 말해야 알아? 세상이 다 아는 거잖아!"

인희가 목소리를 높였다.

"아사는 김일성 장군님과 상관없는 일이오."

묵직한 목소리였다. 모두들 뒤쪽을 돌아보았다. 깊은 주름을 훈장처럼 얼굴에 단 노인이 침착하게 시선을 받아넘기며 말했다.

"아사는 김일성 장군님이 돌아가신 후부터 발생한 거요. 김일성 장군님이 계셨다면 그런 일은 생기지도 않았을 것이오."

"왜 상관없단 말이오? 북쪽은 남편이 잘못하면 아내까지 벌을 받는 나라, 아비의 잘못 때문에 새끼도 죽는 나라요. 거꾸로 말하면 새끼의 잘못은 아비의 잘못이란 뜻이오. 왜 김일성에게 잘못이 없단 말이오?"

정주 아줌마였다. 노인은 다시 정주 아줌마를 보며 말을 이어 갔다.

"우리 할아버지, 우리 아버지는 대대로 소작인이셨소. 그때도 흔하게 굶어 죽었지. 김일성 장군님이 오시면서 처음으로 우리 아버지는 당신의 땅을 가지게 되셨소. 그러고는 아사가 사라졌소. 그걸 잊었……."

그때 노인의 얼굴 위로 누런 가래침이 날아들었다. 어깃장 경태였다. 노인의 얼굴 위로 침이 흘러내렸다.

"이 쌍 간나이 새끼가 어른한테!"

회령 아저씨가 경태의 빰을 때렸다.

"씨발! 당신이 왜 나서! 반토막 주제에!"

경태가 그에게 달려들면서 말했다.

"뭐라, 반 토막! 간나 새끼가 남조선에 오더니 위아래도 잊어버렸나! 이걸 확!"

경태에게 주먹을 날리려는 회령 아저씨를 다른 사람들이 붙잡았다.

"덤벼 봐, 어서!"

경태도 지지 않고 맞받아쳤지만 그 역시 다른 애들이 붙잡고 말렸다.

"간나 새끼, 여기가 남조선인 게 천만다행인 줄 알아라. 내가 북에서 조선노동당원일 때는 너 같은 간나 새끼 여럿 잡아 죽였어!"

회령 아저씨가 목청을 높였다.

"지랄한다, 지랄을 해. 뭐 잘나 빠진 조선노동당원이라고 남한에 오면 다들 지가 조선노동당원이래."

인희는 눈물 한 방울 흘리지 않은 말짱한 얼굴로 껌을 짝짝 씹으면서 회령 아저씨를 노려봤다.

"조선노동당이 제대로 했으면 우리가 남조선으로 왜 내려와?"

"넌 가만히 있어. 니가 배고파서 내려왔나? 화냥질하러 왔지!"

"내가 화냥질하는데 니가 뭐 보태 준 거 있어?"

"뭐? 니가? 어디서 새파란 게!"

"새파란 년 칼맛 한 번 보고 싶어? 남조선은 좋은 나라라 돈만 주면 사람도 죽여 주는데, 너 같은 동강이는 할인도 해준다더라. 화냥질 몇 번 더 해서 돈 주고 사람 하나 살까?"

회령 아저씨가 기가 막히는지 인희를 보며 입을 다물지 못했다.

"조선노동당은 무슨!"

인희는 가소롭다는 듯이 코웃음 치고는 혼자 자리를 떠났다. 회령 아저씨는 아저씨대로, 경태는 경태대로 씩씩거렸다. 내 옆에 섰던 노인

하나가 북쪽이었다면 다들 멍석말이를 할 일이라며, 혼자 혀를 찼다. 일부 사람들이 공원을 빠져나갔다. 회령 아저씨와 경태가 다시 다투는 소리에 아랑곳없이 앞쪽 아낙네들의 울음소리가 계속 들렸다. 공원 한쪽 구석에 무산 아저씨가 담배를 피우고, 무진은 벤치에 앉아 떡을 먹고 있었다.

"뭐라! 남조선으로 가자고?"

나는 두만강을 건너 집으로 가서 아버지에게 매달렸다. 동무들이랑 처음 중국을 다녀왔을 때였다. 중국으로 떠난 어머니를 찾아 나선 길이었다. 그녀를 만나지는 못했으나 소득이 전혀 없는 것은 아니어서 그곳에서 어릴 적 친구, 하림을 우연히 만났다. 얼마나 반가웠던지 모른다. 처음엔 너무 변한 놈의 모습 때문에 적잖게 놀랐다. 그는 중국인 남자들을 만나고 다녔는데, 내게 뭔가 숨기는 눈치였다. 친구들은 그가 화냥년이 아니라 화냥놈 짓을 하고 돌아다닌다고 했다. 하지만 그런 허무맹랑한 말들을 무조건 믿을 수는 없다. 또한, 북조선 사람들을 도와주러 온 남한 사람들이 운영하는 교회가 있다는 사실을 알았다. 하림을 처음 본 장소도 그곳이었다. 그들의 도움으로 남조선으로 간 북한 여자들도 있었다. 엄마도 남으로 갔을 것이라는 생각이 들었다. 고향으로 돌아오니, 남조선으로 떠난 사람들의 얘기가 은밀히 퍼져 있었다.

"네, 거기 가믄 좋은 집도 주고, 돈도 주고 학교도 보내 준답네다. 아무리 못살아도 이밥에 고깃국은 먹는답네다."

나는 힘주어 말했다. 이밥과 고깃국은 인민의 소원이었다. 지상낙원도, 위대한 수령도 그것을 먹여 주지 못했다. 아버지는 내 얘기를 듣더니 얼굴이 새파래졌다.

"내가 왜 대학도 못 가고 두만강 가에서 농민으로 늙어 가는 줄 알간? 그건 월남한 니 할아바이 때문이다. 그런데, 뭐 월남을 하자고? 가자, 보위부로! 너 같은 간나 새낀 노동 단련대로 가서 죽도록 일해야 정신 차린다."

아버지는 내 멱살을 끌고 밖으로 나갔다. 남동생이 그를 말린다고 엉겨 붙었다.

"보위부 가몬 죽는다! 막내는 굶겨 죽이고 큰아들은 맞아 죽이고 싶간!"

할머니가 방문을 열고 버럭 소리를 질렀다. 씩씩거리던 아버지가 내 멱살을 팽개쳤다.

"너 인민학교 입학할 때 뭐라고 그랬간? 열심히 공부해 장군님의 은혜에 보답하갔다고 맹세했잖네! 기억하간?"

아버지의 소리에 할머니가 방문을 닫았다.

"열심히 학교 다녔잖습까! 근데 이게 뭡네까! 공부 1등한 놈을 꽃제비로 만드는 위대한 수령은 싫습다. 중국은 지나가는 거지한테도 이밥을 고봉으로 주는데 우린 뭡네까? 이밥은 고사하고, 보리죽 한 그릇 없어 막내는 굶어 죽었잖습네까!"

"니 동생은 굶어 죽은 게 아니라 병들어 죽었다니깐!"

"그럼 막내는 병들어 죽고, 이제 우린 동네 사람들처럼 굶어 죽갔죠. 어마이도 없으니……."

"쌍, 중국에 가서 어마이는 아니 찾고."

그는 어머니를 찾아오겠다는 내 말에 혹해 중국행을 허락한 것이다. 나는 어머니가 남한으로 갔을지 모른다는 얘기는 하지 않았다. 그런 말을 꺼냈다가는 집안이 발칵 뒤집어질 것 같았다. 그는 엄마를 계집종처럼 다루었다. 그런 그녀가 자신과 한마디 상의도 없이 월남한다는 것은 상상도 할 수 없는 일이었다. 아버지가 혹시 내 말에 반응을 보이면 그녀의 행방에 관한 추측을 말해 볼 생각이었다.

아버지는 집단 농장 일보다 정치 선전 예술대 활동이 낙인 사람이었다. 노래를 잘 불렀던 당신의 꿈은 배우로 중앙 무대에 서 보는 것이었다. 번번이 그 꿈을 방해한 것은 남쪽으로 간 지주 할아버지였다. 지주 가족에 월남자 자식이라는 딱지는 아버지 인생의 암초였다. 그가 북한의 최하층 계급으로 분류되는 농민으로 전락한 것도, 우리 가족이 황해도에서 두만강으로 쫓겨 온 것도, 모두 그 때문이었다. 하지만 남조선에 할아버지가 살아 있는 것도 아니었다. 할머니가 가족 상봉을 신청했더니 그런 사람은 없다는 것이었다. 육이오 때, 피난길에서 죽은 모양이었다.

우리 가족이 두만강으로 쫓겨 올 때 하림의 가족도 함께 왔다. 하림의 할머니 역시 예수를 믿는 사람이었고, 그 가족이 더 북쪽으로 올라가기 전까지 그녀와 우리 할머니는 항상 붙어 다녔다. 나는 어린 시절, 하림과 함께 두 노인이 예배를 드리는 것을 몰래 본 적이 있었다. 내가 억센 함경도 사투리를 덜 쓰는 것은 개성이 고향인 할머니 덕분이었다. 엄마는 여동생이 굶어 죽자 두만강을 건너갔다. 가만히 앉아 있다가는 가족이 다 굶어 죽을 수 있다는 공포가 엄습한 것이다. 하지만 어떻게 된 일인지 엄마는 중국으로 떠난 후 감감 무소식이었다.

얼마 후, 할머니가 돌아가셨다. 그녀는 손자들 먹으라고 일부러 밥을 먹지 않았다. 눈을 감으시기 전날, 고향인 개성을 보고 싶다고 말했다.

그리고 평소 혼자 중얼거리던 노래를 그날은 목소리를 높여 불렀다. 나중엔 집이 떠나가도록 찬송가를 불렀다.

이젠 그날이 언제였는지 기억하려고 해도 생각이 나질 않는다. 내 기억력은 인민학교 선생님뿐만 아니라 연변 교회 중국어 강사도 칭찬을 서슴지 않을 정도였다. 지금은 바보가 되었다. 종종 나보다 더한 멍청이가 된 탈북자가 있다는 것이 그나마 위안이다. 외상후스트레스 증후군. 이것은 과거가 현재와 미래를 괴롭히는 병이다. 어떤 상처는 빨리, 어떤 상처는 아주 천천히 기억을, 마음을, 영혼을 갉아먹는다.

할머니는 육이오 전쟁 당시 아버지를 임신 중이었다. 그래서 할아버지는 큰아들만 데리고 남으로 갔다. 꼭 다시 돌아오마 하고 떠났다고 한다. 오래전부터 몸이 아파 농장에 나가지도 못한 아버지는 할머니가 죽은 후로 몸져누웠다. 마을에서는 어린 아사자들이 속출해 노인의 죽음은 관심거리도 아니었다. 우리도 며칠 되지 않아 할머니를 잊었다.

8

상실과 부재

〈이매진닷컴〉 — 한경호 기자 블로그

2010년 ○월 ○일

우리 안의 유령 — 아무도 돌보지 않는 자의 죽음

얼마 전 〈워싱턴포스트〉 지는 지난 10년 동안 급속도로 증가한 한국의 자살률을 소개했다. 오직 세계 1위만을 꿈꾸며, 세계 1위라면 뭐든 먹어 주는 나라답게 자살률도 어느 나라보다 빠르게 급증가했다. 하루 평균 44.2명, 평균 39분당 한 명씩 자살하는 나라, 대한민국. 최고의 인기를 구가하던 톱 텔런트에서부터 명문대 교수, 판사, 모든 청춘들의 로망인 재벌가의 자제까지 자살하는 형편이니 재벌의 근처, 그 근처의 근처에도 가지 못하는, 평범한 사람들의 죽음은 이미 이야깃거리도 안 될 형편이다. 이야기해 봤자 듣는 사람은 짜증만 낼 것이다.

지난 주 백석공원에서 발생한 한 남자의 죽음도 얼핏 짜증 유발형 죽음이다. 아내와 자식을 잃은 사십대 나홀로 가장의 자살. 너무나 진부하다고 생각할 독자들을 위해 흥미의 요소를 제공해야겠다.

한때 이 남자는 교사로 일하며 아들과 딸을 두고 행복하게 살았던 사람이다. 밀란 쿤테라의 소설 《농담》에 나오는 것처럼 어쩌다 정치적 발언 한 번 잘못한 것이 빌미가 되어 그는 농민으로 전락했다. 어떻게 그런 일이 일어날 수 있냐고? 충분히 가능하다. 이 남자는 북한에서 살았기 때문에.

북한에서 교사와 농민의 사회적 지위 차이는 엄청난 것이다. 노동자와 농민들을 위한 국가라는 구호와는 달리 북한에서 농민은 거의 인간의 대접을 받지 못한다고 한다. 그러니 흔히 말하는 나락으로 떨어지는 신분의 이동이 그에게 있었던 셈인데, 그럼에도 그는 체제의 우월성을 믿으며 농민으로 성실하게 생활했다. '믿음이란 바라는 것들의 실상이요, 보이지 않는 것의 증거'인 법이다.

그의 가정을 산산조각 낸 것은 97년 북한을 덮친 아사 사태였다. 정확하게 얼마가 죽었는지 집계조차 할 수 없는 상황에서 그의 딸은 영양실조로 실명하고, 꽃제비로 전전하던 아들마저 공개 처형당하자 그는 압록강을 건너 탈북을 시도한다. 그러나 그 과정에서 아내와 딸을 강물에 수장시키고 그는 혼자 남으로 내려온다.

그 뒤의 이야기는 흔히 인간극장류의 휴먼 다큐 프로그램에서 볼 법한 이야기다. 한동안은 아내와 딸을 죽인 죄책감에서 술과 노름으로 세월을 보낸다. 노숙자 신세까지 갔던 그는 어느 날 아내와 딸의 환영을 보고는 새사람이 되기로 결심, 택배 일을 하면서 갱생에 성공한다. 운

전도 배우고, 돈도 모으고, 그리고 다시 결혼할 꿈도 꾼다.

여기까지였어야 했다. 그의 이야기는. 이 뒤에 이야기가 더 붙는다면 적당한 여자 만나서 알콩달콩 살면서, 반공 프로그램에 나와서 김정일 체제에 대한 분노를 터트리는 그런 내용이 적절할 것이다. 그랬다면 우리는 훨씬 편안하게, 그리고 큰 관심 없이 그의 이야기를 들을 수 있을 것이다.

그러나 그의 이야기는 여기서부터 우리의 기대를 빗나간다. 천신만고 끝에 자유의 땅으로 와서, 노숙자에서 다시 일어선 그 남자는 어느 날 근처에 배달할 물건을 내려다 주고 우연히 백석공원을 지나가게 된다. 그곳에서 그는 백석의 시비에 새겨진 〈모닥불〉을 읽는다.

남자는 다시 근처의 아바이 면옥에서 냉면 한 그릇을 먹는다. 그곳에도 역시 백석의 시 〈국수〉가 붙어 있다. 남자는 천천히 그 시를 읽는다.

그리고 며칠 동안 남자는 집 안에 틀어박혀 꼼짝도 하지 않았다. 그리고 한 신문기자 앞으로 장문의 유서를 써 보낸 후, 백석공원의 플라타너스 나무에 목을 매고 죽는다.

도대체 왜 그 남자는 죽은 것일까. 아내와 딸을 잃었을 때도 살아남았고, 노숙자일 때도 죽으려고 하지 않았던 그가 왜, 다시 갱생한 후에, 시 두 편을 읽고는 죽기로 결심한 것일까.

그는 유서에서 '잃어버린 고향이 너무 그리워서'라고 썼다. 솔직히 나는 이 이유에 공감이 가지 않는다. 고향이 너무 그립다는 이유로 사람이 자기 목숨을 버릴 수 있을까.

남한에서 태어나 줄곧 여기서만 살아온 우리는 이제 '고향'이라는 단어가 낯설다. 그것은 문학 작품 속의 이미지로만 존재할 뿐 우리 가슴을 아프게 하지 않는다. 언젠가 우리도 고향을 상실한 적이 분명히 있었건만, 상실을 넘어서 상실의 기억까지 우리는 잃어버린 것이다.

그러나 탈북자들은 그 상실의 기억을 그대로 가지고 있다. 남한에 와서 그들이 발견한 것은 더 이상 고향을 그리워하지 않는 사람들, 고향이 무엇인지도 모르는 사람들, 밥이 없어 굶어 죽는 그곳이 무슨 고향이냐며 경멸하는 사람들이었을 것이다. 백석의 시는 탈북자들에게 그들이 잃어버린 것이 무엇인지를 보여 주고 있다. 남한에서만 줄곧 살아온 나에게 백석의 시는 어휘부터가 너무나 낯설다. 그리고 이 시를 보면서 눈물을 흘렸다는 그 정서도 솔직히 이해하기 힘들다. '아름답고 아늑한 마을 공동체, 눈물나게 숨막히게, 살가운 마을을 노래한 민족시인 백석. 한동안 북한의 농촌 마을은 그런 세상이었습니다. 니것 네것 없는 완전한 세상이었습니다.' 그가 남긴 유서의 마지막 문장이다. 이것 역시 이해하기 힘들다. 완전한 세상이란 게 가능한 일인지……. 그 '이해하기 힘듦', 공감의 부재 속에서 탈북자들은 오늘도 유령처럼 우리 옆을 떠돌고 있는 것은 아닌가.

국수

눈이 많이 와서
산엣새가 벌로 날여 멕이고*
눈구덩이에 토끼가 더러 빠지기도 하면
마을에는 그 무슨 반가운 것이 오는가보다

한가한 애동들은 어둡도록 꿩사냥을 하고
가난한 엄매는 밤중에 김치가재미* 로 가고
마을을 구수한 즐거움에 싸서 은근하니 홍성홍성 들뜨게 하며
이것은 오는 것이다.
이것은 어늬 양지귀* 혹은 능달쪽 외따른 산옆 은댕이* 예데가리밭*에서
하로밤 뽀오햔 흰김 속에 접시귀 소기름불이 뿌우현 부엌에
산멍에* 같은 분틀을 타고 오는 것이다.
이것은 아득한 녯날 한가하고 즐겁든 세월로부터
실 같은 봄비 속을 타는 듯한 녀름볕 속을 지나서 들쿠레한* 구시월
갈바람 속을 지나서
대대로 나며 죽으며 죽으며 나며 하는 이 마을 사람들의 으젓한 마음
을 지나서 텁텁한* 꿈을 지나서
지붕에 마당에 우물 둔덩에 함박눈이 푹푹 쌓이는 여늬 하로밤
아베 앞에 그 어린 아들 앞에 아베 앞에는 왕사발에 아들 앞에는 새끼
사발에 그득히 사리워 오는 것이다.
이것은 그 곰의 잔등에 업혀서 길여났다는 먼 녯적 큰마니*가
또 그 집등색이*에 서서 자채기*를 하면 산넘엣 마을까지 들렸다는
먼 옛적 큰아바지가 오는 것같이 오는 것이다.
아, 이 반가운 것은 무엇인가
이 히수무레하고* 부드럽고 수수하고 슴슴한 것은 무엇인가
겨울밤 찡하니 닉은 동티미국을 좋아하고 얼얼한 댕추가루를 좋아하
고 싱싱한 산꿩의 고기를 좋아하고
그리고 담배 내음새 탄수* 내음새 또 수육을 삶는 육수국 내음새 자욱

한 더북한 삿방* 쩔쩔 끓는 아르굴*을 좋아하는 이것은 무엇인가

　이 조용한 마을과 이 마을의 으젓한 사람들과 살틀하니 친한 것은 무엇인가

　이 그지없이 고담(枯淡)*하고 소박(素朴)한 것은 무엇인가

― 白石

*멕이고 : 활발히 움직이고.
*김치가재미 : 북쪽 지역의 김치를 넣어 두는 창고, 헛간.
*양지귀 : 햇살 바른 가장자리.
*은댕이 : 가장자리.
*예대가리밭 : 산의 맨 꼭대기에 있는 오래된 비탈밭.
*산멍에 : 전설상의 커다란 뱀, 이무기의 평안도 말.
*들쿠레한 : 달콤한.
*텁텁한 : 흐릿한.
*큰마니 : 할머니의 평안도 말.
*집등색이 : 짚등석, 짚이나 칡덩굴로 만든 자리.
*자채기 : 재채기.
*히수무레하고 : 희끄무레하고.
*탄수 : 식초.
*삿방 : 삿(갈대를 엮어서 만든 자리)을 깐 방.
*아르굴 : 아랫목.
*고담(枯淡) : (글, 그림, 인품 따위가) 속되지 아니하고 아취가 있음.

9

공화국 만세

- **혈맹 정보** : 온라인 '리니지' 게임 – 바츠 공화국 소속의 혈맹
- **혈맹 이름** : 뫼비우스의 띠
- **전체 혈맹원 수** : 쿠사나기 외 93명
- **접속한 혈맹원** : 쿠사나기, 인형사, 손오공, 엄지 요정, 바퀴벌레, 똘아이……
  (접속자 수 : 69명)

무엇이 날 이토록 설레게 하는가?

무엇이 날 이토록 숨 막히게 하는가?

하나는 약했지만

하나는 둘이 되고 둘이 셋이 되면

마침내 한 무리가 되어

그 강함은 어느새
태산이 되리라,
노도가 되리라.

드레끼(용의 계곡에 등장하는 큰 몬스터)한테 불에 익혀져 쓰러지고
퀸한테 독에 걸리어 무너져 내리며
사악한 무리들의 화살에 꿰뚫린
허접스러운 한 몸뚱어리 한 몸뚱어리들……
용던(용의 계곡 사냥터) 입구에서 결계까지
전장의 안내선처럼 이어진 숱한 주검들이건만
죽음이 이렇게 아름다울 수 있단 말인가?
죽음이 이토록 자랑스러울 수 있단 말인가?
그들의 혈마크(혈맹의 마크)를 보기만 해도
나치의 친위대보다 무섭게 느껴지던
그들을 치고 있다는 게
그들만의 유토피아처럼 동경만 하던
그들이 호의호식하던 사냥터를
우리 모두가 사냥할 수 있도록 한다는 것이……

보라돌이(선공격으로 보라색으로 바뀐 캐릭터)가 되고 활꼬챙이가 된들……
비록 차디찬 주검의 몸이지만
내복단 힘내라!
'바츠를 위하여'라고 외치게 하는

나는 이러한 내가 너무 대견스럽다.

함께하는 동료가 너무나 소중하고 자랑스럽다.

오랜 시간이 흐른 뒤

아마 역사는 말하리라.

바츠 서버의 평화는

내복단이라는

허접스러운 무리들에 의해

이루어졌다고…….*

— 바츠 공화국 내복단원 백수흑심

결혼식은 5분 만에 끝났다.

성도 빌리지 못하고 느티나무 우거진 숲에서 신랑과 신부를 축복하기 위해 온 몇 명의 하객들이 그들에게 남아 있던 몇 푼의 아덴을 바쳤다. 며칠 전 시저 황제를 따르는 디케이 연합과의 일전을 앞두고 쿠사나기 군주는 자신의 모든 아이템을 팔아 혈원들에게 물약을 나누어 주었다. 모든 내복단들이 총집결하고 있었다. 느티나무 숲에는 눈이 내려 신부의 베일처럼 온통 하얗게 빛났다. 그러나 하늘 위로는 마법사가 풀어 둔 매들이 불길하게 어디론가 날아갔다.

---

* 《바츠 히스토리아》 명운화 지음. 새움 출판사. p.169~170.
〈라니지2〉에서 일어난 바츠 해방전쟁 당시, 백수흑심이라는 내복단원이 바츠 서버 자유게시판에 올린 시. 괄호 안은 저자 주.

인형사는 커다란 활을 메고 쿠사나기 옆에 섰다. 주례도, 기도도, 꽃다발도 없었다. 쿠사나기가 혈원들 앞에서 이제 인형사가 자신의 아내가 되었음을 선포했을 뿐이다. 결혼식 직전까지 쿠사나기는 망설였다. 쿠사나기는 시저의 친위대가 죽이려고 벼르고 있는 척살 대상 1호였고, 그런 쿠사나기의 아내가 된다는 것은 인형사 역시 척살, 나아가 봉인의 대상이 된다는 의미였다. 그러나 인형사는 결혼을 고집했다. 쿠사나기는 인형사를 안고 그녀의 입술에 입을 맞추었다. 손오공과 엄지, 모여 있던 몇몇 혈원들이 박수를 쳤다.

— 사랑해, 오빠.

인형사가 귀엣말로 말했다.

누군가가 노래를 불렀다.

좋은 때 좋은 날 맺어진 사랑, 한 쌍의 꽃으로 피었네.

축복하노라 그대들 새 가정 축복하노라, 오늘의 행복.

어깃장을 비롯한 탈북 아이들이 찾아와 노래를 불러 주었다. 엄지는 신난다고 박수를 치며 깡충깡충 뛰었다.

— 남조선 노래 좀 불러라. 엠씨 더 맥스, 동방신기, 이런 애들 모르냐?

북한 노래를 모르는 손오공이 투덜댔다. 그때 두 명의 엘프족 전사가 달려왔다. 그들은 윈드 서커의 버프를 받아 멀리 오랜 성에서 10분 만에 달려온 것이었다.

— 쿠사나기 군주께 전합니다. 오늘 밤 모든 동맹의 총동원령입니다.

엘프족 전사는 그 다음 전언은 귀엣말로 전했다.

─ 알았다.

쿠사나기는 담담하게 말했다. 엘프족 전사들은 올 때처럼 빠르게 사라졌다. 반란에 참가한 혈맹의 수는 많았지만 수적으로나, 레벨로나 모든 면에서 디케이 연합에 비해 현저하게 열세였다. 전면전으로는 도저히 승산이 없었다. 그래서 바츠 동맹군의 총군주들은 따로 모여 도박에 가까운 전술을 고안해 냈다. 디케이 연합에서 파견한 첩자들이 내복단 도처에 숨어 있었다. 그들 중 단 한 명이라도 그들의 계획을 듣고 디케이 연합군에게 귀엣말로 전한다면 반란군 전체가 위험했다. 그래서 작전에 관한 모든 발언은 원칙적으로 봉쇄되었다. 개인적으로 알고 있는 유저에게만 발설할 수 있었다. 쿠사나기는 귀엣말로 손오공에게 목적지를 전달했다. 손오공은 엄지에게, 엄지는 바퀴벌레에게, 바퀴벌레는 똘아이에게 전달했다. 그리고 모두 목적지를 향해 출발했다. 쿠사나기 옆에는 인형사만 남았다.

─ 마리, 너는 전투에 참가하지 마. 이 전투에서 진다면 너하고 나는 죽음 정도로 끝나지 않을 거야. 우리는 봉인당해.

─ 나는 상관없어, 오빠.

─ 다시 만나는 데 몇 년이 걸릴지 몰라.

─ 몇 년이 걸려도 상관없어. 기다릴 테니 나를 찾으러 와줘.

─ 마리…….

눈이 그쳤다. 어둠이 몰려오고 있었다. 떠나야 할 시간이다.

어쩌면 신이 이 세계와 우주를 창조했다는 것은 사실일 것이다. 그러나 그 세계에서 살아가는 인간들의 일에 신은 관여하지 않는다는 것도 사실일 것이다. 정확히 말하자면 신은 인간의 일에 관여할 능력이 없다. 처음 바츠 서버를 만든 프로그램 개발자들은 바츠 공화국에서 이러한 전쟁, 혁명이 일어나리라고는 상상하지 못했을 것이다. 프로그램 개발자들은 하나의 세계와 물리적 법칙들을 고안해 냈지만, 그 창조주는 서버 안의 독재에도, 혁명에도, 반란에도 아무런 영향을 주지 못한다. 그들은 그럴 능력도, 의지도 없다. 그것은 유저의 몫이다. 아무것도 해줄 수 없다는 점에서 신은 진정 공평하다.

황제가 모든 병력을 동원해서 오랜 성을 탈환할 계획이라는 소문이 바츠 공화국 내에 파다하게 퍼졌다. 오랜 성은 바츠 동맹군이 시저 황제와의 전쟁에서 얻어 낸 최대의 전과였다. 그것은 황제의 자존심을 언제나 괴롭혔다. 황제가 모든 병력을 오랜 성으로 동원 중이라는 첩보가 바츠 동맹군의 총군주들에게 전해졌다. 바츠 동맹군의 총군주들은 이 위기를 역으로 이용하여 오랜 성을 사수할 것처럼 위장하고 황제의 보루인 아덴 성을 칠 계획을 은밀히 세웠다.

바츠 동맹군은 주도면밀하게 모든 병력을 아덴 성 주변으로 집결시켰다. 언제나 아덴 성 주변을 정탐하던 황제의 사냥개 부대가 자취를 감췄다. 이어 황제의 최정예 부대가 오랜 성 앞에 모습을 드러냈다는 소식이 도착했다. 바츠 동맹군은 쾌재를 불렀다. 버프의 도움을 받는 황제의 군대라 할지라도 아덴 성까지 오는 데는 30분, 리니지의 시간으로 만 하루가 걸린다. 그 사이 아덴 성을 함락시킬 수 있을 것이다.

밤이 되자 그들은 아덴 성으로 진군했다. 아덴 성 주변의 숲이 바츠 동맹군으로 하얗게 뒤덮였다. 동맹군의 모든 전사들이 바람처럼 달렸다. 그러나 그들은 그동안 자신들이 착취당한 아덴의 양을 과소평가하고 있었다. 황제는 아덴 성 주변에 불기둥을 둘러 두고 망루와 성벽에는 궁수 부대를 배치해 두었다.

'뫼비우스의 띠' 혈맹은 아덴 성 왼쪽 성문을 공격하라는 임무를 부여받았다. 그러나 불기둥을 뚫고 성문까지 접근하는 데는 너무나 많은 게이지를 소모해야 했다.

ㅡ손오공, 흩어지지 말고 한꺼번에 공격해야 돼! 그래야 불길이 약해진다.

ㅡ알았어, 형!

ㅡ인형사는?

ㅡ저기 있어요!

엄지가 불을 피해 허공으로 날아오르며 소리쳤다. 인형사는 저만치 떨어진 나무 위에 자리 잡고 성벽 위의 궁수에게 화살을 쏘아 대고 있었다.

ㅡ인형사, 거기서 내려와, 위험해!

쿠사나기가 인형사를 노리는 궁수를 확인하고는 소리쳤다. 화살이 인형사를 향해 날아왔다.

ㅡ마리, 안 돼!!

쿠사나기는 인형사가 있는 나무 위를 향해 날아올랐다. 그 순간, 방패 하나가 나타나 인형사의 몸을 가렸다. 피멍이었다.

ㅡ왔구나. 혁명에는 관심이 없다더니.

쿠사나기가 피멍에게 말했다.

ㅡ눈알에는 관심이 좀 있지.

피멍은 희생자들의 눈알을 주렁주렁 모아 허리에 두르고 있었다.

— 잘돼 가는 것 같지 않은데?

피멍이 아직 성문을 뚫지 못하고 있는 바츠 동맹군을 보며 물었다.

— 성으로 들어가는 건 둘째로 치고 진지부터 짜야 되는데 지휘체계가 통일되지 않아서 이러지도 저러지도 못하고 있는 거야.

— 진지조차 없으면 전사자들은 어디서 부활하는 거지?

— 마을에 가서 부활해야지. 오는 데 시간이 걸릴 거야.

— 내복단이 아니라 알몸단으로 싸우겠구나.

그때, 하늘을 울리는 굉음이 들렸다. 누군가 고함쳤다.

— 디케이 연합군이다!

— 말도 안 돼. 이렇게 빨리?!

— 동쪽에 화살 부대다. 동쪽을 막아라!

누군가 소리 질렀다. 동쪽 언덕에서 화살이 쏟아졌다. 이어 반대쪽 언덕에서도 화살이 쏟아졌다. 황제의 부대는 학익진(鶴翼陣) 대형으로 바츠 동맹군을 에워쌌다. 그들은 속은 것이었다. 이어 동맹군 사이로 황제의 최정예 부대인 글래디에이터 파티(특공대)가 나타났다. 그들은 오랜 성 앞에서 모습을 보임으로써 바츠 동맹군을 안심시킨 후 아덴 성까지 텔레포트로 순식간에 이동해 왔다. 그들 아홉 명의 전사들은 가공할 아이템과 전투 기술로 중무장하고 있었다. 글래디에이터 파티를 이끄는 최고의 용사 아킬레우스가 서버 역사상 최고 레벨을 달성했다는 소문은 이미 오래전부터 사람들의 간담을 서늘하게 만들었다. 그들은 바츠 동맹군 최전선에 모습을 드러내자마자 엄청난 버프로 바츠 동맹군 세 개의 파티를 도륙해 버렸다. 그들이 내는 웅장한 효과음에 귀가 멀 지경이었다. 여기저기서 처참한 비명 소리가 들렸다. 글래디에이터 파티가 한 번 칼을 휘두를 때마다 수십 개의 목이 허공을 향해 날아갔다. 순식간에 들판은 동맹군의 시체로 가득했다. 사방에서 화살이 날아들었다. 힐을 전달하기도 전에 바츠 동맹군들은 죽어 갔다. 이어 디케이 연합군의 군사들이 속속 모습을 드러냈다. 하늘에서는 불덩이가 우박처럼 쏟아져 내렸다. 바츠 동맹군은 성 안에 들어가 보지도 못한 채 디케이 연합군들에 의해 포위되었다. 쿠사나기에게 전언이 날아왔다.

— 형, 뭔데?

— 바츠 동맹군은 일단 성을 버려두고 외곽으로 빠진다.

— 그럼 빨리 빠져나가요.

엄지가 말했다. 바퀴와 똘아이는 다른 병사들과 아직도 불기둥과 싸우고 있었다.

쿠사나기는 잠시 망설였다.

— 형, 왜 그래?

손오공이 재촉했다. 쿠사나기가 결심한 듯 입을 열었다.

— 다른 동맹군들이 외곽으로 빠지면 디케이 연합군들이 그들을 쫓을 거야. 그때 공성골렘(성문을 부수기 위한 공성 무기)을 이용해 우리는 성으로 들어간다.

— 오빠, 미쳤어? 그럼 우리가 저 많은 연합군의 표적이 될 거야.

엄지가 소리쳤다.

— 지금 전력으로는 성 안으로 들어간다 해도 이기지도 못해!

냉정한 피멍이 말했다. 맞는 말이었다. 쿠사나기가 입을 열었다.

— 우리는 미끼야. 만약을 대비해서 이런 사태가 일어나면 그렇게 하기로 약속했어. 안 될 가능성이 높지만 연합군이 후퇴하는 동맹군을 추

격하는 동안 우리는 성 안으로 들어간다.

— 그 다음은?

— 운이 좋아 성 안에서 버티면 지원군이 올 거야.

— 운이 나쁘면?

쿠사나기는 아무 말도 하지 않았다. 인형사가 조용히 다가와 쿠사나기의 등 뒤에 섰다.

— 에이 씨발, 죽으려고 이 고생이냐? 남조선이 우리한테 해준 게 뭐가 있다고 우리더러 죽으래?

누군가 소리쳤다.

— 여기는 남조선이 아니라 바츠거든!

손오공이 맞받아쳤다. 그러자 모두들 아무 말도 하지 않았다. 바츠 동맹군의 병사들이 외곽으로 하얗게 빠져나가는 모습이 보였다. 연합군이 그들을 뒤쫓아 맹렬하게 달려갔다.

— 좋아, 같이 들어가자.

피멍이 말했다.

쿠사나기는 성문을 뚫기 위해 주변에 모여 있던 모든 혈원과 내복단들을 집결시켰다. 공격은 단 한 번이었다. 모든 게이지를 모아 성문을 뚫고 들어가야 했다.

— 자, 공격!

쿠사나기가 칼을 든 팔을 높이 치켜들었다. 그 신호에 모든 혈원들과 주변의 내복단이 동시에 성문을 향해 달려갔다. 공성골렘이 성문을 두드렸다. 게이지가 다한 내복단들이 아무런 공격도 받지 않았는데 쓰러져 갔다. 내버려두면 죽을 목숨들이었지만 구해 줄 수도 없었다. 성문이 열린 것이다.

— 문이 열렸다!

— 안으로, 안으로!!

그들을 기다리고 있는 것은 석궁 공격이었다. 석궁의 화살은 동맹군의 배를 관통해 벽에 처박히게 했다. 이미 벽에는 동맹군의 시체들이 석궁에 박혀 줄줄이 걸려 있었다.

— 방패! 일단 방패로 막고, 손오공과 똘아이는 위로 올라가!

쿠사나기가 소리쳤다. 인형사와 엄지가 불화살을 쏘며 엄호했다. 열린 문으로 내복단들이 들어왔다. 쿠사나기는 엄지에게 방패를 맡기고 손오공을 쫓아 위로 올라갔다. 피멍도 쿠사나기의 뒤를 따랐다. 인형사와 엄지는 방패 뒤에 숨어 위로 올라갔다. 앞서 올라간 이들이 석궁을 든 마법사들과 싸우고 있었다. 피멍이 그들을 향해 날아올랐다. 석궁을 든 마법사의 팔이 허공을 향해 날아올랐다.

— 나이스 샷!

엄지가 외쳤다. 성문을 통해 다른 동맹군들이 들어오는 것이 보였다.

— 지원군이다. 살았다!

누군가 외쳤다. 그때 성 안쪽에서 한 무리의 전사들이 나타났다. 검은 갑옷의 유에프오 전사들이었다.

— 동맹군이다!

손오공과 엄지가 좋아서 팔짝팔짝 뛰었다. 인형사도 좋아서 같이 뛰었다. 그 순간 화살 하나가 날아와 창을 들고 환영의 소리를 질러 대던 혈원의 가슴에 박혔다.

— 아니, 저 새끼가 미쳤나? 누구한테 화살을 쏘는 거야! 야, 바츠 동

맹군이야!

다시 화살이 날아왔다.

— 방패, 방패!

쿠사나기가 소리쳤다. 다시 방패로 에워싸고 그 뒤에 웅크렸다.

— 그만.

화살 공격을 멈추게 하고 대물소심이 그들에게 다가왔다. 쿠사나기가 앞으로 나섰다.

— 이게 무슨 짓이야? 왜 우리를 공격하지?

— 우리 유에프오 혈맹은 이제 황제의 동맹군이다.

— 그게 투항이지 동맹이냐, 이 더러운 배신자야!

손오공이 방패 뒤에서 외쳤다.

— 이래서 니들 북조선 애들은 안 돼. 내 이익을 위해 선택하는 게 왜 배신이냐? 니들은 정말 혁명을 한다고 믿는 거야? 제발 착각 좀 하지 마라.

— 그럼 너는 정말로 황제의 동맹군이라고 믿는 거냐? 그건 착각이 아니고?

쿠사나기가 말했다. 대물소심은 싱긋이 웃었다.

— 쿠사나기, 난 너한테 분명히 기회를 줬다. 혈원들을 살리라고. 하지만 넌 군주의 폼을 잡고 싶어 거부했으니 니 혈원들이 죽는 것은 다 니 책임이야.

손오공과 엄지가 발끈하며 대물소심에게 달려들었다. 그러나 황제가 하사한 아이템으로 중무장한 대물소심은 어제의 그가 아니었다. 엄지가 한쪽 팔에 칼을 맞고 튕겨져 나왔다. 쿠사나기가 달려들었다. 가까스로 화살을 피해 위로 올라온 내복단 몇 명도 달려왔다. 삽시간에 전투가 일어났다. 꾸역꾸역 내복단들이 다가왔다. 쿠사나기가 대물소심에게 칼을 겨눌 때 뒤에서 다가온 피멍이 그의 등을 찔렀다. 뒤를 당한 대물소심은 피멍에게 침을 뱉으며 쓰러졌다.

― 비겁한 새끼.

― 뭘 이 정도를 가지고.

피멍은 눈도 깜짝하지 않고 얼굴에서 침을 닦더니 그의 눈알을 파내 버렸다. 얼음궁전이 비명을 지르며 달려왔다. 피멍은 그녀를 향해 칼을 겨누며 날아올랐다. 쿠사나기가 소리쳤다.

― 피멍, 안 돼!

피멍이 멈칫하며 쿠사나기를 보았다. 얼음궁전은 죽어 있는 대물소심의 옆에 무릎을 꿇고 망연자실해 있었다.

― 내버려둬. 얼음궁전은 그동안 우리에게 너무 잘해 줬어. 우리의 동맹이었고.

― 쿠사나기, 그게 무슨 소리야? 대물소심도 우리의 혈원이었어. 그러나 오늘은 황제의 군대야.

피멍은 말을 하고 다시 칼을 치켜들었다.

― 피멍, 안 돼!

― 쿠사나기!

피멍은 신경질적으로 목소리를 높였다.

― 이 여자의 화살에 얼마나 많은 내복단들이 죽어 갔고, 앞으로도 죽어 갈지 생각해 봐. 너는 싫다는 나를 이 전쟁에 동참하라고 부추겼어. 혁명에 참여하라고! 그래서 나는 그동안 내가 쌓아 온 레벨과 아이템을

걸고 싸우러 왔어.

— 이렇게까지 하지 않아도…….

— 듣기 싫어! 쿠사나기, 내 손을 봐.

쿠사나기는 피멍의 손을 보았다. 손가락 두 개가 없었다.

— 내가 직접 잘랐어. 하나는 시저의 제단에 바치는 것이고, 하나는 나의 제단에 바치는 거야. 나는 내 몫의 싸움을 할 테니, 너는 네 몫의 싸움을 해.

말을 마치자 피멍은 가차 없이 얼음궁전의 목을 베어 버렸다. 쿠사나기는 피멍의 잘린 손가락을 보고 잠시 멍해졌다.

— 피멍, 최고야!

손오공은 소리를 지르더니 망루로 달려갔다. 들판을 쳐다본 손오공이 멈칫했다.

— 무슨 일이야, 오빠?

엄지가 소리쳤다. 손오공이 하얗게 질린 얼굴로 말했다.

— 연합군 군대야.

쿠사나기는 들판을 내려다보았다. 모든 들판이 연합군으로 뒤덮여 있었다. 연합군이 회군한 것이다. 일부는 후퇴하는 바츠 동맹군을 쫓겠지만 그들의 최대 관심은 아덴 성으로 들어가는 동맹군이었다. 하늘 저편에 익룡이 나타났다. 그들은 성으로 곧장 날아오고 있었다. 이제 그들이 내뿜는 불덩이가 동맹군의 살을 태울 것이다. 이어 연합군의 전사들이 텔레포트로 성 안에 나타났다. 후퇴하던 동맹군을 쫓아가던 글래디에이터 파티였다. 인형사가 다가왔다. 쿠사나기는 등 뒤로 그녀를 숨겼다. 쿠사나기는 두려웠다. 그는 성 안에 고립되는 것이 두려웠고, 적이 두려웠고, 죽는 것이 두려웠다. 부활한다 해도 그는 쿠사나기가 될 수 없다. 다시 쿠사나기가 되려면 리니지 시간으로 백 년 이상이 걸릴지도 모른다. 그것은 너무나 긴 시간이다.

그때 들판을 가득 메우는 함성 소리가 들렸다. 내복단이었다. 나무 아래, 바위 아래 숨죽이며 숨어 있던 내복단들이 나타났다. 들판이 순식간에 하얗게 변했다. 그들은 성 앞을 겹겹이 에워쌌다. 그것은 자기 생명을 담보로 한 인해전술이었다. 연합군의 칼날 아래 수천, 수만의 내복단이 죽어 갔다. 그들은 바츠 공화국의 혁명에 동참해 달라는 격문을 보고 다른 서버에서 자신의 캐릭터와 아이템을 내던지고 온 이들, 단지 혁명에 참여하기 위해 리니지에 처음 접속해 단 하루 경험치를 쌓고 전투에 참가한 이들, 그리고 황제의 군대에 의해 수없이 죽어 가면서도 다시 싸우기 위해 부활한 전날의 내복단들이었다. 그들은 오늘 다시 죽었다. 내복단의 시체가 너무 많아 연합군의 전사들은 말을 몰 수가 없었다. 말에서 내리면 개미 떼처럼 내복단들이 덤벼들었다. 내복단은 성 안으로 홍수처럼 몰려 들어왔다. 성 안의 연합군들이 당황했다.

— 모두 아래로! 아래로 내려가!

쿠사나기가 소리쳤다. 모두들 쿠사나기의 지시에 따라 아래층을 향해 뛰었다. 쿠사나기는 칼을 휘두르며 혈원들이 대피하기를 기다렸다. 아킬레우스가 다가왔다. 그의 칼은 어둠 속에서도 푸른빛이 난다고 했다. 실제로 보니 그것은 거짓이었다. 그의 칼은 너무 빨라 눈에 보이지도 않았다. 아킬레우스의 칼이 쿠사나기의 오른팔을 잘랐다. 쿠사나기의 칼이 바닥에 떨어졌다.

— 힐러(healer)를 데리고 올 때까지만 버텨!

손오공이 소리쳤다. 아킬레우스는 이번에는 목을 노리며 다가왔다. 그때 화살이 날아와 아킬레우스의 가슴에 꽂혔다. 인형사였다. 아킬레우스는 손으로 그 화살을 뽑았다. 최고의 레벨 전사답게 그 정도로는 끄떡도 없다.

— 어서 내려가!

쿠사나기가 인형사에게 소리쳤다. 그때 다른 글래디에이터 전사가 인형사를 향해 단검을 날렸다. 단검은 정확하게 인형사의 배에 꽂혔다. 인형사의 허리가 풀썩 꺾이면서 성벽 너머로 떨어졌다.

— 마리!!

쿠사나기가 소리쳤다. 성벽 아래에는 연합군의 병사들과 내복단들이 새까맣게 얽혀 있었다. 한순간도 되지 않아 마리의 모습은 사라졌다. 내복단들이 쿠사나기를 밀치고 올라왔다. 그들은 아킬레우스를 향해 달려들었다. 아킬레우스는 칼을 휘둘렀지만 끝없이 끝없이 밀려오는 내복단을 당해 낼 수는 없었다. 결사적으로 버티던 아킬레우스도 결국은 무릎을 꿇었다. 그의 모습은 내복단의 시체에 가려 보이지 않게 되었다.

— 성이 함락되었다!!

아래에서 누군가 소리쳤다. 들판과 성 안은 내복단의 시체로 가득했다.

— 바츠 동맹군 만세!!

— 바츠 공화국 만세!!

성 안에 함성이 가득했다. 쿠사나기는 계속 피를 흘리고 있는 자신의 팔을 보았다. 어디선가 〈적기가〉가 들렸다. 환청인지 실제인지 알 수 없는 노랫소리였다. 의식이 점점 희미해져 갔다. 마리를 찾아야 한다. 어서 힘을 받고 마리를 찾으러 가야 한다. 가물거리는 그의 눈에, 새끼손가락과 무명지가 잘려 나간 오른손이 보였다. 쿠사나기는 고개를 들었다. 피멍이었다. 그는 양손을 아래로 떨어뜨리고 들판을 가득 메운 내복단의 시체를 보며 눈물 흘리고 있었다.

10

반찬통 속의 간

"일어나, 쿠사나기……."

나는 귀찮았다. 귀를 후빈다. 하림의 목소리다. 피곤해 눈을 뜰 수가 없었다. 이른 새벽에 방으로 들어와 바깥이 환해질 때까지 컴퓨터 앞에 앉아 있었다. 괜찮은 노트북을 갖고 있을 때 일이었다. 처음에는 고향의 집을 한 번 보고 싶어 탈북자 사이트에 들어갔다. 그곳에 가면 어떻게 찍었는지 여러 장의 마을 사진을 올려놓았다. 북한은 자신들이 홍보용으로 보내는 것 말고는 사진 촬영도 허용하지 않는 나라다. 아마 누가 중국 쪽에서 찍은 사진일 것이다.

가끔 이 사이트에 들르는 나는, 우리 마을 모습이 올라온 것을 보고 기절할 뻔했다. 굴뚝이 총총히 박혀 있는 집들을 근접 촬영한 한 장의 사진 속에 우리 집이 선명하게 보였다. 얼마나 반갑고 놀랐던지 정신이 아찔했다. 창밖이 환하게 밝아 올 때까지 사진 속의 고향집을 보고 한동안 울었다. 그것은 사진 밑에 박힌 촬영 날짜 때문이었다. 카메라 앵

글이 마을을 잡았을 때는 아버지가 이승을 떠나기 하루 전이었다. 동생 혼자서 그의 마지막 길을 지켰을 것이다. 그런 생각을 하다가 수첩에서 가족사진을 꺼냈다. 그것을 보는 순간 몸이 가늘게 떨리더니 나도 모르게 자꾸 눈물이 흘러내렸다. 뭘 해야 할지 몰라 망설이다가 리니지에 접속했다. 닥치는 대로 끝도 없이 몬스터를, 캐릭터를 죽이고 또 죽여, 그야말로 마을을 피바다로 만들어 버렸다. 그러고는 피로가 몰려와 키보드 위에 엎드렸다.

"쿠사나기 동무, 수령님의 명령이오. 빨리!"

나는 놀라 눈을 떴다. 낯익은 목소리다. 영화 〈매트릭스〉의 모피어스 복장의 남자다. 그는 아버지다. 그가 뱉은 말이다. 아버지와 모피어스, 어울리지 않는다. 아니다. 당신이 조금만 일찍 세상에 태어나 할머니 등에 업혀, 피난길에 죽지 않고 남으로 왔다면, 그는 대스타가 되었을 것이다. 아버지는 감정 표현이 완벽한 배우였다. 그 대사가 다시 컴퓨터에서 흘러나온다. 그런데 아버지가 아니라 하림의 음성 같기도 하다. 헷갈린다.

똑똑. 문 두드리는 소리다. 뽕을 한 똘아이인가? 놈은 뽕에 취하면 종종 남의 방문을 불쑥 열고 히죽거린다. 다시 문 두드리는 소리. 나는 짜증스러워하며 일어났다. 손오공이다. 내가 문을 잠근 모양이다. 나는 손오공을 닮아 가고 있다. 놈은 문을 잠그지 않으면 불안해한다. 뭐가 그리 겁이 나는지 잘 때도 모로 누워 웅크린다. 긴장하고 살아야 할 사람은 그가 아니라 나다. 나는 깡패들에게도 쫓기는 신세다.

"열쇠로 열고 들어오면 되잖아!"

나는 문을 열었다. 검은 안경을 쓴 사내가 서 있다. 누군가? 영화 〈매트릭스)의 기계 인간 스미스 같다. 놈이 안경을 벗는다. 나는 화들짝 놀라 뒤로 물러난다. 모피어스도, 스미스도, 아버지도 아니다. 달수다. 한동안 모습이 보이지 않던 사채업자가 나타났다. 그 때문에 컴퓨터가 일어나 도망가라고 경고 메시지를 보낸 것이다. 나는 뒤돌아 모니터를 쳐다보았다. 조금 전에 들은 음성이 글자로 박혀 있다.

"우린 자네가 죽은 줄 알았어!"

달수가 문을 잡고 말했다. 내가 휘갈겨 쓴 신체 포기 각서를 들이밀고 콩팥을 내놓으라고 닦달한 놈이다. 돈이 급해 인터넷에 장기를 팔겠다는 글과 함께 건장 진단서를 올렸더니, 이런저런 악플들이 똥파리처럼 엉겨 붙었다. 그러던 어느 날 누가 문서를 지워 버렸다. 미친놈들. 북쪽에 돈을 보내야 했고, 마리도 돈을 좀 해달라고 했다. 그런데 얼마 후 나에게 돈을 해줄 수 있다는 연락이 왔다. 나는 그들이 누구인지 묻지도 않고 서류에 사인을 하고 돈을 받았다. 다른 놈은 수돗가에서 물을 마신다. 한 번 본 적이 있는 얼굴이다. 어깨에 문신이 보인다.

"콩팥 하나 달랑 던져 주면 끝날 줄 알았어?"

문신이 중얼거렸다.

"그것만으로는 어림도 없어! 우리가 받은 돈은 얼마 되지도 않아!"

달수가 발을 마루에 올려놓았다.

"탈북자라고 했지? 넌 아직 남한 사정을 잘 모르는 것 같은데, 그 돈으로는 이자도 안 돼!"

수돗가에서 물을 마시던 문신이 말을 하면서 다가왔다.

"너 일자리를 다른 곳으로 옮겼지?"

"자리를 옮겼으면 우리한테 연락을 해야지, 인마!"

"이 자식 도망가려고 작정을 했구나."

둘은 번갈아 말을 하며 당장이라도 주먹으로 칠 폼이다.

"숨는다고 못 찾을 줄 알았어!"

"이 새끼야! 돈 빨리 해결해!"

"돈 없으면 장기라도 떼어 주든지!"

달수가 마당을 둘러보더니 은근히 목소리를 깔았다.

"니 간이 필요한 사람이 있어. 이번엔 좀 비싸게 쳐줄게!"

"니 간이면 거부반응이 없을 거래. 지난번 장기이식 때 기록으로 확인해 봤어. 니 콩팥 가져 간 사람도 잘 살고 있대. 니 장기가 좋은가 봐!"

문신이 웃으면서 말했다.

"이번 일만 끝나면 빚은 완전히 탕감해 주지!"

"형님들이 특별히 생각해 준 거다."

문신이 웃었다. 지난번 콩팥 이식 수술을 할 때도 한 말이다. 콩팥 하나만 꺼내 주면 빚은 말할 것도 없고, 수고비도 두둑이 준다고 했다.

"지난번에도 그랬잖아요!"

내가 말했다.

"이번엔 진짜야! 원하면 각서라도 써줄게!"

달수가 뒤를 돌아보았다. 문신이 입가에 미소를 띤다. 내가 강하게 거부 의사를 보이지 않아 다행이라는 표정이다. 나는 옷을 입고 마당으로 나갔다. 달수가 안경을 쓴다. 이번에 간을 내주면 또 다른 장기를 가지러 올 것이다. 나중엔 안구를 달라고 할지 모른다. 그런 말도 서슴지 않을 놈들이다. 그들은 전부를 원한다.

"잠깐만 기다려요."

나는 말을 하고 부엌으로 들어갔다. 그런 날이 오기 전에 끝내야 한다. 도망 다니면서 살기도 지겹다. 이런 삶을 찾아 북한에서 중국으로, 중국에서 남쪽으로 온 것이 아니다. 마당 구석에 놓인 아령으로는 안 될 것 같다. 뭔가 확실하게 보여 주어야 한다. 놈들은 내가 바츠 해방전쟁에 참여해 피 흘린 전사 쿠사나기란 사실을 까맣게 모르고 있었다. 그것을 알았다면 이따위 협박은 하지 않을 것이다. 암, 감히 혁명 전사에게……. 가소로운 일이다. 처음엔 뭘 몰라 당했으나 더 이상은 곤란하다. 콩팥은 어리바리한 상태에서 내주고 말았다. 무엇보다도 그때는 혁명전쟁을 경험하지 못했다. 목숨을 걸고 시저의 친위대와 싸워 봤다면, 그런 경험이 내 몸 속에 녹아 있었다면, 어림도 없는 일이었을 것이다. 나는 부엌에 들어가 물을 마시고 밖으로 나왔다.

갑자기 북한에 있는 동생이 보고 싶었다. 그가 한국에 와서 나처럼 살지 않았으면 좋겠다. 동생을 위해서라도 여기서 끝내야 한다. 전사 쿠사나기의 힘을 보여 주어야 한다. 그런데 동생의 얼굴이 떠오르지 않는다. 동생을 본 지가 정말 오래되었다. 그가 한국에 오면 알아볼 수 있을지 의문이다. 내 기억은 기름이 떨어져 희미해져 가는 등불이다. 가족사진 속의 동생은 강보에서 막 기어 나온 젖먹이다. 그가 나를 형이라고 여길지 의문이다. 첫 통화에서 내 목소리도 알아듣지 못했다. 동생의 얼굴은 많이 변했을 것이다. 마리의 얼굴도 어른거린다. 그녀가 보고 싶다. 눈물이 나올 것 같다.

"필요한 게 간이라고 했죠?"

"조금만 떼어 내면 된다고 했어. 병원으로 가자!"

"아니요, 전부 다 떼어 드릴게요."

"야, 우리가 그런 간 큰 짓은 못 하지. 우리도 양심이 있는데……. 조금만 떼어 가자. 응?"

그가 웃는다. 나는 달수에게로 다가섰다. 부엌에서 소매에 감추고 나온 칼을 꺼냈다. 리니지 속에서 쿠사나기가 차고 다닌 장검이 제격인데, 그것이 없으니 아쉬운 대로 부엌칼이라도 들었다. 내복단들은 뼈단검이나 손도끼 달랑 하나로 시저의 친위대랑 싸워 결국 전쟁을 승리로 이끌었다. 중요한 것은 손에 쥔 무기가 아니라 마음속에 품은 뜻이다. 칼을 본 달수 놈이 주춤한다. 나는 칼을 움켜쥐고 내 배를 찔렀다. 간이 있을 만한 자리다. 놈은 놀라 뒤로 물러선다. 하림의 비명 소리가 귀청을 때린다. 미친 놈, 콩팥을 찌른 것도 아닌데, 호들갑은. 옷이 금방 피로 젖었다. 나는 어금니를 깨물고 칼을 뱃속으로 밀어 넣으려고 손에 힘을 주었다. 하림이 숨을 몰아쉰다. 숨이 넘어갈 것 같다. 문신은 눈을 동그랗게 떴다.

"여기서 바로 간을 빼내 줄게요. 반찬통에 담아 가요. 좋죠?"

두 놈은 입만 벌리고 비명도 지르지 못한다. 둘은 뒷걸음질 치더니 줄행랑을 놓았다. 몬스터보다 못한 인간들이다. 복부에 꽂힌 칼을 어떻게 해야 하나. 빨리 정주 아줌마가 왔으면 좋겠다. 그녀라면 무슨 방법을 알고 있을 것이다. 하림의 숨소리가 희미해진다. 죽었나? 놈은 원래 약골이었다. 다른 사람은 잘 자고 일어나는 다리 밑에서 그는 얼어 죽었다. 나는 침을 삼키고 태양을 올려다보았다. 장렬하다. 간이 요란하게 꿈틀거린다. 햇볕이 뜨겁다.

11

살인자와 함께 TV를 보다

"지난 ○일 ○시경 강남의 한 공원에서 백석공원의 사체 훼손 사건 용의자 모습이 폐쇄회로 카메라에 잡혔습니다. 사체를 버린 범인은 카메라를 향해 손가락을 들어 브이 자를 만들어 보이는 대담함을 보였습니다."

모자를 깊이 눌러쓴 작은 사람 하나가 카메라 앞으로 걸어가다가 고개를 돌리며 손가락을 들어 브이 자를 만들었다. 어둠 속에서도 브이 자는 선명하게 나타났다. 하지만 얼굴은 제대로 잡히지 않았다. 밤이라 남자인지 여자인지도 모르겠다. 키 또한 폐쇄회로 카메라 화면 때문에 작아 보이는 것인지, 실제로 작은 것인지 알 수 없다. 이어 사체의 일부가 들어 있는 백화점 가방을 발견했다는 동네 주민의 인터뷰가 나왔다. 수돗가 근처에 둘러앉은 사람들이 티브이를 보고 있었다. 한쪽 구석에 제법 크고 근사한 티브이 한 대가 놓여 있다. 무산 아저씨가 트럭으로 과일 행상을 나갔다가 길거리에 버려진 것을 주워 왔다고 했다. 자기 방에 있는 티브이를 치우고 이놈을 그 자리에 갖다 놓을 거라며 화면이 잘 나오는지를 확인하는 것이었다. 화면을 뚫어지게 쳐다보았으나 어둠 속에 모습을 드러낸 사람이 누군지 알 수 없었다.

손오공은 입까지 벌리고 티브이를 응시했다. 그는 식당 음식이 지겹다고 라면을 끓여 먹자며 냄비를 씻다가 무산 아저씨가 갖다 둔 사과를 집어 들었다. 손오공은 할아버지와 둘이 살면서 어린 시절 밥보다 라면을 더 많이 먹었다고 했다. 그래서인지 그가 파를 넣고 끓인 라면만큼은 혀를 내두를 정도로 맛이 있어 주위 사람들로부터 라면 전문점을 내란 소리를 종종 들었다. 일찍 고아가 된 그는 라면도 없는 북한보다는 조금 낫긴 해도 남한 사람들의 평균적인 삶에도 한참 미치지 못하는 삶을 살았다. 그래서 가끔 자신도 탈북자라면 좋겠다는 황당한 소리를 한다. 정착금에, 집에, 대학 특례 입학에, 등록금도 정부에서 내준다는 사실이 부러운 모양이었다.

나는 물 소리 때문에 고개를 뒤로 돌렸다. 정주 아줌마도 걸레를 빨다가 멍한 표정으로 티브이에 정신을 잃었다. 물이 가득 담긴 고무통 속에는 사과들이 둥둥 떠다닌다. 무산 아저씨가 사람들 먹으라고 놓아 둔 것이었다. 마당 가운데는 제법 많은 양의 사과가 놓여 있고, 무산 아저씨는 그것들 속에서 굵은 알을 골라 옆에 놓인 광주리에 담는다. 그것들은 따로 팔려는 것이다. 그도 사과를 정리하는 일보다 뉴스에 정신이 팔린 표정이었다.

"사람들의 관심이 저쪽으로 옮겨 가려나?"

"그랬으면 좋으련만, 당최 동네가 시끄러워서."

무산 아저씨의 중얼거림에 정주 아줌마가 장단을 맞추었다.

"백석공원 주변에 사람들이 없으니 장사가 안 돼요."

무산 아저씨가 다시 사과를 고르면서 말했다. 무진이는 어디로 갔는지 보이지 않았다. 무산 아저씨는 엊저녁에 동생의 탈북 계획이 거의 성사 단계에 이르렀다고 말해 주었다. 연변 아주마이에게서 연락이 온 것이다. 국경 경비대를 단단히 매수한 모양이었다. 티브이에서 탈북자 뉴스가 나오고 있었다. 북한 이주민 얘기는 남한방송에서 잊을 만하면 한 번씩 튀어나오는 일종의 별미다. 남한에 와서 살기 힘들어 노래방 도우미를 하다가 아버지가 누군지도 모르는 애를 뱄다는 내용이었다. 모자를 눌러쓴 여자가 고개를 숙이고 기자의 질문에 답하고 있었다.

"어째, 사는 게 다들 저 모양인지……."

정주 아줌마가 걸레를 빨다 말고 혀를 찼다. 무산 아저씨도 그 탈북자 얘기가 싫은지 사과를 고르다가 일어나 티브이를 끄고 놈을 들어 방에다 갖다 놓았다. 뉴스는 전혀 새로운 내용이 아니다. 세상에서 가장 편한 동네, 노동 강도가 제로에 가까운 나라에서 살다가 세상에서 최고로 살기 힘든 동네, 유엔에서 노동 강도가 최고라고 꼽은 나라로 이사를 왔으니 더 말할 것도 없다.

실제로 탈북자들의 한국 정착을 담당하는 하나원에서는 탈북자들에게 직업 교육을 시키지만 그들은 하나같이 기술을 제대로 익히지 않는다고 한다. 북한의 생활 습관 때문에 뭐든지 적당히 넘어가려 드는 것이다. 그러니까 탈북자들은 한국 사회에 제대로 적응하지 못한다. 이북에서처럼 대충 대충 하는 식으로는 경쟁이 치열한 여기서 밥 먹고 살기도 힘들다. 남한은 탈북자들이 살기 좋은 나라가 아니다. 그나마 정착금에 임대 주택까지 주기 때문에 근근이 버티는 것이다.

　허나 대부분의 탈북자들은 정착금을 흥청망청 날려 버리고 만다. 눈에 뵈는 게 죄다 먹을 것 입을 것 천지인 나라인데 설마 자신들을 굶어 죽이기야 하겠냐는 심정으로 말이다. 탈북자의 상당수가 이북의 변방 출신이라 남한에서 쓴맛을 보기 전까지 여기가 자신들이 살았던 인정 넘치는 촌동네로 착각하고 살아간다. 그러다가 나중에 노숙자가 되고, 일하지 않으면 끼니조차 제대로 먹을 수 없다는 사실을 알고 나서야 비로소 정신을 차린다. 자본주의가 어떤 체제인지 온몸으로 느끼는 것이다. 좋은 집에, 좋은 직장을 줄 거라고 믿고 한국으로 들어왔다가 감쪽같이 사라지는 데는 이유가 있다. 한국에 들어설 때 품은 희망이 헛된 망상이었다는 것을 아는 데는 그렇게 많은 시간이 필요하지 않다. 요즘은 탈북자에게 주는 정착금이 얼마 되지 않아 환상은 더 빨리 깨진다. 탈북자들이 컴퓨터 게임 속으로 빠져들어 가는 것은 그 때문일 것이다. 내가 게임방에서 죽 때리는 이유도 잃고 싶지 않은 환상 때문인지 모른다.

　"남한으로 오면 뭐 해? 더 지독한 게 기다리고 있는데."

　정주 아줌마는 인상을 찡그리고 걸레를 비틀면서 중얼거렸다. 그것을 옆에 놓인 걸레통에 담았다. 한 통 가득 걸레가 담겨 있었다. 그것을 들고 인희와 엄지가 함께 쓰는 방 앞으로 가서 열쇠를 땄다. 여자 둘이 쓰는 방은 그녀가 아니라면 쓰레기장이 됐을 것이다. 인희는 북한 티를 다 지운 척하지만 그래도 북쪽 출신답게 뭐든지 대충 대충이다. 북조선 피를 받은 엄지도 마찬가지다. 정주 아줌마가 방문을 열자 보랏빛 벽지가 보인다. 그곳은 3년 전쯤에 뜯어고친 별채로, 오피스텔 식으로 개조해 월세가 만만치 않은 방이다.

　이 집에 세 들어 사는 사람 전부가 북쪽 출신은 아니다. 안쪽 구석방에 사는 똘아이와 바꿔도 남한 사람이다. 둘은 얼마나 사람들에게 관심이 없는지 자기들과 한 건물에 사는 사람들이 북에서 왔는지 중국에서 왔는지도 모른다. 알려고도 하지 않는다. 오로지 히로뽕 생각뿐이다. 리니지 게임에서 탈북자 혈맹에 참여한 것은 순전히 엄지 때문이었다. 둘은 대딸방 아바타를 찾아갔다가 그녀에게 좀 특별한 서비스를 받기로 하고 '뫼비우스의 띠' 혈원이 된 것이다. 그러니까 그들이 위대한 혁명, 바츠 해방전쟁에 참여한 것은 순전히 우연이었다. 둘이 혁명 정신을 망각하고 마약에 빠져 사는 몬스터, 잡템이 된 것은 당연한 일이다.

"피멍 개인정보 열어 봤어?"

내가 손오공에게 물었다. 비공개로 되어 있는 피멍의 정보가 궁금해 그에게 해킹으로 좀 열어 보라고 했다. 뭔가 이상했다. 회령 아저씨에게서 문자 메시지가 오지 않았다. 왜일까? 지난번 경찰서에서는 곧바로 답장이 왔었다. 그사이 아저씨에게 무슨 일이 생긴 게 아닐까? 이 와중에 난데없이 강남의 한 공원에서 사체의 또 다른 조각이 발견됐다고 한다. 도무지 종잡을 수가 없다.

"엊저녁에 드디어 뚫었어요."

손오공이 대답했다.

"여자지?"

"남자예요."

"똑똑히 확인했냐?"

"네."

"그럼, 아닌가?"

"아니라뇨?"

"아니야, 아무것도. 근데 탈북자는 맞아?"

"그런 것 같아요."

주민등록번호의 뒷자리 중에서 지역을 나타내는 숫자로 탈북자인지 아닌지를 알 수 있다. 하지만 이것은 어디까지나 짐작일 뿐이다. 그 지역 사람 전부가 탈북자는 아니다.

"나이는?"

"쉰넷이던데요. 형, 피명 개인정보는 알아 뭐 하게요?"

"그럴 일이 좀 있어."

"주민번호 적어 둔 거 없어?"

"형, 휴대폰 열어 보세요. 문자로 보냈는데……."

나는 터치폰을 열었다. 주민등록번호 하나가 들어와 있었다. 피명은 인희가 아닌가? 엄지가 그녀의 노트북에 리니지가 깔려 있다고 말했다. 왜 자꾸 피명이 인희라는 생각이 드는 것일까? 주민등록번호는 얼마든지 남의 것을 사용할 수 있다. 그것은 일도 아니다.

"먼지도 보라색이구먼."

인희 방으로 들어간 정주 아줌마가 마당 쪽으로 난 창문을 열고 말했다. 수도를 사이에 두고 나와 마주보고 앉아 냄비를 닦고 있던 손오공이 고개를 뒤로 돌렸다. 그러다 벌떡 일어나 마당을 가로질러 걸어가더니 창문으로 고개를 밀어 넣었다. 놈은 인희가 어떻게 사는지 궁금한 모양이었다.

"형, 진짜로 죄다 보라색이네."

손오공이 말을 하고 뒤를 돌아보았다. 놈은 벌어진 입을 다물 줄 몰랐다. 인희의 방에 들어가 본 적이 없는 모양이었다. 하긴 그의 마음을 알고 있는 인희가 놈을 자기 방으로 끌어들였을 리가 없었다.

유부남과 연애를 죄악시하는 사회. 외국인과 결혼도 불가능한 나라. 인희는 그런 사회에 넌더리가 났다고 했다. 그녀는 다른 탈북자들처럼 아사를 피하려고 두만강을 건넌 것이 아니라 자유를 찾아 남으로 왔다. 그녀가 북한에서 총살당한 여배우 이름인 인희를 룸살롱 닉네임으로 쓰는 것도 그런 이유 때문이다. 육칠십 년대 〈목란꽃〉, 〈한자위단원의 운명〉 등에 출연한 우인희는 자태가 하도 아름다워 멀리서 걸어오는 모습이 한 마리 백조 같았다고 했다. 문제는 그녀의 남자관계였다. 우인희는 결혼을 하고도 숱한 남자들과 자유로이 성관계를 즐겼다고 한다. 북한식으로 보자면 방탕하기 이를 데 없는 요부였다. 결국 그녀는 문란한 남자관계 때문에 딸과 남편이 지켜보는 앞에서 공개 처형되었다.

"이 정도일 줄은 몰랐네. 지난번에 봤을 때는 벽지만 보라색이었는데……."

손오공이 말을 하고 돌아서려다가 방 안으로 다시 고개를 돌렸다.

"형."

그는 목소리를 낮추고, 식지를 세워 주둥이 갖다 대고 손짓을 했다. 내게 조용히 오란 뜻이었다. 나는 수돗가에서 일어나 창문 쪽으로 다가섰다. 정주 아줌마가 청소를 하다 말고, 구석에 쪼그리고 앉아 흐느끼고 있었다. 그녀의 울음소리가 들렸다.

"……."

손오공이 난감한 표정으로 나를 쳐다보았다.

"정주……."

나는 말을 하려다가 입을 다물었다. 방바닥에 다마고치가 떨어졌다.

다마고치가 무슨 변을 당한 모양이었다. 죽었나? 그럴 가능성이 높다. 저 게임기가 유행이었을 때는 정성을 다해 키우던 다마고치가 죽었다고 난리가 나는 경우가 다반사였다. 오죽했으면 손바닥 안에 숨길 수 있는 작은 게임기를 두고 빼앗으려는 학교와 뺏기지 않으려는 학생들 간에 소동이 일어났겠는가? 정주 아줌마는 적적했던 모양이었다. 그렇지 않다면 쉴 새 없이 갖가지 요구를 하는 기계 생물을 키워야 하는 일에 빠져들었을 리가 없다. 교회에, 노숙자에, 남한에 적응하지 못하는 탈북자들까지 돌보느라 정신이 없을 텐데. 용서 타령의 기도가 터져 나올 줄 알았는데, 흐느낌으로 끝날 모양이다.

"우웩."

맨 구석의 방문이 후닥닥 열리고, 웃통을 벗은 똘아이가 머리를 밖으로 내밀고, 토하기 시작한다. 마약을 한 모양이었다. 가끔 있는 일이다. 하지만 입속에서는 아무것도 나오지 않았다. 윗도리를 벗은 바퀴벌레는 룸메이트가 어떻든 상관하지 않고 노트북을 끼고 앉아 게임을 하느라 정신이 없다. 리니지에 접속을 했는지 소리가 요란하다.

"참, 가지가지로 한다."

손오공이 똘아이를 쳐다보고 중얼거린다. 그리고 수돗가에 놓인 냄비와 손질해 둔 파를 들고 부엌으로 걸어간다.

"늦었구나!"

나는 고개를 돌려 대문을 쳐다보면서 말했다. 엄지다. 그녀는 문을 열고 마당으로 들어섰다. 방 앞에서 토하던 똘아이가 엄지를 보고 미소를 짓는다. 이어 손까지 흔들었다. 게임을 하고 있던 바퀴벌레가 똘아이를 끌고 방으로 들어가더니 문을 닫아 버렸다.

"엉니?"

무진이 뒤쫓아 마당으로 들어섰다. 놈은 바깥에서 놀고 있었던 모양이었다. 아이는 자기보다 나이 많은 여자를 누나라 하지 않고 언니라고 불렀다. 그것도 언니가 아닌 엉니다. 엄지는 주머니에서 초콜릿 뭉치를 꺼낸다. 무진이 그것을 낚아채 껍질을 벗긴다. 대딸방에 찾아온 단골손님이 들고 온 선물일 것이다. 그녀는 마당을 가로질러 자기 방으로 들어가려다가 수돗가로 걸어왔다.

"오빠, 왜 저래? 정주 아줌마."

"다마고치가 죽었나 봐."

"응……. 그 게임이 은근히 사람 마음 아프게 하더라고."

그녀가 고개를 돌려 방 쪽을 쳐다보고 말했다.

"너도 해봤어?"

"휴대폰에 깔려 있어서 한번 해봤지. 그놈이 죽고 나서 얼마나 울었는지. 바츠 해방전쟁 때, 시저의 친위대한테 칼을 맞은 거랑은 느낌이 좀 다르더라고. 공들여 기른 품 때문에 그런 것 같기도 하고."

"다마고치랑 바츠 해방전쟁을 어떻게 비교해?"

"오빤 그저 바츠 해방전쟁밖에 몰라요. 봉인돼서 리니지에서 활동도 하지 못하는 주제에."

그녀가 입을 삐쭉거렸다.

이때, 등 뒤의 건물 2층 복도에서 사람들이 계단을 내려온다. 집주인 여자, 아바이 면옥 주인 여자, 정주 아줌마의 남편인 목사, 이렇게 세 사람이다. 집주인은 지팡이를 짚고 힘들게 계단을 밟는다. 정주 아줌마의 말에 의하면 집주인과 아바이 면옥 주인 여자가 죽기 전에 고향 산천이

나 한번 보자고 조만간 중국의 두만강변으로 여행을 간다고 했다. 실제로 주인 여자는 언제 죽을지 모른다. 정주 아줌마가 아니었다면 큰일을 당할 뻔한 적도 한두 번 있었다. 119가 빨리 오지 않아 내가 그녀를 들쳐 업고 병원으로 달려간 일도 있다. 집주인은 지팡이에 의지해 마당으로 내려왔다. 나는 움찔한다. 밀린 방세를 달라고 할지 모른다는 생각이 퍼뜩 스쳐 지나갔다. 그동안 방세 때문에 그녀와 맞닥뜨리기가 부담스러웠다. 그러나 집주인은 밀린 방세를 채근하지 않는다. 근처의 다른 집은 한 달만 미뤄도 난리고, 두 달이면 쫓겨날 생각을 해야 한다. 그녀는 벌써 세 달이 지났는데도 말이 없었다. 똘아이와 바퀴가 여기로 이사 온 데는 다 이유가 있다. 엊저녁에 우연히 낚은 손님들 덕분에 번 돈은 모두 쓸 곳이 있는, 정확히 말하면 북한으로 보내야 할 돈이다. 주인 여자는 누구보다도 탈북자들의 사정을 잘 알고 있어 방세 얘기를 꺼내지 않는다. 줄 때까지 무작정 기다리는 것이다. 집사 노릇을 하는 정주 아줌마도 마찬가지다. 손오공에게 돈 얘기를 꺼내 보려 했으나 차마 입이 떨어지지 않았다. 그가 방세를 내라고 준 돈도 이미 사라졌다. 벼룩도 낯짝이 있다.

　주인 여자는 지팡이를 짚고 마당에 서서 호흡을 가다듬었다. 금방이라도 숨이 넘어갈 것 같았다. 그녀는 원래 뚱뚱보가 아니었다고 한다. 어느 날, 북한에 있는 가족이 굶어 죽었다는 소식을 듣고 난 후부터 몸에 이상이 생겼다는 것이다. 그녀는 그때까지 가족이 자신의 월남 때문에 총살을 당했거나 강제 수용소에서 고생하다가 죽었을 것이라고 여기고 있었다고 한다. 그런데 한 탈북자가 그녀의 가족이 힘들게 살다가 아사로 죽었다는 소식을 전해 준 것이다. 그 후로 오랫동안 그녀는 거식증을 앓아 병원을 들락거렸다고 했다.

주인 여자는 수돗가를 바라보았다. 나와 엄지는 고개를 숙여 인사를 했다. 무산 아저씨도 고개를 숙였다. 주인 여자는 탈북자들과 사는 것이 좋은 모양이었다. 복덕방 노인은 여기가 널찍한 땅 때문에 상당한 가격이 나가는 집이라고 했다. 그는 가끔 주인 여자를 찾아와 집을 팔고 아파트로 옮겨 여생을 편히 살라고 말한다. 하지만 그녀는 도무지 관심이 없는 눈치다. 노인도 그걸 알았는지 발길을 끊었다.

"이봐, 애기 좀 하지!"

목사가 방에서 나오는 정주 아줌마를 보고 말했다. 그리고 두 여자를 따라 대문 밖으로 나간다. 집주인이 지팡이를 짚고 불안하게 걸어 나간다. 걸음걸이가 너무 힘겹고, 몸뚱이는 날이 갈수록 더 뚱뚱해진다.

"엄지야, 청소는 저녁에 다시 해줄게."

정주 아줌마가 말을 하고, 그들의 뒤를 따라 나간다. 그녀는 손바닥으로 눈 주위를 가렸다. 많이 울었던 모양이다. 다마고치 때문에 북한에서 아사했다는 가족이 생각났을 것이다. 그녀 역시 중국에 도착했을 때, 가족을 잃은 정신적인 충격에 거의 죽기 일보직전이었다고 했다. 정주 아줌마는 강을 건너자마자 지금의 남편인 목사를 만났는데, 그렇지 않았다면 자신도 그 자리에서 죽었을 것이라고 했다. 그녀의 남편인 목사는 한국과 중국을 오가면서 일을 하고 있었다.

목사가 두 늙은이를 중국으로 데려갈 것이다. 원래 그는 죽은 전처에게서 아들딸을 두었고, 정주 아줌마가 그 애들을 기르다가 중국으로 유학을 보냈다. 그 때문에 목사는 더 자주 중국을 방문했고, 교회 일까지 정주 아줌마가 도맡아 하는 경우가 많았다.

"형, 정주 아줌마가 새벽에 누굴 부르면서 울었어."

손오공이 고개를 갸우뚱하고, 마당으로 나와 말했다.

"나도 봤어. 아마 북한에서 죽은 자식들 이름일 거야."

엄지가 말을 하고 대문으로 고개를 돌렸다.

"어디서?"

나는 쌀을 씻다 말고 물었다. 당분간 집에서 밥을 해 먹을 생각이었다. 식당 밥이 지겨운 것이 아니라 돈이 없었다.

"백석공원 벤치에서……."

손오공은 말을 하고 대문을 쳐다보았다.

"……."

지난번 새벽에 내가 백석공원에서 봤던 사람은 주인 여자가 아니었다.

"근데, 요즘 주인 여자는 왜 〈김일성 장군의 노래〉를 부르지 않지?"

엄지가 말했다. 주인 여자는 술만 마시면 찬송가 대신 〈김일성 장군의 노래〉를 불러 함께 사는 탈북자들을 긴장시켰다. 실제로 지나가는 사람이 간첩이라고 경찰을 불러 온 적도 있었다. 하루 종일 방에 앉아 목사의 설교방송을 듣거나 쉴 새 없이 기도를 하는 그녀가 몸속으로 술만 들어가면 김일성 타령이다.

"주인 여자가 풍선 같은 몸으로 그 노래를 애절하게 부르면서 백석공원을 돌아다니면 영락없는 유령인데 말이야! 오빠, 이러다가 〈김일성 장군의 노래〉를 잊어버리겠어!"

엄지가 그 노래를 부를 표정이었다. 주인 여자는 〈김일성 장군의 노래〉를 항상 우렁차게 부르는 것은 아니었다. 기분에 따라 슬프게 부를 때도 있었다.

"대신에 정주 아줌마가 벤치에 앉아 청승을 떨잖아!"

손오공이 말을 받았다.

"하여간 북쪽 여자들 불쌍해!"

엄지가 혼잣말처럼 중얼거렸다.

"근데, 인희는?"

손오공이 주위를 둘러보면서 물었다. 꼭 있어야 할 사람이 없단 표정이었다.

"아침 일찍 오디션 때문에 나갔어."

"오, 오디션?"

그는 놀란 표정이다.

"누드모델이 된대. 소원 풀었지 뭐!"

"그럼, 정말 모델 되는 거네?"

엄지는 손오공의 물음에 아랑곳하지 않고 수돗가에 쪼그리고 앉았다. 그녀는 물통 속에 떠다니는 사과를 집으려다 말고 물 위를 쳐다보았다. 그러다가 주머니에서 거울을 꺼내 얼굴을 들이밀었다. 이어 매니큐어를 바른 손에 물을 묻혀 노란 머리카락에 엉켜 있는 액체를 훔쳐냈다. 정액이다. '딸녀라고 광고하고 다녀라!' 나는 한마디 하려다가 그만두었다. 그녀는 손을 씻으면서 수도꼭지에 붙어 있는 자신의 스티커 사진을 쳐다보았다. 흙물이 묻어 있는 사진을 손으로 훔쳤다. 도대체 집 안에까지 자신의 스티커를 붙이는 이유가 뭘까? 그녀는 물통 속의 사과를 집어 소리 나게 베어 먹었다.

"아바이, 대한민국에 언제 갑네까?"

무진이었다. 그는 초콜릿이 잔뜩 묻은 입으로 물었다.

“······.”

엄지가 나를 쳐다보았다. 또 시작인가 하는 표정이었다. 손오공도 고개를 돌렸다. 나도 침을 삼키고 아이를 쳐다보았다. 가끔 저 소리를 하고 나면 소리를 치고 소란을 피웠다.

“그만 조용히 하라이!”

사과를 닦던 무산 아저씨가 언성을 높였다. 그도 아이의 말에 긴장했는지 얼굴 표정이 굳어졌다. 무진이 들고 있던 초콜릿을 아버지를 향해 던지고 방으로 들어갔다. 그는 들고 있던 사과를 내려놓고 일어나 담배를 피워 물었다. 조용히 끝나 다행이었다. 방에서 흐느낌이 들린다. 그는 담배를 집어던지고 방으로 들어갔다.

“여기가 맞는 것 같은데······.”

바깥에서 여자들의 목소리가 들렸다.

“맞네, 손오공 오빠!”

아직 소녀티가 완연한 여자 하나가 대문 쪽에서 소리를 질렀다.

“주희, 니가 웬일이냐?”

손오공이 물었다.

“어럽쇼, 현주 너까지······.”

“오빠, 보고 싶어 왔지.”

주희가 손오공 옆에 붙어 앉으면서 말했다. 그들은 얼마 전 룸살롱을 찾아와 손오공과 승강이를 벌인 미성년자들이다. 지배인은 주민등록증을 위조해 그들을 룸으로 들여보냈다. 흔한 일이다. 현주와 주희라고 닉네임도 붙여 주었다.

“언니!”

현주가 엄지 옆으로 다가 앉았다.

"너, 힘 좋다. 새벽에 산더미 같은 놈이랑 외박 나가더니 벌써 일어나 여길 다 찾아오고……. 근데, 여기 왜 왔니?"

엄지가 물었다.

"원빈 오빠."

"원빈?"

"똘아이 만나려고 왔어?"

손오공이 말을 하고 손가락질로 구석방을 가리켰다. 똘아이는 원빈을 닮은 얼굴이긴 했다. 놈은 마약만 하지 않으면 호스트바에서 여자들을 주물러 돈 좀 만질 수 있었을 것이다. 현주는 손오공을 보자 아니꼽다는 표정으로 고개를 돌린다. 처음 만났을 때 감정이 아직 풀리지 않은 모양이었다. 현주가 일어나 방 쪽으로 걸어갔다. 손오공이랑 붙어 있던 주희가 망설이다가 일어났다. 그녀는 걸어가다 자꾸 뒤를 돌아보았다. 주희는 손오공 때문에 온 모양이었다.

"근데, 니가 왜 언니냐? 쟤들이 너보다 나이가 많은데……."

손오공이 부엌으로 들어가면서 물었다.

"그렇게 됐어! 꼭 나이 많다고 언니야?"

엄지가 대답하고 뒤를 돌아보았다. 둘은 이미 방문을 열고 안으로 들어갔다. 엄지는 그들에게 나이를 속였을 것이다. 그러고도 남을 아이다.

"참, 웃기는 딸녀야!"

손오공이 혼잣말처럼 중얼거렸다.

"나도 새벽에 떡대를 만나 죽는 줄 알았네. 인터넷을 보고 찾아왔다는데, 대충해 보낼 수도 없고……."

엄지가 하품을 하면서 중얼거렸다.

"조심해라! 어린 나이에 골병들라!"

손오공이 부엌에 서서 라면을 먹으면서 말했다. 뜨거운 면을 목구멍으로 넘기느라 인상을 찡그렸다. 영락없는 원숭이다.

"오빠, 난 이제 어린애 아니야."

그녀는 자신의 말을 증명하려는 듯 담배를 꺼내 물었다.

"아직 민증도 없는 년이!"

"못 믿겠으면 나랑 한번 해볼래?"

"니 밑구멍에 관심 없다."

"누가 밑으로 한대? 오빤 내가 왜 엄진지 모르지?"

"또 그 소리냐? 난 관심 없거든!"

"원하면 손맛이 아니라 입맛을 보여 줄게!"

"입맛?"

"그래, 입맛. 내가 오빠한테 큰 선심 쓰는 줄 알아. 오빠야 할인가격에 여자들 밑이나 들락거렸지 제대로 된 서비스를 받아 본 적 있어? 없지?"

손오공이 피식 웃더니 험악한 인상을 지어 보였다.

"그만해라! 됐다!"

"오빠가 암만 그래 봐야 인희 언니 터럭 하나 못 볼 텐데, 내가 한번 해준다고 할 때 접수하지 그래? 오빠 손만 너무 혹사시키는 거 아냐? 손이 무슨 죄라고."

"아니, 저년이!"

그가 마당 구석에 있는 빗자루를 집어 들고 엄지를 쫓아갔다. 엄지는 혓바닥을 쏙 내밀고 후다닥 방 안으로 들어간다. 나는 수돗가에서 일어서다가 대문으로 다가오는 정주 아줌마를 보았다. 그리고 담 너머로 늙은 뉴비의 얼굴이 언뜻 보였다가 사라졌다. 나는 재빨리 부엌으로 들어갔다.

"나 혼자 대한민국에 간다!"

무진이 방문을 밀고 뛰어나왔다. 손오공이 엄지 방문을 당기려다 뒤돌아보았다. 정주 아줌마가 마당으로 들어섰다. 아이는 맨발로 바깥으로 달려 나간다. 그는 저 소리를 지르면서 온 동네를 휘젓고 다닐 것이다. 무산 아저씨가 밖으로 나와 한숨을 내쉬는 순간 늙은 뉴비와 정 형사가 마당으로 들어왔다.

"박수진 씨!"

늙은 뉴비가 소리를 질렀다. 이어 뒤돌아보는 정주 아줌마에게로 정 형사가 다가갔다. 나를 잡으러 나타난 것이 아니었다. 형사들은 정주 아줌마에게 다가가더니 뭐라고 작은 목소리로 말했다. 정주 아줌마는 고개만 끄덕이더니 그들을 따라갔다. 나는 마당으로 뛰어나갔다. 주변에 서 있던 사람들이 모두 멍한 표정이었다. 그녀가 범인인가?

12

알리바이

"……."

나는 목이 메어 입이 떨어지지 않았다.

"형!"

저쪽에서 먼저 말했다.

"자…… 잘 지내고 있지?"

나는 말을 더듬는다.

"근데 어마이는 남조선에 있간?"

동생의 목소리가 선명하게 들렸다.

"어, 어, 어마이?"

나는 어마이란 말에 놀랐다. 놈은 어머니가 나와 함께 여기 사는 줄 아는 모양이었다.

"그래, 어마이!"

동생이 소리를 질렀다.

“……”

말이 입 밖으로 나오지 않았다. 뭐라고 말해야 하나? 나는 주위를 둘러보았다. 백석공원이다. 조용한 곳에서 전화를 하기 위해 터치폰을 들고 여기로 온 것이다. 북한에서 날아오는 동생의 목소리는 남한 내에서의 통화보다 오히려 선명했다. 하지만 그곳은 북조선이라 손끝의 터치로 상대를 마음대로 불러 낼 수 없다. 플라타너스 나뭇가지를 올려다보다가 나는 갑자기 목이 굳어졌다.

“인희……. 저, 저기……”

나도 모르게 중얼거렸다. 휴대폰이 아래로 흘러내렸다. 목을 움직일 수 없다. 목이 아니라 몸뚱이가 돌덩이로 변해 버렸다. 인희가 아니라 마리다. 그녀가 백석공원의 플라타너스 나뭇가지에 목을 매달았다. 나는 침을 삼켰다. 그녀는 한쪽 눈알이 빠진 상태고, 오른손 새끼손가락과 무명지도 잘려 나갔다. 마리가 기어이 목을 매고 죽었다. 지난번 자살은 실패했지만 이번은 아니었다.

나는 고개를 들었다. 이어 눈을 번쩍 떴다. 플라타너스는 사라지고, 눈앞으로 다가온 것은 천장이다. 꿈인가? 꿈이다. 한쪽 구석에 앉은 손오공이 노트북을 끼고 앉아 무슨 작업을 하고 있었다. 나는 한동안 멍한 상태로 누워 있다가 고개를 돌려 머리맡에 놓인 휴대폰을 집었다. 마리에게 전화를 걸었다. 연결되지 않았다. 다시 그대로 누워 오랫동안 있었다. 꿈속의 얼굴이 마리인지 인희인지 분명하지 않다. 나는 휴대폰을 쥐고 메시지를 열어 본다. 아무리 뒤져도 회령 아저씨에게서 날아온 문자는 보이지 않는다. 꼭 답장을 보내 달라고, 벌써 몇 통을 보냈는지 모른다. 오전 열 시다.

"손오공, 은행에 좀 같이 가야겠다."

나는 자리에서 일어나 말했다.

"뜬금없이 웬 은행이야?"

손오공이 노트북에서 눈을 떼지 않고 말했다. 나는 자리에서 일어나 옷을 입었다. 확인해야겠다. 회령 아저씨가 쓰는 통장은 손오공이 자기 이름으로 만들어 준 것이다. 그러니 그의 주민증만 있으면 통장 내역을 확인할 수 있다. 전에 회령 아저씨가 통장에 돈이 다 떨어져 전화도 끊어질지 모른다고 걱정했다. 잔고가 없어 휴대폰이 끊어졌을지 모른다. 회령 아저씨의 통장을 들여다보고 싶었다. 죽은 사람이 누군지도 모르는데 정주 아줌마가 범인이라니 믿을 수가 없었다.

"형, 이거 한번 봐!"

그가 노트북을 돌리면서 말했다.

"와우!"

나는 소리를 질렀다. 유명 배우 차연숙이 옷을 벗고 있었다. 도무지 합성 사진이란 느낌이 들지 않는다. 며칠째 합성 사진에 매달리더니 정말 근사한 나신을 만들어 냈다.

"와, 실사 같다!"

"아니야. 이게 아닌데……. 뭔가 부족한데 그 이유를 모르겠어."

그는 누드를 보며 중얼거렸다.

노트북은 포르노맨이 들고 다녔던 것이었다. 자신이 부탁한 합성 사진을 빨리 만들어 달라고 잠시 빌려 준 모양이었다. 나는 노트북을 덮어 버렸다. 손오공에게 상황을 설명하자 그는 주민등록증을 챙겨 들고 따라나섰다.

　손오공은 방을 나서다가 대딸방에 갔다가 엉뚱하게 경찰에게 걸렸다
는 이야기를 했다.

　"마리 닮았다는 초록이 만나러 갔다가?"

　"그래. 경찰이 손님으로 위장해 들어왔다니까. 나 참 기가 막혀서……."

　"진술서에는 뭐라고 썼는데?"

　"오리발 내밀었지. 마사지만 했다고……."

　그는 짝퉁 마리를 찾아 신림동의 대딸방에 갔다가 걸린 모양이었다.
그동안 손오공은 그곳을 뻔질나게 드나들었다.

　"그럼, 별일 없을 거야."

　"그렇지, 형? 아이 씨파, 국가가 나한테 해준 게 뭐가 있다고 그걸 단
속해? 내가 꼴리면 지들이 와서 같이 자줄 거야?"

　그래도 그는 불안한 모양이었다.

　"그놈의 성매매특별법인가 뭔가가 문제야. 걘, 완전히 마리 필이었는
데, 오늘 전화했더니 그날 사건 때문에 일을 그만두었대."

　그가 짜증스럽게 말했다.

　"……."

　햄플 카페에는 단속에 관한 갖가지 사연들이 올라온다. 딸녀가 한참
손으로 자신의 물건을 쥐고 펌프질을 하는데 카메라를 든 사복 경찰이
들이닥친 바람에 빼도 박도 못하고 성매매특별법 위반자를 위한 교육
프로그램인 존 스쿨을 다녀온 회원이 있는가 하면, 어떤 남자는 재수
없게 여자 판사에게 걸려 다른 이들보다 갑절의 벌금을 뜯기는 경우도
있었다. 양형이 고무줄이다. 일정한 잣대가 없다. 하긴 유사(類似) 성행

위, 즉 가짜의 행위를 두고 처벌은 진짜로 한다는 것이 우습다. 자연히 고무줄이 될 수밖에 없다. 그러니 운이 나빠 단속에 걸려도 무조건 오리발을 내밀어야 한다. 확실한 물증이 없으면 처벌도 쉽지 않다. 그런 점에서 남조선은 천국이다. 북한은 경찰서 끌려가면 잘잘못을 따진 후, 잘못했으면 엄청나게 맞는다. 어떤 탈북자는 자신에게 주먹질을 한 남한 사람을 패는 바람에 아껴 둔 정착금을 모두 날렸다. 그의 생각은 간단하다. 상대가 잘못했으니 자신이 응징한다는 것이다.

나는 은행창구 구석에 앉아 터치폰을 만지작거렸다. 손끝 하나로 북쪽의 가족과 통화를 할 수 있는 세상이다. 무산 아저씨는 여기서 돈을 벌어 연변 아주마이를 통해 북쪽의 자식을 먹여 살리고 공부시킨다. 또한 그녀의 휴대폰으로 통화까지 한다. 북한은 남한 사람들이 생각하는 것처럼 먼 나라 동네가 아니다. 손끝 하나로 닿을 수 있는 나라다. 그런데 동생이 남한으로 내려오려고 마음을 먹는 데 10년의 세월이 걸렸다. 모두가 아버지 때문이다.

고향집의 아버지 방이 머릿속에 떠오른다. 그가 머물렀던 공간은 기억만 해도 가슴이 답답했다. 당신이 기거한 방에는 깨끗하게 손질된 초상화가 둘이나 매달려 있었다. 그들은 너그러운 눈길로 아버지를 내려다보았다. 연변 아주마이는 아버지가 병 때문에 먹지도 못해 죽기 전에 이미 해골이 돼버렸다고 했다. 중국에서 구해 간 약도 듣지 않았다. 무슨 병인지도 모르는데 약이 들을 리가 없었다. 아버지는 동생이 학교에 간 사이에 숨을 거둔 모양이었다. 그의 눈이 마지막으로 향해 있던 곳은 천장 쪽이었다. 그곳엔 두 명의 장군이 걸려 있었다. 아버지는 무슨 영광스러운 명령을 받았는지 두 눈을 부릅뜨고 죽었다. 눈이 감기지 않아 그대로 땅에 묻었다고 했다. 아버지의 영혼은 장군님들의 부름을 받아 평생 한 번도 가보지 못했다는 평양에 갔는지 모른다. 그런 감격이 아니라면 눈을 못 감을 이유가 없었다.

손오공이 종이 쪼가리 한 장을 들고 다가왔다. 나는 그것을 낚아챘다. 통장의 입출금 내역이 기록된 서류다. 그것을 확인하면서 은행 문을 나섰다. 손오공은 커피 자판기 앞으로 다가가서 동전을 밀어 넣는다. 나는 내역을 살폈다. 백석공원에서 눈알이 발견된 며칠 뒤에 돈이 입금되었다. 그날 경찰서에서 문자 메시지의 응답도 왔었다. 그럼, 눈알의 주인은 회령 아저씨가 아닌 게 분명하다.

"리니지 폐인, 오랜만이야."

늙은 뉴비다. 그사이 더 늙은 것 같다.

"바, 박, 박 형사님……."

"그냥 뉴비라고 불러. 늙은 신참!"

"근데, 저 요즘 리니지 안 하는데요."

나는 말을 하고 주위를 둘러보았다. 앞쪽에 경찰차가 있고, 그 안에 정 형사가 타고 있다. 반대편으로 고개를 돌렸다. 신문 가판대 앞에 서서 담배를 사고 있는 사람은 반장이다. 도망갈 틈이 보이지 않는다. 여기서 빠져나가려면 피를 봐야 한다. 하지만 나는 칼을 가지고 있지 않다.

"이번엔 회냉면 시켜 줄게."

반장이 돌아서서 소리를 질렀다.

"가자!"

늙은 뉴비가 다가온다.

"형, 경찰청 홈페이지 뚫었다가는 잘못하면 크게 당한다는데……."

손오공이 말을 중단한다. 앞쪽에 서 있는 사람이 형사란 것을 눈치 챈 모양이다.

“근데, 박 형사님. 회냉면은 배달 안 한다는데요.”

“여자 순경한테 시켜 사오라고 할게.”

그 순간 손오공은 오른쪽으로 뛰었다. 그가 신문 가판대 앞을 지나갔지만 담배를 피워 문 반장은 그를 잡을 마음이 없는지 그냥 보냈다. 나는 순순히 박 형사를 따라나섰다. 지난번처럼 도망쳤다가는 결국 수갑을 차고 끌려갈 것 같았다.

“저 사람 누군가?”

반장이 물었다. 그들은 경찰서로 들어서자마자 비디오를 틀었다. 처음 보는 것이었다. 아직 공개하지 않은 화면이었다. 은행의 무인 창구에서 돈을 입금시키는 장면이었다. 얼마 전, 강남의 한 공원에서 브이자를 그려 보이고 사라진 사람 같기도 하고, 아닌 것도 같았다.

“정주 아줌마가 범인 아닌가요? 아줌마를 잡아 갔잖아요.”

“그 여잔 아니야!”

늙은 뉴비였다. 정주 아줌마는 풀려난 모양이었다.

“몇 가지 찜찜해서 조사해 봤는데 백석공원에 눈알을 갖다 놓은 날 밤 행적이 너무 확실해. 입원 중이었던 주인 여자 병실에 밤새도록 있었더라고.”

정 형사가 말했다.

그럼 그렇지, 교인인 그녀가 살인이라니 말이 되지 않는다. 분명히 곰처럼 미련한 늙은 뉴비가 정주 아줌마를 범인으로 몰았을 것이다. 그녀는 사촌 언니인 주인 여자가 입원하면 늘 병원에 붙어살았다.

"저 화면 좀 자세히 봐, 인마! 회령 아저씨 주변을 얼쩡거리던 사람 중 한 명일 거야."

늙은 뉴비가 말했다.

"근데, 그 눈알이 정말 회령 아저씨 거예요? 땅에 묻혀 있던 팔목도요? 지난번에는 아니라고 했잖아요."

"누가 피해자 방에 엉뚱한 머리카락을 갖다 놓았어. 놈이 우리를 물 먹인 거지. 근데 우리가 회령 아저씨 방을 다시 뒤지다가 건강검진을 받은 기록을 발견했거든."

회령 아저씨가 건강검진을 받았다는 것은 의외였다. 나처럼 장기라도 팔아먹을 작정이었나? 그런 모양이다. 내가 콩팥을 팔았다고 하자 관심을 보인 적이 있었다. 반장은 나를 힐끔 보더니 계속 말했다.

"그 다음은 간단했지. 병원에 연락했더니 피 검사 결과가 그대로 있더라고. 피해자는 회령 아저씨가 맞았지. 그럼 누가 방 안에 머리카락을 갖다놓았을까? 그래서 정주 아줌마를 데려왔지. 방 안에 들락거리는 사람은 그 아줌마뿐이라고 여겼지."

근데 아줌마는 아니었다. 누굴까? 사실 회령 아저씨의 방에 노숙자 비슷한 탈북자들이 가끔 들락거렸다. 나는 다시 비디오를 쳐다보았다.

"강남에 있는 은행이야. 우리 눈을 돌리려고 저곳 은행을 이용했어. 그래서 손오공인가 뭔가 하는 자네 룸메이트가 자기 이름으로 회령 아저씨한테 만들어 준 통장 있지? 그 통장에 돈이 입금됐어. 우리가 저 비디오를 못 찾고 있으니까, 다시 강남공원에 사체를 갖다 놓은 거야."

"너, 회령 아저씨 통장 내역은 왜 확인했어?"

늙은 뉴비다. 또 시작이다. 구제 불능의 잡템이다. 도무지 나라와 겨레, 민족의 장래에 도움이 될 것 같지 않는 몬스터다. 리니지 세계에 들어갔다면 봉인돼 영원히 활동을 할 수 없을 것이다.

"박 형사, 조용히 해. 그리고 회냉면, 왜 빨리 안 와!"

반장이 소리를 질렀다. 늙은 뉴비가 고개를 숙인다. 역시 반장이라 카리스마가 넘친다. 정 형사가 앞에 놓인 전화기를 들어 점심 어떻게 됐냐고 묻는다. 그가 전화기를 내려놓기 전에 여순경이 신문을 덮은 쟁반을 들고 들어온다. 그녀는 쟁반을 테이블 위에 올려놓고 나간다. 이어 중국집 철가방이 들어온다.

"먹어라! 아바이 면옥의 회냉면이다."

반장이 쟁반 위의 신문을 걷어 내면서 말했다. 철가방은 넓은 테이블 위에다가 자장면 셋을 올려놓고 사라진다.

"이거 먹고 잘 기억해 봐. 회령 아저씨가 너한테 무슨 얘기 한 거 없어? 누구 돈을 빌려 썼다거나, 아님 누가 회령 아저씨를 죽여 버리겠다고 했다거나. 그냥 지나가는 말로 한 것도 없어?"

그가 말을 하면서 냉면 그릇을 내 앞으로 밀었다.

"회령 아저씨랑 친했다면서? 일도 같이 하고, 그랬으면 주변에 누구라도 알 거 아냐?"

정 형사도 거들었다. 나는 잠시 망설였다. 인희 생각이 났다. 반장은 테이블에 앉아 자장면 그릇 위에 덮인 비닐을 벗겼다.

이런 기회는 다시없을 것이다. 매니저 놈의 전력을 알아야 한다. 꼭…… 손오공은 경찰청 홈페이지를 뚫을 수 없는 것이 아니다. 능력은 있다. 그놈은 전문 해커 수준이다. 포르노맨이 그랬다. 아주 귀한 재주를 가졌다고 말이다. 그런데도 놈은 겁을 먹고 경찰청으로 들어가지 못한다.

"제가 아는 연예인 매니저가 한 사람이 있는데요."

나는 잠시 머뭇거렸다. 형사 셋이 나를 뚫어지게 쳐다보았다.

"계속해 봐."

반장이 말했다.

"그 사람 전과가 있는지 좀 알고 싶은데요."

"저 새끼 봐라! 여기가 어디라고 여기 와서 흥정을……"

또 나선다, 늙은 뉴비. 씨발, 나설 때나 안 나설 때나 불쑥불쑥 끼어든다. 몬스터도 저런 몬스터가 최고로 저질이다. 바로 없애야 한다. 현실 세계라 천만다행이다. 리니지 속이었다면 내 손에 벌써 죽었다. 너 정말 좋은 세상에 사는 줄 알아라.

"흥정이 아니라 서로 돕자는 거죠, 뭐."

나도 짜증을 냈다. 놈 때문에 목청이 절로 올라갔다. 세상에 공짜가 어디 있냐? 그것은 남한에 와서 배운 진리다. 하나원에서 한국 적응 교육 프로그램을 할 때, 강사가 뱉은 첫마디였다. 세상에 공짜는 없으니 뭐든지 공으로 먹을 생각을 마라.

"그 친구 이름이 뭔데?"

반장은 뭘 아는 사람이다. 그러니까 늙은 놈을, 뉴비를 거느리고 있는 것이다.

"주민번호도 있어요."

"정 형사, 확인해 줘. 지금 당장!"

"반장님!"

늙은 뉴비다. 정말 싫다. 스트레스 게이지가 올라간다.

"박 형사님, 가만히."

역시 반장이다. 바츠 공화국에 황제로 모실 만한 분이다.

놈은 젓가락을 들고 자장면을 아가리로 밀어 넣는다. 그래, 처먹어라. 악당 몬스터에게 맞는 음식이다. 게이지도 제대로 들어 있지 않은 불량품을 너 아니면 누가 먹겠냐? 정 형사가 일어나 컴퓨터 앞에 앉는다. 나도 휴대폰을 켜고 매니저 주민번호를 찾아내어 정 형사 앞에 내밀었다.

"폭력 전과에 강간미수도 있네. 뭐 이런 새끼가 연예인 매니저야."

정 형사가 모니터를 보고 중얼거린다.

"그런 매니저도 있더라고……."

반장이 자장면을 먹으면서 말했다.

"제가 온라인 게임 리니지의 한 혈맹에 군주로 있거든요."

나는 도로 자리에 앉아 천천히 입을 열었다. 반장은 젓가락으로 집어 올렸던 자장면을 내려놓았다. 그는 자장면 그릇을 치웠다. 나는 피멍의 신상을 경찰에게 넘기기로 마음먹었다. 냉면에, 함부로 열람할 수 없는 경찰청의 범죄 기록까지 열어 보았으니 그 값을 할 차례다. 무엇보다도 그가 회령 아저씨를 없앤 범인이라면 벌을 받아야 한다.

"혈맹?"

반장이 물었다.

"네, '뫼비우스의 띠'란 혈맹이 있어요."

"근데?"

"같은 혈맹은 아니지만 그 혈맹 언저리를 돌아다니면서 다른 사람들의 눈깔 뽑기가 취미인 피멍이란 친구가 있었어요."

"피멍?"

"네, 그 친구는 적을 죽이면 항상 눈깔을 뽑았어요. 걘 눈깔에 환장을
했는지 그놈을 뽑아 줄에 매달고, 온몸에 감고 다녔죠."

"눈알을?"

"네, 그뿐이 아니에요. 자기 새끼손가락이랑 무명지도 잘라 냈어요.
하나는 자기 제단에, 하나는 시저의 제단에 바친다고……."

"시저라면 바츠 공화국의 황제였던 친구 말이지?"

반장이 물었다. 그는 리니지 게임을 좀 아는 모양이다. 아니면 신문
을 봤을 수도 있다.

"네, 맞아요. 그 친구 때문에 바츠 해방전쟁이 일어났죠."

"이번 사건 터지기 전에 그랬단 말이지?"

반장이 말했다. 늙은 뉴비는 간간이 나를 쳐다보면서 자장면을 처먹
는다.

"네."

"피멍?"

"우리가 여러 번 초대했는데, 도통 오프라인에 나타나지 않는 사람이
라 저도 그 사람을 본 적은 없어요. 탈북자라는데……. 근데, 주민등록
번호는 어떻게 알아냈어요."

"줘 봐."

나는 휴대폰의 문자를 열었다. 반장은 그것을 들고 컴퓨터 앞에 가서
앉았다. 그가 키보드를 치는 것은 처음이었다. 그제야 회냉면이 눈에
들어왔다. 군침이 돌았다. 고추장이 듬뿍 발린 냉면 속에 육수를 붓고

젓가락을 들었다. 남한에 와서 아바이 면옥에 혹한 이유는, 그 집 냉면을 먹으면 어린 시절의 기억이 되살아나기 때문이었다. 냉면에 동치미를 넣는 것 같지는 않은데, 북한에서 먹은 동치미 냉면 맛이 살아 있었다. 아사가 마을을 덮치기 전, 동네 사람들이 함께 달맞이 언덕에서 먹은 냉면의 맛을 잊을 수 없었다. 늙은 뉴비가 자장면을 다 먹고 나를 쳐다보았다. 뉴비야, 너는 평생 자장면만 먹고 살 팔자다. 그것도 다행으로 여겨라. 북쪽에서 태어났다면 벌써 굶어 죽었을 것이다.

13

추억과 환멸

"어른한테 그러는 게 아니야. 여기가 아무리 남조선이라지만 예의라는 게 있는데……."

정주 아줌마가 수건을 빨다가 인희를 나무랐다. 한 집에 사는 탈북자들이 수돗가 주변에 모여 있었다.

"아줌마야말로 그러는 게 아니에요. 아줌마 눈에는 제가 대드는 것밖에 보이지 않잖아요. 아저씨가 잘못한 건 따지지도 않고……."

"내가 뭘 잘못했는데?"

회령 아저씨가 소리를 질렀다.

"여긴 남조선이에요. 조선노동당이랑 김일성 얘기는 그만하라고요."

인희도 같이 소리를 질렀다.

"아저씨, 진짜 조선노동당 당원이었어요?"

엄지가 물었다.

"그럼. 내가 북쪽에선 좀 잘나갔지."

회령 아저씨가 헛기침을 하면서 목에 힘을 주었다. 정주 아줌마도 그를 약간 존경의 눈초리로 쳐다본다. 이어 그녀는 빤 수건을 들고 무진이 누워 있는 방으로 들어간다. 정주 아줌마가 병원에 가기 싫다는 무진이를 치료하고 있었다. 반쯤 열린 문틈 사이로 링거를 꽂고 누워 있는 아이가 보인다. 정주 아줌마가 물수건으로 무진이 몸을 문지른다. 무산 아저씨는 문 앞에서 담배를 피우고 있다.

"우리 아버지도 당원이었다던데."

엄지가 말했다.

"그래?"

"그럼 아저씨도 우르르 모여서 자아비판하고, 남도 비판하고 그러는, 생활총화인지 뭔지가 그리워요?"

"……."

회령 아저씨가 대답을 못 하고 머뭇거렸다.

"아저씨도 북한이 그리워요? 조선노동당 당원들은 생활총화가 있는 나라에서 살고 싶은 모양이던데요?"

"……."

회령 아저씨는 역시 말이 없었다.

"우리 아빠 북한이 훨씬 자유로운 땅이래요. 서로 간섭해 주는 게 진짜 자유라나 뭐래나? 아저씨도 그래요? 아저씬 조선노동당이라고 했잖아요. 대답해 주세요, 조선노동당 아저씨!"

엄지가 약간 목소리를 높였다.

"니 아버지랑 언제 술이나 한잔해야겠구나."

회령 아저씨는 대답을 얼버무렸다. 그리고 인희를 슬쩍 훔쳐보았다.

그녀는 관심도 없다는 듯 다른 곳을 보고 있었다.

"아저씨, 대답해 주세요."

엄지가 재촉했다.

"그쪽이 좋은 측면도 있지. 남조선처럼 삭막하지 않고 서로한테 관심을 가져 주고, 잘못되지 않도록 붙잡아 주고……. 여기야 그런가? 남이야 죽든 말든, 니 인생 니 알아 살라는 식으로 그냥 내버려두잖아. 다른 사람한테 아무 관심도 없고……."

회령 아저씨가 말꼬리를 흐렸다.

"그게 관심이에요? 간섭이고 감시지요. 자기 인생 자기가 알아서 살면 왜 안 되는데요? 쫄쫄 굶으면서 다른 사람 감시나 하는 그런 사회가 뭐가 좋아요? 그 역겨운 나라가 뭐가 좋냐고요?"

인희가 다그쳤다.

"역겨워?"

회령 아저씨가 말했다.

"네, 아주 역겨워요. 역겨워 죽겠다고요."

"뭐가 역겨워? 난 니 년 행실이 더 역겹다."

"뭐라고요? 아저씨가 뭘 알아서 내 행실 운운이에요?"

인희가 말을 더듬었다.

"내가 괜히 조선노동당원인 줄 알아? 넌 유부남이랑 붙어먹은 것도 모자라 러시아 배우 놈 새끼를 배는 바람에 신변의 위협을 느껴 여기로 내려온 거잖아. 그게 아니면 북한에서 배우로 대접받고 살던 년이 여길 왜 내려왔겠어? 내가 모를 줄 알아?"

회령 아저씨가 어떻게 그녀의 비밀을 알아냈는지 몰라도 사실인 모양이었다. 그가 하는 얘기는, 인희가 룸살롱에서 술만 취했다 하면 횡설수설 넋두리로 뱉어 내는 바람에 주변 사람들이 대충 알게 된 그녀의 전력과 어느 정도 일치하는 것이었다. 회령 아저씨는 위령제 이후로 인희에게 한바탕 해주려고 단단히 마음먹고 있었던 게 틀림없다.

"……."

인희는 아무 말도 하지 않았다.

"화냥질하는 게 자유냐? 이놈 저놈 막 붙어먹으니까 남의 감시가 싫겠지."

회령 아저씨는 이겼다는 듯이 덧붙였다.

"아가리 닥쳐! 남이야, 무슨 짓을 하건 당신이 무슨 상관이야?"

입을 연 사람은 손오공이었다. 그는 회령 아저씨의 멱살이라도 잡을 것처럼 달려들면서 소리를 질렀다.

"이 남조선 간나 새끼가!"

"뭐야!"

손오공이 소리를 지르면서 회령 아저씨에게 엉겨 붙었다. 잠시 멍하니 섰던 인희는 자기 방으로 들어갔다. 내가 회령 아저씨에게 주먹을 날리려는 손오공을 뜯어말렸다.

14
상상 훈련

고양이는 훌륭한 연기자다. 놈은 날씬하고 우아하다. 어리광스럽고도 점잖다. 놈은 뛰어난 집중력을 가졌을 뿐 아니라 상상력의 폭이 넓어서 그냥 놀 때도 자기의 모든 능력을 구사한다. 쥐에게 접근할 때나 장난감으로 묘기를 부릴 때도 그 움직임은 똑같다. 놈이 고무공에 살금살금 다가가서 앞발로 끌어당긴다. 재빠르게 뒤로 물러선다. 겁먹고 도망친다. 장애물 뒤에 숨는다. 모든 동작에서 상상력을 보여 준다. 놈은 지금 마당에서 공을 가지고 놀고 있다. 나는 마리와 함께 했던 연극 〈보이첵〉의 대사를 중얼거리다 말고 놈의 연기를 감상한다. 밖에서 청소차 소리가 나는데도 놈은 아랑곳하지 않았다. 놀라운 집중력이다. 고무공인 줄 알면서 마치 살아 있는 쥐를 다루듯이 유연한 몸동작을 보여 준다. 상상력이 없다면 불가능한 행동이다. 대문에서 큰 발소리가 나자 놈은 고무공을 차 버리고 화장실 쪽으로 달아난다. 눈 깜짝할 사이에 없어진다. 텔레포트, 공간이동이다. 놀이를 시작할 때와 같이 조용히 사라진다.

　나는 손에 들고 있던 아령을 내려놓고 윗도리를 입었다. 인간도 오랜 수련을 통해 고양이와 같은 유연성과 상상력을 얻을 수 있다. 사람은 고양이 못지않은 연기자로 세상에 태어난다. 울고 있는 아이에게 장난감을 주면 갑자기 눈물을 그친다. 아이의 주의가 장난감으로 쏠리기 때문이다. 장난감을 빼앗으면 다시 울음을 터뜨린다. 이런 천부적인 집중력과 상상력은 성장하면서 억압당한다. 배우가 된다는 것은 바로 억압을 벗어던지는 것이다. 좋은 배우는 억압의 탈을 찢고 자신의 모습을 찾은 사람이다. 나도 내게 씌워진 허울을 벗어던질 생각이다. 나는 마루 위로 올라가 벽에 등을 기대고 편안한 자세로 앉았다.

　머릿속으로 아늑한 숲속이 펼쳐진다. 온몸이 나른해져 오는데 앞쪽에서 몬스터 떼가 불쑥 나타났다. 나는 놀라 눈을 번쩍 떴다. 일순간 몬스터들이 사라진다. 따뜻한 햇볕이 마루 위로 드리워진다. 아령으로 근육을 풀었기 때문에 몸이 종이처럼 가볍다. 고양이털처럼 부드럽다. 눈을 감으면 금방 잠이 올 것 같다. 그러나 몬스터 때문에 눈을 감기가 무섭다. 나는 엉덩이에 힘을 주고 정신을 가다듬는다. 매일 반복하는 운동이 몸을 유연하게 만들어 주는 것처럼, 머릿속에 흩어져 있는 기억의 파편을 들추어내면 집중력과 상상력이 길러진다. 한동안 몸을 단련하는 수업을 하지 않았다. 그것은 잘못이다. 몸은 배우의 생명이다. 배우는 입으로 말하는 사람이 아니라 몸으로 보여 주는 사람이다. 배우의 꿈을 버리지 않았다면 힘들고 어렵더라도 몸 가꾸기 훈련을 계속했어야 옳았다. 게으른 자는 절대로 배우가 될 수 없다. 고양이 같은 연기는 그냥 얻어지는 게 아니다. 성격 창조란 그만큼 어려운 일이다.

그렇다고 해도 그동안 너무 어려웠다. 돈을 잃고, 그것을 도로 찾겠다고 설치다가 콩팥도 강탈당하고, 정신까지 몽롱해졌다. 무엇보다도 기억을 잃어 가는 마당이라 매사에 자신이 없다. 포르노맨이 힘을 써준 배역만 잘 소화한다면 다시 배우의 꿈을 되찾을 수 있을 것이다. 그런 욕망에 불을 지필 수 있을 것이다. 또한, 동생이 남한으로 와서 내 기억을 대신해 줄 것이다. 포르노맨이 단단히 말을 해둔 모양이었다. 엊저녁에 스태프가 아니라 감독이 직접 전화를 걸어 왔다. 나는 천천히 눈을 감고 사막을 상상한다.

기사가 말을 타고 황량한 서부를 달리고 있다. 영락없이 중세 시대의 기사다. 리니지가 아니라 마치 영화의 한 장면 같다. 자세히 보니 안장 위에 앉아 있는 사람은 아버지다. 기사는 어디로 갔는지 보이지 않는다. 그런데 하림의 아버지다. 그것은 그와 아버지에게 어울리는 역할이다. 중국에서 중세의 기사도 영화를 볼 때마다 두 분을 떠올렸다. 그도, 아버지도 변방의 시골 농장에서 선전대 배우로 묻혀 살기에는 재능이 너무 아까웠다. 산골짜기 혈맹에서 놀 사람이 아니라 바츠 공화국의 에르빈 롬멜 황제가 사는 동네로 나가 제대로 된 배역을 맡아야 할 배우였다.

그런 생각을 하는 동안 사막 저 멀리에서 누군가가 보인다. 순간 하림의 아버지는 중세의 기사보다도 더 폼 나는 자세로 안장 옆에 꽂힌 채찍을 들어 말의 엉덩이를 내리쳤다. 사막 한가운데로 모래바람이 일고 비장한 음악이 흐른다. 이어 두만강이 나타난다. 나는 그를 향해 칼을 뽑으라고 소리를 질렀다. 국경 경비 초소병들이 그의 목숨을 노리고 있을지 모른다. 국경은 언제나 위험이 도사린다. 몬스터가 설쳐 대는 숲속과 똑같은 곳이다. 방심하면 당한다. 긴장을 놓지 말아야 한다. 그래야 죽지 않고 영웅이 될 수 있다. 말의 속도가 빨라지고, 하림의 아버지가 모래바람 속으로 사라진다. 다시 안장 위에 세 사람을 태운 말이 나타난다. 나, 어린 동생과 아버지다. 이번에는 하림의 아버지가 아니다. 아니, 하림의 아버지와 닮았다.

"아바이, 어디 갑네까?"

"주점에서 어마이를 만나기로 했다."

"정말이라요?"

"고럼."

"이젠 어마이랑 함께 사는 겁네까?"

"기래, 앞으론 어마이랑 헤어지지 않고 한집에 살기로 했다."

말이 천천히 걸었다. 거친 들판에 길든 말이다. 강가로 햇볕이 내리쬐었지만 덥거나 목이 마르지 않았다. 한없이 평화로운 강변이다. 여기는 몬스터가 나타난다고 해도 무섭지 않을 것 같다. 그 저주의 식량난이 북조선 변방을 휩쓸기 전에 두만강은 정말 낭만적인 공간이었다. 여름이면 물놀이, 겨울이면 얼음치기. 학교를 마치면 가방을 던져 두고 아예 강에서 살았다. 남한처럼 공부하라고 들볶는 선생도 부모도 없었다. 나는 말 위에서 엉덩이를 들썩거리면서 노래를 불렀다. 동생은 가운데 앉아 손뼉을 친다. 아버지가 좋아하는 〈김일성 장군의 노래〉다. 그도 휘파람을 불며 흥얼거린다. 맞은편에 마을 하나가 섬처럼 떠 있다. 말은 잔잔한 바다를 가로질러 가는 돛단배 같다. 주점에 도착하면 엄마를 만날 것이다. 얼굴조차 가물가물한 엄마가 나타난다니 믿어지지 않는다.

나는 한 번도 엄마를 잊은 적이 없었다. 그녀는 항상 곁에 있었다. 엄마가 떠나고, 시간이 흐를수록 얼굴은 희미해졌다. 사진 속의 얼굴은 내가 아는 엄마가 아니었다. 고생을 너무 많이 해서 그런지 그녀의 얼굴에서 젊었을 때의 모습은 사라졌다. 나중에는 상상으로 얼굴을 만들었다. 이제 상상이 아니라 살아 있는 그녀를 만난다. 오늘은 생애 최고의 날이 될 것이다. 역시 '저주풀이 주문서'가 효과가 있다. 그놈과 '부활의 서'를 리니지 시장에서 사다 놓고 얼마나 주문을 외우고, 빌었는지 모른다.

이때 반대편에서 말 한 마리가 나타난다. 아버지는 콧노래를 멈추고 칼이 꽂힌 허리로 손을 가져간다. 그런데 정확히 모습을 드러낸 말 위에는 하림과 그의 동생, 그의 아버지가 타고 있다. 다가온 하림의 아버지는 아버지에게 이상한 표정으로 윙크를 한다. 어릴 때, 두 사람이 한 무대에 올라 만담을 할 때의 기억이 난다. 그때도 둘은 농담을 주고받으면서 윙크를 해 사람들을 웃겼다. 하림이 탄 말이 지나간다. 나는 뒤돌아 친구에게 손을 흔든다. 놈은 자기 아버지처럼 윙크를 한다. 화냥년 아니 화냥놈, 누가 호모 아니랄까 봐!

마을이 가까워진다. 아버지는 말에서 내려 주위를 둘러보았다. 거리엔 먹거리, 농기구, 가축, 옷가지 등이 널려 있다. 이따금 남한 물건도 보인다. 두만강을 넘어온 중국 상인이 들고 온 것이다. 요란한 장날이다. 아버지는 말에서 내리면서 배고프지 않느냐고 묻는다. 허기가 어디로 달아났다. 나와 동생은 아버지의 손을 끌고 옷을 파는 난전으로 가서 근사한 갑옷 한 벌을 고른다. 아버지도 누더기를 벗어던지고 갑옷과 투구를 걸쳤다. 나는 혹시 신통한 주문서가 있는지 시장 주변을 두리번거렸다. 역시 북조선은 뭐든 쓸 만한 물건이 있는 동네가 아니다. 난전도 남조선이다. 우리는 장국을 한 그릇씩 먹고, 주점으로 들어갔다. 아버지가 나타나자 시끌벅적하던 주점이 일순간 조용해졌다. 허리에 칼을 찬 서너 명이 마시던 술잔을 내려놓고 살금살금 바깥으로 나간다. 아버지를 월남자 자식이라고 무시했던 사람들도 헛기침을 하며 뒷걸음질 치다가 줄행랑을 놓았다. 놈들은 아버지에게 척살당하고 싶지 않았던 것이다. 지주 집안에 월남자 자식, 그것은 아버지의 영혼에 찍힌 인장이었다. 그는 주위를 둘러보고 가운데에 놓인 테이블에 앉았다. 황제의 표정이다. 늠름한 모습이다. 자랑스럽다. 나도 의자에 앉으면서 갑옷을 만진다. 엄마를 만나기 전에 새로 산 갑옷에 먼지를 묻히면 안 된다. 동생은 이미 자리를 차지하고 앉아 물을 마신다. 나는 주점 벽에 붙은 시계를 쳐다본다. 엄마가 오기로 약속한 시간은 이미 지났다. 아버지도 시계를 보더니 바텐더에게 술을 달라고 한다.

"아바이, 조금만 참으시라요."

"그럴까?"

"어마이가 곧 올 텐데."

"어마이 보고 싶어⋯⋯."

동생이 중얼거린다.

"한 잔만⋯⋯."

아버지는 말을 하고도 잠시 망설인다. 주인은 밑에서 술병을 꺼낸다. 아버지는 헛기침을 하고 내 눈치를 살핀다. 주인이 술을 도로 넣으려고 하자 그는 병을 낚아챘다. 이어 병째로 들이켠다. 나는 아버지를 올려다본다. 그는 다시 입으로 가져간 술병을 내려놓았다. 동네 사람들은 아버지가 술을 너무 마신다고 했다. 아버지는 술이 좀 과한 편이긴 했으나 특별히 주사가 있는 것은 아니었다. 주위에는 아버지와 비교도 되지 않는 주당이 많았다. 그는 다른 아버지들처럼 술에 취해 가족을 손찌검하지도 않았다. 몸이 아픈 이후로 술을 마실 돈도 없었다. 그들은 아버지가 왜 술을 마시는지 모른다. 그는 인민배우가 되고 싶었다. 그렇게 될 수 없는 자신이 저주스러웠다. 당신은 인민배우가 되어 가족을 배불리 먹이고, 자신도 영웅이 되어 세상을 호령하고 싶었다. 칼이 아니라 몸으로 모든 혈맹의 혈원들이 우러러보는 진정한 영웅이 되고 싶었다.

큰 시곗바늘이 두 바퀴를 돌았지만 엄마는 나타나지 않았다. '저주풀이 주문서'도 '부활의 서'도 효과가 없는 모양이다. 아버지는 술을 마시면서 가끔 입구를 쳐다보았다. 엄마의 얼굴은 보이지 않는다. 주문서는 그야말로 바람을 비는 책일 뿐이다. 그곳에 쓰인 대로 빈다고 소원이 성취되는 것은 아니다. 아버지는 취해 몸을 제대로 가누지 못할 정도가 되었다. 남은 손님들이 모두 자리를 뜨자 창문 사이로 황혼이 드리워졌다. 주점 입구로 옮겨앉은 동생은 바깥을 하염없이 쳐다보고 있었다. 이제 말을 타고 집으로 돌아가야 한다. 아버지가 말을 제대로 몰 수 있을지 의문이다. 그런 생각을 하면서 자리에서 일어나는 순간 동생이 밖으로 뛰어나갔다.

"어마이요! 어마이……."

그는 소리를 질렀다. 나도 주점 입구로 뛰어나갔다. 땅바닥에 엎어진 동생이 일어나 달린다. 두만강의 저녁놀을 등지고 엄마가 걸어온다.

"아바이요! 어마이가 와요!"

나는 주점을 향해 소리를 질렀다. 술에 취한 아버지는 의자에서 일어
나지도 못하고 비틀거렸다. 나도 강가로 달렸다. 그녀는 보랏빛으로 변
한 두만강 물결을 밟고 건너왔다. 나는 온 힘을 다해 뛰었다. '부활의
서'는 위대한 주문서다. 엄마는 동생을 안았다.

15

기억은 과거가 아니다

"백석공원 사체 훼손 사건의 피해자 신원이 밝혀졌습니다. 서울 도심 곳곳에 조각난 사체로 뿌려졌던 그는 ○○년 남한으로 내려온 탈북자로 드러났습니다. 평소 그는 자신을 조선노동당 당원 출신이었다고 말하고 다녔으며, 또 탈북자들의 뒷조사를 해주고 그것을 다른 사람에게 팔아넘기는 수법으로 돈을 챙겨 온 것으로 알려져 있었습니다. 하지만 그는 한국 생활에 적응을 하지 못해 결국 신용불량자에 노숙자 생활까지 했다고 하는데요, 경찰은 그의 주변 사람들을 중심으로 수사를 진행하고 있다고 합니다."

손오공이 스포츠 신문을 뒤적이다가 티브이에 시선을 고정시켰다. 식당에는 둘만 앉아 있었다. 주변이 조용해 티브이 소리가 울렸다. 주방에서 과일을 깎던 아줌마도 칼을 놓고 티브이를 쳐다보았다. 그녀도 탈북자다.

"형, 어떻게 된 거야?"

손오공이 물었다.

"……"

나는 말없이 숟가락을 들었다. 이틀 전, 경찰서에서 들었던 말이었다.

"형은 알고 있었구나."

"밥이나 먹어."

나는 먼저 밥을 먹었다. 아줌마가 과일이 놓인 쟁반을 들고 나온다.

"오늘은 기분이 안 좋은 것 같아요."

그녀가 쟁반을 내려놓고 말했다. 후식은 단골손님에 대한 배려다. 나는 고개를 들고 미소를 지었다.

"형, 아까 내가 불렀을 때, 엄마 생각하고 있었지?"

손오공이 신문을 치우고 조심스럽게 물었다.

"어떻게 알았어?"

"형이 엄마 아니면 울 일이 있어?"

아까 상상훈련을 할 때 눈가에 눈물이 맺힌 모양이었다. 그는 내가 어머니를 찾아 남으로 왔다는 것을 알고 있었다. 무산 아저씨가 무심결에 한 말이었다. 나는 개의치 않았다. 감출 일도 아니었다.

"근데 형……"

그는 목소리를 낮추었다.

"용식이도 사라졌어. 경태도 조만간 잠수 탈 모양이야!"

"……"

얼마 전, 경태는 귀가 뚫렸다고 뽐냈다. 외국어는 들리면 끝이다. 나도 중국어가 들리기 시작하자 말하는 것은 금방이었다. 옆에 있던 용식이는 놈이 으스대는 꼴이 싫은지 양키 머슴이나 하고 살라고 핀잔을 주

었다. 그러자 경태는 자기 동생만 만날 수 있다면 미국 놈 뭐도 빨겠다
고 말했다. 사실 경태는 입 안에 곰팡이가 낄 정도로 말이 없었다. 그런
놈이 영어가 들린다고 소리까지 질렀다. 오히려 용식이는 아무 말이 없
었다. 그런데 용식이가 경태보다 먼저 없어졌다. 탈북자들이 사라지는
건 흔한 일이다. 그들이 사라져도 그것을 알아채는 사람도 없다.

"여동생을 데려간 의사 이름도 모른다고 하던데."

손오공이 말했다. 나도 경태가 어떻게 동생을 만날지 궁금해졌다. 그
는 여동생을 찾기 위해 엉터리 영어로 미국 의사협회 홈페이지에 비극
적인 자신의 가족 얘기를 띄우고 동생을 입양해 간 의사를 찾았지만 허
사였다. 그래도 놈이 다른 이들이 가장 힘들어하는 영어를 마스터하는
것을 보면 모질게 마음먹은 모양이었다.

"미국에 도착하면 동생을 찾아 달라고 시엔엔으로 찾아가겠대요. 그
래도 안 되면 백악관에 가서 대통령을 만나겠다는데, 그놈이 보기완 달
리 배짱 하나는 끝내 주잖아요!"

손오공이 놈의 친구들에게 들은 얘기를 했다.

"……."

"용식이 갠 엄마가 중국에서 재혼하는 바람에 자기만 한국에 왔댔잖
아요?"

"아마 그럴 거야."

"그럼 엄마 찾아 중국으로 간 게 아닐까?"

"……."

손오공의 말이 사실인지 모른다. 하지만 자신을 버린 어머니를 찾아
가는 것보다는 한국이 낫다. 그래도 여기는 탈북 청소년이라면 발 벗고

도와주는 사람도 있다. 고아인 손오공이 부러워할 정도다. 자기만 잘하면 대학에 특례 입학해 공짜로 다닐 수도 있다. 용식이가 중국에서 엄마를 만난다고 해도 그녀는 이제 혼자가 아닐 것이다. 의붓아버지에 씨다른 동생까지 있을 가능성이 높다. 사기꾼이 많다고 호들갑을 떨어도 탈북자에게 남한은 천국이다. 중국은 공안이 없다고 해도 안식처가 될 수 없다. 모두가 탈북자들의 불안한 신분을 이용해 등쳐먹을 생각뿐이다. 다만 그곳은 북한과 가까워 언제고 고향으로 돌아갈 수 있다는 장점이 있다. 하지만 그것도 북쪽으로 갈 이유가 있는 사람들 얘기다. 또 북에서도 탈북자를 잡으려고 안달이 나 있다. 어디에도 여기처럼 맞아 주는 나라는 없다. 많이 내렸다고 하지만 정착금은 적은 돈이 아니다. 후원 단체도 많다. 물론 한국보다 더 좋은 나라, 복지 정책이 잘 돼 있어 일을 하지 않아도 먹여 준다는 유럽도 있다. 하지만 그런 나라에서 이유 없이 북한 사람들을 받아 줄지 의문이다. 미국으로 간 탈북자 중에서 합법적인 영주 허가를 얻은 사람은 많지 않다. 손오공은 잠시 말이 없었다. 그는 내 눈치를 살폈다.

“무슨 할 말 있어?”

“형, 마리한테 그 매니저 놈 얘기해 줬어?”

“아직……”

“왜?”

“연락이 잘 안 돼.”

나는 약간 퉁명스럽게 말했다. 손오공은 눈치를 보다가 수저를 놓았다. 나는 경찰서에서 나오자마자 허겁지겁 마리에게 전화를 걸어 매니저 놈의 전과 기록을 쏟아 낼 생각이었다. 하지만 전화를 받지 않았다.

손오공이 의자에 놓아 두었던 작은 앨범을 테이블 위에 올렸다.

"형, 이것 봐!"

마리의 사진이었다. 그는 앨범을 한 장씩 넘긴다. 온갖 종류의 표정이 담겨 있다.

"이걸 어디서 구했어?"

나도 모르게 입이 벌어졌다.

"형도 이제 기분이 좋아졌구나!"

손오공의 얼굴도 환해졌다. 나는 앨범을 빼앗아 넘겨 본다. 마리를 보니 기분이 좋아진다.

"스타들의 얼굴을 찍어 파는 사람이 있나 봐. 나도 인터넷을 검색하다가 알았어. 형이 가지고 싶다면 줄게."

"힘들게 구했을 텐데."

공을 많이 들인 사진첩이었다.

"난 다시 구하면 되지. 지난번 경찰이 잡으러 왔을 때, 혼자 도망간 거 미안하기도 하고……."

그는 말을 하려다 말고 내 표정을 살폈다.

"형! 그렇게 웃으니 얼마나 보기 좋아! 오늘은 좋은 소식이 둘이나 있었잖아!"

그도 웃으면서 말했다.

아침 일찍 방송국에서 연락이 왔다. 영화 〈추격자들〉의 내 연기가 방송국 드라마 피디의 눈에 띈 것이다. 피디가 생각해서 불렀다니 분명히 얼굴이나 비쭉 내미는 엑스트라는 아닐 것이다. 그는 조만간 다시 연락하겠다고 했다. 이제 뭔가 서광이 보인다. 영화 주인공에 드라마 출연이라, 꿈이 실현된 것이다.

그뿐이 아니었다. 진짜로 기쁜 소식은 '뫼비우스의 띠' 혈원들의 지속적인 노력으로 바츠 공화국의 에르빈 롬멜 황제의 마음이 움직이기 시작했다는 것이다. 혈원들은, 비록 쿠사나기 군주가 해킹으로 아덴과 아이템을 훔쳤다고 하나 그것은 자신을 위해 사용한 것이 아니라 병이 들어 누워 있는 아버지 약값으로 썼다는 상소를 올렸다. 하지만 롬멜 황제는 눈도 꿈쩍하지 않았다고 한다. 그런데 바츠 해방전쟁 당시 시저 황제의 디케이 동맹과 가장 강력하게 싸웠던 북조선 출신의 혈원들이 소속된 혈맹에서 다른 내용의 상소를 올렸다는 것이다. 쿠사나기 군주의 봉인이 혹시 내복단 활동에 대한 괘씸죄가 아니냐는 것이다. 현재 롬멜 황제는 바츠 해방전쟁 당시 반혁명 세력이었던 디케이 동맹에서 활동했던 군주였다. 그들의 주장이 다른 혈맹의 혈원들에게 공감대를 형성했는지 게시판에서 논쟁이 일어났고, 그동안의 봉인으로 쿠사나기 군주는 충분한 죗값을 치렀다는 상소가 빗발쳤다. 더 이상 롬멜 황제가 버티다간 큰 원성을 살 것 같으니 쿠사나기의 목에 현상금을 걸어 봉인을 풀 것을 고려중이라고 했다. 현상금은 앞으로 조신하게 살라는 의미였다. 또 다른 소식도 있었다. 바츠 해방전쟁 당시 행방불명된 혈원들이 묻힌 장소가 속속들이 밝혀지고 있다는 것이다. 그렇다면 인형사의 봉인을 풀 수도 있는 일이다.

"참, 차연숙 누드는 어떻게 됐어?"

나는 나신에 가까운 마리의 사진을 보면서 물었다. 그는 며칠째 합성 사진에 매달렸다. 뭔가를 보여 줄 기세였다.

"엊저녁에 마무리했어. 연숙이도 보면 놀랄걸."

"놀라겠지. 자기는 벗지도 않았는데……."

"아니."

"아니라니?"

나는 놈의 얼굴을 쳐다보았다.

"그 사진이 인터넷에 돌면 걘 영원히 누드 찍기 힘들 거야!"

"왜?"

"벗으면 거지 같은 본래 몸매가 들통 날 거잖아!"

"그렇게 근사하게 만들었어?"

"그럼. 실물과는 상대가 안 될 거야!"

그는 차연숙의 벗은 몸을 보기라도 했다는 투다.

"걘 나한테 감사해야 돼!"

나는 웃었다. 손오공도 따라 웃는다. 나는 마리의 사진을 감상하면서 앨범을 넘겼다. 처음 보는 것도 있었다.

"너 정성이 뻗쳤구나."

나는 말을 하고 탄성을 질렀다. 보통 정성으로 구할 수 있는 것이 아니었다.

"마리는 내 연인이잖아. 물론 형이야 자기 애까지 뱄던 여자니까 자기 여자라고 생각하겠지만, 나한테도 마리는 애인이야."

나는 식당 아줌마를 쳐다보았다. 그녀가 우리의 얘기를 듣고 있을지 모른다. 하지만 그녀는 무를 깎느라 정신이 팔려 있었다.

"그럼 인희는?"

"꿩 대신 닭이지."

손오공은 말을 하다가 입을 다물었다.

“…….”

“방금 그 말 못 들은 걸로 해줘.”

나는 웃었다. 손오공은 머리를 긁적인다.

룸살롱에서 일하는 현주와 주희가 식당 안으로 들어온다. 현주가 손오공을 보고 못마땅한 표정을 짓는다. 둘은 여전히 앙숙이다.

“너, 똘아이 형님 쫓아다니지?”

그가 현주에게 물었다. 영화배우 원빈을 닮은 그의 얼굴에 반한 모양이었다. 하지만 그는 여자에게 관심이 없다. 그의 머릿속은 온통 히로뽕뿐이다. 삐끼로 악착같이 돈을 벌려는 것도 뽕을 한 번이라도 더 맞기 위해서다.

“남이야! 뭘 하든 오빠가 무슨 상관이야!”

현주가 아니꼽다는 표정이다.

“너 모르지? 똘아이 형님 고자라는 거.”

손오공이 목청을 높였다.

“그럼 그 오빠, 그게 안 서?”

주희가 놀란다. 식당 아줌마가 고개를 숙이고 웃었다. 음식을 고르던 현주가 손오공을 쏘아본다.

“허우대만 원빈이면 뭐 해!”

손오공이 능청스럽게 말한다. 현주가 일어나 밖으로 나간다. 주희도 덩달아 일어난다.

“오빠, 그게 정말이야?”

주희가 다시 물었다. 손오공이 현주의 뒤통수에 대고 무슨 말을 하려 한다.

"그만해라."

내가 막았다. 손오공이 입을 다물고 물을 마신다. 그의 말이 맞을지도 모른다. 그게 안 서니까 원빈처럼 생긴 얼굴로 호스트바에 가지 않고 허름한 동네에서 삐끼질이나 하고 다니는 게 아닐까? 주희가 나가다 말고 손오공을 부르더니 윙크를 한다. 그는 피식 웃는다.

"형, 쟤 코가 마리랑 닮았지?"

"……."

나도 그런 생각을 했다.

"아닌가?"

그가 혼자 중얼거린다. 손오공의 눈에 여자는 두 종류다. 마리와 닮은 여자와 그렇지 않은 여자.

나는 마리의 앨범을 쥐자 날아갈 것 같다. 손오공도 미소를 짓는다. 시무룩한 표정으로 아침 분위기를 망친 게 미안하다. 어머니를 떠올리면 언제나 우울해진다. 갑자기 용식이가 부럽다. 북한에 있는 동생은 전화할 때마다 어머니 소식을 물었다. 내가 남한에서 어머니와 함께 사는지 궁금해하고 있었다. 연변 아주마이에게도 그것을 집요하게 물었다고 한다.

기억 훈련은 내가 의도한 것과는 다른 방향으로 흐르고 말았다. 오늘은 아버지를 불러내 어두웠던 과거를 한번 되짚어 볼 생각이었다. 아버지를 생각하면서 기억의 끈을 놓친 것이다. 사실 그것은 처음부터 예고된 일이다. 북쪽에 관한 기억은 거의 말라 버린 상태다. 어떤 것이 내 기억인지조차 헷갈릴 정도였다. 그렇다고 기억 훈련이 전혀 엉뚱한 곳으로 빠진 건 아니다.

기억은 반드시 과거를 의미하지 않는다. 상상으로 과거는 얼마든지 새롭게 창조될 수 있는 것이다. 이제 내게 확실한 기억, 온전한 과거는 존재하지 않는다. 다행히 배우는 현재만 필요한 사람이다. 언제나 현재형을 보여 주는 사람이다. 그것은 나처럼 과거를 되짚을 수 없는 사람에게는 행운이다. 이런 기억의 환기는 나중에 감정 표현의 길을 열어 줄 것이다.

손오공은 기억 환기나 상상력 훈련을 명상이나 요가 정도로 알고 있다. 연극을 공부한 인희도 기억 훈련이 뭔지 잘 모른다. 언젠가 그녀는 도인이 되기로 마음을 바꿔 먹었냐고 웃으면서 물었다. 연기는 몸의 표현이 아니다. 몸이 움직이기 전에 마음이 일어나야 한다. 또한 마음은 영감을 불러일으킨다. 영감은 카메라 앞에 선다고 해서 불처럼 피어오르는 것이 아니다. 좋은 배우는 필요할 때 영감을 불러낼 수 있도록 준비를 하고 있어야 한다.

나는 테이블 위에 밥값을 올려놓았다. 이번은 내가 계산할 차례다. 우리 둘은 번갈아 계산한다. 그런데 손오공이 오늘은 자기가 사고 싶다고 했다. 잠시 옥신각신하다가 손오공이 돈을 냈다. 이때 무산 아저씨가 사과가 든 광주리를 들고 들어온다. 우리는 인사를 하고 밖으로 나갔다. 그는 행상만 하는 것이 아니라 동네 식당에 과일을 들고 찾아다닌다. 어떤 곳에는 정기적으로 물건을 공급하기도 한다. 몇 년 장사를 하다 보니 나름대로 돈 버는 요령을 터득한 것이다.

"형, 지난번 영화 〈추격자들〉에 출연한 것 때문에 배역 받은 거지?"

"……"

"난 그 연기 볼 때, 형이 제대로 된 배역을 받을 줄 알았어."

“무슨 부탁을 하려고?”

내가 먼저 물었다. 놈은 분명히 다른 할 말이 있었다. 녀석은 방을 나올 때부터 변죽을 울렸다. 그는 머리를 긁적였다.

“형, 인희가 가려고 할까?”

그는 일주일 전부터 ‘스타예감’ 프로그램 녹화를 보러 가자고 졸랐다. 여기서 멀지 않은 고수부지에서 그 프로를 진행한다는 광고를 본 모양이다. 한강에 가서 뱃놀이도 하고 방송에도 출연하자고 했다. 그러나 그의 관심은 방송이나 뱃놀이가 아니라 인희였다.

“가도록 만들어야지.”

“정말!”

“인희는 내가 책임지고 데려갈게!”

“근데…….”

“왜? 말해 봐!”

“아니야.”

“너랑 인희랑 잘 되도록 분위기 띄워 달라는 거지?”

“…….”

삐끼질로 산전수전 다 겪은 손오공이 부끄러운지 얼굴을 붉혔다. 그런데 인희는 도무지 관심이 없다. 그녀는 내게는 성욕까지 묻은 노골적인 눈길을 보내기도 하지만 손오공은 남동생 정도로 여긴다. 그는 룸살롱의 여급들을 나이에 상관없이 떡 주무르듯이 다루면서도 인희 앞에만 가면 맥을 못 춘다. 그러나 나는 노력해 보겠다고 말한다. 손오공은 쾌재를 부른다.

16

Who is it that can tell me who I am?*

주위가 보랏빛이다.

온통 보랏빛 안개다. 강에서 피어오른 보라색 기운이 숲속을 뒤덮었다. 나는 춥다고 움츠리는 하림에게 옷을 벗어 주었다. 그래도 그는 몸을 떨었다. 혹시 놈이 무슨 병에 걸린 것이 아닐까. 걱정된다.

"사진 꺼내 봐."

그는 뜬금없는 말을 했다.

"너 가져. 우리 가족사진이 그렇게 좋으면……."

나는 사진을 그에게 줘버렸다.

"정말이다. 이제 이 사진은 내 거다!"

그는 사진을 들여다보느라 몸도 떨지 않았다. 옷을 벗은 내 몸이 떨렸다. 그의 가족은 아사했다.

---

* "내가 누구인지 누가 나에게 말을 좀 해다오." 《리어왕》 중에서.

"찢어서 죽일 거야! 개새끼들!"

놈은 혼잣말로 중얼거렸다. 다 굶어 죽고 놈만 남았다. 시체는 고양이 밥이 되었을 것이라고 주절거렸다. 하도 여러 번 들어서 내 가족의 참변처럼 환하다. 하림 역시 우리 가족 일을 미주알고주알 모르는 것이 없었다. 내 가족사진에 넋을 잃은 그를 쳐다보았다. 놈은 사진을 보면서 욕설을 쏟아 냈다. 그는 누구를 죽이겠다는 말도 서슴지 않았다.

나는 눈물을 흘렸다. 얼마나 가족이 그리웠으면 남의 가족사진을 저렇게 뚫어지게 쳐다볼까? 얼마나 원한에 사무쳤으면 저렇게 소름끼치는 말들을 뱉는 것일까? 그는 가족의 복수를 하고 싶다고 했다. 하림은 절망적인 상황이었다. 그는 중국에서 자신을 도와주던 유일한 곳이었던 교회에서도 쫓겨났다. 놈이 남자들에게 똥창을 팔고 다닌다는 소문이 중국어 강사인 목사 귀에 들어간 것이다. 그는 하림에게서 그 사실을 확인한 후, 얼굴이 노래지더니 옆에 있는 빗자루를 휘둘러 하림을 교회에서 몰아냈다. 그러고는 자신은 마룻바닥에 쓰러져 '주여, 주여'라고 구시렁거리더니 밤새도록 용서 타령 기도를 쏟아 냈다.

그동안 하림은 목사에게 특별한 사랑을 받았다. 그는 다른 꽃제비들과는 상대가 되지 않는 탁월한 언어 능력을 갖고 있었다. 하림이 중국어를 습득하는 속도에 목사는 혀를 내둘렀다. 그러나 목사에게 내침을 당한 일로 하림도 충격을 심하게 받았는지 다시는 교회를 찾지 않았다. 그 전에 하림은 일주일에 네 번, 교회에 가는 것이 낙이었다.

그래도 우리는 붙어 다녔다. 나중에는 진짜 피붙이처럼 되어 서로에 대해 모르는 것이 없었다. 가족에 대해서도 속속들이 알게 되었다. 주위 사람들은 우리가 얼굴까지 닮아 간다고 말했다. 그는 가족사진을 뚫어지게 쳐다보다가 몸을 부르르 떨었다. 나는 겉옷을 하나 더 벗어 그의 몸뚱이를 감싸주었다. 뼛속으로 찬바람이 파고들었다. 놈의 몸을 만졌다. 하림이 안겨 왔다.

아침에 눈을 뜨자 하림이 죽어 있었다. 주위는 보랏빛으로 뿌옇다. 동사였다. 몇 년을 피붙이처럼 지낸 친구를 잃었다. 기가 막혀 눈물도 나오지 않았다. 나는 그와 함께 동냥한 찬밥으로 배를 채우고, 보랏빛 뿌연 안개를 뚫고 동네로 내려가 삽 하나를 훔쳐 왔다. 하림을 여기 두면 짐승의 먹이가 될지 모른다. 실제로 훼손된 시체를 몇 번이나 봤었다. 잘못하면 놈도 자기 식구처럼 고양이 밥이 될지 모른다. 그런 일은 막아야 한다. 친구를 들쳐 메고, 보랏빛 안개가 드리워진 숲을 향해 걸었다.

멀리서 고양이 울음소리가 들렸다. 파리 떼도 윙윙거린다. 숲은 나오지 않았다. 나는 달렸다. 숲이 아니라 시내가 펼쳐졌다. 황폐한 시가지다. 텅 빈 도시. 그러다가 화들짝 놀란다. 발길에 밟히는 것들이 모두 시체였다. 고양이가 파리 떼가 엉겨 붙은 시체를 뜯어먹고 있었다. 시체들은 모두 하나의 얼굴을 하고 있었다. 주철이었다. 처참한 몰골의 쿠사나기였다. 그것들은 바로 내 얼굴이다. 나는 한쪽으로 쓰러지는 하림을 부축하다가 놀라 침을 삼켰다. 그 역시 하림이 아니라 주철이었다.

"하림아, 미안하다."
중국어 강사인 목사가 말했다.
"하림아, 정말 미안해. 넌 그게 나쁜 짓인 줄도 모르고 한 일일 텐데……. 하림아, 가자. 교회로……. 니가 편히 있을 만한 곳을 내가 찾아볼 테니까. 주철이는 분명히 좋은 데 갔을 거야. 주철이 시체는 다른 사람한테 맡기고 가자."

그가 눈물을 흘렸다.

"목사님, 전 하림이 아니에요. 주철이란 말이에요."

"그래 알았다. 주철이든 하림이든 비역질은 않는다고 약속할 수 있지?"

"전 똥창 판 적이 없어요."

"그래 알았으니까 교회로 가자."

"아니에요, 전 친구를 땅에 묻는 거 보고 갈 거예요."

"……."

목사는 아무 말 없이 눈물만 흘렸다.

요란한 소리에 눈을 떴다. 버스가 급정거한 것이다. 뒷좌석에 앉아 졸다가 몸이 앞으로 쏠렸다. 나는 창밖을 둘러보다 허겁지겁 자동차에서 내렸다. 마리의 아파트에서 두 구간 정도 더 와버렸다.

나는 지하도로 내려가다 다시 주춤거렸다. 널따란 지하 공간 한쪽에 노숙자 몇 명이 엎드려 자고 있었다. 남한에 온 지 얼마 되지 않았을 때였다. 도심 공원 벤치에 무리 지어 노숙을 하는 사람들을 보고 충격을 받았다. 나중엔 가슴까지 두근거렸다. 역시 남조선은 거지 천국이구나! 위대한 수령님의 말씀이 맞구나! 남조선은 거지가 지천에 널려 있는 나라다.

나는 지하철 승강장으로 내려갔다. 남한 생활에 그런 대로 적응되어 갈 때까지 노숙자들의 모습이 머릿속에서 사라지지 않았다. 그러다가 혼자서 술을 마시고, 지하도에서 노숙자들 틈에 끼어 잔 적이 있었다.

뒷날 아침, 그것이 오랫동안 잊고 지낸 꽃제비 시절의 버릇이라는 것을 알았다. 이후에도 술만 마시면 나도 모르게 그들 옆에서 웅크리고 잠이 들었다. 피곤하고 힘들면 룸살롱 지하실 방 옆, 창고에 널브러지는 것도 마찬가지였다.

하나원에서 교육을 받을 때 일이었다. 점심을 먹고 학생들이 너무 힘들어하니까, 선생님이 좀 자고 일어나 공부를 하자고 했다. 세 명의 꽃제비가 교실 구석에 가서 등을 기대고 잠을 청했다. 나도 그들을 따라 한쪽 구석에 엎어졌다. 탈북자나 꽃제비들은 항상 누구에게 쫓기는 신세라 이런 식으로 눈을 붙이고 휴식을 취한다. 이런 습관이 목사의 형인 교수님 댁으로 들어가 고쳐졌는데도 무심결에 되살아난 것이었다. 칠판을 닦고 돌아선 선생님이 기겁을 하며 휴게실 침대에 가서 자라고 소리를 질렀다.

나는 아파트 단지로 들어갔다. 그동안 마리가 나에게 연락을 하지 않은 이유가 분명해졌다. 놈의 정체를 알려 주어야 한다. 마리가 그 사실을 알면 기절할 것이다. 그녀가 가장 싫어하는 것은 폭력이다. 유난히 겁이 많은 마리는 폭력을 저주한다. 어쩌면 그녀는 오랫동안 성폭행을 당해 왔는지 모른다. 남한에는 그런 일이 허다하다.

나는 고개를 들었다. 바로 앞에 보이는 건물 유리창에 박힌 태양이 눈 속으로 쏟아져 내렸다. 나는 눈을 감고 손으로 햇빛을 가렸다. 그리고 뒤돌아 하늘을 올려다보았다.

바로 그 하늘……. 옆집에서 빌린 리어카를 끌고 산으로 올라가다 마주친 하늘이었다. 손으로 장렬하게 내리쬐는 태양을 가리고 아래를 내려다보았다. 저만치에서 아버지와 동생이 땅을 팔 괭이와 삽을 들고 뒤를 따른다. 리어카 위에는 가마니에 돌돌 만 할머니가 누워 있었다. 가마니 속에 그녀가 평생 몰래 보던 성경도 넣어 두었다. '이 집은 무사하오?'가 아침 인사인 시절이라 모두들 남의 집에서 나가는 시신에는 별 관심이 없었다. 이 리어카도 오후에는 다른 시신을 싣기로 약속이 되었다. 일이 끝나는 대로 지체하지 말고 갖다 달라는 이웃집 아줌마의 당부가 있었다.

"형, 좀 천천히 올라가라요!"

뒤에서 동생이 소리를 질렀다. 나는 뒤를 돌아보았다. 아버지는 풀숲에 주저앉아 담배를 피워 물었다. 그는 고개를 떨어뜨리고 있었다. 관을 구해 보려고 장마당을 뒤졌지만 쉽지 않았다. 허름한 관 하나가 있었으나 너무 비싸게 달라고 해 엄두가 나지 않았다. 가족이 죽으면 시신을 관에 넣어 내가는 사람도 있었다. 하지만 그런 집도 산에 가서는 시체만 묻고 관은 다시 몰래 장마당에 내다 판다. 모두들 그만큼 어려웠다. 산 사람도 하루하루 연명하기 힘든 세상에 죽은 노인은 땅에 묻히는 것만도 고마워해야 할 판국이다. 산골짜기에 그냥 버려지는 시신도 많았다. 사실 여동생도 산에 아무렇게나 묻었다. 그래도 아버지는 할머니에게 마지막 효도를 하고 싶었던지 관을 구하러 이리저리 뛰어다녔으나 헛일이었다. 그것 때문에 그의 얼굴은 더욱 말이 아니었다.

나는 산을 올려다보았다. 골짜기 골짜기 모르는 구석이 없는 산이었다. 어릴 때 아이들과 함께 깡통을 두드려 토끼몰이를 하며 산릉선을 헤매고 다녔다. 어른들은 산에서 멧돼지를 잡아 어깨에 메고 내려왔다. 그놈을 달맞이 공터에 내려놓았다. 어느 틈엔가 달맞이 풍속이 없어질 때까지 정월 보름이면 동네 사람들이 모여 떠오르는 달을 보고 소원을 빌었다는 언덕이었다. 내가 할머니에게 들은 이야기였다. 가쁜 숨을 내쉬는 멧돼지가 공터에 누우면 노련한 아바이가 망치로 정수리를 때려 편안하게 최후를 맞도록 해준다. 이어 놈은 언덕 아래 개울가로 옮겨진다. 그럼 아이들은 공터에 둘러앉아 멧돼지 목에서 흘러나온 피로 도랑이 빨갛게 물드는 광경부터 놈이 살덩어리로 변해 광주리에 담기는 것까지 지켜본다. 그런 날 저녁이면 어김없이 마을에는 잔치가 벌어졌다. 한쪽엔 모닥불이 놓이고, 할아버지 할머니부터 이제 막 걷기 시작한 아이까지 커다란 밥상에 둘러앉았다. 이미 술에 취한 할아버지의 입에서 노랫소리가 터져 나오고, 아이들은 할머니의 이야기에 귀를 기울인다. 모두들 넋을 잃고, 그녀에게 몰입할 즘에 얼음이 둥둥 뜬 동치미 국물의 냉면이 앞에 놓인다. 사람들은 밤이 새는 줄도 모르고 술을 마시며 이런저런 이야기꽃을 피웠다. 그때쯤이면 한쪽 구석에 놓인 모닥불이 요란한 소리를 내면서 타오르고, 그 속에서 피워 오르는 불똥들이 반딧불처럼 어두운 하늘을 수놓았다.

아버지와 동생이 리어카를 밀었다. 나는 허리에 힘을 주었다. 우리는 모처럼 된장국에 이밥으로 아침을 먹었다. 할머니가 부엌 바닥을 파 몰래 쌀을 묻어 둔 것이었다. 그녀는 가족을 위해 죽음의 문턱을 넘는 그 순간까지도 그 쌀에는 손을 대지 않았다. 할머니는 허기진 배를 움켜쥐고 찬송가를 부르면서 요단강을 건너갔다. 몰래 삼킨 아편 때문에 그녀의 마지막은 편안했을 것이다. 이밥을 먹다가 아버지가 목이 메는지 눈물을 흘렸다. 덩달아 나도 눈물이 나왔다. 부엌 바닥에 뭐가 숨겨져 있다는 비밀은 할머니가 죽기 이틀 전에 동생에게 말을 해두었다. 그는 무슨 귀중품이 있는 줄 알았다고 했다. 쌀이란 사실을 알았다면 절대로 할머니를 굶겨 죽이지 않았을 것이다. 달맞이 공터 밑에 할머니를 묻을 생각이었다. 공동묘지에는 더 이상 시신을 묻을 자리가 없었다. 나는 리어카를 끌고 언덕을 올라갔다. 이제 다 온 것이다. 뒤쪽에 있던 동생이 먼저 달맞이 공터로 넘어섰다.

"아바이, 땅이 없습네다!"

동생이 소리를 질렀다.

"땅이 없다이?"

아버지는 괭이와 삽을 챙기다 말고 뛰어갔다. 나는 리어카를 끌고 뒤를 따랐다.

"……."

아버지는 벌어진 입을 다물 줄 몰랐다. 나는 리어카를 놓고 아래를 내려다보았다. 널따란 달맞이 공터는 이미 공동묘지로 변해 버렸다. 할머니 시신이 묻힐 틈이 보이지 않았다. 잠시 멍하니 서 있던 아버지가 손수 리어카를 끌고 산을 올랐다. 나는 동생을 데리고 뒤를 따랐다. 우리가 도착한 곳은 감자밭이었다.

"파라요, 여기다 묻게……."

리어카를 세운 아버지가 손으로 이마를 훔치면서 말했다. 나는 삽을 들고 감자밭으로 내려갔다. 할머니가 거친 흙이며 돌덩이를 파내고 일궈 사람들이 개성 할마이 감자밭이라고 불러 준 곳이었다. 마을에 먹을 것이 씨가 마르자 밭은 마을의 공유물이 되어 버렸다. 할머니도 굳이 감자를 지키려 하지 않았다. 그곳을 파서 무덤을 만들었다.

"어마이요. 천국 가시라요."

아버지는 근처에 버리듯 파묻은 여동생의 시신을 찾아 할머니와 합

장을 해버렸다. 그래도 할머니는 평생을 자신이 만지작거린 흙 속에 손녀와 함께 묻혀서 행복했을 것이다. 더구나 할머니는 성경을 가슴에 품고 있었다. 나는 이마의 땀을 훔치고, 하늘을 올려다보았다. 머리가 멍하고, 작렬하는 태양이 보랏빛으로 변해 머리 위로 쏟아져 내렸다.

저만치 아파트 5동 입구가 보인다. 순간 나는 망설여졌다. 내가 마리를 당황하게 만드는 것은 아닐까. 아니 마리가 집에 있기는 한 것일까. 전화를 할까 하다가 경비실을 향해 걸어갔다. 집 안으로 들어가 보면 알 일이다. 경비실은 비어 있었다. 올 때마다 수위는 자리에 없다. 그는 위험에 노출되기 쉬운 여배우가 여기에 사는 줄 모르는 모양이다. 아파트를 옮겨야 할 것 같다. 엘리베이터에 타자 젊은 여자가 뛰어들었다. 그녀가 10층을 누른다. 나는 주머니를 뒤져 열쇠를 챙긴다. 마리가 없다면 문을 열고 들어가서 기다릴 것이다. 그녀는 열쇠를 내밀면서 오고 싶을 때 언제든지 찾아오라고 말했다. 그 사기꾼의 정체를 알려야 한다. 매니저 놈은 어딘지 모르게 수상한 구석이 많았다. 실수한 것이다. 처음부터 놈을 마리 주변에 얼씬도 못 하게 했어야 옳았다.

엘리베이터가 열린다. 나는 여자와 함께 내려 긴 복도를 걸어갔다. 여자가 내 뒤를 따라온다. 나는 마리의 집 앞에 섰다. 복도를 계속 걸어가던 여자가 고개를 돌렸다. 내가 멈춘 곳이 마리가 사는 집이라는 사실을 아는 듯하다. 잠시 호흡을 가다듬고 초인종을 눌렀다. 그러고 보니 여기로 찾아온 지도 꽤 오래되었다. 출입문이 열리지 않는다. 다시 초인종을 누른다. 역시 반응이 없다. 마리가 자고 있는지 모른다. 그녀는 대학 시절 지각 대장이었다. 늦잠 때문에 오전 수업은 거의 듣지 못했다. 간혹 수업에 들어온다고 해도 지각이었다. 청주에 있을 때는 내리 하루 반을 잔 적도 있다. 그만큼 잠꾸러기였다. 나는 곤히 잠들었던 마리가 부스스 눈을 부비며 일어나 현관문으로 다가오는 모습을 상상하며 계속 초인종을 눌렀다.

여전히 문은 열리지 않았다. 휴대폰을 꺼내 전화를 건다. 마찬가지로 응답이 없다. 빈집이다. 나는 주머니에서 열쇠를 꺼냈다. 방 안에 들어가 기다릴 생각이었다. 열쇠를 구멍에 끼워 넣으려다가 그만둔다. 아무래도 마리가 싫어할 것 같다. 더구나 그녀와 함께 있다가 기자라도 들이닥치면 큰일이다. 매사를 조심해야 한다. 나와 마리의 관계가 드러나 그녀를 난처하게 만들고 싶지 않았다. 아파트 앞에서 그녀를 기다렸다. 나는 계단에 앉아 하늘을 올려다보고 담배를 피워 물었다. 다행히 태양이 보라색으로 변하지 않았다.

"미안해, 오빠."

마리는 울고 있었다.

"괜찮아. 그럼 오늘은 거기서 자고 내일 집에서 한번 보자."

우리는 오랫동안 만나지 못했다.

"당분간은 힘들어. 기자들이 내 스캔들을 캐내려고 스물네 시간 붙어다녀!"

그래서 집에 들어오지 않은 것이었다.

"전화번호도 그것 때문에 바꾼 거구나."

"그래. 오빠한테 빨리 연락해 줬어야 하는데……. 미안해."

"사과할 거 없어. 네가 바쁘다는 건 내가 더 잘 알아."

"이해해 줘서 고마워, 오빠."

"보고 싶다."

나는 목이 멘다.

"오빠, 울지 마. 우리는 곧 다시 만날 거야. 그리고 전처럼 같이 살게
될 거야."

그녀도 울먹인다. 그런 날이 빨리 왔으면 좋겠다.

"내가 남긴 메시지 들었니?"

나도 울 것 같다. 그래서 다른 말을 한다. 어제 밤늦게 매니저에 관한
애기를 자동 응답기에 남기고 술을 마셨다. 나는 집으로 돌아오다가 근
처 지하도에서 노숙자들 사이에 섞여 잠이 들었다. 얼마를 잤는지 모른
다. 잠결에 누가 흔들어 깨워 눈을 떴다. 짜증을 내고 있는데 휴대폰이
울렸다. 마리였다. 내 옆에는 두 명의 노숙자가 웅크려 자고 있었다. 주
위는 온통 보랏빛이었다.

"오빠 걱정 마! 나도 그 사실은 알고 있어."

밖에서 자동 응답기를 확인한 모양이었다.

"다행이다."

"지금 겁나는 사람은 매니저가 아니라 기자야!"

"그래도 놈을 믿으면 안 돼. 그놈은 여태까지 니가 번 돈도 다 가져갔
잖아."

"알았어, 조심할게."

"항상 조심해. 가장 친숙한 자가 가장 위험한 자니까!"

그녀가 갑자기 웃는다.

"그건 〈보이첵〉 공연할 때, 오빠가 만든 대사잖아."

나는 무심결에 그 대사를 뱉었다.

"오빠, 그때처럼 같이 공연할 날이 또 올까?"

"그럼 반드시 올 거야. 조금만 기다려."

그러나 확신할 수 없다.

"마리의 역할을 다시 해봤으면 좋겠어. 그건 우리가 같이 공연한 유일한 작품이었잖아. 그때 오빠, 날 붙잡고 밤새도록 연습시켰잖아. 나 연기 못한다면서……."

그때 일은 잊지 않고 다 기억하고 있었다. 마리와 나는 하루 스물네 시간을 붙어 다녔다. 내가 없으면 마리는 아무것도 혼자 하지 못했다.

"오빠, 알지? 나는 언제나 그때의 마리야. 지금도, 앞으로도. 알지, 응?"

"알아."

나는 울음이 나오려는 것을 참고 겨우 말했다.

"오빠, 사랑해."

"나도."

환한 그녀의 미소가 눈앞에 어른거렸다. 언제 또 마리와 통화를 할 수 있을지 알 수 없다. 지난번 자살 사건이 터졌을 때도 한동안 연락이 되지 않았다. 그때 나는 마리가 너무 걱정이 되어 차라리 내가 죽어 버리려고 했다.

나는 자리를 털고 일어났다. 간밤에 누가 이불을 덮어 주었다. 깨끗한 이불에 교회 이름이 적혀 있었다. 정주 아줌마의 교회다. 교인들이 밤새 돌아다니면서 노숙자를 돌봐 준다는 말이 빈말이 아니었다. 이불은 처음이 아니었다. 지난번에는 누가 갖다 놓은 이불인지도 몰랐다. 여기 돌아다니는 수건에도 교회 이름이 박혀 있었다. 나는 눈을 깜박

거렸다. 주변은 여전히 보랏빛 안개가 드리워져 있었다. 마리를 생각
해서라도 이런 데서 아무렇게나 고꾸라져 자면 안 된다. 버스에서 꾼
꿈이 떠올랐다. 온통 아사자들로 뒤덮여 있던 공터. 나는 문득 고개를
돌려 내 옆에 누워 있는 남자들을 보았다. 노숙자 둘은 죽은 것 같지는
않았다.

17
트라우마

전혀 준비가 되지 않은 상황이었다.

인터넷에서 그런 제의가 있다는 얘기는 들었지만 적잖이 놀랐다. 그날 시간을 지켜 가겠다고 약속은 했다. 오로지 호기심 때문이었다. 하지만 자신이 없었다. 시간이 조금 더 필요했다. 다섯 명이 알몸으로 엉긴다는 것이 믿어지지 않았다. 서양 포르노에서나 볼 수 있는 일이었다. 머릿속으로 한데 뭉쳐 자는 뱀들이 떠올랐다. 북한에서 겨울에 뱀을 잡으려고 산속의 땅을 파다 보면 가끔 만나는 장면이었다. 막상 내가 떼를 지어 벌이는 그런 파티에 낄 생각을 하니 숨이 막혔다. 날짜가 다가오자 구역질도 났다.

약속 장소에 가지 않고 인터넷 카페에 들어갔다. 뜻밖에 나와 비슷하게 겁이 많은 여자 회원 하나가 들어와 노닥거리고 있었다. 파티에 참가하겠다고 승낙한 여자였다. 그녀가 둘이 만나자고 쪽지를 보내 왔다. 둘이라면 자신 있다는 것이었다. 나는 약속한 장소인 모텔로 갔다. 그녀가 먼저 방을 잡고 누워 있었다. 둘은 자주 만나는 파트너처럼 일을 치렀다. 땀으로 침대 시트가 젖었다.

나는 일을 끝내고 나오다 모텔 앞 건물 위에 세워진 전광판을 통해 뉴스를 보았다. 산에서 영화를 찍다가 추락사한 박태준이란 배우의 장례식 장면이었다. 그는 한국 영화나 드라마에서 김일성 역할만 주로 맡아 주석으로 통했다. 그가 죽었을 때 스포츠 신문은 추모 머리기사를 '충무로의 김일성 서거'라고 잡을 정도였다.

나는 그 장면을 본 이후로 아랫도리가 서지 않았다. 처음엔 피로 때문이라고 믿었다. 중국에서 살아 보기는 했어도 자본주의를 제대로 경험하지 못한 탈북자들에게 남한살이는 그리 녹록한 것이 아니었다. 더구나 당시 나는 나 자신이 누구인가라는 심한 정신적 혼란을 경험하고 있던 힘든 시절이었다. 병원에 찾아가 볼 생각도 하지 않았다. 조금 있으면 괜찮아질 것으로 여겼다. 그런데 주저앉은 아랫도리는 일어설 줄 몰랐다.

시간이 지나 결국 의사를 찾았다. 비뇨기과를 찾았더니 정신과로 가라고 일러 주었다. 그곳에서 꽤 오랫동안 이런저런 검사도 하고 정신과 의사와 얘기도 많이 했다. 내가 탈북자라고 말하자 의사는 특별히 시간을 할애해 신경을 써주었다. 그는 아랫도리가 정신적 상처의 결과인 것 같다고 말했다. 의사와 상담을 통해 내가 지난 과거를 차츰 잊어 가고 있다는 것을 분명히 알았다. 그때까지 막연히 힘든 일을 많이 겪어 머리가 멍청해진 줄로만 알았다. 실제로 탈북자 중에 머리가 엄청나게 나빠져 버린 사람도 있었다. 정확히 말하면 아픈 기억, 잊고 싶은 기억을 지워 버린 것이다. 의사는 기억을 잃지 않으려고 애를 쓰다 보니 신체 기능에 문제가 생긴 것 같다고 말했다. 이런 증상 때문에 이상 충동에 시달리는 사람도 있는 모양이었다. 그것은 내게도 가끔 일어나는 일이었다. 그는 머리가 잊고 싶어 하는 기억을 잊도록 그냥 둬야 몸이 건강해진다는 것이었다.

　나는 그에게 하림에 대한 얘기를 꺼내려다가 진료를 중단했다. 꽤 오랫동안 치료를 받았는데도 도무지 병이 나아지지 않았다. 돈은 돈대로 쓰고 아랫도리는 일어설 생각을 하지 않았다. 오히려 정신과 치료를 받기 시작하면서부터 더욱 알 수 없는 불안에 시달렸다. 의식의 밑바닥에서 뭔지 모를 괴물이 밀고 올라와 일상을 뒤집어 놓을 것 같았다. 밤에는 끝없이 악몽을 꾸었다. 꿈속에서 언제나 하림이 보였다.

18

범인, 자살, 오디션

나는 시나리오를 읽다가 밖으로 나간다. 어둠이 내린 마당에 안개가 드리워져 있었다. 도저히 감정을 거머쥘 수가 없었다. 동성애 영화를 빌려다 되풀이해 보았지만 결과는 마찬가지였다. 대본에는 단순히 동성애 감정만 있는 것도 아니었다. 동성애에 이상심리까지 섞여 있어 종잡을 수 없는 캐릭터였다. 그래서 감독이 동성애자 배우를 원한 모양이었다. 그가 원하는 사람은 변태에 가까운 성격의 소유자다.

좋은 영화나 연극의 인물은 항상 극단을 보여 줘야 한다. 그럴 때만 이 드라마가 살아나는 법이다. 내 감정을 자연스럽게 보여 줘 될 일이 아니다. 나는 동성애자의 감정을 잡아 보려고 무진 노력을 하다가 엉뚱하게 북소리를 들었다. 자세히 귀를 기울여 보니 북소리가 아니라 하림이 쳐대는 장구 소리였다. 그가 콩팥이 빠져나간 공간에 앉아 배를 장구처럼 두드렸다. 지겨운 놈이다. 나는 술을 찾아 방구석을 뒤지다가 밖으로 나갔다. 갑자기 뒤가 마려웠던 것이다. 놈의 소리가 대장을 자극한 모양이었다. 룸살롱에서 훔쳐다 놓은 양주가 보이지 않았다. 내 방에는 적잖은 양주가 있었다. 인희와 엄지가 술만 떨어지면 여기 와서 양주를 가져갔다. 머리가 어지럽다. 현기증이 인다. 젊은 여자가 자꾸 눈앞에 어른거렸다. 어머니다. 그런데 이상하게 사진 속의 얼굴이 아니었다. 젊은 그녀는 전혀 다른 모습이었다. 그럼, 사진 속의 여자는 누구인가?

힘을 주고 해대는 배설 때문인지 환통이 사라졌다. 머리도 상쾌하다. 어두운 2층 창문에서 무슨 소리가 흘러나온다. 설교 방송 같기도 하고, 술만 취하면 주인 여자가 부르는 〈김일성 장군의 노래〉 같기도 하다. 우렁찬 저 노래가 왜 무섭게 들리는 것일까? 넓은 마당에 드리워진 어둠 때문일까? 나는 주위를 둘러보았다. 온통 어둠이다. 액션 롤 플레잉 게임 '디아블로'를 떠올리게 하는 음악과 공간이다. 그 게임은 어둠과 함께 시작된다. 그리고 지옥에서 들려오는 듯한 음침한 소리들. 울음소리. 뭔가 부딪치는 소리. 죽은 시체들이 아가리를 쩍 벌리고 나를 삼킬 것 같은 소리들. 악마의 웃음소리. 어둠 속에서 불쑥불쑥 나타나는 적들은 더 상대하기가 힘들다. 이 게임을 지배하는 것은 어둠이 만들어 낸 공포다. 그런데 실상 그 공포는 외부에 있는 것이 아니라 내부에 있는 것이다. 자신 속에 숨어 있는 공포를 어둠 속에서 만난 것이다. 그래서 '디아블로'를 쉽게 그만둘 수 없다. 이 게임을 오래하면 자신도 모르게 공포가 몸속으로 스며들고 게임이 끝난 후에도 가슴속에 그것들은 여전히 남아 있다. 정확히 말하면 몸속에 숨어 있는 공포를 게임이 일깨우는 것이다.

게임은 그래서 무서운 것이다. 언제든지 벗어날 수 있지만 결코 빠져

나올 수 없다. 공포에 대한 갈망은 외부에 있는 것이 아니다. 그래서 게임은 진짜 공포다. 이제 위대한 수령의 얼굴도 희미해져 가는데, 저 노래는 잊히지 않는다. 마음먹기에 따라 잊을 수도, 지울 수도 있을 것 같았다. 그런데 도무지 나에게서 떨어지지 않는다. 수령은 바깥에 있는 것이 아니었다. 주인 여자는 방에 앉았다가 설교 방송을 듣거나 장군의 노래를 웅얼거리면서 죽음을 맞이할지 모른다. 둘은 전혀 다른 세상을 꿈꾸는 노래인데……. 그녀의 머릿속에는 하나님 나라와 김일성 장군이 다스리는 나라가 같은 세상인 모양이었다.

나는 흠칫 놀랐다. 환청이다. 집주인은 아바이 면옥 여주인이랑 정주 아줌마 남편과 함께 중국으로 떠났다. 두 사람은 이번이 마지막 중국 여행이 될 거라고 했다. 둘 다 오래전부터 외국 여행을 할 기력이 아니었다. 빈방에서 노래가 흘러나올 리가 없다. 또, 집주인이 아니라면 저 노래를 부를 사람도 없다. 정말 떼어 낼 수 없는 공포다. 나도, 주인 여자도 그런 공포에, 고통에 몸을 떠는지도 모른다는 생각이 들었다. 하지만 그것은 내가 바츠 해방전쟁에 참여하기 전의 일이다. 주인 여자는 몰라도 나는 다르다. 그 전쟁은 내 속에 혁명 정신을 불어넣어 다른 삶을 살도록 만들었다. 다만 나는 귀환한 영웅이라 현실에 적응이 잘 되지 않을 뿐이다.

나는 하늘을 올려다본다. 마리가 보고 싶다. 그녀의 미소가 눈에 어른거린다. 화면 속의 미소가 아니라 실물이 보고 싶다. 그녀의 휴대폰 번호는 또 바뀌었다. 우리는 너무 오래 떨어져 있었다. 몸이 멀어지면 마음도 멀어지는 법이다. 두렵다. 마리는 자신의 아파트에 없었다. 길거리에서 쉽게 만날 수 있는 그녀가 어디로 간 것일까? 현실 속의 마리도 리니지 속의 그녀의 아바타, 인형사처럼 봉인돼 버리고 말았다. 쿠사나기는 인형사가 있어야만 새로운 인간으로 태어날 수 있다. 그 때문에 둘은 꼭 만나야 한다. 신문사라고 속이고 방송연기자협회에 전화를 걸어 알아낸 전화번호는 매니저의 휴대폰이었다.

손오공이 있으면 꾀어 술을 마실 텐데. 그는 저녁 늦게 전화를 받고 어디로 사라져 버렸다. 단란주점에서 만난 늙은 여자라고 했다. 룸살롱 지배인은 경찰 단속이 있다고 문을 닫아 버렸다. 단속 때문이 아니라 밤새 포르노를 찍느라 정신이 없을 것이다. 요즘 인터넷 유료 사이트에 포르노맨의 작품이 잇달아 올라온다.

"원빈 오빠!"

비스듬히 열린 대문 밖에서 여자의 목소리가 들린다.

"너 왜 이래, 자꾸! 나 원빈 아니야!"

"오빠 말 잘 들을게!"

누군가? 이 밤에.

"난 여자한테 관심 없다니까."

똘아이다. 나는 바깥을 쳐다본다. 어둠 속에선 가로수밖에 보이지 않는다. 사람은 없고 목소리만 들린다.

"오빠 정말이야?"

룸살롱에서 일하는 현주다.

"정말이라니? 뭘 확인하고 싶은 거야?"

"다른 오빠 말이……"

현주가 뒤를 잇지 못한다.

"도대체 누구한테 무슨 얘길 들었어?"

버럭 화를 냈다. 똘아이는 자존심이 상한 모양이다. 현주의 울음 섞인 목소리가 들렸다. 이어 발자국 소리가 난다. 그는 여자들에게 도통 관심이 없고, 머릿속엔 오직 마약 생각뿐이다. 그가 고자라는 손오공의 험담은 빈말이 아닐 것이다. 지속적으로 약을 하면 성 기능이 마비된다고 하지 않는가? 똘아이가 마당을 가로질러 뛰어가다 나와 부딪쳤다. 그 바람에 손에 들고 있던 것이 떨어졌다. 그는 인상을 찡그리고 나를 쳐다보았다. 하지만 내 잘못은 아니다. 내가 떨어진 것을 주우려고 손을 뻗었다.

"니가 영화배우 마리 애인이라고 떠들고 다닌다면서? 미친놈!"

놈은 내 손을 쳐내며 말했다.

"……."

나는 아무런 대꾸를 하지 않았다.

"탈북자 주제에……. 남한 스타의 애인이란 게 말이 되냐? 씨발!"

그는 떨어진 물건을 줍고 다시 한 번 비수를 날렸다. 그리고 자기 방 앞으로 다가가 손에 쥔 것을 내려다보며 싱긋 웃더니 방문을 열었다. 보나마나 히로뽕이다. 방에는 몸을 제대로 가누지 못하는 바퀴벌레가 바깥을 쳐다보고 있었다. 갑자기 히로뽕을 콜라에 타서 마시고 싶다. 그럼, 금방 천국이 펼쳐질 텐데.

"혹시 양주 남은 거 없어?"

나는 불쑥 인희의 방문을 열었다. 노크도 않고 보라색 공간을 들여다본 것이다. 그만큼 머리가 아프고, 정신이 없었다. 원피스를 입고 돌아누워 신문을 보고 있던 그녀가 놀라 몸을 일으켰다. 각진 턱이 사라지고 얼굴이 달걀로 변해 있었다. 손오공이 말하길, 인희가 진짜 마리가 됐다더니 참말이었다. 비디오가 혼자서 돌아가고 있었다.

"어디에 있을 거야."

그녀는 신문을 한쪽으로 밀치고, 싱크대 위의 찬장을 뒤졌다. 나는 잠시 망설이다가 방으로 들어가 자리를 잡고 앉았다. 주변을 둘러보았다. 여기 들어오면 온몸이 보라색으로 물이 들 것 같다. 인희가 틀어 둔 비디오는 누드모델이 주인공인 오래된 영화다. 대학을 다닐 때, 예술 영화라며 본 기억이 났다. 방 안에는 이불이 깔려 있고, 여러 종류의 신문이 흩어져 있다. 구석에는 엄지의 노트북이 놓여 있었다. 여기는 깔끔한 화장실뿐만 아니라 붙박이 옷장, 취사를 할 수 있는 주방도 갖추어져 있다. 그래서 월세도 다른 방의 두 배 이상이다. 그녀는 찬장을 뒤지다가 화장실로 들어갔다. 영화 속의 모델이 옷을 벗는다. 그녀가 양주를 들고 나왔다.

"어린년이 무슨 술을 그렇게 마셔?"

인희가 투덜거렸다. 엄지를 두고 한 말이다. 엄지의 눈을 피해 화장실 캐비닛에 숨겨 둔 모양이었다. 인희는 상을 펴서 술병을 올려놓고 냉장고에서 고구마를 꺼냈다. 보라색 고구마였다. 나는 인희 때문에 색깔 고구마가 있다는 사실을 알았다. 내가 흩어진 신문을 정리하는 동안 그녀는 싱크대에서 고구마를 깎았다. 신문을 접어 한쪽에 가지런히 놓았다. 그녀는 백석공원 사체 유기 사건의 기사를 읽고 있었다. 여러 종류의 신문은 하나같이 그 내용을 다룬 부분이 펼쳐져 있었다. 그녀가 보라색 고구마를 담은 그릇을 들고 앉는다. 나는 비디오를 껐다.

"놀랐지. 죽은 사람이 회령 아저씨라고 해서."

"약간."

인희가 시큰둥하게 대답했다.

"……."

나는 더 이상 말을 하지 않고 뜯지 않은 양주병을 딴다. 그녀는 회령 아저씨에게 맺힌 게 많은 사람이었다.

"그 사람 때문에 자살한 탈북자도 있대."

"왜?"

"멀쩡한 탈북자를 간첩이라고 모함해서 국가정보원에 신고했단 말도 있고……. 신문에도 비슷한 내용이 났더라고."

그녀가 고구마를 먹으면서 턱으로 접어 둔 신문을 가리킨다.

"난 몰랐어. 그런 짓을 하고 다닌 사람인 줄은."

"불쌍한 인간이야."

그녀는 고구마를 씹으면서 중얼거렸다. 말을 하는 그녀의 입가가 보라색으로 물들었다.

"그래도 그렇지. 사람을 그렇게 잔인하게……."

"마셔."

그녀가 양주병을 쥐더니 잔에다 술을 채워 주었다. 회령 아저씨 얘기는 하고 싶지 않은 모양이었다.

"근데, 아까부터 이게 무슨 소리야?"

내가 물었다. 바깥에서 무슨 소리가 들렸다.

"정주 아줌마 기도 소리잖아. 저 아줌만 뭔 죄를 지었기에 허구한 날 입만 열었다면 용서 타령이야. 범인으로 몰려 경찰서에 잡혀 갔다 온 후로 더한 것 같아!"

그리고 보니 정주 아줌마의 기도 소리였다. 조금 전 마당에서 들린

게 노래가 아니라 저 소리인지도 모른다. 한동안 조용히 지낸다 싶었다. 백석공원의 플라타너스에 탈북자가 목을 맨 후로 얼마간 기도 소리가 들리지 않았다. 그 일에 충격을 먹은 것이었다. 사실 그의 죽음은 인근에 사는 대부분의 탈북자에게 큰 사건이었다. 모두들 일손을 놓고 한동안 술을 마시거나 멍한 상태로 지냈다. 다만 정주 아줌마는 그 상태가 좀 심해 북에서 죽은 자식들의 이름을 부르면서 밤에 백석공원 주변을 돌아다니는 모양이었다. 경찰이 그 때문에 그녀를 잡아들였는지 모른다. 여기 처음 이사 온 날은 아줌마가 진짜로 무슨 큰 죄를 지은 줄 알고 놀랐다. 그러다가 북한의 할머니가 떠올랐다. 백옥처럼 살다간 그분도 '주여, 용서하소서.'라는 기도를 입에 달고 살았다.

"피워."

나는 술잔을 비우고 담배를 꺼내 상 위에 올려놓았다.

"난 담배 끊었어."

"왜?"

"담배가 피부에 안 좋대."

그녀는 다시 고구마를 집었다.

"그럼 술은?"

내가 잔을 채우면서 물었다.

"걱정 마! 지금은 마실 테니."

그녀가 웃으면서 술잔을 입으로 가져가더니 반 정도 마시고 내려놓았다. 술도 끊을 모양이다. 그녀가 빈 잔을 채워 준다. 다시 술을 마신다. 욱신거리던 머리가 맑아졌다. 바깥에서 구역질하는 소리가 들린다. 바퀴벌레가 아니면 똘아이일 것이다.

"정말 지겨워! 남조선 쓰레기들!"

인희가 소리를 질렀다. 이어 자리에서 일어나 문을 잠가 버린다. 똘아이는 뽕에 취하면 종종 남의 방문을 불쑥 열고 히죽거린다. 나는 담배를 피워 물었다. 그녀가 술을 단숨에 들이켜고, 다리를 꼬아 앉는 바람에 원피스 속의 음모가 살짝 보였다. 팬티를 입지 않았다. 브래지어도 없다. 그녀는 자신의 아랫도리를 내려다본다.

"놀라긴! 내일 카메라 테스트 때문에 속옷을 안 입는 거야. 몸에 자국이 날까 봐."

"카메라 테스트? 그럼 누드모델 되는 거야?"

"아마도."

나는 그녀의 허벅지를 쳐다본다. 그제야 예전에 모델 일 때문에 알몸으로 산다는 말을 들었던 기억이 났다. 특히 모델로 서기 하루 전에는 속옷을 입지 못한다고 했다. 언젠가 인희는 술을 마시고 자신의 몸을 노동당 간부들에게 보여 주고 싶다고 말했다. 그들은, 자신들이 길러 낸 조선의 딸들은 아무리 예술이라고 해도 절대로 홀라당 벗은 몸을 찍을 수 없을 것으로 믿는다는 것이다. 인희는 그들의 믿음에 침을 뱉고 싶어 했다. 어쩌면 북한 위정자들에게 독이 올라 복수를 하고 싶은지도 모른다. 그녀가 남으로 오는 바람에 평양에 있던 아버지가 자식 교육을 잘못 시켰다고 시골로 쫓겨났다.

나는 술을 마시면서 인희 얼굴을 유심히 바라보았다. 그녀는 마리가 아니었다. 아무리 쳐다봐도 다른 분위기다. 내 눈에는 두 사람이 전혀 다른 얼굴이다.

"비디오 하나 볼래?"

그녀는 대답을 기다리지도 않았다. 한쪽 구석에 놓인 엄지의 노트북을 당긴다. 모니터를 뒤로 젖히고 컴퓨터를 켜자 뫼비우스의 띠가 빙글빙글 돌아가는 바탕 화면이 떴다. 처음 보는 것이었다. 나는 술잔을 비웠다. '뫼비우스의 띠'의 혈원으로 바츠 해방전쟁에 참전한 전사다운 그림이다. 마우스 위에 놓인 인희의 손가락이 빠르게 움직인다. 잠시 후 가운데에 검은 화면이 박힌다. 인희도 술잔을 비우고 고구마를 씹었다. 입가로 보라색 물이 흘러내린다. 화면이 밝아지고 여자가 나타난다. 나는 눈이 휘둥그레진다. 엄지다. 화면 속에 홀랑 벗은 엄지가 서 있다.

"지 아버지 보라고 찍었대."

"북한 아버지?"

"그래."

저런 대범한 짓을 하고도 남을 아이다. 그것도 다름 아닌 북한의 생활총화를 그리워하는 자기 아버지가 보라고.

카메라가 아래로 내려가자 배꼽 밑에 새긴 리니지 요정 문신이 보였다. 그녀는 손가락을 음부에 집어넣고 돌렸다. 식상한 기교다. 아무리 자위 장면이라도 연기는 창의성이 있어야 한다. 연기는 남을 따라 하면 안 된다. 흉내는 금물이다. 포르노맨의 작업실을 들락거리더니 엄지는 결국 포르노를 찍었다. 그러나 감동이 없다. 오히려 카메라의 움직임은 창의적이다. 얼마 전 포르노맨이 휴대폰 카메라로 잡은 생리 장면, 그 주인공도 엄지다. 주위에 엄지가 아니고서는 자신의 밑을 카메라 앞에 들이밀 여자는 없었다. 그녀는 자신의 달거리에 맞춰 포르노맨을 불렀을 것이다. 나는 너무 뻔한 움직임이라 모니터에서 눈을 떼려다가 다시 놀란다. 화면 아래에 그룹 섹스를 함께 찍을 남자를 구한다는 메모가 있다. 역시 엄지가 올린 것이다. 메모에 리플이 달렸다. '대딸방, 아바타의 엄지 필이다.'라는 글이 가장 먼저다. 닉네임을 보니 인희다. 엄지가 인희의 아이디로 선수를 친 것이다. 그 밑으로 '진짜 엄지 같은데?'로 시작해 '전혀 딴 얼굴이다.'까지 다양한 댓글이 붙었다. 그 외는 대부분 악플이었다. 차마 입에 담기 역겨운 욕도 눈에 띈다. 하지만 엄지는 악플을 더 즐긴다.

"난 저런 영상을 보면 흥분돼. 가슴이 마구 뛴다니까!"

인희가 말했다.

"주위에 널린 게 포르논데 뭘 그래."

"엄지가 찍은 건 그냥 포르노가 아니야!"

"……."

"걘 어쨌든 북조선에서 태어났잖아. 위대한 수령의 딸이 어떻게 저런 발랑 까진 일을 할 수 있겠어."

그녀는 흥분해 떠들었다.

"생활총화로 남을 감시하고, 자신까지 감시하는 인간들은 절대로 저런 포르노를 찍을 수도 없고, 감상할 수도 없어. 그룹섹스 하겠다고 공고낸 거 봐. 발칙하잖아. 엄지는 진짜로 탈북을, 자유를 찾고 싶은 거야."

나는 술잔을 비웠다.

"너도 그룹으로 해봤어?"

인희도 술잔을 비우면서 물었다. 나는 말을 못하고 머뭇거렸다. 이어 술잔을 비웠다. 취기가 돌았다. 정신이 몽롱해졌다.

"저런 걸 보면 당기지 않아?"

그녀가 말을 하고 웃었다. 얼굴에 술기운이 올랐다. 놀랄 일은 아니었다. 그날, 그룹으로 뒤얽히자는 제의에 응한 것이 잘못이었다. 그곳은 손오공이 손님을 끌기 위해 가입한 카페였다. 괜히 호기심이 생겼다. 그냥 모르는 척하고 나왔다면 아무 일도 없었을 것이다.

"……."

"엄지가 부러워. 난 저런 일까진 자신이 없는데. 회령 아저씨 같은 인간이 엄지가 찍은 비디오랑 그룹섹스 할 남자 구한다는 글을 봤다면 어떤 반응을 보일까?"

그녀는 말을 멈추고 술잔을 비웠다.

"너 리니지 하지?"

내가 물었다. 취기가 얼굴로 올라왔다.

"그래 가끔."

"리니지 속의 니 아바타가 뭐냐?"

"그건 왜?"

"피멍 맞지? 눈알 뽑는 일에 미친 피멍은 너잖아. 내가 모를 줄 알았지?"

나는 다시 술을 마셨다. 내 손이 가늘게 떨렸다.

"내가 피멍이라고?"

"그래. 회령 아저씨, 니가 죽였잖아."

나는 인희를 쳐다보았다. 인희의 얼굴은 아무런 변화가 없었다.

"죽였으면 왜?"

그녀가 술잔을 단숨에 비우고 말했다.

"죽였어?"

"그런 새끼 하나 죽이면 어때!"

"그렇다고 눈알을 뽑고, 손을 자르고……."

"상관할 거 없잖아!"

"상관할 거 없다?"

"그래. 넌 남조선 애들한테 더 배워야 돼! 여기 사람들은 남의 일에 상관하지 않잖아. 생활총화가 없으니 간섭도 없잖아. 자유가 뭔지 알아? 남의 일에 감 놔라, 대추 놔라 잔소리 안 하는 거야. 넌, 대한민국 국민이 되려면 아직 멀었어!"

"넌?"

"난 너처럼 남의 일에 참견하지 않아. 나는 누가 회령 아저씨 죽였는지 알고 있어."

"……."

"말해 줄까?"

"……."

"니가 죽였잖아. 너야말로 내가 모를 줄 알았지? 난 못 속여."

"……."

나는 술잔을 비웠다. 그래도 아직 정신이 완전히 풀리지 않았다.

"리니지 몬스터로 알고 죽였지. 하지만 난 관심 없어. 남이야 사람을 죽이든, 눈깔을 뽑든……."

그녀는 다시 술잔을 비웠다.

이때 문자가 날아들었다. 엄지가 보낸 것이다. 백석공원의 나뭇가지에 사람 시체가 매달려 있다는 내용이었다. 빨리 와서 확인해 달라고 적혀 있었다. '거긴 왜 또 갔어.' 나는 속으로 중얼거렸다. 또 헛것을 본 모양이었다. 다시 문자가 날아든다. 똑같은 내용이다. 나는 무시해 버렸다.

"난 정말 남한테 관심 없다니까."

인희가 중얼거렸다.

나는 아무것도 걸치지 않은 인희의 아랫도리를 쳐다보았다. 아무런 느낌이 없다. 갑자기 마리의 얼굴이 떠올랐다. 그녀는 나를, 정확히 내 몸을 좋아했고, 그게 하고 싶어 서울에서 대학이 있는 청주까지 한숨에 달려왔으며, 나중엔 임신까지 해서 곤혹을 치렀다. 마리만, 그녀만 만나면 모든 문제가 눈 녹듯이 사라지고, 내 남성도 금방 회복할 수 있을 것이다.

휴대폰이 울렸다. 다시 문자가 날아온 것이었다. 그냥 두려다가 문자를 열었다. '오빠, 제발 빨리 와, 내가⋯⋯. 내가 죽을지도 몰라! 오빠⋯⋯. 제발!'

"누구야, 자꾸?"

인희가 술 취한 음성으로 중얼거렸다. 이어 휴대폰 화면 쪽으로 머리를 디밀었다.

"엄지잖아. 근데 무슨 말이야? 죽을지도 모른다니?"

그녀가 나를 쳐다보고 물었다. 나는 전화를 걸었다. 엄지가 바로 받았다.

"오⋯⋯ 오빠⋯⋯. 오빠, 빨리⋯⋯. 움직일 수가, 움직일 수가 없어. 플라타너스에 시⋯⋯ 시체가⋯⋯. 아⋯⋯ 아빠가⋯⋯. 제발 빨리 좀 와줘."

휴대폰 속에서 떨리는 엄지의 음성이 들려왔다. 헛것을 본 게 아니라 무슨 일이 정말로 터진 모양이었다.

나는 방문을 박차고 밖으로 나갔다. 정주 아줌마의 기도 소리가 안개

속을 울려 퍼졌다. 그사이 마당으로 짙은 안개가 드리워져 있었다. 나는 뛰었다.

엄지가 벤치에 앉아 플라타너스 나뭇가지에 목을 매단 사람을 보면서 몸을 떨고 있다. 분명히 시체다. 짙은 안개 속에 매달린 것은 사람이었다. 엄지는 나무 앞에 서서 뚫어져라 시체를 보고 있었다.

"아빠야! 우리 아빠!"

"뭐라고?"

"우, 우리…… 아빠, 우리 아빠라고……."

"……."

나는 안개를 뒤집어쓴 플라타너스를 올려다보았다. 엄지와 내가 대롱대롱 매달려 있던 시체를 발견한 바로 그 자리였다. 대충 옷을 챙겨 입은 인희가 나타났다. 그녀는 휴대폰을 꺼내 어딘가에 전화를 걸었다.

"아줌마, 혹시 전도사님 연락처 몰라요?"

내가 물었다.

"교회 다니려고?"

손오공이 의아한 표정이다. 나는 전도사를 만나고 싶었다. 그러면 인물에 대해 분명히 말해 줄 것이다. 전도사는 아주 박식한 호모다. 그러니 동성애에 대해 나름대로 논리가 있을 것이다. 남자와 하고 싶은 욕구 때문에 고뇌하는 그의 모습이 눈에 선하다.

"왜?"

식당 아줌마가 뒤돌아보며 물었다. 처음 전도사를 만난 곳이 이 식당이었다. 그를 방으로 데려온 사람도 그녀였다. 그는 정주 아줌마 교회의 소속이 아니었다.

"뭘 좀 여쭤 보려고요."

나는 짐짓 태연히 말했다.

"우리도 찾고 있는데 연락이 안 돼."

그녀는 고개를 돌렸다.

"유마리, 실종! 오래전부터 실종 상태고, 현재 국내에 없다고 매니저가 밝혔다. 도대체 이게 무슨 말이야?"

손오공이 중얼거렸다. 그는 신문에 코를 박는다. 거짓말, 거짓말이다. 매니저 놈은 사기꾼이다. 마리를 어디론가 빼돌려 놓고, 그녀가 실종됐다는 터무니없는 소식을 방송과 신문에 흘리고 있다. 인기 관리 차원에서 퍼뜨린 소문인가? 며칠 전에 분명히 마리는 나와 통화를 했다. 내 귀에 대고 사랑한다고 속삭이던 목소리는 분명 마리였다.

나는 어제 국정원에 가서 담당관을 만났다. 연락이 와서 찾아갔더니 아픈 상태를 물었다. 나는 제출한 대학병원 정신과 의사 소견대로라고 말했다. 담당관은 길게 한숨을 내쉬면서 내 상태에 관해 구체적으로 물었다. 나는 엄살을 피웠다. 그는 잘 알겠다면서 힘들더라도 용기를 잃지 말라는 격려까지 해주었다. 대답하는 분위기가 조만간 내 이름을 찾을 것 같았다. 국정원을 나서는데, '장백산 줄기……' 어쩌고 하는 노래가 입에서 튀어나왔다.

사실 정신과 의사 소견은 손오공에게 부탁해 만든 것이다. 양식은 인터넷을 뒤져 찾았다. 그렇다고 완전히 거짓은 아니었다. 분명히 그 의사에게 진찰을 받았고, 비슷한 말을 들었다. 남한은 진짜와 가짜를 꼬치꼬치 따지는 나라가 아니다. 원본처럼 생겼으면 가짜도 별 문제 삼지 않는 나라다. 여기는 애초에 둘을 구별하지 않는 곳이다.

"아줌마, 우리 형 영화 출연해요. 그것도 예술 영화에 캐스팅됐다고요. 머리 한번 보세요."

방을 나서면서 헤어젤을 듬뿍 바른 나를 가리키며 손오공이 말했다.

그쪽에서 원하는 사람은 호모다. 포르노맨이 그렇게 말했다. 그는 감독이 다그쳐 물으면 동성애 경험이 좀 있다고 대답하라고 말했다. 넌지시 감독도 동성애자라고 일러 주었다. 그는 감독이 자신의 대학 후배라고 했다. 포르노맨은 대학에서 영화 공부를 한 모양이었다. 아마추어 포르노 사이트에 올린 그의 작품에 마니아가 생긴 데는 이유가 있었다. 예술이라고 칭찬받은 놀라운 카메라 테크닉은 혼자서 익힌 것이 아니었다.

"아줌마! 형한테 미리 사인받아 두세요."

놈은 문을 나서면서 너스레를 떨었다. 나도 싫지 않다. 발광하던 하림도 조용히 있어 아랫배도 아프지 않다. 이런 날만 있으면 얼마나 좋을까? 한국에 온 보람이 있다. 마리의 실종 기사 따위, 나는 믿지도 않는다.

어제는 연변 아주마이가 자신의 휴대폰을 북한으로 갖고 들어가 동생과 통화를 할 수 있었다. 오랜만에 듣는 동생의 목소리였다. 그 역시 감격했는지 눈물을 펑펑 쏟았고, 그 바람에 서로 궁금한 것들을 제대로 묻지도 못했다. 조만간 동생은 두만강을 건널 거라고 했다. 국경 경비대에게 뇌물을 먹여 신발에 물 한 방울 묻히지 않고 죽음의 강을 넘어올 것이다. 남이나 북이나 돈이면 안 되는 게 없다. 나는 연변 아주마이에게 대충 탈북 날짜를 물었다. 중국에 계신 교수님에게 전화를 걸어 동생이 북에서 나오면 도와달라는 부탁을 할까 하다가 그만두었다. 교수님은 미국으로 갔다가 다시 중국으로 들어가 탈북 청소년을 돕는 일을 하고 있다고 들었다. 그동안 남한에서 어떻게 살아가고 있는지 연락도 한 번 하지 않았던 것이 마음에 걸렸다.

아버지를 잃고 상심한 채 보라색 공간에 누워 있는 엄지에게는 좀 미안한 일이지만 기분이 하늘로 날아오를 것 같다.

"엄지야. 그래도 아빠가 돌아가셨는데……."

인희가 그녀를 달래 장례식에 보내려 했다.

"너도 아빠 덕분에 남쪽으로 온 거잖아. 못마땅해도 이미 죽은 사람이고."

나도 나서서 거들었다. 하지만 소용없었다.

장례식에 가지도 않은 엄지는 이틀을 누워 있다가 자리를 털고 일어났다. 그리고 오늘은 아바타로 일하러 나갔다. 그곳에서 아버지 생각이 났는지 일을 하다 말고 돌아와 자기 방에 드러누웠다. 엄지는 아버지가 엄마와 이혼한 후, 그를 만나지도 않았다고 했다. 엄마가 아버지를 만나는 것을 별로 달가워하지 않은 모양이었다. 아버지가 딸이 보고 싶다고 연락을 해와서 만날 약속을 하고도 일부러 나가지 않았다는 것이었다. 더구나 아버지가 남한 출신의 새엄마와 결혼하고 나서부터는 거의 자신을 찾아오지 않았다고 했다. 그러나 그것은 사실이 아니었다. 엄지는 아버지의 장례식 날 저녁에 술이 엉망으로 취해 들어와 전혀 다른 얘기를 중얼거렸다. 엄지의 아버지는 자신이 다녔던 학교 근처에 몰래 나타나 딸을 훔쳐보곤 했다고 한다. 그런 일은 꽤 오랫동안 계속됐던 모양이었다. 심지어 엄지가 일하는 대딸방 아바타에까지 찾아왔다고 했다. 딸녀 일을 그만하라고 통사정을 하고 갔다는 것이었다.

나는 손오공을 보내고, 버스에 올라 자리에 앉았다. 감독의 사무실에 가야 한다. 승객들이 나를 이상한 눈으로 봐주길 바랐지만 그런 사람은 없었다. 하지만 동성애자는 자기들끼리만 통하는 눈빛이 있다. 그것만 놓치지 않으면 된다. 나는 전도사에게 다시 전화를 걸었으나 받지 않았다. 버스가 길을 돌아서자 빌딩 위에 세워진 전광판이 보인다. 화면이 요란하게 바뀐다. 뉴스다. 갑자기 가슴이 두근거린다. 답답하다. 나는 고개를 숙이고 호흡을 가다듬었다. 버스가 다시 방향을 돌린다. 화면이 사라지고 한강이 펼쳐진다. 마음이 가벼워진다. 길게 숨을 들이마셨다가 내뱉는다.

그날 일은 전광판 때문이었다. 대형 화면으로 영화배우 박태준의 장례식을 보지 않았다면 아무 일도 없었을 것이다. 모텔에서 1분만 늦게 나왔다면……. 혹은 1분만 빨리 나왔다면…….

전도사에게 만나자는 문자 메시지를 보냈다. 좋은 배우는 많은 경험을 쌓아야 한다. 그를 만나야 내가 진짜로 배우가 될 수 있을 것 같았다.

감독의 사무실로 들어섰을 때 대학생으로 보이는 여자 둘이 앉아 있었다. 그중 한 명은 연기자 같았다. 대본에 그녀와 유사한 이미지를 풍기는 조연이 있었다. 내가 자리에 앉자 그 여자는 담배를 꺼내 문다. 젖가슴이 반쯤 드러난 상의를 입고 있다. 치마도 짧다. 핸플방의 딸녀 같다. 나는 가슴을 훔쳐본다. 괜찮다. 대딸방에서 일하면 카페 회원들의 입에 오르내릴 젖가슴이다. 빨통에 사족을 못 쓰는 회원이 의외로 많다. 오죽했으면 수유 모드란 말이 생겼겠나? 다른 여자는 테이블 위에 커피를 갖다 놓는다. 대본을 받을 때 만난 적이 있는 조감독이 들어온다. 뒤따라 사람들이 나타난다. 둘은 뚱뚱한 남자고, 둘은 여자다. 나는 자리에서 일어난다. 이들 중 누군가가 감독이다. 멧돼지처럼 살찐 남자는 연기자다. 대본에 살찐 남자가 나올 뿐 아니라 그에 대한 조롱도 있다. 그 옆의 남자가 자신이 연출이라면서 악수를 청한다. 호모인 그는 내 얼굴에 만족한 표정이었다. 사실 나는 북한이나 중국에서는 그다지 호감을 사는 얼굴이 아니었다. 그곳에서는 계집애처럼 생긴 남자는 별로 좋아하지 않는다. 그럼 뚱뚱한 남자가 주연이다. 감독은 살찐 자신의 몸과 성적인 취향을 작품 속에 그려 놓았다. 뚱뚱한 배우의 눈빛을 보고 그가 호모라는 것을 알았다. 하림의 눈빛이 저랬던 것 같다.

모두들 건성으로 인사를 주고받고 커다란 원탁에 둘러앉자 조감독이 인쇄물을 돌린다. 영화의 목적과 취지가 적힌 종이다. 감독은 돌아가면서 시나리오에 대한 느낌을 말해 보라고 한다. 담배를 피우던 여자는 쉽게 알아들을 수 없는 현란한 수사로 입을 열었다. 장황하게 늘어놓은 말의 요지는 대본이 시원찮다는 것이다. 감독은 그녀가 애기하는 동안 나를 유심히 쳐다보았다. 예사롭지 않은 눈빛이다. 은근한 유혹이다.

그는 단편영화로 제법 알아주는 국제영화제에서 세 번이나 수상을 했다. 그 힘은 깊고 끈끈한 저 눈 속에서 나왔을 것이다. 여자의 말이 끝나자 조감독이 반박했다. 연출만 제대로 하면 좋은 영화를 만들 수 있는 대본이라고 칭찬한다. 이어 약간 충격적인 애기를 덧붙였다. 대본의 원안이 외국 잡지에 나온 탈북 동성애자의 이야기라는 것이다. 나도 한국 신문에서 본 적이 있는 사연이었다. 남한으로 넘어와 자신이 이성애자가 아니란 사실을 처음 안 그는 여기서 만난 동성애자에게 돈을 다 뜯기고 도시 변두리 지하 단칸방에서 외롭게 살아간다는 내용이었다. 나는 탈북자다. 그 연기는 내가 할 수밖에 없다. 탈북자 얘기라는데, 탈북자가 아니라면 누가 그 연기를 소화할 수 있겠는가? 기다리면 기회가 오는 법이란 말은 사실이었다.

　하지만 대본은 약간 다른 내용으로 변해 있었다. 남쪽 사람들에게 탈북자나 그들의 인생담은 영화의 소재감에 불과한 것이다. 주연 배우는 입을 열지 않았다. 감독은 나에게 대본에 대한 느낌을 묻는다. 나는 시나리오 후반부에 주인공이 강간을 당하면서 좋아하는 변태성욕적인 장면이 특히 좋다고 말했다. 그것은 대본을 보고 느낀 솔직한 심정이었다. 감독은 나를 뚫어지게 쳐다보다가 말없이 담배를 피워 문다. 토론은 늦게까지 계속되었다.

19

풀밭 위의 점심식사

인희는 보트에 스티커 사진을 붙인다. 노랑머리의 엄지가 웃고 있다. 그녀가 여기에 붙여 달라고 내민 것이다. 힘들면 방에 누워 있으라고 했는데도 엄지는 굳이 우리를 따라나섰다.

"마리와 같이 연극했다던데 사실이야?"

인희가 물었다. 이제 다섯 장의 사진을 다 붙였다. 스티커 속의 엄지가 연예인 같다.

"손오공한테 들었니?"

나는 노를 잡으면서 말했다.

"그래, 우리 형 보통 사람이 아니라고 호들갑을 떨더라! 진짜로 같은 무대에 섰어?"

그녀가 재차 물었다. 나는 잠시 망설인다. 어차피 알게 될 것이다.

"〈보이첵〉을 공연할 때, 마리 역할을 걔가 맡았어. 난 주인공 보이첵이었고……"

"맞아! 예전에 마리가 티브이에 나와 그런 말을 했어! 대학 다닐 때,
〈보이첵〉을 공연한 적이 있다고, 그래서 예명이 마리라고."

"3학년 실습 작품이었어."

"정말이구나."

"……."

나는 미소를 짓는다. 그녀에게 마리가 내 아이까지 임신한 적이 있다
고 말해 주려다가 그만두었다. 믿을 것 같지 않았다.

"오빠, 대학 땐 잘나갔구나!"

그녀는 감탄사를 연발한다. 인희는 도무지 북쪽 출신답지 않다. 아
무리 얼굴이 화사하고 밝은 미소를 지어도 공화국 인민은 표시가 난다.
남쪽 사람은 속일 수 있어도 탈북자들은 금방 알아본다. 남한 주민증을
받는다고 인민의 멍에를 벗을 수 있는 것은 아니다. 영혼에 각인된 상
흔은 절대로 지울 수 없다. 그런데 인희에게는 그런 흔적이 보이지 않
았다. 언젠가 그런 말을 했더니 그건 자신도 주체할 수 없는 화냥기 때
문이라고 했다.

그녀는 연인이었던 러시아 배우 덕분에 발바닥에 물 한 방울 묻히지
않고 두만강을 건널 수 있었다. 하지만 그 과정에서 뱃속의 아이를 잃
었다. 그런 역경을 이기고 도착한 남한에서 그녀는 소원을 이루지 못했
다. 그녀는 한국에서 러시아인과 다시 만나 북쪽에서 이루지 못한 사랑
을 불태울 생각이었다. 북한은 외국인과 결혼이 불가능한 나라다. 더구
나 그녀가 사귄 남자는 유부남이었다. 1년 넘게 그 남자의 연락만 기다
렸다. 여기로 올 때 가져온 러시아 주소로 편지도 보냈으나 소식이 없
었다. 거의 포기 상태에 다다랐을 때쯤에 러시아에서 연락이 왔다. 얼

마 전에 자신은 러시아로 돌아왔는데, 아내와 딸을 버리고 차마 조국을 떠날 수 없다는 내용의 편지였다. 그러나 인희는 그를 원망하지 않았다. 사랑할 자유만큼이나 헤어질 자유도 소중하다는 것이었다. 참으로 그녀다운 태도였다.

인희는 단지 그 러시아 배우 때문에 탈북을 한 것도 아니었다. 그녀가 북한에서 유부남과의 연애로 극단을 발칵 뒤집어 놓았을 때, 실제로 생명의 위협을 느꼈다고 했다. 그 남자의 아버지가 고위 당간부가 아니었다면 생활총화 시간에 쏟아지는 동료들의 비판을 견뎌 낼 수 없었을 것이라고 했다. 북한은 항상 서로를 간섭하고 비판한다. 이것이 일상화되었다. 개인은 전체의 부분이고, 전체는 개인이다. 이런 사회에서 태어나고 자란 사람이 자기, 혹은 나, 개인이라는 단어를 이해할 순 없다. 또한 아무리 사생활이라고 할지라도 생활총화 과정에서 재수 없게 몰리면 정치 재판을 받아야 하거나 노동단련대로 가서 삶의 궤적이 완전히 바뀔 수도 있었다. 상당수의 탈북자들이 이런 과정을 견디기 어려워 남쪽을 선택했다. 인희가 아무 배경 없는 유부남과 연애를 했다면 분명히 정치수용소로 끌려갔을 것이다.

나는 노를 저었다. 멀지 않은 곳에 떠 있는 보트에서 손오공이 손을 흔들었다. 그는 주희와 함께 보트를 탔다. 그 옆에는 똘아이와 현주가 탄 보트도 보인다. 똘아이는 강물을 현주의 얼굴에 뿌렸다. 손오공이 노를 저어 똘아이의 보트를 들이받았다. 똘아이도 맞대응을 한다. 둘의 보트가 심하게 흔들린다.

나와 셋이 김밥을 들고 고수부지 공원에 도착했을 때 똘아이와 바퀴는 현주와 주희를 데리고 이미 와 있었다. 손오공은 이들을 보자 내키

지 않는다는 표정을 지었다. 나도 마찬가지였다. 사람들이 잔뜩 몰려
와 있었다. 여기서 '스타예감'을 진행한다는 소리를 듣고 찾아온 사람들
이었다. 자식들을 데리고 나온 한 무리의 부부들이 놀이를 하고 있다.
아이들은 잔디 위를 달리고 엄마와 아빠는 응원하느라 박수를 친다. 그
때문에 주위가 온통 시끄럽다. 방송차는 보이지 않았다. 우리는 잔디
위에 둘러앉아 김밥을 나눠 먹었다. 진을 치고 앉아 있던 사람들 중 일
부가 무슨 소리를 들었는지 고수부지를 빠져나갔다. 여기저기에 자신
의 스티커 사진을 붙이던 엄지가 허겁지겁 달려오더니 방송 장소와 시
간이 바뀌었다고 호들갑을 떨었다. 나는 망설였다. 스타예감을 하는 곳
으로 가고 싶었다. 하지만 손오공의 표정이 어두워지는 것을 보고 그
냥 뱃놀이를 하기로 마음먹었다. 스타예감은 매주 하는 프로다. 손오공
과의 약속을 지키고 싶었다. 그런데 약속한 대로 손오공과 인희를 엮는
게 쉽지 않았다. 둘을 한 배에 태우려고 애를 썼지만 허사였다. 그러마
고 대답한 그녀가 냉큼 나의 배에 올라타 버린 것이다. 그녀는 처음부
터 손오공과 같은 배에 탈 생각이 없었다. 이때를 틈 타 주희가 손오공
의 배를 탔다. 현주는 처음부터 똘아이의 팔짱을 끼고 있었다.

　똘아이와 손오공은 장난을 계속했다. 여자 둘은 기겁을 한다. 나는
고수부지를 쳐다보았다. 엄지는 공중 화장실에다 스티커 사진을 붙이
고, 바퀴는 비둘기 모이를 주는 데 정신이 팔렸다.

　"이번에 〈독극물〉의 감독에게서 배역을 받았다면서?"

　그녀가 물었다.

　"응. 작은 역이야."

　나는 별것 아니란 듯이 대답했다. 그러나 내심 기대를 하고 있었다.

손오공의 제의로 이루어지긴 했으나 뱃놀이는 자축연이다. 이번 일을 인생의 발판으로 삼고 싶었다.

"난 연기엔 재능이 없어! 정확히 말하면 재능이 없는 것이 아니라 북조선이랑 여긴 연기에 대한 생각이 너무 달라! 오빠도 나처럼 북한에서 대학을 다녀 연극 활동을 했다면 남한에서 연기를 할 수 없었을 거야!"

인희가 강물을 보면서 말했다. 나는 말없이 노를 젓는다. 예전에 다른 탈북 연기자에게서도 비슷한 말을 들은 적이 있었다. 북한은 개인의 성격에 의존하는 연기보다는 집단극 중심이라는 것이다.

"왜 탈북자들이 남한에서 자기 밥그릇 하나 챙기지 못하고 힘들어하는 줄 알아? 북한은 개인이 자신의 능력을 발휘할 수 있도록 공부를 시키지 않은 거야! 뭐든 집단 우선이지! 연기든 삶이든……. 북조선 교과서에서 제일 강조하는 게 뭔 줄 알아? 정직, 약속, 협동, 모두가 가족이나 공동체랑 관련 있는 말들이야. 왜 그런 줄 알아? 가족주의, 집단주의를 공고히 해야 인민들이 김일성을 만백성의 어버이로 추앙하고, 그 아들을 또 다른 어버이로 받들 거잖아!"

"북한 얘기는 그만하자."

나는 다시 입을 열려는 인희에게 말했다. 그쪽 얘기는 더 이상 듣고 싶지 않았다. 조만간 동생이 두만강을 넘어오면 북쪽은 완전히 잊고 살 생각이다. 엊저녁에 오랜만에 용기를 내어 교수님께 메일을 띄웠다. 아무래도 동생이 그분의 도움을 받을 수 있으면 보다 안전하게 남한으로 올 것이라는 생각이 들었다. 그동안 교수님께 연락을 하지 않은 것은 내세울 성취가 없다는 사실이 부끄러웠기 때문이었다.

"오빠, 북한 여자들이 남한에서 제일로 만족하는 게 뭔 줄 알아?"

"이기주의가 판치는 노동 지옥이라고 욕하는데, 뭐가 만족스럽겠어?"

"아니야! 북한에서보다 엄청나게 좋은 게 있어. 가끔 만나는 친구들의 말론 자기 엄마 얼굴빛이 날이 갈수록 좋아진대."

"……"

"왠지 알아? 성관계야. 그래, 섹스."

"아……"

"북쪽 엄마들이 보수적이라 말은 않지만 하나같이 이부자리 일에 만족하는 눈치래. 아빠들도 북에서처럼 자기 욕심만 챙기면 이혼당한다는 걸 아니까 아내를 단순한 여자로 보지 않고, 인격체로 대한다는 거야."

"남한에선 그런 게 부끄러운 일이 아니니까."

남한은 성 표현이 자유로운 나라다. 북한은 성교육이란 개념조차 없는 사회다.

"요즘도 그 미술 선생이랑 연락하니?"

나는 다시 화제를 돌렸다. 그의 근황이 궁금하기도 했다. 인희뿐만 아니라 그도 누드 사건 때문에 학교를 그만두었다고 들었다.

"프랑스로 갔는데 연락처를 몰라……. 안다고 해도 연락은 안 했겠지만."

"유학 갔구나."

"유학 간 게 아니라 살러 갔어. 이혼하고 아들을 데리고 나갔는데, 이젠 한국에 안 돌아온대……. 떠나기 전에 날 찾아와 함께 가겠냐고 물었어."

"……"

"난 거절했지."

"왜?"

"난 선생님을 사랑한 게 아니었어. 나도 처음엔 선생님을 사랑하고 있다고 믿었어. 만약 사건이 터지기 전에 선생님이 함께 프랑스로 도망가자고 했으면 따라갔을지도 모르지. 그땐 내 눈에 뭐가 씌어 있었으니까. 그런데 사건이 크게 터지고 나서 분명히 알았어. 내 감정은 사랑이 아니었다는 것을."

"……."

"……."

그녀는 여전히 강물을 쳐다보고 있다.

"나는 그림을 그리기 위한 물건에 불과했어."

그녀는 다시 입을 열었다.

"무슨 말이야?"

"선생님 앞에서 그렇게 옷을 많이 벗었는데도, 그는 한 번도 몸을 요구하지 않았어. 내 몸은 매번 달아올랐는데 말이야! 그런 감정은 처음이었어……."

"……."

그녀의 눈에 물기가 보였다. 인희는 선생님을 찾아가서 자신을 데려가 달라고 졸랐을 것이다. 언뜻 그런 생각이 스쳤다. 그녀는 고개를 숙인다.

"선생님은 언제나 말뿐이었지. 너처럼 근사한 몸을 가진 여자를 본 적이 없다고. 모르지! 그 개새끼가 없었다면 우리한테 시간이 좀 더 있었을 것이고, 진짜로 멋진 사랑으로 발전했을지도."

"개새끼라니?"

"회령 아저씨, 그 죽은 새끼 말이야."

"아저씨가 왜?"

"그 새끼가 우리 사이를 뒷조사해 교수 마누라한테 일러바친 거야!"

"……."

"내가 제발 그런 사이 아니라고, 말 좀 잘해 달라고 그렇게 부탁을 했는데……."

"……."

"진짜로 나랑 교수님은 한 번도 육체관계를 한 적이 없어."

"그럼 회령 아저씨가 교수 마누라한테 엉뚱한 소리를 한 거구나."

"맞아. 그 인간이 있지도 않는 일을 지어 내 고해 바쳤어."

"……."

"더러운 북조선 쓰레기! 자기가 조선노동당 당원이라고 거짓말이나 치고 다니면서 어깨에 힘준 걸 생각하면 정말!"

"조선노동당원이 아니래?"

나는 놀라 되물었다.

"아는 사람을 통해 알아봤어. 우리 아버지가 당간부 출신이잖아. 조선노동당원? 남한에 내려와서 그런 거짓말을 하고 싶어? 거지 같은 새끼."

회령 아저씨가 조선노동당원이 아니라는 건 나에게도 충격이었다. 그러나 지금은 그런 일을 생각하고 싶지 않다. 나는 말을 멈추고 한강을 바라보았다. 둘은 한동안 말이 없었다.

"아름답다."

그녀가 강물을 쳐다보고 입을 열었다.

"그래, 한강이 이렇게 아름다운 곳인지 몰랐어!"

나도 말했다. 인희는 손으로 눈가를 훔친다. 보트가 한강을 가로질렀다. 저만치 손오공의 보트가 보인다. 나는 담배를 내민다. 인희는 선생님을 사랑했고, 그 상처가 그녀를 룸살롱으로 내몰았는지도 모른다. 나는 인희를 이해할 수 있다. 그녀는 담배를 피워 문다.

"니가 정말 피명이냐?"

"……."

"회령 아저씨를 죽였어?"

"믿고 싶은 대로 생각해. 난 상관없어."

그녀가 대답했다. 그러고는 내 눈을 피해 강물을 바라보았다.

똘아이는 벌떡 일어나 보트를 흔들었다. 보트가 뒤집힐 것처럼 불안하다. 현주가 소리를 지른다. 손오공도 질 수 없다는 듯이 일어났다. 주희는 손오공의 바짓가랑이를 쥔다. 여자들의 비명이 물결을 타고 흘러와 교성처럼 들린다. 똘아이가 갑자기 자세를 바로하고 고수부지를 바라보았다. 엄지가 보트를 향해 손을 흔든다. 이제 그녀는 아버지의 죽음을 완전히 잊은 모양이다.

"방송국 사람들이 온 모양이야!"

인희가 밝은 표정으로 말했다. 사람들이 우르르 몰려간다. 방송 장비도 보인다.

잔디 위에 사람들이 너무 많이 둘러서서 아무것도 보이지 않았다. 스태프 한 명이 소리를 지르면서 사람들을 밀어 낸다. 나는 고개를 안으로 들이밀었다. 카메라가 보이고 스타예감의 진행을 맡은 개그맨이 눈에 들어왔다. 아이들이 카메라에 서로 얼굴을 들이밀려고 아우성이다.

두 아이가 넘어진다. 개그맨이 마이크를 내리면서 신경질을 낸다. 그래도 아이들은 카메라를 향해 달려든다. 나는 앞으로 나가려고 안간힘을 썼다. 방금까지 등 뒤에 있던 인희도 보이지 않았다. 이런 상황이 발생할 줄 알고 방송 시간을 바꾼 모양이었다. 이 프로에 출연해 드라마의 조연으로 발탁된 배우 출신의 탤런트도 있다. 나는 스튜디오에서 정식으로 오디션을 받기 위해 스타예감이라는 프로그램이 진행되는 곳을 쫓아다녔지만 매번 실패였다. 이번만은 놓치면 안 된다. 영화 출현에, 드라마 피디의 제의에, 스튜디오 오디션까지 받게 되면 길이 제대로 열릴 것이다. 절로 굴러 온 영화배우의 기회를 살리기 위해서라도 오디션을 받아야 한다.

갑자기 여자들의 비명 소리가 들린다. 사람들은 일제히 뒤를 돌아보았다. 여자들의 목소리가 커진다. 카메라맨이 허둥대며 움직인다. 개그맨 주위에 모여 있던 사람들이 흩어진다. 나도 사람들을 따라서 움직인다. 보트를 타는 선착장 앞에서 누가 옷을 벗고 소란을 피운다.

"바퀴벌레야!"

인희의 목소리다. 등 뒤에서 나타난 그녀가 말했다. 그제야 팬티만 입고 있는 바퀴가 보인다. 나는 그쪽으로 달려갔다. 바퀴는 카메라맨이 다가오자 팬티를 벗어 던진다. 여자들이 비명을 지른다. 갑자기 아수라장이 된다. 바퀴는 카메라를 향해 자신의 성기를 흔든다. 마약을 한 모양이다.

"엄지야! 엄지야!"

바퀴는 성기를 쥐고 소리를 질렀다. 놈은 주위를 두리번거리다가 여자들이 모여 있는 곳으로 뛰어간다. 여자들이 비명을 지르면서 도망친다. 카메라가 따라간다. 놈은 달려가는 여자의 머리카락을 낚아챈다. 여자가 숨이 넘어갈 것처럼 비명을 질렀다. 나도 달린다. 바퀴를 잡았다. 놈은 여자에게 엉겨 붙는다. 그 바람에 손을 놓친다. 머저리 같은 놈이 어디서 이런 괴력이 나오는지 모르겠다. 여자들에게 핸플을 해달라는 표정이다. 여자를 엄지로 착각한 모양이다. 청년 두 명이 달려와 바퀴의 면상에다 주먹을 날렸다. 알몸의 바퀴가 땅바닥에 주저앉는다. 다른 청년이 바퀴를 일으켰다. 이어 주먹이 그의 얼굴에 꽂혔다. 그의 입이 터져 피범벅이 된다. 청년들이 사정없이 바퀴를 밟는다. 죽일 태세다. 내가 말린다. 청년 둘은 사람들의 눈치를 보더니 못 이기는 척하고 뒤로 물러났다. 그들은 울고 있는 여자를 데리고 사라졌다. 만신창이가 된 놈은 벌렁 나자빠져 있다. 죽은 바퀴벌레 같다. 카메라는 바퀴의 나신을 내려다본다. 나는 옷을 벗어 바퀴의 성기를 덮었다.

저쪽에서 아이를 무등 태운 몇 명의 아버지가 걸어온다. 저만치에서 엄지가 인희 옆에 서서 그들을 쳐다본다. 무등을 탄 아이들이 옷을 덮고 누워 있는 바퀴를 보고 소리를 질렀다. 아버지들이 아이들을 어깨에서 내려 황급히 돌아서 달아났다. 어떤 아이가 놀랐는지 도망가지도 못하고 울음을 터뜨리자 아버지는 그를 당겨 가슴에 꼭 안아 준다. 엄지가 땅바닥에 쓰러진 것은 그때였다. 인희가 붙잡을 새도 없었다. 나도 그쪽으로 달려갔다. 엄지가 몸을 굼벵이처럼 돌돌 말고 흐느꼈다.

"왜 그래, 엄지야? 무슨 일이야 응?"

인희가 엄지의 어깨를 흔들며 물었다. 엄지는 그저 입술만 깨물고 울기만 했다. 주위로 사람들이 모여들었다. 인희가 엄지를 일으켜 꽉 껴안고 등을 두드리며 달랬다. 엄지가 입을 열었다.

"언니, 우리 아버지 진짜 이상한 사람 아냐? 죽긴 왜 죽어?"

그녀는 숨을 몰아쉬었다. 이어 계속해 중얼거렸다.

"언니, 우리 아버진 아바타에 와서 내가 무슨 짓 하고 사는지 다 봤잖아. 그때도 난 대딸방의 딸녀 일을 청산하고 집으로 돌아가겠다는 약속을 하지 않았어. 대신 아버지 보라고 포르노를 찍었지. 그렇다고 죽어! 나 정말 우리 아버지 땜에 미치겠어. 왜 죽냐고, 왜……? 그냥 신경 끄고 살지. 왜 죽냐고……?"

그녀는 인희를 끌어안고 사람들의 시선에 아랑곳하지 않고 큰 소리로 울었다.

이때 강물에서 무슨 소란이 벌어졌는지 사람들이 고개를 돌렸다. 강물 위에 보트가 뒤집혀 있었다. 손오공과 똘아이가 타고 있던 배다. 구명조끼를 입은 네 사람이 물속에서 허우적거린다. 구조 요원이 쾌속정을 타고 나간다.

20

도플갱어

　나는 우산을 펼치고 지하도를 올라갔다. 택시를 잡으려고 정류장을 향해 걸었다. 빗방울이 물 고인 보도 위로 떨어진다. 빗물은 여기저기 작은 웅덩이 속에서 파장을 일으켰다. 나는 고개를 들었다. 택시가 오지 않는다. 건너편에서 버스를 기다리는 사람들의 표정이 어둡다. 낯설지 않다. 어디서 많이 본 얼굴들이다. 주위가 어둡다. 하늘에는 비행기가 지나간다. 전에 본 장면인가? 그럴지도 모른다. 멀리서 애잔한 음악이 흘러나온다. 역시 귀에 익은 음이다. 머릿속으로 영상들이 지나간다. 차이나타운의 간판들. 눈앞으로 펼쳐진 도시의 우중충한 풍광들. 흉측한 몰골의 빌딩. 슬픈 눈동자가 창밖을 응시한다. 노래는 계속되고, 움직이는 우산들. 한 무리의 우산이 도로를 달린다. 우산 속의 사람들 표정이 닮았다. 또한 어둡다. 빗물, 빗방울이 물 위로 떨어져 동그라미를 그린다. 그 파장이 크게 번진다. 아래를 내려다보는 개. 귀가 축 처진 놈도 낯설지 않다. 어디서 많이 보았다. 운하를 떠가는 유람선.

나는 고개를 돌려 위층 카페를 올려다보았다. 카페에 앉아 누구를 기다리는 듯한 여자가 아래를 내려다보고 있다. 나와 눈이 마주치자 여자는 놀라 고개를 돌린다. 왜, 뒤로 고개를 돌려 위를 올려다본 것일까? 머릿속으로 비슷한 장면이 떠올랐다. 다시 위층 카페로 고개를 돌리자 다소곳이 앉은 여자가 커피를 마신다. 영화 〈공각기동대〉의 한 장면이 스쳐 지나갔다. 영화는 청진기 속에서 들려오는 맥박처럼 쉬지 않고 뛴다. 조용히 앉아 무엇을 생각할 틈이 없다. 그런데 유독 그 장면들만이 슬픈 음악과 함께 깊은 강물처럼 느리게 흘러간다. 음악이 희미해지고, 물 위로 떨어지는 빗방울. 청순한 이미지의 여자 얼굴 하나가 스친다. 왜, 그 컷이 머릿속에 선명하게 남아 있을까? 노란 유람선을 타고 우중충한 공간을 이동하던 쿠사나기가 우연히 건물 위에 카페를 바라보다가 자신과 꼭 닮은 여자와 눈이 마주친다. 그는 놀라 몸을 돌려 한동안 여자를 올려다본다. 아직 덜 자란 자신을 만난 것이다. 영락없이 리니지 게임의 도플갱어 밭이다. 그곳에 가면 자신의 아바타와 꼭 닮은 또 다른 아바타가 득실거린다. 앳된 얼굴로 카페에 앉아 애인을 기다리는 듯한 그녀는 미친개처럼 헐떡이며 인형사를 뒤쫓는 여전사 쿠사나기와 전혀 다른 삶을 살아가는 자신이다. 그 장면이 떠올랐다가 사라졌다.

〈공각기동대〉의 모든 장면을 하나하나 외우고 있을 만큼 영화를 많이 보았다. 앳되고 청순한 얼굴, 연인을 만나는 데 아무런 장애가 있을 것 같지 않은 쿠사나기의 다른 얼굴이 부러웠다. 부럽다.

택시에서 내려 주변을 두리번거린다. 휴대폰이 울렸다. 마리일지 모른다. 재빨리 휴대폰을 꺼내 들었으나 전화가 끊어졌다. 펼쳐 든 우산이 바람에 날려 간다. 나는 아랑곳하지 않고 휴대폰을 쳐다본다. 발신자 전화번호가 뜨지 않는 화면 위로 물방울이 떨어진다. 뚝, 뚝, 뚝 세 방울이다. 나는 휴대폰을 주머니에 넣고, 고개를 들었다. 저만치 오피스텔 건물이 보인다. 제대로 찾아온 것이다. 나는 우산을 접어들고 손에 들린 양주병을 한 번 내려다보고 오피스텔을 향해 걸었다.

다시 전화벨이 울린다. 뜻밖에 전도사다. 그의 목소리가 귓가에 울린다. 나는 동성애자 캐릭터 때문에 그를 찾았다. 그런데 전도사는 뜬금없이 예전에 자신의 악행을 용서해 달라는 것이었다. 망치로 머리를 맞은 느낌이다. 잠시 멍해졌다. 무슨 말을 해야 하나? 지난번엔 내가 너무 경솔하게 행동한 것 같다고 나도 사과했다. 굳이 화장실 유리창을 뚫고 나갈 것까진 없었다. 아직 마음의 준비가 되지 않았으니까, 다음에 하자고 솔직히 털어 놓았다면 전도사도 충격을 받진 않았을 것이다.

나는 그를 만나 동성애자의 감정이나 이상심리에 대한 얘기를 듣고 싶었다. 그는 뭐든 분명히 알고 있어 재밌게 설명할 수 있는 사람이다. 전도사는 내가 남한에서 만난 가장 근사한 인텔리였다. 그동안 영화를 통해 확인한 동성애 심리는 하림이 보여 준 감정과는 좀 다른 것이었다. 전도사를 통해 보다 정확한 감정을 알아내고 싶었다. 그는 자신의 욕망과 교리 사이의 틈 때문에 엄청난 감정의 홍수를 경험했을 것이다. 대본 속의 인물 역시 그것 때문에 끝없이 갈등하고 있었다. 연기는 자신이 맡은 인물의 감정, 그 성격의 혼을 자신 속에 담아야 한다. 그래야만 인물이 겉돌지 않고, 배우가 캐릭터를 연기한다는 느낌을 넘어설 수 있다. 전도사라면 그런 감정의 맥을 눌러 줄 것 같았다. 더구나 우리는 그동안 쌓아 온 정이 있어 그의 감정이 자연스럽게 내 속으로 흘러 들어올 수도 있을 것이다.

　그런데 휴대폰에서 갑자기 울먹이는 소리가 들렸다. 전도사가 자신은 사탄이라 죽어야 한다는 것이었다. 난감하다. 그날 밤엔 동성애에 대한 억압이 성서에 근거한 것이 아니라고 게거품을 물더니 지금은 딴 소리를 한다. 나는 그를 만나서 바로 그런 자기 분열 증세를 확인하고, 그것을 내 감정으로 만들고 싶었다. 휴대폰이 뚝 끊어진다. 전화번호도 남아 있지 않았다.

　그날, 새벽에 길거리에서 그를 만났다. 취객을 찾아 사냥개처럼 코를 씩씩거리면서 길바닥을 돌아다닐 때였다. 손님도 없고, 비도 와서 그냥 들어가려던 참이었다. 누군가 나를 불렀다. 돌아보니 빗속에 전도사가 서 있었다. 우리는 근처 술집으로 들어갔다. 전도사가 한잔 사고 싶다고 했다. 우리는 술집에 앉아 술을 마셨다. 그는 율법에 얽매여 사는 교인이 아니었다. 모든 것에 화통했다.
　내가 한국에 와서 누드를 보고 느낀 충격을 얘기했던 것 같다. 어떻게 하다가 그 얘기가 나왔는지 기억나진 않지만 전도사는 자신도 비슷한 경험이 있다고 말했다. 그러다가 그가 불쑥 대딸방에 가봤냐고 물었다. 나는 대답하지 않았다. 누드 얘기를 꺼낸 자신이 부끄러웠다. 그가 아무리 너그러운 사람이라고 해도 교인이다. 전도사는 금방 내 태도를 눈치 채고, 기독교가 좀 더 자유로워져야 한다고 했다. 우리의 몸과 그 몸이 누리는 행복은 하나님이 주신 것이지 다른 누가 준 것이 아니라는 것이다. 그러면서 동성애에 대한 금기는 성경에 근거하지 않는 터무니 없는 아집이라고 열변을 토했다.
　그 소리를 듣고 나자 나는 기분이 좋아졌다. 그는 연변 교회의 목사와 다른 종류의 교인이었다. 우리는 술을 마시고 노래방에 가서 목이 쉬도록 고함을 질렀다. 나는 엉망으로 취했고, 그래서 아무 생각 없이 전도사가 이끄는 대로 모텔로 들어갔다.

잠결에 어렴풋이 정신이 들었다. 하림이 술이 엉망으로 취한 나를 안고 있었다. 나는 너무 반가워 그를 껴안았다.

"하림아."

전도사의 목소리였다. 그는 하림이 아니었다. 전도사는 하림을 부르면서 윗도리 속으로 손을 밀어 넣고 내 가슴을 쓰다듬고 있었다. 하지만 나는 하림이 아니다. 잠시 온몸에 소름이 돋았다. 그뿐이었다. 남자가 내 몸을 만지는 게 낯설게 느껴지지 않았다. 왜일까? 마치 예전에 비슷한 경험을 했던 것 같다.

"너도 나를 원하고 있잖아."

전도사가 속삭였다.

"이 느낌은 신이 주신 거야."

나는 잠시 혼란스러웠다. 전도사를 안고 싶기도 하고, 아닌 것도 같았다. 나는 덜컥 겁이 났다. 이것은 콩팥 속에 숨어 사는 하림이 시킨 짓이다. 화냥 놈! 내가 똥창이나 팔고 다닌 꽃제비 하림이 될지 모른다는 생각이 들었다. 그것은 지옥이다. 그런 일을 하기 위해 남한으로 온 것은 아니다. 교수님도 비역질이 얼마나 더러운 짓인지 알아야 한다며 게거품을 문 적이 여러 번 있었다. 그는 무슨 행위에 대해 좀처럼 좋다거나 나쁘다거나 단정 짓지 않는 분이었다. 하지만 그 문제에 대해서만은 하림을 교회에서 내쫓은 연변의 목사 동생 못지않았다.

"화장실에 갔다 오면 안 될까요?"

내가 침착하게 말했다. 실제로 소변도 마려웠다. 먼저 화장실에 들어가서 생각하자. 그게 좋을 것 같았다.

"그럴래?"

그는 뒤로 물러났다. 나는 화장실에 들어가 허리띠를 풀었다. 전도사는 나의 사고를 알고 있는 것 같았다. 머릿속으로 스포츠 신문의 추모 기사가 떠올랐다. 충무로의 김일성 서거. 전도사는 분명히 그것을 알고 있었다. 그렇지 않고서야 나를 택했을 리가 없다. 아직도 주저앉은 아랫도리가 일어나지 않았다. 나는 여자가 돼 버린 것이다. 어떻게 알았을까? 나는 손을 씻다 말고 창문을 쳐다보았다. 나는 하림처럼 살 순 없다. 좁긴 해도 한 사람이 빠져나갈 수 있는 공간이다. 세면대를 밟고 위로 올라섰다. 창문을 빠져나가는 순간, 전도사의 목소리가 들렸다. 그의 목소리에 놀라 창문으로 뛰어내려 달렸다. 전도사가 나를 잡으러 오는 것 같았다.

감독이 사는 오피스텔 건물로 막 들어서는데 다시 휴대폰이 울렸다.

"전도사님……."

나는 누군지 확인하지도 않고 휴대폰을 받았다. 당연히 전도사일 것으로 믿었다.

"피멍이 범인이라고? 놀고 자빠졌네."

늙은 뉴비다. 왕 짜증이 난다.

"피멍이 누구던가요?"

나는 성질을 꾹 참고 말했다.

"새끼야, 몸도 제대로 가누지 못하는 노숙자가 사람 죽여 토막까지

내서 공원에 뿌리고 다녀?"

늙은 뉴비가 개처럼 짖었다. 피멍이 노숙자라니, 언뜻 이해가 되지 않는다. 바츠 해방전쟁의 승리에 기여한 그가 몸도 제대로 가누지 못하는 노숙자가 되다니, 믿어지지 않는다. 뭐가 잘못됐을 것이다. 귀환한 영웅이 아무리 현실에 적응하기 힘들다고 해도 그럴 리가 없다. 내가 무엇을 더 물어보려는데, 전화가 뚝 끊어졌다. '무식한 놈, 평생 뉴비로 살아라.' 문자를 날리고 휴대폰을 꺼버렸다.

감독은 웃통을 벗은 채로 문을 열었다. 나는 인사를 하고 오피스텔로 들어섰다. 그는 어리둥절해하더니 테이블 위에 놓인 소주병을 치웠다. 혼자서 술을 마시고 있었던 것이다. 한쪽 구석엔 비디오가 켜져 있었다. 내가 감독에게 전달한 테이프였다. 그는 나를 기다리고 있었다. 내가 시간을 절묘하게 맞춘 것이었다. 일이 되려면 이렇게 되는 법이다.

그는 비디오를 끄고 테이프를 꺼내더니 한쪽에 놓았다. 이어 실내에 모차르트가 흘렀다. 나는 들고 온 양주를 테이블 위에 올려놓았다. 그는 방바닥에 널린 비디오테이프를 정리했다. 벗은 몸이 더 살쪄 보인다. 나는 자리에 앉으면서 방 안을 둘러본다. 그리 크지 않은 원룸인데 여자가 사는 방 같다. 책장 위에는 꽃병이 놓여 있다. 그는 자리에 앉으려다 말고 침대에 놓인 윗도리를 걸친다. 허둥댄다. 나는 미소를 짓는다. 그는 리모콘을 집어 음악을 끄려 한다.

"그대로 두시죠. 좋은데……."

너무 조용하면 더 이상할 것이다.

"그럴까요?"

그는 소리만 낮추었다. 여전히 당황한 표정이다. 제대로 찾아왔다. 그날 모임은 대본 연습이 아니라 오디션이었다. 나는 대본에 대한 토론이 끝난 후, 뒤풀이에서 너무 많은 말을 쏟아 놓았다. 술을 마시자 감독이 연기관에 대해 물었다. 나는 평소 다져 왔던 신체 훈련과 연기에 대한 생각을 떠들어 댔다. 술자리에 둘러앉은 스태프들이 입을 벌리고 경탄하며 맞장구를 쳤다. 나는 더욱 신이 나서 목소리를 높였다. 이제야 제대로 된 사람들을 만난 것이다. 감독은 가끔 미소를 짓기만 할 뿐 별다른 반응을 보이지 않았다. 내가 진짜 동성애자인지 의심하는 것 같았다. 그는 여자 역할을 할 동성애자를 원했다. 그보다도 자신의 욕망을 채우고 싶었을 것이다. 헤어질 때 악수를 하면서 보낸 끈끈한 눈길에 정욕이 묻어 있었다.

아침에 나는 포르노맨에게 전화를 걸어 감독의 오피스텔 주소를 묻고 양주 한 병을 샀다. 이어 소주를 마시고 집을 나섰다. 나는 들고 온 양주병의 마개를 비틀었다. 그는 냉장고에서 얼음을 꺼냈다. 술을 마시고 왔지만 긴장되는 건 어쩔 수 없다. 분위기가 무르익으면 똘아이에게서 훔친 약을 꺼낼 생각이다. 콜라를 먹지 않은 지 오래되었다. 콜라 속에 탄 약 때문에 기억력이 감퇴하는 것 같았다. 그런 생각이 들고부터 약을 하고 싶다는 욕망을 삼켰다. 아랫도리에 문제가 생기고 난 이후였다. 약을 계속하면 과거뿐만 아니라 현재와 미래까지 금방 잃어버릴 것 같았다. 마약은 증세에 기름을 붓는 일이었다. 얼마간 했던 약을 끊으면서 그 약이 기억을, 마음을, 영혼을 갉아먹는다는 사실을 알았다. 바퀴나 똘아이를 보면 소름이 끼친다. 그래도 오늘은 약이 필요하다. 약을 하면 모든 생각을 멈추고 단지 몸이 주는 느낌에만 집중할 수 있다.

아무리 탁월한 재능을 가진 배우라도 경우에 따라선 원치 않는 흥정을 해야 한다. 그것은 부도덕한 일이 아니다. 고기가 헤엄칠 물을 만나기 위한 최소한의 몸부림이다. 마리 역시 이런 흥정을 하고 돌아다녔을 것이다. 나는 개의치 않는다. 배우의 순결은 몸이 아니다. 몸은 도구다.

"지난번에 들은 연기관은 참 인상적이었습니다."

그는 술을 따라 주었다. 두 손으로 받았다. 그럴 것까지 없다면서 왼손을 밀어냈다. 나도 그의 잔을 채운다. 눈이 마주친다. 강렬한 눈빛이다. 이 사람을 놓치면 안 된다. 이번 영화가 국제적인 영화제에서 수상이라도 하는 날이면, 그러면 마리와 결혼할 수도 있을 것이다. 그렇게만 된다면 리니지 속으로 들어가 인형사를 찾아 헤매지 않아도 될 것이다.

"이번 작품이 끝나면 극장에서 개봉할 영화를 찍을 겁니다. 물론 동성애 영화입니다. 그 작품 역시 모두 신인 배우를 쓸 생각입니다."

그는 술잔을 비웠다. 나도 단숨에 술을 들이켰다. 감독과 나의 인연은 운명이다. 운명적 만남이란 이런 경우를 두고 하는 말이다. 내 가슴이 마구 뛴다. 석 잔을 마시자 눈이 풀린다. 집에서 마신 소주 때문에 취기가 더 빨리 돈다. 너무 긴장돼 그냥 찾아올 수 없었다. 감독은 눈을 깜박이며 나를 쳐다보았다. 이제 히로뽕을 꺼내야 한다. 여기서 더 마시면 일은 치르지도 못하고 곯아떨어질 수 있다. 그의 옆으로 다가간다. 천천히 몸을 만진다. 대부분의 동성애자들은 관계를 통해 서로를 확인한다. 우리는 그런 의식을 치르는 중이다. 그런데 눈앞이 가물거린다. 많이 마신 모양이다.

문득 간밤의 꿈이 떠오른다. 예전에 몇 번 꾸었던 꿈을 다시 꾸었다. 아주 끔찍한 악몽이었다. 풀밭에서 파리 떼가 윙윙거렸다. 시커먼 덩어리가 밭에 놓여 있었다. 그냥 덩어리가 아니라 파리 떼였다. 내가 발걸음을 옮기자 파리 떼가 날아올랐다. 이미 썩기 시작한 시체는 아버지였다. 파리 떼가 당신을 핥아먹고 있었다. 나는 고개를 돌려 옆에 놓인 주검을 살폈다. 굵은 손마디와 손목 위에 나란히 박힌 점 셋. 어머니였다. 나무 위에서 고양이의 울음소리가 들렸다. 나는 고개를 들었다. 아직 살아 있는 생명체가 있다니 신기할 따름이었다. 굶주림으로 눈에 광기가 번득거렸을 사람들을 피해 용케도 살아남았다. 놈은 가늘고 긴 울음을 울면서 아래를 내려다보고 있었다. 고양이가 노린 것은 시체였다. 나는 숨을 몰아쉬었다. 파리 떼가 하나둘 내게로 엉겨 붙었다. 파리 떼들이 순간적으로 내 몸을 뒤덮었다. 윙윙거리는 소리가 귀를 가득 메운다. 나는 몸을 제대로 가누기도 힘겹다. 파리가 내 입으로, 귀로, 코로 비집고 들어온다. 내 몸속이 파리 떼로 가득찰 것만 같다. 혹시 내가 죽은 것일까? 그래서 파리 떼가 날 뒤덮는 것인가. 나는 죽을 수 없다. 빨리 두만강을 건너 중국으로 가야 한다. 나는 달렸다. 파리 떼를 손으로 떼어 내며 미친 듯이 달렸다. 그러다 나는 잠을 깼다. 왜 똑같은 꿈을 꾸는 것일까? 꿈이 아니라 하림에게서 들은 얘기 같기도 했다.

“이…… 러지…… 말아요.”

그는 나를 살짝 밀어낸다. 강한 거부는 아니다. 그는 부끄러운 모양이다. 이럴 땐 상황을 주도하는 쪽이 강하게 밀고 나가야 한다. 나는 입맞춤을 하고, 그를 안아 침대 위에 눕혔다. 큰 덩치 때문에 침대가 출렁거린다. 그는 정신을 잃고 누워 있다. 술을 너무 마셨다. 그래도 지금을 놓치면 안 된다. 이것은 대본에 나오는 설정이다. 그는 오피스텔에 앉아 이런 성관계를 꿈꾸며 대본을 썼을 것이다. 작가는 자신이 되고 싶은 인물을 그린다고 하지 않는가? 침대로 올라가 가슴을 만졌다. 몸을 가누지 못하는 그의 허리띠를 풀었다. 가는 신음이 들린다. 영화의 한 장면 같았다. 영화가 아니라 그가 연출할 영화의 내용이다. 대본보다 더 절실한 목소리다. 몸이 떨린다. 그는 조만간 신음을 토하면서 좋아할 것이다. 일부러 취한 척하는지도 모른다. 정신을 차리지 못하는 사람이 신음을 토하겠는가? 나는 바지를 벗었다. 침대가 흔들린다. 시나리오에는 내가 동성애자에게 똥창을 강간당하는 설정도 있다. 감독은 강간하고 싶은 욕망에 사로잡힌 변태다. 그런 생각을 하면서 그의 팬티 속으로 손을 밀어 넣었다. 다음 순간, 나는 침대 밖으로 굴러 떨어졌다. 술이 확 달아났다. 감독은 일어나 잠시 멍하니 섰더니 아랫도리를 챙겨 입는다. 그는 테이블 위에 놓인 술을 마셨다. 울컥 토한다.

"돌아가 주십시오."

그는 냉장고에서 물병을 꺼냈다. 나는 상황을 이해하지 못해 잠시 멍하니 감독만 쳐다보았다.

"제가 원한 것은 캐릭터 연기입니다. 동성애자보다는 동성애 연기를 정확히 할 수 있는 사람입니다."

감독은 물을 마시고, 숨을 몰아쉬었다.

"그러니까 보여 주려는 것 아닙니까! 전 자신을 보여 주고 싶었습니다."

나는 매달렸다. 그는 분명히 음흉한 눈길로 추파를 던졌다.

"전 배역을 미끼로 이런 거래를 하는 사람이 아닙니다."

그는 호흡을 가다듬는다.

"제 진심을 믿어 주십시오. 다른 뜻은 없습니다. 제가 이 역할을 정확히 소화할 수 있는 사람이란 걸 보여 주고 싶었습니다. 정말입니다."

나는 눈치를 살폈다. 감독이 의자에 앉는다. 나는 어떻게 행동해야
할지 몰라 망설인다.

"선배님한테 당신 얘길 들었습니다."

포르노맨을 두고 하는 말이다. 그는 나더러 감독이 물으면 동성애 경
험이 있다고 답하라고 말했다.

"전 동성애자이며, 그들의 정서를 누구보다 잘 알고 있습니다. 그 때
문에 동성애 연기를 누구보다 리얼하게 보여 줄 수 있습니다."

나는 애원했다. 달리 방법이 없다.

"탈북자 맞으시죠?"

"네……."

나는 망설이다 대답했다. 이번 역할은 진짜 탈북자가 모델이다. 그렇
다면 배역을 따는 데 도움이 될 것 같았다. 이제 무엇이든지 내놓을 생
각이다.

"전 대본을 쓰는 과정에서 적지 않은 탈북자를 만났어요. 그 때문에
그들에 대한 느낌이 생겼습니다. 또한 당신이 선배님을 통해 제게 전해
준 비디오를 여러 번, 아주 여러 번 보았습니다. 당신도 보았겠지만, 좀
전까지도 당신의 비디오를 보고 있었습니다."

그는 말을 하고, 테이블에 놓인 술을 천천히 마셨다. 이번에는 토하
지 않았다. 잔이 거의 비었다.

"……."

나는 잔을 채워 주려다가 그만두었다.

"저는 많은 탈북자들을 만나 보고 생각이 좀 바뀌었습니다. 제가 원
하는 배우는 자신을 연기할 사람이 아닙니다. 제가 만든 성격을 정확히

보여 줄 사람입니다. 자신이 아니라 그를, 성격을, 연기할 사람을 원합니다. 전 진실한 연기를 원합니다. 또한, 다른 한편으로 지나친 감정 몰입을 경계하고 있습니다. 제가 원하는 것은 자신이 아니라 그이기 때문입니다. 그래서 탈북자에게 역할을 맡기기가 부담스럽습니다. 연기는 자신을 보여 주는 것이지만, 또한 자기를 보여 주는 것이 아닙니다. 왜냐면 배우가 아무리 노력해도 드라마 속의 인물인 그는 될 수가 없습니다. 연기는 객관화된 대상으로서의 자기, 진짜 자신이 아니라 가짜의 자기를 보여 주는 작업입니다. 그래서 전 탈북자는 이 연기를 할 수 없다고 생각합니다."

그는 단호한 어조다. 술 취한 목소리가 아니었다. 배역은 날아가 버렸다. 누가 좋으면 좋은 이유가 백 가지고, 싫으면 싫은 이유가 천 가지다. 나는 놈이 무슨 말을 하는지 알 수 없었다. 궤변이다. 남한은 북한과 달리 뭐든 단순하지 않다. 그러나 내게 연기를 맡길 수 없다는 사실은 분명하다. 탈북자인 내게 기회가 올 리가 만무하다. 매달린다고 될 일이 아니다. 테이블 위에 놓인 양주를 병째로 쥐고 단숨에 들이켰다. 감독은 그대로 앉아 있었다. 나는 옷을 챙겨 입는다. 떠날 때란 생각이 들면 주저하지 말고 사라져야 한다. 진작 배우의 꿈은 접었어야 옳았다.

게임이, 그놈의 게임이 재밌지도, 자신에게 맞지도 않는데도 계속해 그것을 하는 사람들이 있다. 그동안 들인 시간과 돈, 공들여 온몸을 바쳐 쌓아올린 레벨 때문이다. 즐겁지 않는데도 여전히 한다. 쉬지 않고 할 수밖에 없다. 맵을 전부 환히 알고 있어 아무런 자극도 없다. 그냥 기계적으로 움직인다. 너무 잘 알아 눈도 필요 없다. 모니터를 보고 하는 것이 아니라, 아픈 손이, 하도 움직여 끊어질 것처럼 아픈 손이 저절로 알아서 움직인다. 눈알이 뻑뻑해 잘 움직이지 않는다. 눈을 감는다. 눈물이 흘러내린다. 눈물이 자꾸 난다. 눈물이 홍수처럼 흘러내려도 게임을 그만둘 수 없다.

이젠 이 게임을 중단해야 한다. 내가 이 게임을 끝까지 포기하지 않는다고 마리를, 그녀를, 아내로 맞아들일 수 있다고 장담할 수 없다. 또한, 이 게임을 여기서 중지한다고 마리를 단념하는 것도 아니다. 배우의 남편이 꼭 배우일 필요는 없다. 또한, 그녀는 현실 공간에서만 존재하는 것도 아니다. 마리는 리니지 속에도 살고 있다. 그 속에 봉인된 인형사는 그녀의 아바타가 아니다. 그녀다.

"다음 영화에 적당한 배역이 있으면 부르겠습니다."

그는 자리에서 일어났다. 그런 인사치레는 듣고 싶지 않다. 감독이나 피디가 입에 달고 다니는 말이다. 그가 옆에 놓인 테이프와 봉지 하나를 내밀었다. 내 포트폴리오다. 나는 그것을 받아 들고, 문을 열었다.

"연기는 열정만으로 되는 게 아닙니다."

그는 문을 닫으면서 말한다. 순간 나는 온몸에 소름이 돋았다. 문을 박차고 안으로 들어갔다. 놈은 어리둥절한 표정이다. 멱살을 불끈 거머쥔다.

"이 간나 새끼! 방금 뭐라고 그랬간!"

나는 대답을 기다리지 않고 주먹을 날렸다. 놈은 침대 위로 고꾸라진다. 나는 달려들었다. 주먹에 입술이 터졌다. 놈이 두 발로 나를 힘껏 밀었다. 나는 구석에 처박혔다가 벌떡 일어난다. 손등이 붉게 물든다. 못에 찔려 깊은 상처가 났다. 피를 보자 온몸이 떨린다. 한순간 지난날 기억이 되살아났다. 꽃제비 시절 중국 대륙을 휘젓고 다닐 적의 그 광기가 온몸을 휘감고 돌았다. 그때는 항상 죽음이 가까이 있었다. 북한 인민들이었던 사람들은 목숨에 대한 애착이 없다. 옆에 늘 죽음이 있고, 그놈이 수시로 가족을, 친구를 덮치는데, 뭐가 두렵겠는가? 또 장군님은 입만 열었다면 죽을 각오로 싸우라고 말하지 않았는가?

어떤 날은, 아침에 깨어나지 않길 바라면서 눈을 감았다. 제발 오늘이 지상에서 보내는 마지막 날이길 기대하면서 잠 속으로 빠져들었다. 친구가 죽던 날도 마찬가지였다. 우리는 남조선 사람이 운영하는 가게에서 훔쳐 온 술을 마시고 자리에 누웠다. 놈은 몸을 떨었다. 추운 모양이었다. 나는 그를 껴안았다. 아침에 일어나 놈의 죽음을 확인하고, 옆에 앉아 주먹밥을 입에 쑤셔 넣으면서 살아 있는 자신을 저주했다. 나도 같이 죽었으면 얼마나 좋았을까? 총에 맞으면 고통도 없이 한 방에 이 지겨운 세상도 끝나겠지? 실제로 그런 생각에 시체가 여기저기 흩어져 있는 두만강, 사람만 보면 총을 마구 쏘아 댄다는 국경 경비 초소를 골라 강을 건넌 적도 있었다. 그래도 질긴 목숨이라 살아남아 남조선으로 왔다. 그런데 감히 너 같은 쓰레기가……

놈은 왜 이러냐는 표정이다. 나는 옆에 놓인 재떨이를 던졌다. 놈은 고개를 돌려 피한다. 이어 몸을 일으킨다. 이번엔 의자를 들어 내리친다. 의자는 한쪽 구석에 가서 부서진다. 다음 순간 꽃병이 날아와 내 이마에 부딪힌다. 피할 겨를도 없이 그대로 맞았다. 술 때문에 몸이 둔해져 있었다. 얼굴 위로 흘러내리는 피가 느껴진다. 나는 눈에 독기를 품고 앞으로 다가가 놈의 멱살을 움켜쥔다. 사색이 된 감독은 방어 자세도 취하지 못한다. 그의 주둥이도 찢어져 피범벅이다.

'죽여! 죽여 버려!'

뱃속에서 친구가 일어났다. 그도 분노를 느낀 것이다. 그런데 목소리가 좀 이상하다. 감독이 흐느적거린다. 이런 놈은 죽여 버려야 한다. 마리의 매니저보다 더 악랄한 놈이다. 놈은 자신이 아무렇게나 지껄이는 말 때문에 배우들이 얼마나 상처받는지 모른다.

"왜, 왜 이래요?"

놈은 말을 더듬었다. 주둥이에서 피가 흘러내린다. 나는 힘껏 주먹을 날렸다. 놈은 저항하지 않았다.

"뭐라고! 니가 연기를 어떻게 알아! 기껏 변태 성욕이나 그리는 호모 주제에 연기에 대해 뭘 안다고 아가리를 함부로 놀려!"

나는 도저히 분을 삭일 수 없었다. 놈을 밀어붙였다.

"내가 그 아가리를 찢어 주지!"

놈의 주둥아리를 찢지 않고는 방을 나갈 수 없다.

"제…… 제가…… 잘못…… 했습니다……."

그는 공포에 질린 얼굴로 중얼거렸다. 입에서 피가 튀었다. 더 이상 말을 하고 싶지 않았다. 놈은 주춤거리면서 뒷걸음질 친다. 현관 옆에 붙은 거울 속에 얼굴이 비친다. 공포 영화에 나오는 괴물이다. 놈이 전의를 상실한 것은 피로 물든 내 얼굴 때문이다.

'죽이라니까! 빨리 죽이란 말이야!'

친구가 큰 소리로 닦달이었다. 중국을 돌아다닐 때도 뭐가 빨리빨리 안 되면 짜증을 냈다. 흥분해서 그런지 평소의 목소리가 아니다. 뒤로 물러선 감독이 금방이라도 쓰러질 것 같았다. 그를 현관문으로 밀어붙이고 다시 멱살을 거머쥔다. 먼저 말을 못 하게 턱주가리를 깨버릴 생각이다. 그러면 함부로 아가리를 놀리지 않을 것이다. 북조선 같았으면 이런 변태는 총살이다. 남조선에 태어났기 때문에 이 정도로 끝내려는 것이다. 감사하며 살아라! 이 좆 간나 새끼야! 나는 눈에 독기를 품고 주먹을 들어올렸다. 한 방에 턱을 날려 버릴 것이다.

놈이 문에 붙여 둔 또 다른 거울 속에서 하림이 웃고 있었다. 분명히 하림이었다. 조금 전, 죽여 버리란 말은 감독을 향해 쏟아 낸 것이 아니었다. 회령 아저씨, 그를 죽이라는 뜻이었다. 거울 속에서 여전히 하림이 웃고 있었다. 그 위로 마리의 얼굴이 스쳐 지나갔다. 둘은 닮은 얼굴이었다. 내가 마리에게 혹한 이유는 그녀의 얼굴 속에 숨어 있는 친구의 이미지 때문이었을까? 그녀의 얼굴이 스치자 온몸에 힘이 쭉 빠졌다. 귓가로 하림의 투덜거림이 들린다. 그것은 내 목소리였다.

하림은 회령 아저씨를 죽이겠다고, 조선노동당을 죽여 버리겠다고 벼르고 있었다. 회령 아저씨를 죽인 사람이 나인지도 모른다. 그럴 목적으로 놈에게 접근한 것 같다. 아마 그랬을 것이다. 그동안 게임으로, 약으로 제정신이 아니었을 때도, 놈들에 대한 분노를 거둬들인 적은 없었다. 바츠 해방전쟁은 내게 그것을 가르쳐 주었다. 하림도 가족을 그렇게 만든 사람들을 절대로 용서할 수 없다고 중얼거렸다. 나는 멱살을 놓는다. 지금 이놈과 실랑이를 벌일 때가 아니다. 그때까지 잠바 안주머니에 꽂혀 있던 시나리오를 뽑아 놈의 얼굴에다 던졌다.

21

감사합니다, 내복단 동지 여러분

이 위대한 전쟁이 우리에게 무엇이었나?

우리는 그야말로 내복 한 벌 달랑 걸치고, 두만강을 압록강을 탔습니다. 어쩌면 내복단은 우리의 운명인지도 모릅니다. 그런데 우리가 거창한 그 무엇을 찾아 조국을 떠났냐고요? 그렇다면 얼마나 좋았겠습니까? 애초에 그런 목적에 있었다면 우리는 탈북자가 아니라 망명객이었겠죠. 우리는 그냥 다른 곳을 찾아 중국을 둘러서 남한으로 왔습니다. 무엇이 다른 곳이냐고요? 몰라요. 모를 수밖에. 다른 세상을 본 적이 없으니까요. 그런데 우리가 결국 도달한 곳은 리니지란 천국이었죠. 중국에서와 마찬가지로 남한에서 비루하게 살다가 우리는 새 세상을 만난 것입니다.

우리는 좋은 말로 게임 마니아, 솔직히 말하면 게임 폐인이 된 겁니다. 비루한, 너무나 비루한 삶을 살아가는 우리에게 인터넷은, 게임은,

위대한 수령의 교시 같은 것이었습니다. 그것이 비록 한여름 밤의 꿈일지라도……. 최소한 그 순간은 행복하니까요. 그 순간만은 비루하고 못난 자신을 잊을 수 있으니까요. 우리가 힘들게 도달한 조국인 남조선은 우리에게 게임이란 천국을 허락한 것입니다. 드디어 우리는 천국을 찾았습니다.

어느 날, 우리는 인터넷 창에 뜬 내복단 모집이란 광고를 보고 뭔가 싶었습니다. 그래서 바츠 서버에서 활동하고 있는 친구들에게 상황을 물어봤습니다. 그 친구들 말이 바츠에서 폭동이 일어났다고 했습니다. 그러면서 조만간 폭도들은 척살당할 것이라고 하더군요. 우리는 반동 놈들이 곧 진압될 거니까, 관심을 두지 않기로 했습니다. 우리는 어딜 가나 반동은 있기 마련이라고 하면서, 그들을 척살해 다시 부활하지 못하도록 땅에 묻고 봉인을 해버려야 한다고 수군거렸습니다.

그런 얘기를 하다가 우리 중 하나가 우리도 북조선을 배신하고, 위대한 수령에게 침을 뱉고, 조국을 떠나온 반동이 아니냐고 반문했습니다. 그 말에 모두들 한동안 아무 말도 없었습니다. 친구의 말이 맞는 것 같기도 하고, 틀린 것 같기도 했습니다. 한 명은 우리는 사정이 좀 다르다고 했습니다. 우리 탈북자는 나라에서 폭동을 일으키지도 않았고, 그냥 도망 나온 것뿐이라고 했습니다. 이 말에 고개를 끄덕이는 친구도 있었습니다.

그런데 또 다른 친구가 그것은 반동보다 더 나쁜 짓이 아니냐고 물었습니다. 문제가 있으면 비겁하게 도망갈 것이 아니라 그 안에서 해결하려고 노력해야 하는 게 아니냐고, 따라서 우리야말로 진짜 북조선을 배반한 반동이라고 했죠. 이어 격렬한 논쟁이 이어졌습니다. 하지만 결론

없는 공허한 메아리들에 불과했지요. 그런 작은 다툼이라고 할까, 논쟁이라고 할까, 견해차라고 할까, 뭐 그런 것 때문에 우리는 바츠 폭동, 바츠 반군의 활동을 관심을 가지고 지켜봤습니다. 그리고 일부 탈북자 유저들은 내복단으로 참가하기도 했습니다.

이어 구름처럼 바츠로 모여드는 남조선 유저들을 보고 우리도 그것에 참여해야겠다고 하나둘 생각을 바꾸었습니다. 처음엔 각자가 참가했다가 나중엔 내복단 앞에 인공기를 세워야 한다는 주장까지 있었지만, 결국 그 제안은 관철되지 않았습니다. 왜냐면 우리는 북조선의 대표가 될 수 없으며, 북조선 입장에서 보자면 우리야말로 진짜 반군이니까요. 하지만 우리는 가장 열렬히 싸웠습니다. 바츠 전쟁에 참여한 내복단 동지들이나 바츠 동맹 동지들, 혹은 반혁명 세력인 디케이 연합군 병사들 입에서까지 간간이 흘러나온 말들을 기억하는 사람이 있을 겁니다.

―아, 저 친구 내복 하나 걸치고 저렇게 장렬하게 싸울 수가!

―내복이 아니라 갑옷을 입은 전사처럼 싸우네!

―무섭긴 해도 저런 친구 때문에 디케이 연합이 맥을 못 추는 거야.

우리 북조선 출신들은 가장 용감하게 싸운 내복단들이었습니다. 우리는 죽어 가면서도 디케이 연합 전사들의 발목을 거머쥐고 놓아 주지 않았고, 칼을 맞고 피를 흘리며 그 피를 놈들의 눈에 뿌려 그들을 물러서게 했습니다. 그리고 죽어 쓰러질 때도 절대로 그냥 아무 곳이나 눕지 않았죠. 디케이 연합군 병사들의 길을 방해할 수 있는 장소를 골라 누웠습니다. 우리는 이 길고 긴 전쟁 동안 끝도 없이 죽어 갔습니다. 그리고 바츠 동맹군들과 내복단이 디케이 연합을, 리니지 역사상 가장 위대한 명장 중 한 사람인 시저 황제를 자기의 성, 아덴에서 몰아내 오만의 탑으로 유배시킨 후, 그 싸움에 참가한 모든 이들이 승리의 함성을 부르던 그날, 우리는 밤새 울고, 또 울었습니다. 북조선에 두고 온 가족을 생각하면서 울었고, 아직도 압제에 고통 받고 있는 북조선 형제자매들이 불쌍해 울었습니다.

얼마 후, 바츠 동맹의 동지들 간에 반목과 분열이 나타나고, 전리품을 두고 이전투구를 벌이는 바람에 동지들의 등에 칼을 꽂고, 아덴 성에서 와신상담하던 시저에게 투항하는 바츠 동맹군까지 생겨나고, 혁명의 승리는 쇠락해 갔습니다. 이러한 분열로 바츠 동맹의 전력은 상실되었습니다. 수완 좋은 시저 때문에 이제 바츠 동맹은 디케이 연합의 일개 세력과도 싸울 수 없는 지경에 이르렀습니다. 하지만 바츠 동맹의 분열 이후, 5개월 이상 줄기차게 디케이 연합에 대항해 온몸으로 처절한 싸움을 펼친 사람들이 있었습니다. 끝까지 혁명정신을 버리지 않고 항쟁을 계속한 이들입니다. 그들이 바로 우리들입니다. 막강한 디케이 연합군에 거의 맨주먹으로 맞서 싸워 바츠 항쟁의 종지부를 찍은 진정한 전사, 귀환하지 않은 영웅들입니다.

저희들은 아직도 잊을 수가 없습니다. 05년 10월 마지막 주, 찬바람에 마지막 잎새가 떨어져 내리는 어느 깊은 가을날. 독립군들이 얼어 죽고, 맞아 죽고, 굶어 죽었다는 만주 벌판을 떠돌다가 살아서 한국으로 들어온 꽃제비 출신의 내복단 셋이 디케이 동맹의 장군 둘과 한판 승부를 벌인 그 일 말입니다. 그들, 내복 차림으로 뼈단검을 들고 있는 모습이 하도 같잖게 보였던지 디케이 연합 장군 둘은 박장대소를 했습니다.

그들에게 먼저 다가간 것은 막내 꽃제비였습니다. 막내는 장군의 얼굴에 침을 뱉었습니다. 장군은 자신의 얼굴에 묻은 침을 손바닥으로 닦더니 장검을 뽑아 들었습니다. 다른 내복단 같았으면 그 칼을 보고 오줌을 싸거나 혼절을 했겠죠. 한 번 휘둘렀다 하면 내복단 백 명의 목이 가을바람에 마른 낙엽처럼 날아가고, 힘주어 돌렸다면 백 년 묵은 고목을 그 자리에서 주저앉힐 수 있는 위력의 칼이었으니까요. 하지만 꽃제비들은 아무것도 두려워하지 않았습니다. 그들은 뼈단검을 세워 들고 공격 자세를 취했습니다. 비록 투구도, 제대로 된 검도 없는 남루한 차림이지만, 그래도 그들은 만주 바닥에서 얼어 죽지 않고, 맞아 죽지 않고, 굶어 죽지 않고, 찬 서리 칼바람을 뚫고 남조선까지 온 사람들입니다.

디케이 연합의 장군은 장검을 휘두르면서 달려왔습니다. 마치 한꺼번에 셋의 목을 날려 버리겠다는 표정이었습니다. 꽃제비 둘은 뒤로 물러서고, 가장 노련한 한 명이 앞으로 나섰습니다. 장군은 사정없이 칼을 내려칠 기세였지요. 뒤쪽에 선 또 다른 장군은 그때까지도 웃고 있었고요. 꽃제비는 몸을 날려 두 다리로 장군의 목을 휘감았습니다. 가위처럼 말입니다. 그러자 나머지 꽃제비 둘이 달려들어 장군의 갑옷 틈으로 뼈단검을 찔러 넣고 돌렸습니다. 장군은 비명을 지르면서 앞으로 고꾸라졌습니다. 장군의 목을 감고 함께 땅바닥으로 떨어진 꽃제비가 장군의 투구를 벗겨 가슴에 뼈단검을 밀어 넣었습니다. 사실 이 전투는 바츠 해방전쟁의 역사에 길이 빛날 명장면이었습니다. 땅바닥에 누운 장군은 떨어진 칼을 움켜쥐려고 발버둥 치다가 입에서 피를 토하고 절명했습니다.

그러자 저쪽에 섰던 장군이 역시 칼을 뽑아 들고 달려왔습니다. 꽃제비 하나가 땅에 떨어진 장군의 칼을 쥐려고 했지만 내복단이라 워낙 체력 게이지가 약해 그것을 들어 올릴 수도 없었습니다. 다시 세 사람은 비틀거리며 전투 대형을 갖추고, 달려오는 장군을 노려봤습니다. 하지만 먼저 동지를 잃은 디케이 연합 장군은 상상할 수 없는 힘으로 칼을 휘둘러 댔습니다. 뭐라고 해야 할까요. 공장에서 돌아가는 전기톱 있지 않습니까? 아마 그런 정도의 위력은 됐을 겁니다. 실제로 가을 들판에 모터 소리 같은 것이 들릴 정도였으니까요. 그리고 그 칼에 꽃제비 한 명의 팔이 날아갔습니다. 놈은 웃으면서 칼을 계속해 돌렸습니다. 아마 엄청난 체력 게이지를 소모했을 겁니다. 이어 또 다른 꽃제비의 손이, 뼈단검을 쥔 손이 하늘로 날아올랐습니다. 그 손은 허공에 떴을 때도, 땅바닥에 떨어졌을 때도 뼈단검을 놓지 않았습니다. 원수에 대한 적개심이 뇌신경에만 있었던 게 아니라 온몸의 신경 속에 퍼져 있었던 모양입니다.

　상황은 결정적으로 불리하고, 꽃제비들이 죽음을 맞이해야 할 판이었습니다. 그러자 팔을 잃은 꽃제비가 몸을 던져 장군에게 달려들었습니다. 장군은 간단하게 그의 목을 베어 버렸습니다. 그의 목은 떨어져 나가고 피는 분수처럼 허공에 피어올랐습니다. 이 틈을 노려 역시 팔을 잃은 꽃제비가 달려들었고, 그러자 중심을 잃은 장군이 칼을 놓치고 휘청거렸습니다. 곧바로 유일하게 멀쩡한 꽃제비가 달려들었습니다. 하지만 장군은 자신의 투구에 숨겨 둔 작은 칼을 뽑아 내복단 둘의 가슴을 도륙해 버렸습니다. 내복만 걸치고 결사항전의 정신으로 싸운 꽃제비 셋은 가을바람의 꽃처럼 그렇게 지고 말았습니다. 역사가 정확히 기록할지 모르겠으나 이것이 바츠 해방전쟁의 마지막 전투, 어느 무명용사들이 피를 토하면서 죽어 간 슬픈 전쟁의 끝입니다.

하지만 우리에게 바츠 해방전쟁은 패배한 전쟁이 아닙니다. 우리가 바츠 해방전쟁을 통해 얻은 것보다 잃은 게 많다고 할 수도 있을 겁니다. 일도 하지 않고 1년 이상을 이 전쟁에 참여했으니까요. 허나 그것은 겉모습입니다. 이 전쟁에서 얻은 경험치는 이제 사이버 상의 수치로 표시되는 그런 것이 아닙니다. 그것은 현실 세계에서 이토록 허접하게 사는 우리들이 백 년을 살아 쌓아올린다고 해도 얻을 수 없는 삶의 환희, 진정한 경험치입니다. 바츠 해방전쟁의 승리, 그 환희는 앞으로 우리 삶을 지탱해 주는 좌표가 될 것입니다.

이제 우리는 하나입니다. 우리는 북조선 내복단이 아니라 압제에 저항하는 양심의 일원, 위대한 내복단의 일원으로 이 위대한 전쟁, 바츠 해방전쟁에 참여했습니다.

감사합니다, 내복단 동지 여러분.

―북조선 출신의 내복단 동지 일동

변경

귀하가 접수한 이름 변경 청원에 대해 저희는 다각도로 검토해 보았습니다. 저희는 귀하가 다른 탈북자와 달리 외상후스트레스 증후군을 심각하게 앓고 있고, 그 때문에 고충이 심각하다는 것을 충분히 이해합니다. 그래서 귀하의 청원을 두고 저희 정보원 내에서 적잖은 반대 의견이 있었지만, 국민의 고충을 해결해 삶의 질을 향상시켜 줘야 한다는 원칙에 입각해 귀하의 이름을 북쪽에서 사용하던 것으로 변경해 드리도록 했습니다. 아무쪼록 변경된 이름으로 행복한 삶을 살기 바랍니다.

— 국가정보원

23

3인용 침대

나는 문을 열었다.

침대에 남녀가 엉겨 자고 있다. 이불이 두 사람의 허리를 감고 있다. 여자가 현주인지 주희인지 알 수 없다. 둘이 함께 쓰는 오피스텔이다. 지배인이 룸살롱에 있는 동안 쓰라고 빌려 준 것이다. 원룸 안은 옷가지들로 너저분하게 널려 있었다. 술병도 보인다. 이불 바깥으로 나온 여자의 다리가 탐스럽다. 웅크리고 자고 있던 남자가 여자를 밀치고 일어난다. 손오공이다. 그는 잠시 당황한다. 돌아눕는 여자는 주희다.

"문을 열어 두고 잤구나. 하도 정신이 없어서. 뭐 해? 들어와!"

손오공이 말을 하고 인상을 찡그렸다. 나는 안으로 들어간다. 술로 엉망이 되어 잔 모양이다. 주희를 깨워 데려가려면 시간이 좀 걸릴 것 같다. 나는 한쪽 구석에 놓인 식탁에 앉는다. 현주는 보이지 않았다. 손오공이 침대 밑에 있는 물병을 집어 들이켠다. 테이블 위에 흰 가루가 흩어져 있다. 둘은 약을 하고 누운 것이다.

"무슨 일이야? 여기까지 다 오고……."

그가 물병을 내려놓고 물었다. 주희는 이틀이나 룸살롱에 나오지 않았다. 하지만 지배인이 그것 때문에 부른 것은 아니었다.

"지배인이 주희를 데려오래."

"전화를 하지."

손오공은 말을 하다 말고 전화기를 본다. 수화기가 제자리에 놓여 있지 않았다.

"휴대폰도 꺼둔 모양이야."

내가 말했다. 그가 이불을 걷어치운다. 축 처진 성기가 눈에 들어온다. 바로 누워 있던 주희가 돌아눕는다. 나는 팬티만 입은 주희의 몸을 훔쳐본다. 살결이 마리처럼 하얗다. 손오공은 침대에서 나오려다 말고 나와 주희를 번갈아 본다.

"형이 꼴리는 모양이다."

그가 주희에게 말했다.

"미쳤어! 내가 아무한테나 막 대주는 사람인 줄 알아?"

그녀는 자고 있는 것이 아니었다.

"어때, 형인데……."

그가 주희의 엉덩이를 만지면서 구슬린다. 그녀가 고개를 뒤로 돌렸다.

"괜찮아?"

그녀가 물었다. 손오공이 입맞춤을 한다.

"그럼, 오빠 나가 있어!"

주희가 말을 하면서 팬티를 벗었다. 당장 침대로 올라오라는 자세다.

"밖에 나가야 돼?"

손오공이 물었다.

"나가기 싫어? 그럼 소파에 앉아 있어. 이불 덮고 할 테니……."

그녀가 나를 쳐다본다. 빨리 옷 안 벗고 뭐 하냐는 표정이다. 나는 일어나 문을 열고 나간다.

"하고 싶지도 않은 모양인데. 오빠, 괜히 나만 무안하게……."

주희의 목소리가 들렸다.

"형, 안 할 거야?"

손오공이 문 밖으로 고개를 내밀고 물었다.

"그러지 말고 해! 남은 약도 있어! 찜찜하면 콘돔 끼고 해. 콘돔도 있어."

"난, 안 해!"

주희가 버럭 소리를 질렀다. 손오공이 안으로 고개를 돌린다. 문이 닫힌다. 나는 담배를 피워 문다. 좁은 복도가 어둡다.

"형, 나 먼저 갈 테니 주희 데리고 룸살롱으로 와!"

손오공이 옷을 입고 나왔다.

"들어가서 달래면 줄 거야."

"지배인 말은 전했지?"

"정말 생각 없어?"

"가자."

나는 말을 하고 걸어갔다.

"근데 주희는 왜 찾는 거야?"

"핸플녀를 구하는 모양이야."

"엄지가 빠지니까 핸플방 영업이 안 되는구먼! 걔가 영악해 손님들이 줄을 섰던 모양이더라고. 인터넷에서 장난치는 걸 보면 그 정도야 뭐."

그는 말을 하고 웃었다. 엄지가 음란 사이트에 띄운 동영상이 스쳐 지나갔다. 그녀가 집으로 들어가 잘 견딜 수 있을지 의문이었다. 나는 말없이 걷는다. 포르노맨이 나를 불러 인희를 설득해 줄 수 없냐고 물었다. 그는 호모 영화감독 얘기는 꺼내지 않았다. 다만 자신이 힘을 써서 극영화에 꼭 출현시켜 주겠다고 약속했다. 옆에서 지배인이 담배를 피우고 있었다. 엄지가 사라지자마자 아바타의 에이스급 딸녀 둘이 자리를 옮겼다. 그뿐이 아니었다. 근처에 큰 규모의 핸플방 'WXY'가 문을 열었다. 그곳은 새로운 영업 방식을 시도해 핸플 카페에 소개될 정도였다. 아바타의 매출이 3분의 1로 줄었다고 했다. 지배인은 인희를 설득해 주면 사례는 섭섭하지 않게 해주겠다고 말했다. 그녀에게 직접 부탁하면 거절당할 것 같으니까, 내가 인희와 친하다는 사실을 이용해 보려는 속셈이었다. 이들은 인희를 딸녀로 쓰고 싶은 것이었다. 나는 그러마고 대답하고 대화를 끝냈다. 그렇지만 씨도 안 먹힐 소리다. 그녀가 룸살롱 일도 계속할지 의문이었다. 손님들과 외박을 나가지 않은 지도 오래되었다. 지배인은 일어나는 나에게 오피스텔에 가서 주희를 데려오라고 말했다.

"형, 누나 모델 되고 나면 영화나 티브이에도 나오겠다."

그는 인희를 얼마 전부터 누나라고 불렀다.

"아마도……."

그는 수술로 턱을 깎아 낸 줄 알고 있다. 실은 보톡스 주사로 턱 주위의 근육을 줄이는 정도였다. 그런데도 남한 의술이 워낙 좋아 얼굴 모양이 바뀐 것이다.

"근데, 넌 인희를 단념했니?"

"무슨 소릴 하는 거야?"

"주희랑……."

"형도 누나랑 잤잖아. 내가 모를 줄 알아?"

나는 피식 웃었다. 웃음이 절로 새어나온다.

"하도 졸라 할 수 없이 그 방에 엎어진 거야! 주희랑 잔 건 누나한텐 비밀이다."

손오공이 웃었다. 나도 따라 미소를 짓는다.

24

자살, 복제

정주 아줌마가 시체로 발견된 것은, 그녀의 남편과 주인집 여자와 아바이 면옥 주인 여자가 중국에서 돌아온 3일 뒤였다. 목사인 그녀의 남편은 아내를 찾아 사방을 헤매고 돌아다니다가 갑자기 무슨 생각이 들었는지 열쇠가 잠겨 있는 방문을 뜯어냈다. 죽은 회령 아저씨의 방이었다. 그 방문을 열자 정주 아줌마가 죽어 누워 있었던 것이다.

얼마 뒤, 과학수사팀이 출동해 무슨 조사를 했는지 알 수 없어도 사인이 아사 같다고 말했다. 오후 늦게 시작된 조사는 어둠이 내릴 때까지 진행되었다. 나는 주변을 서성거리다가 그들끼리 주고받는 말을 들었다. 남조선에 와서 굶어 죽다니, 참 기가 막힐 일이다. 그날 주인 여자는 중국 여행의 피로 때문에 병원에 입원해 있었다. 실은 며칠 전부터 그 방에서 좀 이상한 냄새가 나긴 했었다. 만약 손오공이 있었다면 그를 불러서라도 방문을 열어 봤을 것이다. 그런데 놈은 성매매특별법 위반으로 존 스쿨 교육을 받고 있어서 요즘은 도통 방에 나타나지 않았

다. 지난번 신림동 핸플방에 갔다가 경찰에게 걸렸던 것이 문제가 되었
다. 정황으로 봐서는 처벌 대상이 아니었다. 아마 소년원에 갔다 온 전
력 때문에 경찰이 조서를 마음대로 휘갈겨 썼을 것이다. 남이나 북이나
고아들은 찬밥 신세다. 꼭 손오공이 없어 문을 열지 못한 것은 아니었
다. 왠지 두려웠다. 그 이유를 알 수 없었다. 그냥 두려웠다.

"주…… 주여…… 주여……."

목사 남편이 놀란 표정으로 중얼거렸다.

"이 동네 무슨 귀신이 붙었나!"

"그러게 말입니다. 벌써 몇 명째야!"

늙은 뉴비와 정 형사였다. 나는 그들과 마주치기 싫어 무산 아저씨
방으로 들어가 버렸다. 무진이 방문을 살짝 열고 마당을 훔쳐보았다.
가끔 뒤돌아 나를 보는 아이의 눈동자가 불안하게 움직인다. 바깥의 상
황에 귀를 기울이고 있는 나 역시 불안하긴 마찬가지였다.

"근데, 왜 유서가 없는 거야."

늙은 뉴비의 목소리였다. 그는 과학수사팀의 책임자로 보이는 사람
과 말을 주고받았다.

"마당에서 방문을 잠그고, 바깥으로 난 창문을 통해 안으로 들어가
굶어 죽었다. 근데, 유서는 없다."

정 형사가 방을 살피면서 중얼거렸다.

"저 방 아가씨 어디 있는지 몰라요?"

반장이었다. 불쑥 마당으로 나타났다가 도로 나가려는 바퀴벌레에게
물었다. 그는 정주 아줌마의 죽음에 별다른 관심을 보이지 않았다.

"누…… 누…… 누구요?"

바퀴벌레가 놀라 더듬거렸다.

"저 방에 몇 명이 살아요?"

"두…… 둘…… 둘이 사는데, 하나는 얼마 전에 집으로 들어갔어요."

"모델 지망생이라고……. 북한에서 배우를 하다가 내려왔다고 들었는데…… 맞는지 모르겠네."

반장이 말꼬리를 흐렸다.

"맞아요. 인희……. 연락처 드릴까요?"

바퀴벌레는 휴대폰을 꺼내 인희의 전화번호를 찾았다. 마당에 어둠이 짙어지자 과학수사팀은 하나둘 마당을 빠져나갔다. 반장은 인희 방을 열어 보고 싶은지 닫힌 문과 창 쪽을 기웃거리다가 바깥으로 나갔다.

"형, 다 갔어."

마당으로 나간 무진이 문을 열고 말했다. 나는 방금 날아든 문자를 확인하고 밖으로 나갔다. 포르노맨이다. 자신이 부탁한 일이 어떻게 됐냐고 묻는 내용이었다. 인희만 아바타의 딸녀로 나서면 바로 영화감독을 소개해 주겠다고 너스레를 떨었다. 미친놈, 제정신이 아니다. 그가 원하는 것은 단순히 대딸방에서 일할 딸녀만이 아니었다. 그는 인희와 포르노를 찍고 싶다고 분명히 말했다. 여급이면 누구나 자기랑 섹스를 하고, 그 장면을 카메라에 담을 수 있다고 여기는 인간이다. 경찰관들로 북적거리던 마당에 정적이 드리워져 있었다. 나를 부르던 무진이도 어디로 갔는지 보이지 않았다.

"형, 엉니……."

무진의 목소리가 들렸다. 놈은 그사이 바깥으로 나간 모양이었다.

"엉니가 쓰러졌어."

그의 소리가 이어졌다. 나는 꺼내 물었던 담배를 도로 집어넣고 바깥으로 나갔다.

"인희야!"

나는 놀라 입을 딱 벌렸다. 그녀가 길바닥에 누워 있었다. 맞은편에서 요란한 경적이 울렸다.

"아바이!"

무진이 소리를 지르면서 달려오는 트럭을 향해 달려간다. 나는 그녀를 들쳐 업고 집 안으로 들어갔다.

"안 된대!"

인희가 보랏빛 공간에 눕자마자 소리를 질렀다.

"얼굴 때문에 안 된대!"

그녀는 술을 많이 마셨는지 횡설수설이다. 몸도 제대로 가누지 못하고 있었다. 그러다가 물을 찾는다. 나는 방문을 닫고, 냉장고에서 물병을 꺼낸다. 그녀는 물을 들이켜다 말고 실없이 웃더니 갑자기 울기 시작했다. 그러다가 눈물을 흘리면서 중얼거린다.

"갑자기 못 찍겠대."

"무슨 말이야?"

"……"

"말해 봐!"

"마리와 너무 닮아서 곤란하대."

그녀는 다시 물병을 들이켠다.

"수술하기 전에 얘기했을 거잖아!"

"놀래 주려고 얘긴 안 했어……. 그렇게 큰 수술도 아니었고……."

“……”

“근데…… 자기도…… 사진을 비교해 보고서야 알았대! 내 얼굴이…… 그년 판박이라는 걸……”

그녀는 들고 있던 물병을 내려놓았다.

“또 기회가 있을 거야!”

“그 자식이…… 미안하다고 이걸 주더라.”

그녀는 중얼거리면서 서류 봉투를 던졌다. 봉투에서 여러 장의 누드가 흘러나온다. 영락없는 마리였다. 그녀는 구석에 놓인 양주병을 집어 병째로 입에 갖다 댄다. 내가 술병을 빼앗았다.

“남조선은 정말 웃겨! 알 수 없는 인간들뿐이야! 뭐든지 감쪽같이 가짜를 만들잖아! 아주 선수들이지! 외국에서 명품이 나오면 바로 짝퉁을 들고 다니고……. 성형외과에 가면 코는 탤런트 누구처럼 눈은 누구처럼……. 서로 못 닮아서 안달이잖아! 어디 그뿐이야! 여기 남자들은 오입도 가짜로 하잖아! 대딸방이란 게 뭐야? 연예인 닮은 여자들이랑 손으로, 입으로 공갈 씹하는 거잖아! 짝퉁을 그렇게 좋아하는 남조선 인간들이……. 이제 와서 유마리, 그 간나를 닮았다고 안 된다잖아!”

그녀가 잔에 양주를 채웠다. 그리고 단숨에 잔을 비운다. 나도 양주를 들이켠다. 독한 기운이 목을 뚫고 내려갔다.

내가 나가려 하자 인희가 잡았다.

“오빠……. 여기 좀 더 있다 가면 안 돼?”

나는 잠시 망설이다가 도로 앉았다.

우리는 보라색 고구마를 안주로 다시 술을 마셨다. 나는 취기가 돌자 포르노맨의 부탁을 전해 주었다. 그 얘기를 왜 불쑥 꺼냈는지 나도 알 수 없었다. 지금 분위기에 맞지도 않는 제안이었다. 아마 인희가 무슨 일이라도 해야 한다고 생각했기 때문일 것이다. 그녀는 대답이 없었다. 내가 괜한 말을 꺼냈다. 그런 제의밖에 전할 수 없는 자신이 부끄러웠다. 두 사람은 인사불성이 되도록 마셨다.

"그 사진작가 새끼를 죽이고 싶어. 눈깔을 뽑고 싶어."

그녀는 방바닥에 쓰러져 중얼거렸다. 나는 자리에서 일어났다.

25

백석의 고향 사람들

"저 왔는데요. 부르셨다고……."

나는 말꼬리를 흐렸다. 주인 여자가 나를 부른 것이다. 방세 얘기를 할 것 같아 약간 겁이 났다. 병원에서 퇴원한 그녀는 자기 방에 앉아 술을 마시고 있었다. 나는 주인 여자의 방으로 들어서기 전에 방송국으로부터 단역 출연 제의를 받았다. 지난번에 나에게 전화를 했던 피디였다. 하지만 내키지 않았다. 나는 다른 일 때문에 곤란하다고 말하고 전화를 끊었다. 더 이상 절망을 경험하고 싶지 않았다.

"응……. 자, 자네 왔어?"

주인 여자는 술잔을 비우고 말했다.

"네……."

나는 자꾸 목소리가 기어 들어갔다.

"……."

주인 여자는 말없이 술을 마셨다.

"죄송합니다. 요즘 워낙 불경기라……."

"뭐가 미안해요?"

그녀는 다시 술을 따르면서 말했다.

"밀린 방세……."

나는 대답을 하고 머리를 숙인다. 정말 미안하다. 근처 다른 집 같았으면 벌써 쫓겨났을 것이다.

"고향이 무산이라고 했지? 나는 정주에서 태어나 무산에서 살았는데……."

주인 여자는 방세 대신 고향 얘기를 꺼냈다.

"백석의 고향 정주……."

한순간 백석 시비 앞에서 죽은 사람들의 모습이 떠올랐다.

"맞아요. 위대한 시인 백석이 태어난 곳이죠."

그녀는 술을 마시다 말고 고개를 돌렸다. 책장을 쳐다보는 것이었다. 그곳엔 백석의 시집 여러 권과 성경이 놓여 있었다. 나는 성경 옆에 놓인 사진을 보았다. 예전에는 티브이 위에 있던 사진이었다. 저것을 볼 때마다 같은 생각이 든다. 주인 여자가 저런 날씬한 몸을 가졌던 적이 있었다니…… 도무지 상상이 되지 않는다. 지금은 볼 밑으로 살덩이가 축 늘어져 있지만 자세히 들여다보면 분명 같은 얼굴이다. 북쪽에 있는 가족들이 굶어 죽었다는 소식을 들었다면 그 충격으로 음식을 입에 대지 못하는 게 정상일 것 같은데……. 한동안 거식증으로 고생했다는 말을 듣긴 했었다.

"근데, 자넨 사투리를 안 쓰는군. 나야 여기 내려온 지가 워낙 오래라 사투리도 다 잊었지만……."

"고치려고 무지 노력했습니다."

"그럼. 고칠 건 고치고 살아야지. 자네 어머니가 정주 출신이라고
했지?"

"네."

"아직도 못 찾았나?"

"……."

"미안해요. 괜히."

"아닙니다."

그녀는 나의 어머니가 정주 사람이라고 하자, 그달 방세를 반만 받
았다.

"근데, 무산엔 동생이 있다고?"

무산 아저씨에게 들은 모양이었다.

"네."

"곧 남조선으로 온다면서?"

"네, 무사히 와야 할 텐데요."

"연변 아주마이 하는 일이면 워낙 빈틈이 없으니……."

"네."

"동생이랑 열심히 살아! 남조선이 힘들다지만 열심히 살면 복이 찾아
올 거야."

"네, 알갔슴니다."

내 입에서 불쑥 사투리가 튀어나왔다.

"근데, 자네한테 부탁이 하나 있어 불렀어."

그녀는 술잔을 비우고 말했다.

"부탁이라뇨?"

"이걸 경찰한테 전해 주게."

주인 여자는 말을 하고, 다시 술잔을 비웠다. 그녀는 소주병 옆에 놓인 편지를 가리켰다. 이미 뜯어 읽은 편지였다. 여자는 그것을 집어 내밀었다. 나는 편지를 받아 드는 손이 약간 떨렸다. 왜 그런지 알 수 없었다.

"읽어 봐. 그럼 왜 경찰한테 갖다 줘야 하는지 알 거야."

그녀는 말을 하고 술을 마셨다. 술을 너무 많이 마시는 것 같았다. 병원에서 나온 지 얼마 되지도 않았는데.

나는 편지를 들고 밖으로 나와, 아래층으로 내려가 방으로 들어갔다. 편지를 꺼내 읽다가 놀랐다. 가슴이 쿵쿵거렸다. 그것은 정주 아줌마의 유서였다.

나는 그것을 다 읽고, 마당으로 나왔다. 바깥이 너무 시끄러워 그냥 앉아 있을 수가 없었다.

"아바이, 한국! 한국 가자!"

수돗가에서 무진이 세숫대야를 몽둥이로 두드리면서 소리를 질렀다. 담배를 피워 문 무산 아저씨는 아무런 반응을 보이지 않았다. 이제 지쳤다는 표정이었다. 그가 나를 향해 무슨 말을 하는데 양철 소리 때문에 알아들을 수가 없다. 더구나 술에 취한 주인 여자가 2층에서 마당을 내려다보며 〈김일성 장군의 노래〉를 부르기 시작했다. 무산 아저씨가 연변 아주마이 어쩌고 하는 것 같다. 동생의 소식이었다. 내 동생이 아니라 친구 동생인지도 모른다. 내 친구 동생이라고 해도, 그는 내 동생이었다. 나는 그렇게 믿고 있었다. 그가 두만강을 건넌 모양이었다. 그는 휴대폰을 손으로 가리켰다. 내 휴대폰을 꺼내 열어 보란 뜻이다. 나는 후다닥 휴대폰을 꺼낸다. 연변 아주마이로부터 온 음성 메시지다.

"한국! 한국 가자니까!"

무진이 세숫대야를 치다가 마당에 드러누워 뒹군다. 그래도 무산 아저씨는 꼼짝하지 않는다. 나는 한쪽 구석에 가서 음성 메시지를 듣는다. 동생의 목소리가 튀어나온다.

"형님, 그동안 힘써 줘 정말로 고맙슴다. 아마 이게 형님께 보내는 마지막 음성 편지가 될 것 같슴다! 형님, 정말로 고맙슴다. 참말로 고맙슴다! 아바이도 돌아가시기 전에 형님이 우리 집안의 기둥이라고 했슴다! 형님 덕분에 저랑 아바이는 굶어 죽진 않았슴다! 하지만 전 조국을 떠날 순 없슴다. 남조선에 아무리 이밥과 고깃국이 넘쳐 난다고 해도 전 그것을 먹기 위해 혁명의 배신자가 되진 않갔슴다! 저는 형님이 그토록 저주한 인민의 나라, 쓰러져 가는 공화국을 지키갔슴다. 전 이제 군대에 갑네다. 내일이 영광스러운 그날임네다. 전 내일 조선민주주의 인민공화국의 인민 군인이 됩네다! 아무쪼록 건강하게 지내시라요! 통일의 그날 다시 만납세다!"

무진이 게거품을 물고 마당을 뒹굴면서 한국 가자고 중얼거렸다. 술 취한 주인 여자의 목소리가 우렁차게 마당으로 울려 퍼졌다.

> 장백산 줄기줄기 피어린 자욱,
> 압록강 굽이굽이 피어린 자욱,
> 오늘도 자유조선 꽃다발 우에
> 력력히 비쳐 주는 거룩한 자욱

아, 그 이름도 그리운 우리의 장군,

아, 그 이름도 빛나는 우리의 장군.

나는 울컥 눈물이 쏟아졌다.

26

너는 어디로 가니?

　나는 손오공과 함께 자리에 누웠다. 술을 마셔 머리가 몽롱한데도 도무지 잠을 잘 수가 없다. 오후 늦게 또 피디에게서 연락이 왔다. 당신이 꼭 필요하다고 말했다. 입에 발린 소리다. 그뿐이 아니었다. 어떤 영화 감독에게서도 연락이 왔다. 상업영화를 찍는 꽤 유명한 사람이었다. 얼굴을 한 번 보고 싶다는 내용이었다. 그 전화를 받고 인희가 포르노맨을 찾아갔다는 것을 알았다. 나는 둘 다 시간이 되지 않는다고 말해 버렸다. 그 일을 하겠다고 달려들었다가 다시 좌절하면 살아갈 힘을 잃어버릴 것 같았다.

　옆에 누운 손오공의 숨소리가 들린다. 놈은 이내 모로 누워 태아처럼 웅크렸다. 그는 인희의 꿈이 깨진 것도, 대딸방 아바타 홈페이지에 유명 작가가 찍은 인희 누드를 공개하기로 한 것도 모르고 있었다. 그녀는 최초로 얼굴과 몸을 공개한 핸플녀가 되겠다고 마음을 먹은 모양이었다. 포르노맨이랑 엉켜 붙는 비디오를 찍는다는 말은 없었다. 그동안 있었던 일을 손오공에게 얘기를 할까 하다가 그만두었다. 그도 머지않아 알게 될 것이다. 그는 성매매특별법 위반으로 존 스쿨 교육을 받고 와서 어디로 사라졌다가 다시 나타난 것이다. 그곳에 갔다 온 것이 충격이었던 모양이었다. 손오공과 나는 말없이 술을 마셨다.

뒤척거리다 겨우 잠이 들었는데 휴대폰이 울린다. 그 바람에 정신이 맑아졌다. 나는 어두운 천장을 보고 있다가 다시 잠이 들었다.

"인희야, 어딜 가?"

나는 놀라 물었다. 자다가 일어나 화장실을 다녀오는데, 그녀가 수돗가를 지나갔다.

"집에……."

"집이라니?"

"가족이 있는 북조선으로 가려고……."

그녀는 말을 하고 마당을 가로질러 걸어 나갔다.

나는 백석공원 근처의 벤치에 앉아 담배를 피워 물었다. 아무리 찾아도 인희는 보이지 않았다. 그녀는 낮에도 방에 없었다. 형사들이 인희를 찾아 집 안을 발칵 뒤집어 놓은 모양이었다. 그때 넓은 집에 손오공 혼자 있었다. 방에서 잠을 자다가 바깥이 소란스러워 나가 봤더니 인희가 회령 아저씨를 죽이기라도 한 것처럼 경찰들이 설쳐 댔다고 한다. 그들은 인희를 범인으로 지목한 모양이었다. 주인 여자는 내게 정주 아줌마의 유서를 준 그날 저녁에 다시 앰뷸런스에 실려 병원으로 갔다. 〈김일성 장군의 노래〉를 부르느라 힘을 너무 소진했다. 그녀가 있었다면 경찰에게 무슨 말을 했을 것이다. 그녀는 정주 아줌마의 유서를 읽었다.

하지만 나는 그 유서를 늙은 뉴비가 있는 강력팀에 전할 마음이 없었다.

손오공은 내게 인희 얘기를 듣고 어두운 밤거리를 정신없이 쏘다녔다. 그는 아직도 미친개처럼 그녀를 찾아다니고 있을 것이다. 그동안의 얘기를 들려주었더니 지금 인희 누나에게 필요한 사람은 자기라고 했다. 나는 인희의 본명을 떠올려 보았다. 그녀의 이름이 기억나지 않는다. 가만히 생각하니 그녀의 본명을 들어 본 적이 없었다. 그녀는 그냥 인희였다. 인희가 본명인가? 그러고 보니 인희에 대해 아는 것이 없었다. 탈북자에게 본명은 무의미한 것이다. 나도 지금까지 내가 누구인지도 몰랐고, 아직도 누구인지 분명하지 않았다. 어쩌면 인희는 탈북자가 아닐지도 모른다.

주머니에서 휴대폰이 울렸다. 전화가 아니라 메시지다. 휴대폰에 두 개의 음성 메시지가 들어와 있다. 하나는 교수님의 음성이었다. 동생이 두만강을 건널 경우, 찾아올 중국 주소와 전화번호였다. 이어 인희의 목소리가 불쑥 튀어나온다. 나는 움찔 놀란다. 아바타 홈페이지에 올리라고 포르노맨에게 주었던 자신의 누드 사진을 없애 달라는 내용이었다. 술을 마신 목소리가 아니었다. 또렷한 음성이었다. 나는 메시지가 날아온 시간을 확인했다. 이른 새벽이다. 수돗가에서 그녀를 만난 것은 꿈이 아니었다. 인희는 밤에 보랏빛 공간에 들렀다가 나간 모양이었다.

나는 벤치에서 일어나 차가 다니지 않는 팔차선 도로를 가로질러 걸어갔다. 지금 시간이면 룸살롱 사람들은 한밤중일 것이다. 지하 주차장으로 들어갔다. 지하로 난 통로를 통해 내부로 들어갈 생각이다. 담배를 피워 물었다. 나는 시계를 보다가 어둠 속에 움직이는 물체 하나 발견했다. 사람이다. 주차장 구석에는 자동차를 댈 수 없는 공간이 있다. 그곳에 사람들이 들어와 잠을 자곤 했다. 이 시간이면 편집을 하던 포르노맨이 자고 있을 것이다. 여급들은 외박을 나갔거나 퇴근을 했을 것이다. 똘아이와 바퀴가 청소하고 있을 수도 있으나 그들은 문제가 아니다. 편집실에서 일을 할 때는 삐끼들에게 지하실 청소를 시키지 않는다.

나는 뒷문을 열고 안으로 들어가려다 뒤를 돌아보았다. 주차장에 숨어 있다가 밖으로 나가던 놈이 이쪽을 향해 손을 들어 보였다. 손에 뭘 들고 있었다. 어깃장 경태다. 그를 불러 세우려다가 그만두었다. 놈은 손에 든 것을 흔들면서 자동차가 들어오는 길 위로 쏜살같이 사라진다.

나는 여급들의 대기실로 들어가 서랍을 뒤져 플래시를 찾았다. 이어 지하실로 들어가는 전원의 스위치를 내린다. 어두운 복도가 희미하게 보인다. 플래시를 밝힌다. 발자국 소리를 죽여 지하실로 들어간다. 지배인과 포르노맨이 소파에 널브러져 있다. 테이블 위에 양주병이 세 개나 보인다. 모두 빈 병이다. 둘은 흔들어 깨워도 정신을 차리지 못할 것 같다. 포르노맨의 허리춤을 뒤졌지만 열쇠 꾸러미가 만져지지 않는다. 옆에 누운 지배인이 잠꼬대를 하면서 꿈틀거린다. 플래시 불을 끄고 소파 뒤로 숨는다. 지배인이 다시 조용해진다. 고개를 들고 편집실로 불빛을 비춰 본다. 문이 반쯤 열려 있다. 이번에는 포르노맨이 요란하게 코를 골기 시작한다. 내가 편집실 안으로 들어서자 그가 조용해졌다. 불빛을 소파에 비춰 보았다. 어둠 속에서 두 사람은 죽은 듯이 자고 있다. 나는 편집실 문을 닫고는 플래시를 입에 물고 인희가 없애 달라는 사진을 찾았다. 서랍을 뒤지자 금방 사진과 필름이 나왔다. 서랍을 잠그지 않았다. 그것을 챙겨 들고 나가려는데 발에 뭐가 밟혔다. 바닥에 총알이 둘이나 흩어져 있다. 나는 플래시 불빛을 비춰보았다. 구석에 놓인 서랍에 열쇠가 걸려 있었다. 총을 넣어 둔 곳이다. 어깃장, 그가 총을 들고 나간 것이다. 이 자리에 총이 있다는 것을 알고 있는 놈은 철가방 철우다. 어깃장이 놈에게 전해 들은 모양이었다. 요즘 그는 친구들에게 곧 미국으로 간다고 떠들고 다녔다. 영어로 일상어는 물론 간단한 문서를 작성할 정도까지 되었다고 했다. 바깥으로 나가자 지배인이 일어날 것처럼 몸을 뒤척인다. 나는 어둠 속에 숨어 기다렸다. 포르노맨이 다시 코를 골았다. 위층에서 똘아이와 바퀴가 싸우는 소리가 들렸다.

27

복수는 나의 것

언니께

언니, 죄송합니다. 정말 죄송합니다.

그동안 제게 그렇게 잘해 주셨는데, 이런 편지밖에 쓸 수 없네요. 하지만 저는 어쩔 수 없었습니다. 다시 돌아간다 해도 저는 같은 선택을 할 수밖에 없을 겁니다. 제 선택에 후회는 없지만, 오직 하나, 단지 동향 출신이라는 이유만으로 사람들에게 절 사촌동생이라고 소개하고 보살펴 준 언니에게 이런 절망을, 말할 수 없는 고통을 안겨 줄 수밖에 없는 것이 너무나 마음 아픕니다.

언니, 제가 회령 아저씨를 죽였습니다. 죽인 걸로도 모자라서 그의 사체를 토막 내고, 눈을 파내어 여기저기 뿌렸습니다. 그 대가가 무엇이든 저는 달게 받겠지만 언니가 받을 충격을 조금이라도 덜고 싶어 이렇게 글을 씁니다.

어디서부터 얘기를 해야 될까요? 북에서 저는 간호대학을 졸업한 간호사였고, 남편은 교원이었습니다. 북에서는 그런 대로 혜택을 입고 배고픔 같은 것은 거의 경험하지 못하고 살았습니다. 그러던 어느 날 남편의 말실수 한 번 때문에 남편은 농민으로 전락했고 저도 마찬가지 신세가 된 겁니다. 우리 부부의 몰락은 참으로 어처구니없는 일이었으나 저희 부부는 농사꾼으로도 나름 보람을 느끼고 행복하게 살았습니다. 하지만 북한에 몰아닥친 아사 사태는 우리의 삶을 완전히 부숴 버리는 것이었습니다.

그때…… 그때 일어난 일들은, 언니, 지금도 자세히 말하고 싶지 않습니다. 그것을 말하는 것은 아직도 힘이 듭니다. 남편은 식량을 구하러 중국으로 갔고, 그를 기다리다가 지친 저 역시 자식들을 옆집에 맡겨 두고 식량을 구하기 위해 친정에 다녀오는 동안 딸아이는 영양실조로 실명을 하고, 아들 녀석은 꽃제비가 되어 집을 떠난 상태였습니다. 언니도 아시잖아요. 북한에서는 기차가 한 번 끊기면 보름씩 혹은 한 달씩 늦어진다는 것을. 죽어라 수소문해서 아들을 찾아냈지만 사소한 패싸움에서 살인죄를 뒤집어쓰고 공개 처형이 결정된 상태였습니다. 다른 아이들도 여럿 연루된 사건이었지만 기아와 아사로 사회 전반에 느슨해진 기강을 바로잡기 위한 본보기로 불온사상을 가진 전직 교원의 아들이 적합하다고 보위부가 판단한 겁니다.

아들이 총살당하자 남편은 탈북을 결정했습니다. 우리가 농민으로 전락했을 때, 그때 국경을 건넜더라면 아들은 살아 있을 거라며 남편은 뼈가 저리도록 통곡했습니다. 우리는 압록강을 건넜습니다. 그리고 강 한가운데서 국경수비대에게 총알 세례를 받았습니다. 제가 총알을 맞고 강물에 휩쓸려 갈 때 마지막으로 본 남편의 오열하는 모습이 지금도 기억에 선합니다. 저는 제가 죽는 거라고 믿었죠.

제가 눈을 떴을 때, 저는 중국 국경 근처의 한 병원에 누워 있었습니다. 저는 다시 삶으로 돌아온 것이었습니다. 남편과 딸은 사라졌습니다. 저는 가족들을 따라가고 싶었지만 저를 구해 준 지금의 남편, 목사님의 말씀 때문에 죽을 수 없었습니다. 그 다음 일은 언니도 아시지요? 저는 지금의 남편과 재혼했고, 남한 생활이 시작됐습니다. 이제 모든 것을 잊고 새 출발하는 것이다. 저는 그렇게 믿었지요.

남한 생활이 안정되어 간다고 믿었던 어느 날, 두 가지 사건이 저를 찾아왔습니다. 하나는 죽은 줄 알았던 전남편을 서울에서 만난 것입니다. 그는 알코올 중독 상태로 노숙자로 생활하고 있었습니다. 우연히, 정말 우연히 만났어요. 그것도 하나님의 섭리일까요? 딸아이는 죽고, 남편은 압록강에서 총상을 당해 손가락을 두 개나 잃었더군요.

처음에 남편은 저를 보고 환영인 줄 알더군요. 남편은 살겠다는 의지도 없었습니다. 저는 남편을 병원으로 보내고, 정신과 상담을 받게 하고, 그가 살던 임대 아파트로 돌려보냈습니다. 그리고 매일 병원과 아파트를 찾아다니며 그를 돌봤습니다. 그는 차츰 회복되었고, 다시 온전한 정신을 찾아갔습니다. 저는 솔직히 그가 온전한 정신을 되찾는 것이 두려웠습니다. 저에게 다른 남편이 있다는 것을 알려야 했으니까요.

전남편은 아마 눈치를 채고 있었던 것 같았습니다. 그는 저를 붙잡지도 못했습니다. 자식을 잃게 만든, 모든 것의 원인은 자신이라고만 하더군요. 그리고 이제는 자신이 알아서 잘할 테니 저는 제가 하고 싶은

대로 하라고 하더군요. 저는 오래 갈등하지 않았습니다. 저는 지금의
남편과 살기를 원했어요. 지금의 남편은 제 생명의 은인이기도 했지만,
전남편과 산다면 저는 북쪽의 기억에서 벗어날 수 없을 것 같았습니다.
저는 그게 너무 싫었습니다. 그래서 저는 마지막으로 그에게 저녁 밥상
을 차려 주고 그의 아파트를 나왔습니다. 제가 문을 나설 때 남편은 식
탁에 앉아서 조용히 밥을 먹고 있었습니다. 마지막으로 돌아본 그의 등
이 지금도 눈에 선합니다. 그날 저는 전남편만 두고 온 것이 아니었습
니다. 북에서 잃어버린 두 아이도 남편의 곁에 두고 왔습니다. 모든 것
을 두고 왔습니다.

그때쯤 저는 교회 아이들과 소통할 목적으로 리니지에 접속해 보았
습니다. 처음에는 유치한 환상 놀이 같았지만 리니지 안에서 저는 알
수 없는 후련함, 카타르시스를 느꼈습니다. 저는 탈북 노숙자 한 사람
의 주민번호를 빌려 아이디를 등록하고 본격적인 사냥에 나섰습니다.
그리고 리니지에서 제가 느끼는 카타르시스가 어디에서 오는 것인지
곰곰이 생각해 보았습니다. 그것은 제가 다른 인물들을 죽일 때 느끼는
것이었습니다. 저는 리니지 안에서 칼을 마구 휘둘렀습니다. 어떤 날은
밤새도록 잠도 자지 않고 사냥을 다니며 닥치는 대로 죽이고 피를 보았
습니다. 때로는 제가 희생될 때도 있었습니다. 그때는 더 짜릿한 쾌감
을 느꼈습니다.
그러던 어느 날, 바츠 공화국에서 폭동이 일어났습니다. 정확히 말하
면 혁명이 일어난 것입니다. 외톨이 전사인 저는 군주 쿠사나기의 권유
로 전쟁에 참여했습니다. 망설임이 없었던 것은 아니지만 기꺼이 혁명에

몸을 던졌습니다. 저의 아바타는 '피멍'. 바츠 해방전쟁 당시 내복단과 함께 가장 격렬한 전투를 벌였던 열혈 전사 '피멍'이 바로 저입니다. 그 전쟁에서 저는 정말 죽기를 각오하고, 아니 죽어 없어지기를 바라며 싸웠습니다. 황제의 모든 장군과 부하들을 다 죽여 버릴 작정이었습니다. 한 명 한 명을 죽일 때마다 저는 그들의 눈을 파내 매달고 다녔습니다.

　왜 그랬는지 모르겠습니다. 단지 그렇게 할 때마다 죽은 자식들과 혼자 사는 남편에 대해 속죄하는 기분이 들었습니다. 지금은 그것이 속죄가 아니라 복수의 감정이었다는 것을 압니다. 그러나 그때까지 전 복수란 신의 영역이라고 믿고 있었지요. 그동안 저는 저의 삶, 저의 역사를 제가 아니라 주님이 대신 쓰시는 것으로 믿었습니다. 그래서 당신께 모든 것을 맡겼지요. 하지만 이젠 생각이 달라졌습니다. 역사는 비록 당신의 것이지만, 내 구주는 당신이시지만 내 몫도 어느 정도 있다는 것을 알았습니다. 주님 당신께선 '복수는 나의 것'이라고 하셨죠. 어디 복수뿐이겠습니까. 삼라만상 모든 것은 당신이 만드신 것이니 영광도, 굴욕도 당신의 것이죠. 하지만 저는 내복 달랑 한 벌 입고 시저 친위대의 칼끝에 쓰러져 가는 동지들을 보면서, 자신을 죽인 시저 친위대의 진로를 방해하려고, 자신의 주검으로 바리케이드를 치는 동지들을 보면서……. 언니, 그들은 저의 동지 맞습니다. 그들의 아바타도 기억할 순 없지만 분명히 우리는 피를 나눈 형제보다 더 뜨거운 동지였습니다. 우리의 시간으로 1년 동안이고, 30분이 하루인 리니지 시간으로 48년 동안 진행된 그 전쟁 동안 저는 기뻐서 울고, 슬퍼서 울었습니다. 그리고 그 전쟁이 승리로 끝나는 순간 저는 일찍이 경험하지 못한 희열로 온몸을 떨었지요.

저는 내복단 동지들이 자신의 몸을 시체 위에 던지는 것을 보고 분명
히 알았습니다. 주님, 당신의 몫 말고 제 몫의 영광도, 제 몫의 굴욕도,
제 몫의 삶도, 제 몫의 역사도 있다는 것을.

그리고 그로부터 5년이 지난 후, 저는 제 몫이 있다는 사실을 다시 확
인했습니다. 전남편이 백석공원에서 목을 매달았거든요.

전남편이 왜 5년이나 지난 후 스스로 죽을 수밖에 없었는지 저는 이
해합니다. 그는 저와의 약속대로 열심히 살았습니다. 저를 두 번 다시
찾지도 않았고, 다시 알코올 중독이나 노숙자로 돌아가지도 않았습니
다. 그리고 다른 누군가를 만나지도 않았습니다. 그는 어떤 엄살도 없
이 견디다가 그 견딤이 다하던 날 가버린 것입니다.

탈북자들이 공원에서 그의 위령제를 지내던 날. 아니 그 전부터 우리
집에 세 들어 사는 회령 아저씨가 자신이 조선노동당이라고 떠드는 것
을 들었습니다. 뭐가 그렇게 자랑스러운지 그는 그것을 늘 자랑하고 다
녔습니다. 내 아이들을 죽이고, 내 남편을 그렇게 가게 만든 장본인이
바로 그였습니다. 그렇지 않나요? 조선노동당이 우리 가족을 그렇게 만
든 게 맞지 않나요? 그날 밤 저는 5년 전 '피멍'으로 돌아갔습니다. 저는
제 몫의 복수를 하기로 결심을 했습니다. 그것이 제가 바츠 해방전쟁에
서 배운 것이니까요.

저는 아주 조심스럽게 계획을 세웠습니다. 저는 북한에서 외과 간호
사였습니다. 직접 수술까지 맡아서 해 의사나 별 차이 없는 간호사였지
요. 오히려 의사보다 유능하단 소리를 자주 들었습니다. 남편이 중국에
간 사이, 회령 아저씨를 우리 집으로 오게 하여 수면제를 먹이고 목을

졸라 죽인 후 목욕탕에서 토막 내는 것은 일도 아니었습니다. 시체를 토막 내어 산으로 옮겨 파묻는 것이 저의 애초 목적이었지만 그렇게 끝낼 수는 없었습니다. 제가 원한 것은 죽음이 아니라 복수였으니까요.

저는 시체에서 눈알을 파내 백석의 시비 앞에 제사상을 차렸습니다. 실명한 채 죽은 제 딸에게 바치는 것이었습니다. 그 전에 두 손목을 잘라 남편이 목을 매고 죽은 플라타너스 나무 아래에 파묻었습니다. 그것은 남편에 대한 위로였습니다. 사체의 나머지는 뒷산으로 올라가 조금씩 나누어 파묻었습니다.

나중을 대비해서 범행이 있던 날의 알리바이는 철저하게 만들어 두었습니다. 미안해요, 언니. 언니가 입원한 것을 이용했습니다. 언니에게 수면제를 조금 먹여 곯아떨어지게 한 후, 저는 가방에 싸들고 갔던 회령 아저씨의 눈알을 원하는 장소에 갖다 두었습니다. 그러고는 밤새도록 언니를 간호한 것으로 만들었습니다. 손목을 땅에 묻을 때도 비슷했죠. 간호사들이 저를 보았고, 언니도 제가 언니 옆에 밤새도록 있었다고 믿었지요. 나중에 제가 잡혀 갔을 때 언니는 그렇게 말해 주었습니다.

그런 후 제가 자원봉사를 다니던 곳에서 탈북자의 머리카락을 주워 회령 아저씨의 방에 뿌려 두었습니다. 눈알과 손목의 주인이 회령 아저씨라는 것이 드러나지 않게 하려는 의도였습니다. 회령 아저씨라는 것이 드러나면 제 주변의 사람들을 너무 괴롭히는 결과가 될 테니까요.

같은 이유로 가능한 한 오래 회령 아저씨는 살아 있는 것으로 처리되어야 하겠기에, 회령 아저씨의 휴대폰으로 문자를 보내고, 그리고 회령 아저씨가 쓰는 통장의 구좌에 돈도 입금시켰습니다. 저는 돈을 입금시키면 폐쇄회로 카메라에 제 모습이 찍힌다는 것을 알았습니다. 저는 오히려 그 점을 이용해서 경찰을 혼선에 빠뜨릴 계획이었지만 경찰이 그 사실을 너무 늦게 아는 바람에 뜻대로 되지 않았습니다. 그래서 산에 파묻은 시체 조각을 꺼내 강남의 다른 공원에 갖다 두었습니다. 모든 것은 저의 계획대로 되어 갔습니다.

그러나 단 한 가지가 빗나갔습니다. 회령 아저씨가 조선노동당원이 아니었던 것입니다. 그는 단지 남한으로 내려와 어깨에 힘 좀 주고 싶어 하는 북쪽의 하층민에 불과했던 것입니다.

언니, 제가 왜 그 사실을 의심조차 해보지 않았던 것일까요? 그의 말투나 그의 행동에서 충분히 알아챌 수 있는 것임에도 불구하고 저는 왜 그의 말만 믿고 그가 조선노동당원이라고 철석같이 믿었을까요? 이제는 그 이유를 압니다. 저는 복수를 원했던 것입니다. 제 몫의 복수가 있다고 믿었던 겁니다. 신께서 '복수는 나의 것'이라고 말할 때, 인간의 복수가 얼마나 제한적이고 허망한 것인가를 저는 깨닫지 못한 겁니다.

하지만 언니. 저는 뉘우치지 않습니다. 제 선택을 후회하지 않습니다. 저는 이미 섭리대로 사는 삶에서 너무 멀리 벗어난 사람입니다. 섭리 속의 평화보다는 제 경험치의 힘을 믿기 시작한 인간입니다. 그러니 설령 신께서 제 몫의 복수를 주지 않으셨다 해도 저는 제 스스로 제 몫을 만들어 낼 수밖에 없었던 것입니다. 회령 아저씨는 제 의지의 희생자인 셈입니다. 그러니 이제는 제 목숨을 바쳐 그의 억울한 죽음을 갚고자 합니다. 이 또한 저의 의지이고, 저의 해방입니다.

안녕히 계세요, 언니. 언젠가 요단강 건너오시면 저는 그곳에 없을 거예요. 그러니 이게 진정 마지막이겠지요. 부디 안녕히.

28

뫼비우스의 띠

“군주님……”

손오공이 부른다. 나는 멍하니 앉아 있다.

“쿠사나기 군주님!”

그가 어깨를 친다. 나는 고개를 들다가 눈이 휘둥그레진다.

“……”

“와우! 형, 마리가 새로운 누드를 찍었어.”

그가 소리를 친다. 누드다. 눈이 부셨다. 나는 침을 삼키고 입을 벌린다. 정말 예술이다. 댓글이 강물처럼 흘러내린다. 모두가 마리에 대한 경탄이다.

“형, 나 이제 여자 옷 벗길 자신이 없어.”

손오공은 완전히 넋을 잃었다. 하지만 아니다. 마리가 아니라 인희의 누드 사진이었다. 그날 밤, 포르노맨의 방을 뒤져 찾아내 없애 버린 사진이었다. 내가 그것을 치우기 전에 이미 누드가 아바타 홈페이지에 내

걸린 모양이었다. 인희는 자신의 꿈인 마리가 되었다. 그녀는 언제나 영화배우 마리가 되고 싶어 했다.

인희는 그날 이후로 다른 탈북자처럼 사라졌다. 누드 사진만 남기고 어딘가로 증발해 버린 셈이다. 정말 집으로 간 것일까?

어깃장도 잠수함을 타고 여동생을 찾아갔는지 고시원에서 짐을 챙겨 떠났다. 그런데 놈은 총을 들고 사라졌다. 왠지 불안하다. 무슨 사고를 칠지 두렵다. 그와 함께 피시방에 죽치고 있던 친구들은 인터넷으로 시엔엔을 켜고 미국에 간 어깃장이 화면에 나오기를 기다리고 있다. 그는 미국에 가면 그곳 본사로 찾아가 자신의 사연을 유창한 영어로 전 세계에 알리겠다고 호언장담했다고 한다.

엊저녁에 지배인은 미성년자를 룸살롱에 고용한 죄로 경찰서에 끌려갔다. 포르노맨도 자신이 찍어 음란 사이트에 올린 포르노 때문에 함께 잡혀 갔다.

나는 정주 아줌마의 유서를 다시 읽어 보았다. 자필로 쓴 유서는 어디서 많이 본 글씨체다. 나는 글씨의 주인을 안다. 그는 하림이다. 그가 쓴 것이다. 나를 속일 수는 없다. 나는 놈을 누구보다도 잘 알고 있다. 그는 항상 회령 아저씨를 죽이고 싶어 했다. 정주 아줌마가 경찰로부터 혐의를 받을 때부터 하림은 그녀의 범행인 양 뒤집어씌우고 싶어 했는지도 모른다. 나는 하림에게 물어보고 싶지만 더 이상 하림은 내 안에 없다. 그가 질러 대는 소리도 사라졌다. 그는 나에게서 영영 떠난 것이다. 나는 그것을 느낄 수 있다. 조금은 섭섭하기도 하지만 어쩔 수 없다. 언제까지나 하림과 한 몸뚱어리에서 살 수는 없다. 더구나 살인까지 한 놈과……

어쩌면 내가 하림을 너무 나쁘게 생각하는 건지도 모르겠다. 사실 놈은 그렇게 불한당은 아니다. 유서는 정주 아줌마가 쓴 것일 수도 있다. 자세히 보면 그녀의 필체인 것도 같다. 방세를 낼 때마다 손수 써준 영수증의 글씨와 많이 닮았다. 아닌가? 내가 헷갈리는 것인가?

나는 주위를 두리번거렸다. 새로 생긴 피시방이라 손님은 없지만 실내가 깔끔하다. 원래 술집 자리였다. 한쪽 구석에 앉아 있는 두 놈은 아무래도 새로 온 탈북자 같다. 피시방을 들어올 때부터 그런 생각이 들었다. 못 보던 얼굴이다. 최근에 하나원을 나온 놈들인 모양이다. 나는 인터넷에 떠오른 인희 몸을 감상하다가 화면을 닫았다. 이제 봉인이 풀렸으니 리니지에 들어갈 것이다.

오늘 아침에 방송국에서 또 전화가 왔다. 이젠 연기할 생각이 없으니 연락을 말아 달라고 소리를 질렀다. 내가 갈 곳은 방송국이 아니라 리니지 세계다. 이번에 그 속으로 들어가면 영원히 돌아오지 않을 생각이다. 귀환하지 않을 것이다. 만약 바깥 세계로 나온다면 영원히 폐인으로 살아야 할지 모른다. 한 달이고. 두 달이고, 1년이고, 2년이고 머물 것이다. 내게 리니지는 환상이 아니다. 그곳은 현실이다. 나는 주인 여자가 내민 편지를 인터넷에 띄웠다. 유서를 정주 아줌마가 썼든 하림이 썼든 상관없다. 그것은 중요한 일이 아니다. 리니지 속으로 들어가면 회령 아저씨를 만날지 모른다. 내가 그를 만난다면 '부활 주문서'를 쓸 생각이다. 그리고 물약 두 개를 줘야겠다. 아니 세 개를 줘야겠다. 군주인 내게 그것은 일도 아니다. 나는 커피를 한 잔 마시고, 리니지로 들어갔다.

*

　쿠사나기는 투구와 갑옷과 칼로 무장하고 걸어 나갔다. '뫼비우스의 띠' 혈원들이 소리를 질렀다. 주위가 온통 보랏빛이었다. 쿠사나기는 칼을 뽑아 들었다.

　— 군주 오빠, 언제 그렇게 힘이 세졌어요? 혹시 또 절도를……. 설마 아니겠죠!

　엄지였다.

　이 칼은 피멍이 쿠사나기에게 준 것이다. 쳐다만 봐도 몸이 오그라드는 무기이다. 피멍이 떠나면서 자신의 아이템과 아텐을 모두 쿠사나기에게 선물했다. 그 때문에 쿠사나기는 엄청난 힘을 가지게 되었다. 그는 보랏빛 세계를 둘러보았다. 저쪽에서 사라졌던 청수도 보였다.

　— 쿠사나기 형, 여긴 북경입니다.

　어깃장도 있다.

　— 형, 여긴 뉴욕이야!

　경태는 미국에 도착한 모양이었다. 두 놈뿐이 아니다. 사라졌던 사람들이 하나둘씩 모여들었다. 하지만 인형사, 마리는 보이지 않았다. 우리는 봉인된 마리를 구하러 갈 생각이다. 그것은 '뫼비우스의 띠' 혈원들이 동의한 내용이었다. 더구나 그녀가 봉인된 장소에 관한 정보도 얻은 상태다. 그녀를 만나면 현실 세계로 돌아갈 필요가 없다. 만나지 못하면 더더욱 돌아갈 이유가 없다.

(끝)

*이 소설 속에 제시된 '리니지' 세계의 모습이나 게임의 운영 방식, 규칙, 형식, 용어 혹은 바츠 해방전쟁 역사 등은 소설적인 상황으로 변형시켰다. 따라서 여기서 제시된 리니지 공간이나 규칙들, 바츠 혁명의 진행 양상 등은 온라인 게임 '리니지'와 일치하지 않는다.

참고 문헌

백석,《백석 전집》(실천문학사, 2000)

최유찬,《컴퓨터 게임의 이해》(문화과학사, 2002)

이인화,《한국형디지털 스토리텔링-「리니지2」바츠 해방전쟁 이야기》(살림, 2005)

명운화,《바츠 히스토리》(새움, 2008)

박상우,《게임이 말을 걸어올 때》(루비박스, 2005)

이정우,《기술과 운명》(한길사, 2003)

정병호 외 엮음,《웰컴 투 코리아 북조선 사람들의 남한살이》(한양대학교 출판부, 2006)

「리니지2」공식 홈페이지

젊은 탈북자 세대의 고민 실감나게 그린 '진화'된 분단 문학

　　본심에 올라온 여섯 편의 소설 중 가장 먼저 논의에서 배제된 〈나마스테, 서귀포〉는 제주도에서 일어났던 양제해 모반사건과 김만덕, 김익강, 이강회 등의 실제 인물들을 연결시키면서 사료의 재해석과 상상력을 통해 역사의 진실을 탐문하려는 팩션이다. 하지만 제주도 이야기에만 머물러 그 이상으로 보편화되지 못했고, 역사적 실감 자체도 오히려 훼손되는 위험을 극복하지 못했다.

　　〈칼과 물〉은 주인공 형사가 맡은 범죄의 재구성과 자신의 이야기가 교직되면서 재치 있는 풍자가 잘 일어나고 있지만 이야기들이 무용하게 복잡하다. 당당한 태도로 불륜을 저지른 아내를 뱀으로 죽이는 상황이나 결말에서 본인과 저승사자와의 문답도 다소 치기 어리다. 무엇보다도 형사 주변의 사건들에서 인간에 대한 깊이 있는 성찰이 좀 더 강조되었으면 하는 바람이 크다.

　　〈스피드 킹〉은 젊고 발랄한 소설이다. 아빠방(퇴물 호스트들이 여자들을 상대하는 유흥주점)에서 만나게 된 루저 혹은 타자들의 삶이 옴니버스

형식으로 그려지고 있다. 나름대로 자기의 문법을 충실하게 따르면서 패기 있게, 그리고 탄탄한 언어로 이야기를 풀어 나가는 내공도 돋보인다. 그러나 지나치게 과거 중심으로 인물들의 삶이 재구성되다 보니 서사나 사건이 약하다. 인문학적 지식이나 록(rock) 음악에 대한 정보가 지나치게 길고 날것인 채로 자주 제시되는 점도 서사적 긴장감을 떨어뜨리고 있다.

〈에어포트 피크닉〉은 화산 폭발로 인해 한시적 난민이 된 등장인물들의 공항 체류기를 사랑이라는 주제와 연결시킨 소설이다. 다양한 국적과 연령, 성별을 지닌 인물들의 전사(前史)가 센티멘털한 감수성과 작위성인 구성에 의해 전달되면서 문학적 질문이 아닌 윤리적 대답을 강요하는 듯한, 도덕 교과서를 닮은 '착한' 소설이 되어 버렸다.

〈생활의 분노〉는 아파트 층간 소음이나 지하철의 소위 '쩍벌남' 문제처럼 소소한 일상에서 겪게 되는 사적인 분노들을 공적인 분노로 확대 교정하려는 문제 설정이 돋보인다. 가독성도 뛰어나고 디테일도 살아 있다. 하지만 주인공 노인의 행동 동기가 아들의 죽음이라는 사적 차원에 매몰되면서 후반부로 갈수록 장광설로 작가의 의도를 직접 설명하는 소설적 결함을 보였다. 분노 자체에 대한 내적 성찰도 부족하다.

최종 당선작으로 결정된 〈유령〉은 탈북자들의 소외를 리니지 게임과 연결시켜 서술한 점이 신선하고 흥미롭다. 기존 탈북자 소설들처럼 남/북, 탈북자/비탈북자를 대립시키지 않고, 현실과 가상현실, 자살과 타살, 탈북자와 다른 탈북자들 사이의 모호함과 구분 불가능성을 오히려 리얼하게 문제 삼은 점이 돋보인다.

추리소설적 구성을 취했음에도 불구하고 범인의 정체가 드러나는 과정에서의 긴장감과 개연성에는 한계를 보인다. 그러나 '젊은' 탈북자 세대의 고민이나 탈북 '이후'의 남한에서의 구체적 실상이 리얼하게 드러나면서 보다 진화된 분단 문학의 면모가 돋보인다. 이와 더불어 오인(誤認)으로 인해 살인을 저지를 수밖에 없는 삶의 허무함과 비극성, 유령처럼 떠돌면서 부재로 존재를 증명해야 하는 삶의 잔혹함과 아이러니를 당대의 이슈와 연결시키는 동시대적 실존소설로서의 묘미가 이 소설을 다른 소설들과 차별화시키는 강점이다.

— 김화영, 김미현, 김형경, 박범신, 우찬제, 은희경, 이창동, 임철우, 하응백

281편 중 1차로 6편 선정, 다득표한 3편 최종심 겨뤄

지난달 26일 서울 프레스센터 무궁화홀에서 열린 '제7회 세계문학상' 최종심사는 역대 심사과정과 비교할 때 가장 긴 시간이 소요됐다. 그동안 1차 예심을 통해 올라온 작품을 예심위원들끼리 다시 압축하는 2차 과정을 생략한 것이 그 요인이었다. 상대적으로 젊은 예심위원들의 결정력이 너무 강한 것 아니냐는 일각의 시선을 배려한 실험이었는데, 최종심 시간을 늘리고 '노년층'의 읽기 부담만 늘려 놓은 것 같은 느낌도 없지 않다. 심사위원들의 시각은 일견 다양한 듯했지만, 그들이 지향하는 '문학'에 대한 기준은 크게 다르지 않았다.

지난해 12월 23일 마감한 결과 응모작은 모두 281편이었다. 예년처럼 6명의 소장심사위원들에게 작품을 분배했다. 1차에서 올라온 6편의 작품은 〈유령〉 〈생활의 분노〉 〈에어포트 피크닉〉 〈나마스테, 서귀포〉 〈스피드 킹〉 〈칼과 물〉 6편이었다. 심사위원 9명의 투표 결과 과반(5표) 이상을 확보하는 작품을 당선작으로 뽑되, 과반에 못 미칠 경우에는 하위 3편을 빼고 재투표하기로 사전에 약속했다. 긴 토론 끝에 1차 투표를 한 결과는 흥미로웠다. 〈유령〉이 3표, 〈생활의 분노〉와 〈에어포트 피크닉〉이 각 2표, 〈스피드 킹〉과 〈칼과 물〉이 각 1표씩을 획득했다. '3 : 2 : 2 : 1'로 의견이 갈린 상태. 상위 세 작품만을 대상으로 재투표에 들어갔다. 〈생활의 분노〉에 2명, 그리고 〈에어포트 피크닉〉에 1명의 심사위원이 마지막까지 애정을 보였지만 6표를 얻은 〈유령〉이 최종 당선작으로 선정됐다. 응모해 주신 모든 분들께 감사드리고, 영광의 스포트라이트를 받게 된 수상자에게는 큰 박수를 보낸다.

– 조용호(〈세계일보〉 문화부 선임기자)

작가의 말
나의 거짓말, 내 인물의 진실

나는 거짓말을 좋아하고 참말은 두려워하는 사람이다. 소설 쓰기는 좋아하지만 이미 다 쓴 소설을 내보내면서 거기에 나의 어떤 진심을 덧붙여야 할지 대략 난감하다. 나 대신 다른 누군가가 작가의 말을 써준다면 나는 쌍수를 들고 환영할 것이다. 그러나 독자와 처음 만나는 이 순간에, 내가 나 아닌 다른 어떤 것으로 나를 꾸며 보고 싶은 생각도 들지 않는다.

그러니 없는 것을 꾸며 내는 대신에 나 외에 다른 이의 더 멋있는 거짓말, 한때 나를 매료시켰던 거짓말을 소개한다.

"꺼라, 꺼라, 덧없는 촛불이여!
인생은 걸어 다니는 그림자, 한낱 어릿광대.
제 차례가 오면 우쭐대며 무대를 누비지만
불이 꺼지면 사라질 뿐."

—《맥베스》5막 5장

나는 이 거짓말을 한 위대한 시인에게 혼이 빠져 대학에서 연극을 공부하기도 했다. 그때 나는 제 차례를 만난 어릿광대처럼 멋모르고 우쭐대며 평생을 살아갈 수 있을 줄 알았다. 그러나 거짓말로 우쭐대며 살기에는 삶은 너무 길거나, 혹은 너무 진실했다. 나는 생활인으로 거듭나 거짓말 대신 참말만을 하는 아버지이자 사회인으로 살아야 했다.

나에게 소설은 내 안에 있는 우쭐대는 어릿광대의 본능을 주체할 수 없어 쏟아 낸 것이다. 설령 무대에 불이 꺼지고 내 차례가 끝나면 내 존재의 의미가 사라질지라도 나는 거짓말하는 순간의 쾌감, 순간에 지나지 않는 서툰 광대의 그 우쭐거림을 끝내 손에서 놓질 못했다. 그 결과물이 이 소설이다.

비록 내가 거짓말을 사랑하는 사람이지만, 이 안에 담고 있는 사람들, 즉 내 인물은 거짓말만이 아닌 그 무엇을 가지고 있다. 독자들은 내 거짓말과 내 어릿광대짓이 아닌 내 인물의 참말, 내 인물의 삶이 가진 진실에 귀를 열어 주기를 바란다.

반드시 덧붙여야 할 참말이 있다.

우선 《유령》을 뽑아 주신 심사위원님들께 감사드리며, 특히 멀리 캐나다에서 이 책에 대한 관심과 특별한 평을 써주신 우찬제 선생님께 고마움을 전하고 싶다. 책의 출판을 맡아 준 은행나무 관계자들, 이 책을 읽고 충고를 아끼지 않은 문우 김진, 후배 김우재, 김수연에게 감사드린다. 또한 북한 문학 전문가이신 신형기 교수님, 게임 문화 이론가이신 최유찬 교수님, 평론가 정명교 교수님과 성담론에 대한 이해의 폭을

넓혀 주신 마광수 교수님께 감사의 말씀을 전한다. 아주대학교 수학과 전재석 교수님께도 감사를 표하고 싶다. 그분은 나의 진정한 스승이셨다. 그리고 내 문학의 오랜 조언자 허운용에게도 특별한 고마움을 전한다. 게임에는 문외한인 내가 바츠 해방전쟁 부분을 쓰는 데는 이인화, 명운화 두 분 저작에 힘 입은 바 크다. 이 자리를 빌어 감사드린다. 이 작품을 쓰는 동안 여러 궁금증에 답해 주신 탈북자 여러분께도 감사드린다. 이 소설의 진짜 주인은 그들이다.

무엇보다 글을 쓰는 동안 나의 짜증과 불평을 참아 준 나의 가족들 민규, 민서, 아내에게도 깊이 감사한다. 고향에 홀로 계신 어머니. 나는 그분께 정말 많은 빚을 졌다. 이번 수상이 당신께 작은 빚갚음이 되었기를 바란다.

-2011년 강희진

유령

1판 1쇄 발행 2011년 7월 20일
1판 2쇄 발행 2011년 7월 27일

지은이 · 강희진
펴낸이 · 주연선

책임편집 · 정종화
편집 · 이진희 김준하 박은경 김류미 오가진
디자인 · 정혜욱 홍세연
마케팅 · 장병수 윤우성
관리 · 윤석호 구진아

도서출판 은행나무
121-839 서울특별시 마포구 서교동 384-12
전화 · 02)3143-0651~3 | 팩스 · 02)3143-0654
등록번호 · 제 10-1522호(1997. 12. 12)
www.ehbook.co.kr
ehbook@ehbook.co.kr

잘못된 책은 바꿔드립니다.

ISBN 978-89-5660-536-4 03810